「……困れるのも、幸せだよ。勇君とふたりで、経験できることなら……辛いことも嬉しい」「穏陽Mだ」

（本文より抜粋）

DARIA BUNKO

# エデンの太陽

朝丘 戻

ILLUSTRATION カズアキ

ILLUSTRATION
カズアキ

CONTENTS

この作品はフィクションです。

実在の人物・団体・事件などに一切関係ありません。

# エデンの太陽

# エデン

## 1

他人を癒《い》やせる人間ってすげえなと思う。

かーちゃんをはじめ、俺のまわりにはたくさんの人を癒やすために頑張ってる人間がいる。ガキのころからだ。

他人を傷つける奴ってのは、だいたい自分の幸せしか考えてねえ。些細《ささい》な喧嘩《けんか》とかもそう。差別も、自分の主張ばっかりして相手の心を知ろうとしない態度じゃ解決しねーんだ。

俺も癒やしの人間になりたいって、ずっと夢見てた。人を傷つけたあとは、余計に。


「――……なんか、お客さんめっちゃ緊張してね？　大丈夫？」

目の前で、もっさりした前髪に顔を半分隠し、今夜俺を指名してくれた男がうなだれている。

「すっげえ素敵なホテル選んでくれてありがとな。恋人のセックスがしたいんだよね？　じゃ、とりあえず下の名前で呼びあう？　俺はユウね。呼び捨てでもなんでも好きに呼んで」

明るく話しかけながら、ベッドに座っている彼の左隣に自分も腰かけた。寄り添った瞬間、びくっと数センチ退けられて、そりゃないじゃん、と思う。……ていうか、俺をこの豪華な高級ホテルの部屋に招き入れてくれた数分前から、この人はずっとこんな感じだ。

「なーんだよ、どうしたの？　初めてで怯《おび》えてんの？　そんならそれで、ちゃんと教えるからまずは一緒に風呂《ふろ》入ろーぜ。それとも本当はデリホスなんて利用したくなかった？　罰《ばつ》ゲームでもさせられてんの？　なんでも言ってよ。言ってくれたらきちんと考えるから。じゃねーと無駄に時間だけ過ぎていくしさ、俺も申しわけねーよ」

顔を覗《のぞ》きこんでみると、黒い前髪の隙間《すきま》から、痛いんじゃねって心配になるぐらいぎゅっととじている目と、ぎっちりひき結ばれた唇《くちびる》が見える。両手は突っ張って、膝《ひざ》の上で拳《こぶし》をきつく握《にぎ》りしめている。関節が真っ白に変色するぐらい。……大丈夫か、ほんとに。

「ぼっ……」

お、なんか言いだした。

「ぼ……――ぼく……ぼくは……自分の、意思で、……電話、しました。きみを指名、した」

めっちゃ震えたひきつった声で、断言してくれた。

「へへ、よかった。そりゃ嬉しいよ。あんがとね」

彼がロボットみたいに首をがく、がく、と動かして、やっと俺のほうへ顔の角度を変える。でも相変わらず前髪のカーテン越しにうかがうような逃げ腰スタイルだ。

「た……大変な仕事、だね。嬉しい、なんて……言わなきゃ、いけなくて」

「ん？　どゆこと？」

「う……嬉しいわけ、ないでしょ。……ぼくみたいのに……呼びだされて」

「？　どゆこと？」

まじでわからない。自虐《じぎゃく》？

「べつにいまのところ嫌だなんてちっとも思ってないよ。まあ、お客さんの望みを叶えるためにきたわけだから、願いは言ってほしいけどさ」

「ね、ねが……願い……」

「うん」

ゲイ専門デリバリーホストの仕事を始めて一ヶ月ほど。〝童貞《どうてい》だから〟とか〝処女だから〟ってこの人みたいに緊張してテンパるお客さんは何人かいた。二十代の若い人も、既婚で年配の人も。そのたび雑談から始めて、心をほぐしてあげて、抱いたり抱かれたりしてきたんだ。

うちはレンタル彼氏みたいに癒やしの時間をあげるのが目的の店だから、ただ食事をしたり映画を観たりして終わる日もあるけど、この人の指名理由はそうじゃない。

「変わった性癖があってもべつに驚かねーよ。相談にのっから、とりあえず願い言ってみて」

前山穏陽《まえやまやすはる》、二十三歳、うちの店は初めて——店長から聞いてきた彼のお客情報はその程度。恋人同士のあったかいセックスを、俺と一時間半楽しみたいってことでご対面した。

外見はかなり瘦《や》せ型ではあるものの、たぶん適度に肥《こ》えればめっちゃ格好いい男だ。髪色が真っ黒で、長いこと放置していたのかぼさぼさもっさり頰《ほお》まで覆っており、顔はあまり見えないのに、覗くと鈍く光っている瞳は大きく切れ長で、鼻筋も通っている。唇も、色は悪いけどふっくら厚めで美味《うま》そう。そしてなにより手がやばい。指の一本一本が鬱陶《うっとう》しくねってぐらい長くて、甲も筋張っていて彫刻みたいに繊細《せんさい》。隣に座っているのに脚の長さも自分とだいぶ差があって、そういえば部屋の前で迎えてくれたとき身長も優に百八十超えてる印象だったなと思う。たぶんデリホスの先輩で外見に厳しい喜田《きだ》さんに言わせるとラッキーデーってやつ。

お客さんに限らず、俺は容姿なんて正直どうでもいい。そこから見えてくる人格や生活のほうが重要だ。髪がもさっとしていれば美容院が嫌いなのかとか、疲れてんのかとか心配になるし、太っていれば食べるの好きな奴なのかなとか、ちょっと自分に甘い怠惰《たいだ》な奴なのかもとか察する。それだけのこと。この人はおそらく……疲れてる？

「あのね、一応うちの店って、セックス目的で会ったら最初は一緒に風呂へ入って、お客さんの身体を洗ってあげるって決まりがあンの。穏陽、どうする？」

彼の背中に右手を添えようとしたとたん、ばっ、と退いて身がまえられた。分かれた前髪のあいだから大きく見ひらかれた左目だけがあらわになっていて、頬も真っ赤に染まっている。

「な、な……なっ、まえ、」

ぶはっと吹いちまった。こんだけ意識してもらえると気分もいい。

「下の名前で呼ぶの嫌だった……？」

違うって予感しながら小悪魔っぽく訊《き》いてやる。彼は口をあぐあぐ噛《か》みあわせて必死に声をだそうとしている。

「はっ……初めてで……ぶ、不気味だ」

「不気味ってどーいうことだよっ」

「ご、ごめん。す、素直な……気持ちだった。……驚いた」

花が萎《しぼ》むようにまたうつむいてちぢこまってしまった。

なんだろう。コミュ障なのは一目瞭然《いちもくりょうぜん》なんだけども、なにに怯えているのか判然としない。

「……なあ。〝初めて名前呼ばれた〟ってのも気になンだけど、そこらへん訊いていい？」

また口を結んで、黙《だんま》りが始まってしまう。さすがに立ち入った話はしづらいか。部屋に入ってすぐ設定したタイマーは、二十分が過ぎようとしている。

「よし、じゃあわかった。ゲームしよーぜ！」

ベッドサイドにある棚の上からメモ帳とペンをとった。

「げ、ゲーム……？」

真んなかに二本の縦線をひいて、それぞれの下に〝する〟〝しない〟と文字を書く。そして彼にペンを渡す。

「ほら、横線描いて。あみだくじだよ」

「あ、あみだ……くじ」

「これでセックスするかしないか、運命決めよう」

なにかを決断するとき、強引な背中押しやきっかけが必要なこともある。彼がもしそれを欲しているなら、この提案にノってくれるはずだ。拒否られたらまたべつの方法を考える。金をもらっているぶんの仕事はきっちりさせてほしい。

「う、運命……」

ため息みたいな抜けた声で俺の言葉を復唱し、彼がペンを持ったまま俺の顔とメモ紙を交互に見やる。ごく、と唾《つば》を呑《の》んで、下唇を嚙む。悩む。でもじっと見返して待っていたら、彼は不器用な震えた手つきで横線をいくつか描いてくれた。よっしゃ。

「うん、オッケー。じゃ俺も書き足すから」とペンを受けとって、自分もざっざっと雑に数本加え、素ばやく左の掌《てのひら》で隠した。これでずるっこなしだ。

「はい。右と左、どっちにするか決めて。決めたら戻れないよ。絶対にあみだに従うこと」

最後のチャンス。ここで自ら願いを言わないなら、運命を神さまに決められちまうぞ。

やっぱりあみだなんかしなくていい、セックスする、と本人に自分の殻《から》を破ってほしいってのが本音だけど……それは無理っぽいかな？

「……。……わかった。あみだに、従うよ。……。……右に、する」

どうやら神さまに甘えたいらしい。怖がりめ。ならばしょうがない。

「わかった、右ね。あみだくじ〜、あみだくじ〜」

子どものころかーちゃんが俺と遊ぶと決まってうたってくれたあみだくじの歌を口ずさんで線をなぞった。左の掌をずらしてどんどん下へむかう。運命のじぐざぐ道。こたえは――。

「――……シない、だ」

自分の声が不服そうに響いた。彼がほっと胸を撫《な》でおろしているから、余計癪《しゃく》に障《さわ》る。

「ちょっと、喜ばないでよ。俺はセックスするためにここきたんだぜ？　仕事の責任だって、プライドだってある。ひでーよ、シないで喜ばれるなんてこんなの俺の罰ゲームじゃん」

「ぷ、プライド……罰……そ、そうか……ごめん……」

「謝られるともっと惨《みじ》めだから」

「は、はい……すみません」

「セックスしないんなら、ちゃんと会話しようよ。なんであれ、俺は金もらってお客さんを癒やしにきてるんだよ。それとも黙ってむかいあってるだけで癒やされるっての？」

ついキレ気味に責め立ててしまった。接客として間違っているとしても自制しきれない。

「家族や友だちにカミングアウトできないけどセックスは経験したかったとか、恋人ができたのに童貞だから練習させてほしかったとか、男に掘られる興味湧《わ》いたとか、嫌いな奴に俺が似てるから殴ってやりたかったとか、どんな理由でも怒んねーから言ってみてよ。セックスして癒やすつもりできたのに、シたくねーって喜ばれた俺には訊く権利あると思うよ」

　仕事ってのは努力のぶんだけ金がもらえる。かーちゃんや、世話になったじーちゃんとばーちゃんを見ていて俺が学んだことだ。彼に満足してもらわなければ帰れない。

「あ、う……ぅ」

　激しく動揺しているが、言葉を探してくれているのはわかる。うん、とうなずいて待つ。

「ど……童て、い……で。セックス……を、け、経験……して、みたかったんです。でも……ゆう君が綺麗で、綺麗すぎて……優しくて、他人に、こんなふうに、は、話しかけてもらえるのも……初めてで。いま、自分は、ここに生きてるんだと……思って、困惑して、ます」

　話してくれた。いまどき小学生でもこんなピュアじゃないんじゃねって驚く告白。

「ありがとう。俺、逆に馴れ馴れしくてうぜーって言われんぜ？　さっきもいきなり下の名前で呼び捨てたりしたじゃん。でもあれも嫌だったわけじゃねーの？」

「な……ない……。嫌じゃ……ないです。絶句しただけ」

「絶句って」

「客、だと……ぼくも、人間扱いして、もらえるんだなと……」

　うーん……なんか外でやたらひどい奴らに囲まれてるっぽい？　しかも救ってくれる友だちもいないってことだよな。下の名前で呼ばれたことのない二十三歳の、ひとりぼっちの臆病者《おくびょうもの》。

「客じゃなくて〝恋人〟だろ？　この一時間半は、俺たち恋人だぜ」

荒療治《あらりょうじ》、ってな勢いで自分の右手で穏陽の左手を摑《つか》んだ。穏陽が狼狽《うろた》えて硬直している隙に、長い指をひらいてでかい掌を握って、にかっと笑いかけてやる。

「穏陽にはいきなりセックスだとハードル高すぎっぽいから、ちょっとずつすすめてみよっか。童貞でも気にすることたねーよ。ゲイだとさ、若いときするチャンスがなかった、って悩んでる人なんかいっぱいいる。穏陽は俺らのこと好きに利用していーの。俺らもそれを嗤《わら》ったりしねープロなんだから。な？」

落ちつかせてあげたくて優しく話しかけているのに、穏陽本人は掌をひらき気味にして動揺し続けていて、会話に集中していないっぽい。繫《つな》がった手と、俺の顔とを、目玉だけ動かして観察しながら当惑している。

「あ……ぁ……ありが、とう。……あの、でもすみません、手汗《てあせ》が……」

「いーっつってんの。セックスしたら汗まみれで唾液《だえき》まみれで精液まみれなんだぞ！」

びくっとした穏陽の頭上にびっくりマークが〝!!〟ってふたつ見えて爆笑しちまった。

「あははははっ」と左手で腹を抱えて大笑いする。そんなあたりまえのことすら覚悟しねーでデリホス頼んだンかよ。

「今日はしかたないけど、もしまたデリホスに興味湧いて俺のこと指名してくれる気になったらいつでも呼んで。穏陽のペースにあわせてじっくりゆっくりセックスのよさ教えるからさ」

へへ、と穏陽を見返していると、穏陽の掌が自分の掌に隙間なくなじんでいく感触を覚えた。決して強くはないやわらかな力で、指と指が絡みあっていく。湿った、熱くて大きい男の掌。

「……ありがとう。……きみに会えて本当によかった。ゆう君」

もうすぐ日づけが変わる。マンションの十階にある自宅へ帰ると、ダイニングテーブルの上にかーちゃんとの交換ノートがひらいておいてあった。

【勇《いさむ》へ

夕飯は冷蔵庫に入れてあるよ。今夜は勇が好きなビーフシチュー、温めて食べてね。

週末は鍋《なべ》にするから一緒に食べよう。

小谷《こたに》のおばあちゃん大変だね。病院にいくならお見舞いを必ず持っていきなさい。わたしも今日いってきた。みんなひっきりなしにきてくれるおかげで淋しがる暇《ひま》がないって笑ってた。

大学も指定校推薦に選ばれたからって気を抜かないように。経営のノウハウはわたしが教えられるから大学で無理に学ぶ必要ないと思ってるけど、勇にも店のことを考えてもらえるのは嬉しい。どうあれ、後悔しないように自分は精いっぱいやったって納得できる結果にしなね。

コンビニのバイトも適度にね。勉強に影響がでるならとっとと辞めなさい。もしくは休みなさい。わたしは勇にいま働いてほしいなんて望んでないんだから。

寒くなってきたから今夜も温かくして眠るように。】

かーちゃんは俺が子どものころから夜の店で働いていて、一週間ほとんど会えない。いまは自分の店を持っているので、休みの火曜日以外はすれ違う日が多かった。それで物心ついたときから俺らはずっと交換ノートを続けている。

とーちゃんはいない。顔も知らない。めちゃくちゃ金持ちの坊ちゃんで、かーちゃんにベタ惚《ほ》れだったくせに、俺ができたとたん『水商売してる女と結婚はできない、堕《お》ろしてくれ』と金をつきつけてきたそうだ。当時は貧乏だったのに『金もあんたもいらない』とかーちゃんは突っ返して、ひとりで俺を産んだ。『勇の命が宿った瞬間からもう愛してたの。でもわたしの勝手で父親がいなくてごめんなさい』とかーちゃんは謝るけど、俺は自分を幸福者《しあわせもの》だと思う。

外聞を重んじる厳格な両親に勘当されているかーちゃんと俺はふたり家族だ。だけど不幸だと感じたことはない。自分の趣味や遊びの時間すら全部俺の学校行事と仕事に捧げて、必死に頑張って、かーちゃんは女手ひとつで愛情いっぱいに俺を育ててくれるから。

小学生のころはアパートの隣にあった居酒屋のじーちゃんとばーちゃんにも世話になった。学校が終わったら、その小谷のじーちゃんとばーちゃんのとこにいって、宿題して、夕飯も食べさせてもらって、風呂に入って、テレビを観たり、店の手伝いをしたりした。お客さんも俺を可愛がってくれて嬉しかった。じーちゃんとばーちゃんの店は、賑《にぎ》やかできらびやかで、みんな楽しそうで夢みたいな空間だって思う。

家を引っ越したいまでも、俺はじーちゃんとばーちゃんの居酒屋にしょっちゅう遊びにいく。ガキのころは手伝いっていっても邪魔しかしてなかっただろうけど、成長した現在では接客もできるからしっかり働いている。当然、金はもらわない。一生かけても返しきれない恩返しみたいなもんだ。

一昨日《おととい》ばーちゃんが腰を痛めて入院したから、かーちゃんにもその報告をしていた。ふたりはかーちゃんにとっても、本当の父親と母親みたいなもんなんだ、きっと。

冷蔵庫からビーフシチューをだして温め、皿にご飯とシチューを盛って食べた。

【かーちゃんへ。

お疲れさま。ビーフシチューありがとう、すげえ美味いよ。鍋も楽しみにしてる。

ばーちゃん元気そうでよかった。俺もまた明日いってくる。

もちろん大学入試も頑張るよ。経営は大学で学んで、かーちゃんにも教われば最強だろ?

かーちゃんが努力して始めた店は俺にも大事だから、潰《つぶ》さねえように俺も努力しねえと。

バイトも心配しないで。勉強漬けな毎日の、いい息抜きになってっからさ。

今日も面白いお客さんがきた。俺と会えてよかったたって、接客を褒《ほ》めてくれたんだぜ。

人あたりがいいのは、かーちゃんに似たんじゃねーかな。かーちゃんも身体に気をつけて、
風邪ひかないようにな。かーちゃんの店にもまた顔だすよ。おやすみ。】

ペンをおいて、交換ノートをとじる。テレビはつまんないからスマホを立てて動画を再生し、
スプーンに持ちかえて再びビーフシチューを食べた。

俺の名前はかーちゃんがつけてくれたものだ。勇敢の〝勇〟で〝イサム〟——秋谷《あきたに》勇《いさむ》。

読みかたを〝ユウ〟に変えてデリホスのバイトをしてるなんて教えたら、絶対に激怒する。

わかっている。でも俺がガキのころ体調を崩しながら毎日死に物狂いで働いてくれたかーちゃんに、俺は大人になったら恩返しするって決めていた。それもあってデリホスを選んだんだ。

自立して生活して、プロ意識持ってお客さん癒やして、かーちゃん幸せにする。頑張る。

かーちゃんのビーフシチューは時間をかけて煮こんであるから、苦味があってすげえ美味い。

『若いころは洋食屋をやりたかったのよ』と教えてくれながら笑っていた横顔を憶《おぼ》えている。

俺はかーちゃんから、夢まで奪ったんだ。

「――ばーちゃん、具合どう?」

ドアをノックして、ばーちゃんが入院している個室へ入った。

「あら、きてくれてありがとう勇」

壁紙もベッドもかけ布団もなにもかも真っ白な個室は、昼の明るい陽光がいっぱいに満ちていて、ベッドに座るばーちゃんまで光にかすんでいる。

俺も隣にいって椅子《いす》に腰かけた。〝ばーちゃん〟と呼んではいるものの、まだ五十六歳のばーちゃんは若々しいうえに可愛い。白髪まじりの肩までのびた髪をうしろで結って、嬉しそうに微笑《ほほえ》んでいる。ベッドサイドの棚に花やらフルーツやら、お見舞いの品が盛りだくさんだ。

「一昨日〝フルーツ食べたい〟って言ってたから果物屋でパックの盛りあわせ選んできたよ」

「そんな気をつかわなくていいのに。お見舞いでもらったの切ってくれるだけでいいのよ」

「あ、じゃあそれもあとで切って冷蔵庫に入れておくよ。えーと……このメロンにしよっか」

「ふふ、ありがとう」

「いま食欲ある?」と訊くと、「ちょっと」と人差し指と親指で小さな幅をつくってこたえるから、透明パックのフルーツ盛りをひらいて「好きなのだけ食いな」とピックを渡した。

「ありがとう」とばーちゃんは俺が持っているフルーツ盛りから林檎をとって食べる。

「昨日、かーちゃんもきたんだってね」

「そうなの。ありがとうね、親子そろって。ただ腰痛めただけなのに」

ばーちゃんは立ちっぱなしの仕事のせいで昔から腰を痛めていた。マッサージや腰痛薬でごまかし続けてきたけれど、とうとうその爆弾が破裂して立っていられなくなってしまい、手術することになったのだった。

「腰痛だってばかにできねーよ。はやく手術したほうがよかったんだ。退院したら今度は椅子に座って仕事しろよな。歩きまわるのは俺たちにまかせればいーから。ばーちゃんはレジ打ちと、お客さんのおしゃべりのつきあい。そんでいい」

「ふふふ。ありがとうね勇」

林檎を食べ終えたばーちゃんは、続けて「このブドウ、種あるかな」と紫色のブドウを食べる。「種あったらここにぺえしな」と俺はティッシュを自分の左掌の上にひろげる。

「勇、最近毎日のようにうちの店の手伝いしにいってくれてるんでしょ？」

「うん、今夜もこれからいくよ」

俺も、ばーちゃんが苦手なキウイをつまんで食った。ばーちゃんは鼻でため息をこぼす。

「……昨日しずるさんに、勇が働いてくれてるぶんのお金渡したいって言ったら断られた」

「あたりめーじゃん、なにしてんだよ。俺ら身内みてーなもんだろ、家族の店手伝うのに金なんかいるかよ。俺もガキんとき世話してもらったんだから気にすんな」

「あのころしずるさんはちゃんと勇のお世話代くれてたよ？」

「それも当然だっつーの。ばーちゃんから金受けとるかーちゃんだったら失望するわ」

〝しずる〟はかーちゃんの名前。じーちゃんとばーちゃんは、俺とかーちゃんにとって特別な存在だ。いまではもう世話することはあっても、させる気はない。

「ふふ。親子だねえ……しずるさんもおなじこと言ってた。『勇は喜ばないから』って。でもほかのバイトも始めたんでしょう？　大学受験のこんな大事な時期に……」

「え、かーちゃんに聞いた？」

「うん。昨日教えてくれた。指定校推薦決まったすぐあとから、もう一ヶ月近くバイトしてるって。なんでばーちゃんたちに黙ってたの？　うちの手伝いとかけ持ちじゃ辛《つら》いでしょうに」

ばーちゃんがオレンジをピックで刺して食べる。咀嚼《そしゃく》しながら俺を厳しく見返している。

「……だって言ったら、手伝いにくんなって言うだろ」

「言う」

「だからだよ。俺はバイトも、ばーちゃんの店の手伝いもしたいんだよ。入試だって頑張る。手ぇ抜かねーからっ」

「せめて推薦試験が終わるまでは勉強に専念しな」

「嫌だ。いま働きたい」

「ばーちゃんがこんなだから？」

申しわけなさそうな目でばーちゃんが追及してくるから、俺は口を噤《つぐ》んだ。沈黙の攻防戦。

そのうちばーちゃんが観念して、はあ、とため息を洩《も》らした。苦笑してくれている。

「……まったく。でもそのバイトってコンビニじゃないでしょ。しずるさんが話してた勤務時間と、勇がうちにくる時間があってなかった。しずるさんが夜家にいないからって、勇は嘘《うそ》ついてるね？　本当のこと言ってごらん」

鋭い目。ばーちゃんには、秘密をつくれても嘘はつけない。

「……デリホスだよ。デリバリーホスト。お客さんに呼ばれて、決まった時間一緒に過ごして癒やすの。ゲイ専門のさ」

「男の人相手の？」

ばーちゃんは仕事でいろんなお客と接しているぶん肝《きも》が据《す》わっていて、昼の仕事に夜の仕事、ゲイバイノンケ、おネエにおなべ、なにを聞いても驚かねえ。でも憂《うれ》いた目をしている。

「……それ知ったら、しずるさんは哀しむかもね」

心臓がキンと痛んだ。ばーちゃんにも残念そうなため息をくり返されて、なぜか胸の底からあまのじゃくな反抗心が湧いてくる。

「……ンなの困るよ。デリホスは給料も段違いで、おまけに仕事する時間とか期間にも融通がきくんだ。俺お客さん癒やす仕事すンの夢だったし、辞める気ねーよ」

「どうしてそんなにお金が必要なの……？」
ン、と一瞬言葉につまった。
「それは……かーちゃんに、自分のために、つかってもらいてえからだよ」

「しずるさんに？」

「かーちゃんは人生下手《へた》だからって俺に負い目があンだ。それで自分犠牲《ぎせい》にして俺に尽くす。授業参観も運動会も、朝まで仕事してんのに全部きてくれた。トイレで吐きながら応援してたんだぜ？　そうやって守られてるだけなの俺もう嫌なんだよ。俺も幸せにしてやりてンだっ」

親にも勘当されてとーちゃんにも愛されねえで、なんも持ってねえくせに自分を幸せにする方法を知らねえ不器用なかーちゃんを誰が守るんだ。俺に決まっててんだろ。

「俺ね、かーちゃんも、じーちゃんもばーちゃんもみんなお客さんのこと癒やす仕事してて、ガキのころすげえ憧《あこが》れててさ……いまやっと自分の力で近づけた、俺もみんなみたいに働きながらお客さんのこと癒やせるって、やりがい感じてる。かーちゃんも支えられるし夢も叶って、すげえ嬉しいんだよ。ほかのバイトじゃ駄目なんだ。ばーちゃんわかってくんね……？」

わかるって言って、と半ば請《こ》うように問いかけたら、ばーちゃんはピックをフルーツ盛りのパックにおいて微苦笑した。

「そうだね……勇のまわりには昼間に働いてる人がいなかったねえ……」

不幸な子、というふうに聞こえて、それも嫌だった。

「ばーちゃんの店も疲れたお客さんがきて、酒とメシ食ってみんな楽しそうにしてるだろ？　人生諦めちまってひとりで淋しそうに呑んでる人も、会社の文句とまんねー人も、じーちゃんとばーちゃんに愚痴《ぐち》って泣いて、喜んで帰ったりすんじゃん。俺ガキのころから見てきたよ。ばーちゃんもそこにやりがい感じてるんじゃねえの？　デリホスにもいろんな悩み抱えてる人がくる。励《はげ》まして希望あげられると俺も幸せになる。続けたい、これが俺の意思だよっ」

真剣に訴えたら、ばーちゃんは肩をぐいっとあげて、さげて、「ふう……」と息をついた。

「わかった。ばーちゃんも勇の味方になってあげる。そのかわり辛いときは無理しないこと」

「うん！」

ほっとして笑うと、ばーちゃんも苦笑してくれた。フルーツ盛りのパックを棚におき、ばーちゃんの手を握る。かーちゃんが〝手だけは年齢をごまかせないんだよ〟と昔言ってた。冬でかさかさで細くて、血管の浮いた手。昨日握った男の手とは違う、老いを感じる小さな手。

「……ばーちゃん、頼むから長生きしろよな。俺が死ぬまで生きててよ」

目をとじてばーちゃんに寄り添った。ばーちゃんの「ふふ」という笑い声が肩越しに響く。

「もし無理なら、俺すっげえ豪勢な葬儀で送って、めっちゃでっかい墓に入れてやるからね。でもそれ用意するまでも時間かかっから、あと五十年は生きろよな」

「ふふふ、楽しみに長生きしなくちゃねえ……」

世間がいう〝立派〟や〝幸福〟なんて関係ない。俺は、自分がここまで成長するあいだ傍《そば》で愛情をそそいでくれた人たちを心から想っているし、尊敬している。大事にしていく。

明日のお見舞いの品はハンドクリームにしよう。仕事で手荒れがひどい、温かいばーちゃんの手を癒やせるクリーム。


ばーちゃんの手術も無事に成功した週明け、デリホスの店へいったら先輩の喜田さんがいた。

「よう、ユウ。ひさしぶり」

「喜田さん、ちわー」

この人は最初の研修で接客についていろいろ教えてくれたみっつ歳上の先輩。派手な金髪の細マッチョで、すげえハンサムな人気のホストだ。

「喜田さんはまた研修のセンセイですか？」

「おう。新しくめっちゃゲイ受けしそうな短髪のガチムチがきたぜ。味見してくるわ」

にや、と口端をひいて卑《いや》しく笑う顔も男前。

「まじすかー……いいな、俺も短髪にしたら指名増えるかな。ほんと短髪ってモテますよね」

「おまえはそういうタイプじゃねーよ。まあ、真っ黒髪なのはなー、真面目すぎるけどな」

俺も染めたいけど、受験が終わるまではそうもいかない。店には大学生って偽《いつわ》って雇ってもらっているから、こんな理由を喜田さんに言うわけにもいかない。

「喜田さんが短髪じゃないのに指名客いっぱいいるのはなんでですか？　やっぱテク？」

「だな」と喜田さんがにやにやして右手の指をエロくくねらせる。

「ほかにもお客さんの心を惹《ひ》く巧《たく》みなトーク術とか、エスコートとか、あるわけよ」

「教えてください」

「ばーか。これぱっかりはお客さんによって違うから教えられるもんじゃねーよ。相手がストーカーにならない程度に、押してひいて駆けひきしながら惚れさせるわけさ」

「惚れさせるんすか……魔性ですね」

くそ難しい。恋心に微調整なんてできるもんか。それができる喜田さんはこういう接客業がきっと天職なんだ。

「なんとかして俺もすこしはホストの才能身につけたいな……じゃないと全然稼げない」

うちの店は歩合制だから、自分の努力次第でもらえる給与の額が変わる。俺はまだ、懇意《こんい》にしてくれるお客さんをふたりしかつくれていなかった。

「そういえば、ユウに毎日連絡してくる客がいたらしいぞ」

「え、毎日?」

「一回おまえを指名した客らしい。気に入ってくれたんじゃね？　でもおまえ休んでただろ」

「あ、はい。先週ちょっと忙しくて、水曜以降休んでました。……毎日って、誰だろ」

「あとで訊いてみ。よかったじゃん、指名客が増えて」

喜田さんが俺の背中を叩《たた》いて、笑顔で祝ってくれる。

「はい。確かめてみて、今日も指名くれるみたいだったらしっかり惚れさせてきます！」

「ははは、頑張れ」

そのあと店長のところへいって訊《たず》ねたら「前山さんだよ」と言われた。

「前山穏陽さん。このあいだ一時間半の恋人コースでユウのこと指名してきたお客さん」

あ、水曜に会ったあみだくじの穏陽か。

「あの人、そんな直後に何度も連絡くれたんですか？」

「うん、ユウにご執心っぽいね」

店長は機嫌よく素直に褒めてくれるけれど、俺は微妙に納得いかない。

「俺、そんなに好いてもらえるほどたいした接客できなかったはずなのにな……」

「と、いうと？」

「恋人セックスの指名だったのに緊張ほぐしてあげらんなくて、おしゃべりして終わっちゃいました。気がむいたらまた指名して、とは言ったんですけど」

「あー……」と店長が右手で顎《あご》をこすって唸《うな》る。

「じゃあリベンジしたいのかもしれないね。今夜ならユウも出勤するって伝えておいたから、たぶんまた連絡くれるよ。そうしたらしっかり満足させておいで」

「はい、わかりました」

なんだろな。毎日連絡くれるぐらい必死ってことは、家帰ったとたん後悔して〝次こそ〟ってエンジンかかった、とかかな？　だとしたら俺ももう一度しっかり応《こた》えないとな。

「ところで、なんで今日は店に？　仕事が入れば連絡するからべつにこなくていいんだよ」

店長に不思議がられて、はたと我に返る。

「えと、俺のプロフ写真、変えてほしかったんです。もうちょっとましに撮ってきたから」

リュックからプリントをだして店長に渡した。真面目すぎる黒髪だけ違和感のある、にっかり笑顔な俺がいる。

「俺写真苦手で、これも納得いかないけど……いまのよりは自分らしいっていうか」

「はは。わかった、変えておくよ」

「おねしゃす」

日も暮れて、ガラス窓に自分の姿がうつっている。まだ未熟でガキで無力な自分。……喜田さんみたいに髪染めてーな。黒髪はかーちゃんもばーちゃんも喜ぶけど、重くて好きじゃない。

喜田さんは髪も彼らしい金色に染めているし、ホスト名も『名前で呼ばせるのは自分が惚れた男だけだ』って名字のみで偽名すら気安く呼ばせたりしない。なにものにも囚《とら》われず信条を貫く、格好いい男だ。あの人の背中を見ていると、焦《こ》がれて心が震える。俺もあの人みたいにもっと凛《りん》とまっすぐ、逞《たくま》しくありたい。

店長の予想どおり、穏陽は俺が店をでようとしていたときにちょうど連絡をくれた。

「――ありがとうございます。すみません、何度も指名くれてたみたいなのに休んでて」

今回も結構高めなホテルの一室で待っていた穏陽は「い、いえ」と俺を招き入れてくれる。もさもさ髪の隙間から覗く左目と目があった。この前よりはキョドってないっぽい……かな？

「今夜はどうしますか？　前回とおなじ恋人コースって聞いてるけど、気持ちの準備が整ってるようなら、一緒にシャワー浴びましょうか」

どうかな。まじでヤる気満々って感じなのかな？

「と……とりあえず、す……座って、ください」

あれ、やっぱおしゃべりタイムが必要か。

「はい」とうなずいて言われたとおりベッドの上に腰かけると、穏陽も正面のベッドに座った。のに、真正面すぎてテンパったのか、すぐに数センチ右横にずれた。あかんなこれは。

「穏陽、そんな緊張しなくていいぜ？　俺に〝緊張〟なんて感情つかうのももったいねーよ」

「や、……え、もったいないって、意味が、わからな、」

「穏陽は癒やされる立場だから、俺を利用していいって言ったじゃん？　王さまなの。偉いの。胸張っててていいんだよ」

なだめているつもりなんだけど、穏陽の目が左右に揺れてキョドり始める。ありゃ、早速失敗したか……？

「こ……」と、穏陽がなにか言いかける。

大丈夫、聞くぜ、という優しい口調を努《つと》めて「こ？」と訊き返す。

「……こ……――お、……王さま、じゃなくて……この一時間半は、恋、びと……ですよね」

反論された。おおいいぞ、これは親しくなれてる証拠じゃね？

「うん、悪《わり》ぃ。俺らは恋人だ。だから緊張すんなよ」

「や……恋人は、緊張、して、いいと……思います」

ん～……近づいても遠ざけられる。

「わかった、降参。じゃあ緊張はオッケーだけど、ゆっくりエロいことしてこーぜ」

にか、と笑いかけて、素ばやく隣に移動してやった。寄り添って座って、ひひひ、と笑う。

穏陽は上半身を退いて狼狽《ろうばい》している。

「え、え……エロい、ことは、……しません。……それは、今日の、目的じゃ、ないんです。

ゆ、ゆう君と……ぼくは、か、会話を……したくて、」

「会話？」

穏陽が右手で乱れた前髪をひっぱっておどおどする。でも上唇と下唇をひらいて震わせて、
話そうと努力してくれている。

「そ、その……ゆう君と……デートを、したかったんです。セックスは……もう、いいです。

デートだけのコースも……あり、ますよ、ね？」

「デート？　うん、あるけど……まじで童貞卒業はいいの？」

「は、はい。……でも、そもそも、恋人って、いたことが、ない……ので、デートも、なにを
すればいいのか……ゆう君が、どんなところへ、いきたいのか、とか……どうしたら、喜んで
くれるのか……とか。考えても、まったくわからなくて……や、ヤることや段階が、ある程度
決まっているセック、スよりも……デートのほうが、な、難易度が、高い」

閊《つか》えながら懸命に話してくれたのに、俺は最後に「ぶはっ」と吹きだしてしまった。

「わかる！」

俺の大声にビビって、穏陽がびくっと背中を震わせる。

「わかるよ、デートって自由すぎるよね。なにしたっていいんだもん。たーだーしー、おたがい楽しみたいって望むとすっげえ難しい。相手の好みとかあるしさ」

穏陽もやっと俺のほうをむいて目をおずおずとあわせ、「う……うん」とうなずいた。

「穏陽、めっちゃ優しいじゃん。デートにいく前からもう俺のこと考えてくれてんの」

「え、や、……やさしい？」

「そーだぜ。すごい恋人扱いしてもらって感激だよ。デリホスのデートコース望むお客さんって、だいたい自分でプラン考えてるんだよね。俺のいままでのお客さんもそうだった。〝欲しいものがあるから探すの手伝って〟とか〝いってみたかったデートスポットがあるからきて〟とかさ。それで〝いいよー〟ってつきあって癒やすの。ひとときの恋人として。なのに、俺を喜ばせたいなんて言ってくれる人、初めてだよ。愛感じる～なんつって。ははは」

脳裏に初恋の懐かしい記憶が過《よぎ》って、一瞬ひどく胸が痛んだ。笑い続ける俺を、穏陽は口をひき結んで、耳まで真っ赤に染めて見返している。

「あ、あ、……愛、だよ。……恋人だ、から」

「うん、ありがとうね。え、で、つまり……その相談をするために今日はまたホテルに呼んでくれたってこと？　だからセックスなし？」

「そ、そうです。うん、そのとおり」

「ふうん……そっか」

──相手がストーカーにならない程度に、押してひいて駆けひきしながら惚れさせるわけさ。うーん……。こんなに気づかってもらって、自分まで楽しめるデートをさせてもらいながら一緒に癒やしの時間を過ごす……って、めっちゃありがたいじゃん、と思うけども……冷静に考えて、だいぶやばい傾向だよな。恋人っていう設定超えて、かなりまじの恋人扱いされてる。俺、穏陽のことぴかぴかのストーカー一年生に進級させちゃった？

喜田さんならどうするだろう。まあたぶん〝お客さんに喜んでいただけるデートが、ぼくの望みで幸せですよ〟とかにっこりこたえて、一線をひいておくんだろうな。自分の感情なんか絶対に見せない。スマートに拒絶をしめすんだ。でも俺そういう演技苦手なんだよなあ……。

「……穏陽ごめん。最初に言っておくけど穏陽はお客で俺はホストね。約束の時間外では恋人にも友だちにもなれねーよ。大事にしてもらえんのは嬉しい。でもその違いは知っておいて」

穏陽のいびつにゆがんだ眉《まゆ》と、傷ついた黒い瞳を見た。また昔の記憶が蘇《よみがえ》ってきて、先生もこんな気持ちだったのかな、とふと想う。相手が傷つくとわかっていて思いやりっていう拒絶のナイフを突き刺したとき。

〝そんなつもりはなかった、自惚《うぬぼ》れるな〟と掌返しの怒りを浴びせられることも予想して身がまえたけれど、穏陽は違った。

「──……は、……はい。肝に……銘《めい》じて、おきます」

うつむいて、俺みたいな歳下のガキに、丁寧に頭をさげた。

……不思議だね。あのときとまるっきり立場が逆だよ、先生。

稔陽と話しあって、なんでもあるお台場《だいば》あたりをぶらぶら歩いて一日過ごそう、と決めた。それでおたがいの好きなものを眺めつつ深く知りあって、親しくなっていくっていう計画だ。

——俺とのつきあいは、いずれ稔陽に本物の恋人ができたとき、ちゃんと楽しませてやれる訓練、ってことにしよーぜ。どう？　もちろん、またセックスがしたくなったら、それも練習としてちゃんと教えるしさ。

稔陽は複雑そうな深刻な表情で、はい、と暗くうなずいてこたえた。接客として正解だったのかどうかはわからないけど、きちんと一線はひけたと思う。

——先生デートしよう。先生が好きなところに連れてって。俺もっと先生のこと知りたい。

目をまるめて驚いた顔をした先生と、あの日の情景が心のなかにひろがった。さっき稔陽といたときから胸の奥に押しとどめていた中学時代のすべてが一気にあふれてくる。

——勇、先に言っておく。俺たちは塾講師と生徒だ。俺はおまえを好きにはならないよ。

初恋だった。彼の優しさに浮かれて惚れこんで、男同士ってことも、塾講師と生徒ってことも全部無視して猛アタックして、追いつめて悩ませて抱いてもらった直後に突然終わった恋。

先生はなにも言わずに講師を辞めて、ひとり暮らしの家もひきはらって消えちまったんだ。

ほ、と白い息を吐いて、針みたいに鋭く冷たい風が吹く深夜の街を歩きながらジャケットの胸もとをあわせた。

はやく帰ろう。マンションのエレベーターをあがれば風をしのげる家へたどり着く。真っ暗い部屋に灯《あか》りをつけて、ストーブもつけて、かーちゃんが書いた交換ノートを読む。ひとりで、かーちゃんが作ってくれた夕飯を食べる。辛くはない。……辛くなっていいのは俺じゃねんだ。

## 2

ゆう君に初めて会った日、俺は死のうとしていた。

『あー、そりゃ警戒されて当然だよ。レイ暴走しすぎ』

『そうかな』

『あたりまえだろ。普通デリホスで〝きみの好きな場所でデートしたい〟とか言わないから。惚れてるのばればれ。あっちは商売なんだしさ』

『商売……。じゃあウザいって思われたのかな』

『やべーとは思われたんじゃない？　だからきっぱり言ってきたんでしょ、自分たちはホストと客だからって。ある意味優しい子だよね』

パソコンのキーボードを叩く手をとめて、ため息をついた。

文字がならぶチャット画面に、『デンさんがログインしました』とアナウンスが入る。

『こん～。今夜はケイスケとレイだけ？　またレイの人生相談か』

これはゲイサイトに設置されている雑談チャットだ。ネットで俺は〝レイ〟と名乗っている。レイ→0→無って意味。人間的に価値のあるものをなにも持たない無の人間。

『レイがさ』と、ケイスケがデンに俺のデリホスでの行動を話して聞かせた。

ネットでは、俺は緊張して発言に閊えたりしない。すらすらと格好よくスムーズに話せる。けれど会話からばれていく自分の行動はまるで格好よくない。

『ははっ。なにそれめっちゃウケる、レイ、ストーカーかよ』

『ストーキングはしてないよ』

『しそうじゃん。やばすぎ』

デンにもばかにされてしまった。

『顔ださないと思ったらデリホスにハマってるって大丈夫かおまえ。人の道踏みはずすなよ』

『うん、ありがとうデン。でも〝デリホスの時間外では恋人にも友だちにもなれない〟って断言されたの、ショックだったんだ。恋人はともかく友だちまで駄目ってことは、外では話したいとも思わない奴、って印象を持たれてるわけでしょう？　U君はぼくが客じゃなかったら、近づきたくもない人間なんだ。そうわかった』

哀しみを吐露《とろ》しつつ情けなくなる。『そういうとこじゃね？』とデンにつっこまれた。

『そういう陰気なところがU君も嫌なんじゃね？』

……手厳しい。

『デンもそう言うなって。レイは恋愛経験ゼロだからしかたないよ。初めて惚れた相手が悪かったたな。でもさっきも言ったようにさ、きっぱり拒絶してくれたのは、俺は優しいと思うよ。つうかU君、彼氏持ちかもしれないじゃん』

彼氏持ち……。

『レイもちょっと冷静になって、本気になりそうだと思ったら諦めてこのサイトの出会い系チャットでもつかえよ。そっちは商売じゃないんだから』

『うん、ありがとう』

ケイスケに優しくなだめてもらって、申しわけなくなった。『そろそろ眠るよ』と挨拶《あいさつ》をかわし、チャットを退室する。電源を落として椅子から立つと、背後にあるベッドへ倒れた。

孤独だ、と思う。……孤独だ。

パソコンから離れると、俺はとたんにひとりになる。でも本当はネットのなかでも孤独だ。みんな話を聞いてくれる。相談にものってくれるし、俺も彼らに親身になる。だけど顔も声も知らない。教えてくれる生活や個人情報が、どこまで真実か判断する術《すべ》もない。本名すら謎。そして俺らは、仲間の誰かが死んでも知る由もない。文字のみの細く脆《もろ》いまやかしめいた絆《きずな》。淡泊《たんぱく》な仲だから気兼ねなくプライベートを暴露しあえるのも事実だけれど、彼らとの関係を形容する言葉は見つけられなかった。友人ではない。無論、親友でもない。おたがい都合よく利用して、面倒になったら別れる間柄でしかない。いままでもずっとそうしてきた。チャットや匿名《とくめい》掲示板を渡り歩いて、心地よく過ごせるあいだだけ寄り添う、束の間の知人関係。

ゆう君とも、そんなネットの人間関係と似たような脆い仲のまま終わってしまうんだろうか。ホストと客の距離感をすこしでも見誤ったら、俺は嫌われて出禁になるんだろうか。

誰かとの……しかもリアルで知りあった相手との仲を繋ぎとめたいと切望したのは初めてで当惑する。ゆう君とは、いずれ終わる関係、と割り切って接しなければいけないことが淋しい。

頭を傾けて、暗い部屋のベッドのスチールパイプに視線をむけると、輪っかに結んだ電気コードが括《くく》ってある。せめて最期《さいご》にセックスをして死のうと思ったんだ。それぐらいの幸せを望んでも罰はあたらないだろうと思った。どうせ愛してもいない相手とするセックス。至福感より虚《むな》しさのほうが勝るのもわかっていて、自棄《やけ》気味にデリホスへ連絡を入れた。

──客じゃなくて〝恋人〟だろ？　この一時間半は、俺たち恋人だぜ。

なのに俺はきみの目にうつっていた。……ゆう君。きみは〝穏陽〟と名前を呼んでくれた。俺を〝人間なんだ〟と教えてくれた初めての人だった。きみは俺を空気にしない。無にしない。俺にとってもきみは素敵で、美人で、仕事に真摯《しんし》な立派な人で、眩《まぶ》しすぎる光だ。

わかってる。こういう気持ち悪い客、きみのまわりにはたくさんいるんだろうね。


「──……え、ほんとに穏陽？」

約束した改札前に立って待っていてくれたゆう君へ、十分ほど迷って待ちあわせ時刻ぎりぎりに声をかけたら、目をまるめて驚かれた。

「は……はい、ぼく、……です」

お天とうさまが昇っている時間帯に、大勢の他人の前でひどい格好をして会ったりしたら、さすがにゆう君が不憫《ふびん》だと思い、苦手な美容院へひさびさにいった。服もネットで〝二十代、男性、冬服〟と検索して気に入ったコーディネートを参考にし、オンラインショップで注文したのを着てみた。気合い入れすぎてキモいと思われただろうか。

「びっくりした。めっちゃ格好いいじゃん」

か……かっ⁉　頭に血がのぼってこめかみが痺《しび》れ、耳鳴りまでしてきた。顔面も火照《ほて》って、うつむいて深呼吸して落ちつこうと試みる。

「そ、……そ、んな、お世辞は……心臓に、悪いんで、普通で、お願いします……」

「嘘ついてねーよ？　穏陽もともと格好いいなーって思ってたけど、こんなに変わるんだね。最近人気の俳優に雰囲気似てるよ、名前なんだっけ、奥二重《おくぶたえ》で～影がある感じの。わかる？」

わ、わからない。微笑みながら歩きだすゆう君に、遅れてついていって頭をふる。

「はは。まいっか。穏陽タッパもあるし羨《うらや》ましいな～。何センチ？」

「ひゃ、……百八十、三センチ、です」

「でかい。俺ちょうど十センチ下。百七十三だよ。いいよな、男なら百八十欲しいよな～」

コミュ力というのかなんなのか……ゆう君は会った瞬間からごくごく自然に会話を始めて、さらさらながれる川みたいに俺を巻きこんでいく。……すごい。人間と接することに慣れている。俺も、ゆう君のモッズコートが可愛いとか、アクセサリーが似合うとか、褒めるべきだったんじゃないか……？　それがデートのマナーってやつなんじゃ……。

「とりあえずこの建物がショッピングモールで、いろんな店が入ってるらしいからいこーぜ。服も雑貨も家具も、食べ物も、なんでもあるって」

「は、はい」

「穏陽、見たいものとか欲しいものある？」

「えっ、と……」

「普段ひとりだとどんなことしてんの？」

ゆう君が休みなしに質問をくれるところは苦手だ。リズムを乱すまいとして焦《あせ》るから。

「えっと、えー……読書とか、ゲームとか……映画鑑賞、とか……ネット、とか」

テンパってキモい返答をしてしまった。趣味ネットって、根暗だと思われるだろ。

「うん、いいよねネット。俺もずっとスマホで動画とか観てるわ。テレビより面白いもん」

あれ、ど、同意してくれた……？

「ゆう君、も……動画とか、観るの」

「観るよ。つーかいまテレビ観てる奴のほうが少なくね？　学校の奴らもだいたいネット動画観てるっていうよ。ソシャゲやってたりとかさ。読書も映画もスマホだな〜。穏陽は違う？」

「う、ううん……ぼくも、だいたいそう」

ゆう君の驚くところは会話のナチュラルさにもある。客をもてなすためにノッてくれているんだ、と勘ぐらせる余地をつくらない。心から楽しそうに、こちらの話につきあってくれる。

「なら、スマホの充電ケーブルが千切れそうだから新しいの買ってもいい？」

「え、あ、うん……も、もちろん、いいよ、つきあう」

「あんがと。あれすぐ切れるんだよなー」

「き……切れないように、……保護する、商品とか……いま、あるよ」

「まじでっ？　それ超便利じゃん、教えてよ、欲しい、めっちゃ助かる！」

ゆう君が顔のまわりに光の屑《くず》を散らすような満面の笑みをひろげている。

お台場まできて充電ケーブルの保護アクセサリを買うって……普通に考えたら変なデートだ。少なくとも、お台場でデートするリア充が目的とする行動じゃないと思う。ゆう君が、恋愛経験皆無で童貞な俺にあわせてくれているのは明らかなのに、それでも彼がくれるこの笑顔に嘘偽りを感じない。……嬉しくて幸せだ。本当にゆう君はプロなんだ。客を癒やすプロ。

きみが恋するのはどんな男なんだろう。彼氏、いるのかな。……いて当然だよな。

「いこうぜ。ほら、一階に家電量販店あるよ」

「あ、は、はい、」

ゆう君にひっぱられて、カップルと家族連ればかりの華やかな建物内をすすんでいく。

自分の右肩あたりにゆう君の顔がある。ゆう君の存在感を隣に感じながら、誰かとこうしてならんで歩いたのも初めてじゃないか、と思えてきた。小学生の遠足？　運動会の入退場？　そんな、強制的にやらされた記憶しかたぐれない。自分がゆう君に歩調をあわせている、と自覚すると、とたんにどういうわけか足がもつれた。外見を整えたところで、この挙動不審さだけは自分でもどうにもできない。心の問題なんだ。ゆう君とふたりでいるのが嬉しすぎて。

「あ、ねえ穏陽、ああいう雑貨店にもないかな」

ゆう君にうながされて、お洒落《しゃれ》な雑貨屋に入った。いろんなスマホケースがならんでいて、横にはスマホ用のアクセサリもある。

「ビンゴじゃん！　雑貨店のほうがデザインもいいのありそう。ごめん、ここで見ていい？」

「う、うん、もちろん」

「はは。ありがと、まじごめんな、ころころ目的地変えて」

「ううん……全然、かまわないよ」

ゆう君が「あ！　穏陽が言ってたのこれじゃね？」と保護アクセサリを見つける。動物のキャラクターマスコット型のもので、女子ウケしそうなファンシーなタイプ。俺は四角いプラスチックを噛みあわせてくっつけるシンプルなタイプのしか知らなかった。

「へぇ～すげえな、こんなのあんだな」

ゆう君の言葉に、俺も心のなかでうんうんうなずく。

「穏陽がつかってるのもこういうの？　これしっかり保護できると思う？」

クマのマスコットのアクセサリを持ってゆう君が俺を見あげる。身長差のせいで微妙に上目づかいになるようすが可愛くて、一瞬意識が飛ぶ。

「あ、ぇ……ぼくは、こんな可愛いのは……つかってなかった。けど保護はできると思うよ」

「ふうん？　じゃあせっかくだからおそろいにしね？」

「お、おっ、？」

なに言ってるんだ、どういうコミュ力⁉　と、動転している俺をよそに、ゆう君は動物シリーズのなかから「う〜ん」と唸ってカメのアクセサリを俺の顔の横にかかげた。

「うん、穏陽はカメが似合う」

「えっ、か、カメ？」

「俺はサメにする。カッケーもん。どう？」

カメ……。眠たげな顔のカメを見おろして、ゆう君の俺に対するイメージはこれなのか、と情けない気分になった。サメは凜々《りり》しい目と牙《きば》を持っていて、可愛いながらも格好いい。

ぼくもゆう君とおなじカッケーサメがいい、と願いが喉《のど》まででかかったけれど、客の分際でガチなおそろを要求するのもキモいし、ゆう君が自分のために選んでくれた優しさも宝物で、捨てられない。

「う……うん、カメで」

「うし。ならこれ、一個ずつね」

ゆう君が笑顔でカメとサメのふたつを持つ。咄嗟《とっさ》に「待っ、」と焦って奪うようにとりあげてしまい、まるい目で驚かれた。

「ご、ごめん。ぼくが、買うよ。ゆう君に、プレゼントさせて」

「え、ほんとに？　いいの？」

「うん、贈りたい、から」

「う～ん……そっか。じゃ、これはお願いしようかな。ありがとーね」

また心から嬉しそうな、きらきら眩しい笑顔をひろげてくれた。視界が輝きに満ちていく。世界の動きがゆったり鈍くなって、ゆう君の睫毛《まつげ》や瞳の光のまたたき、微笑む唇の甘さが、はっきりと見えた。視線で追えた。この瞬間、小学生のプレゼント交換会っていう憂鬱《ゆううつ》な強制イベント以外で、自ら人にプレゼントを贈ったのも初めてだ、と気づいた。

きみは俺に新しい、初めての、人間らしい経験をいくつもくれる。


『これはお願いしようかな』というゆう君の言葉は、さらっとながしていいレベルのものじゃなかった。その後も建物内をぶらぶら歩いて、ゆう君が寄りたいと望む店を覗きながらすすんでいたら、アクセサリーショップに興奮していたゆう君がペンダントを買い、そのあと入ったレストランで「俺からはこれプレゼントするよ」と、それを俺にくれたのだった。

「えっ、え、お、俺にっ？」

「うん。せっかくのデートなのに、なんだか俺ばっか楽しんでつきあってもらっちゃってるし、さっきの保護アクセサリのお礼もかねて」

「やっ、全然、そんな必要は、ぼくも、充分た、楽しい、し」

「ははは。いーから。かーちゃんにも〝人からもらうだけはやめなさい〟って教育されてんだ。品物も、気持ちもね。俺のためだと思って受けとってよ」

……こういうところは、断らせない駆けひきが巧みだ。断り続けるほうがゆう君を困らせることも、母親の教育が真実であろうことも、照れくさそうな苦笑いの表情から察せられる。

「わ、わかりました……ああ、ありがとうございます」

「よっしゃ。はは」

濁《にご》りない笑顔で、ゆう君も俺が受けとったことを喜んでくれている。夢か、これは。

テーブルの上におかれた紙袋をそのまま隣の椅子へ荷物と一緒におこうとしたら、ゆう君は「あけてよ」と事もなげに続けた。「えっ」と仰天して声が裏返った。

「あけて、つけてみて。きっと似合うぜ」

プレゼントをあける？　いま？　ここで……？　コミュ力の高い人たちにとっては、これがあたりまえのことなのか？　贈ったものをいきなりあけさせる？　もし気に入らないものだったら嫌そうな顔を目の当たりにすることになるのに？

……このペンダントは、自分も一緒に眺めて『素敵だね』と会話をかわしていたものだし、ゆう君がくれるなら洟《はな》をかんだティッシュでさえ嬉しいけども……なんだろう。感覚が大胆で、すごすぎる。

「穏陽？」

「あ……は、はい、あけます」

リボンをほどきながら、これもう一度きちんと結べるのか……と、不安で目眩《めまい》がした。いましがた食べたパスタが身体の奥で暴れだして腹まで痛くなってくる。とりあえず包装されてなくてよかった、とそこだけは安心しつつ、箱をあけた。

ゆう君が選んだのは羽根モチーフのシルバーペンダントだ。羽枝の一本一本の彫金が繊細で、美しく浮きあがり、銀色にきらめいている。ペンダントヘッドとチェーンは別売りで、寄り添うように入れてあった。

「貸して」とゆう君が手をだすので箱ごと渡したら、「ちょっと指紋つけてごめんね」とペンダントヘッドとチェーンをとり、ひとつにし始めた。ゆう君の指がチェーンをはずして、ペンダントヘッドの輪に通す。そのようすを眺めながら、指紋、と言ったゆう君の声が頭のなかで響いていた。ゆう君の指の感触、ぬくもり、指紋という跡が最初に刻まれたペンダント。

「はい、つけてあげるよ」

「え、ぇっ、つ、つけ」

「キョドんなって」

四人席の正面に座っていたゆう君が、笑いながら俺の左隣に移動して両腕をのばしてきた。ふんわり抱きあうような仕草でペンダントをつけてくれる距離に、キョドるなと言われたのに抑えようもなくひどく焦った。顔が近い、ゆう君の腕が肩に触れる、チェーンが首に冷たい、艶《つや》やかな彼の肌、頬と鼻筋が間近にある、吐息もかかる、俺は息をとめていた、無意識に。

「はい。——うん、似合ってるぜ」

首にゆう君の指紋だけがついたペンダントが巻かれた。

「フェザーは飛躍のシンボルなんだ」

「飛躍……？」

「そう。頑張りたいときパワーをくれる。穏陽の長所をのばして、やるぞって気持ちの味方になって必ず成功させてくれるんだ。光いっぱいの幸せの場所へ飛ばしてくれるお守りだよ」

味方になって、光いっぱいの幸せの場所へ飛ばしてくれるお守り——。

「……ありがとう、大事にする。一生、はずさないよ」

心の底から自然と声になった意思は、ゆう君に初めて閊えずに伝えられた誓いになった。

「ははっ。一生大事にしてもらったらペンダントも幸せだよ。ありがとな」

ゆう君がちょっとはにかんで、照れたように破顔《はがん》する。

「で……でも、どう考えても、その、ぼくが贈ったものと、値段差が……、」

ゆう君は『買ってくるから好きなとこ見てて』と俺を上手に追い払って会計していたので、値段は憶えてない。けど保護アクセサリとこのペンダントじゃどちらが高価かは一目瞭然だ。

「値段比較するなんてやらしーぜ、穏陽」

「え、ご、ごめん……でも、」

「今日で会うの三回目だろ。そのあいだ穏陽はいくらつかってんだよ」

「そ、それは、関係な、」

「あるさ。俺値段ぶん癒やせてねーもん。だからこれで喜んでもらえたらすこしは安心かな」

癒やせてない……っていうのは、セックスをしなかったせいだろうか。それも俺が望んだことであって、ゆう君が気に病《や》む必要はないのに？

……こ、困る。ゆう君に自分の仕事が中途半端だなんて反省して哀しんでほしくない。全部俺のせいで、俺の願いにゆう君がつきあってくれた結果だ、と伝えたい。俺は会うたびに満足していて、満足……って、言うと上から目線だけど、つまり、一緒にいられるだけで本当に幸せで、ゆう君の力が足りないとか、セックスしないとホスト失格とか、そんなことは全然、まったくなくて、値段以上のものをもらうばかりだ、と言いたい。知ってほしい。安心してほしい。でも、重たすぎるか……？　こんなこと力強く主張するのも、ホストのゆう君に迷惑で、俺が一方的に深刻になりすぎ？　キモがらせる？

「……？　穏陽、またなんか考えこんでる？」

「え、ぁ、」

「どしたんだよ、金の話したから困らせた？」

「あ、ぇ……」

自分から動くべきこんなときまでフォローしてもらっている……どれだけ情けないんだ俺。

「や、その……こ、……これからも、ゆう君のこと、指名して、恩返し、していくよ」

「はは。うん、ありがと」

「あ、あと、ペンダント、本当に嬉しかった。だ、大事にする。……ずっと」

「ははは。うん、俺も嬉しーぜ」

ゆう君のしてくれることは全部嬉しいんだよ、知っていて、ときちんと訴えたかったのに、おなじお礼の言葉をくり返すことしかできなかった。それでも、俺にあわせて何度でもこたえてくれるゆう君の笑顔が眩しい。ありがたい。……嬉しい。神々《こうごう》しい。

ゆう君が俺の肩をぽんぽん叩いて正面の席へ戻っていく。おたがいの皿にあったパスタとオムライスはすっかりなくなって飲み物だけになっていた。ゆう君はコーラ、俺はウーロン茶。

気を抜くと、目の前にいるゆう君とどうしても目があう。落ちつかなくて視線を横にながしたら、真横にある噴水広場に目がとまった。どうして屋内に噴水をつくろうなどと考えたのか……お洒落な人たちの発想は不可解でしかないものの、ながれ落ちる透明な水と涼しげな音、それらをライトが青く照らすようすは綺麗だった。十一月に入ったせいか、クリスマスを意識したオブジェもあちこちに見受けられる。これがいわゆるデートスポット……。

ペンダントの箱をしまいながら、いつまでもここにいたいけどそうもいかないよな、と思う。そろそろ別れのタイミングかもしれない。ゆう君も俺の相手をして疲れただろうし……。

「なあ稔陽、もっと話しよーぜ。話せる事柄だけでいいよ、稔陽のこと知りたい。教えて？」

「え、はな、し……？」

……ゆう君はどこまでもすごい。俺が喜ぶ言葉や行動を全部知っているように接してくる。とっとと帰りたい、と不機嫌なオーラを匂《にお》わせないどころか、拗《す》ねた表情で俺のことを知りたいなんて言ってくれる。俺たちはもっと親しくなれるんじゃないか、と錯覚させてくれる。

ゆう君が望んでくれることなら全部叶えたい。……とはいえ、俺を叩いてでてくる過去に、ゆう君を楽しませてあげられるものなど一切ない。なんで俺はこうなんだ。

「う、と……その、あの……」

キョドればキョドるほどゆう君を不快にさせるだろうに、俺はゆう君が喜ぶ言葉も態度も、なにも持っていない。なにも返せない。なにもしてあげられない。

「やっぱりプライベートに踏みこむような会話は迷惑？　穏陽の緊張ほぐせたらなって、それだけなんだけど。適当に、趣味の話でもいいしさ。たとえば……そうだ、さっきネットしてるって言ってたじゃん？　どんなの見てんの？」

ネ、ネット……。

「全然、迷惑なんかじゃ、ないんです、けど……えっと、ネットでは、その……動画も観るし、普通に、買い物とか、調べものとかしたり、あと……チャット、とかも……」

「チャット？　なんだよずりぃ、そっちじゃネット友だちと仲よくしゃべってんの？　どんな話してんの？」

狡《ずる》い……こんな優しい言葉で興味をしめしてくれて、目眩がする。だけどべつにゆう君が劣等感を抱く必要のある人たちじゃない。ゆう君以上に大事な人などいない。

「ネットの人は、友だちっていうか……日常の、つまらない話をするだけの……そういう」

「童貞卒業してーって相談とかも？　チャットではする？」

俺にはしないのに？　……と、ゆう君の小さな抗議が聞こえて言葉がつまる。

普通の人は、大事な相手にこそ本当の姿や、自分の秘めた思いを披瀝《ひれき》するんだろうが、俺は逆だ。どうでもいい人じゃなければ見せられない。嫌われても捨てられても辛くない人にしか自分をあずけられない。俺はゆう君に嫌われて捨てられるのが怖い。

「穏陽……俺、ウザい？」

唇をへの字にまげてゆう君が哀しげな表情になり、俺は激しく動揺して首筋から両頰のあたりまで走るぞっと冷たい恐怖と焦りに襲われた。

「う、ウザく、ない。ウザくないよ。ぼ……ぼくの話を、しても……あまり楽しくないから、やめたほうが、いいと思った。ゆう君と親しくなれる、って、いう、よりは……重たいものを、背負わせるって、感じになる……だろうから」

　ゆう君を見ていられなくてうつむいたら、自分の指が震えているようすばかりが鮮明で情けなかった。きみを哀しませたくないのに、応えたいのに、うまくできない……本当にごめん。

「穏陽。重たいって、それいまは穏陽がひとりで背負ってるってことだろ？　だったら俺にもちょうだいよ。ふたりで持てばすこし軽くなるじゃん。それが親しくなるってことで、楽しい未来に繋がってく一歩なんじゃねーの」

　驚愕して真っ白になった。自分が生きている証《あか》し……思考する意識とか感情、呼吸、血液のながれ、そういうものが一瞬、全部とまったのを感じた。心臓すら数秒停止した気がする。

　ずっと膝を抱えて、狭《せま》く真っ暗な箱のなかで身を守っていたのに、突然明るい電球を放りこまれたみたいだった。眩しい。目が光に慣れなくて視界がちかちかぶれる。

　ゆう君は神さまだ。だってこんなセリフ、神さまにしか言えないだろう。ひとりで背負っているものはふたりで分ければ軽くなる……こんな発想、神さまにしかできないだろう？

「だ……だけど、ゆう君が、持ちたくないものかもしれない、んだよ。客の、面倒事なんて……そこまでゆう君が、無理して、知らなくても、」

「無理してるつもりねーよ？」

「でも……」

　でも怖い。優しさが嫌悪にすりかわる可能性から心をそらせない。希望など簡単に抱けない。

「俺が穏陽の話聞いて、結局〝重てー〟って掌返すはずって疑ってる？」

「ち、違うよ。ゆう君のことを信じられないってことじゃなくて……こ、こういうときって、自分が受け容《い》れてもらえることを、期待して、縋《すが》って、勇気をだすものでしょ。ぼくは、その期待ができない。受け容れてもらえる奴だ、って……自分に、自信を持てない……んだよ」

はあ……、とゆう君がため息をついて、俺は戦慄《せんりつ》した。ああ……やっぱり。正直な恐怖心を言えばうんざりさせる。うんざりさせるような拒絶ばかりしてしまう自分も嫌になる。

消えたい……。

「……ごめんな穏陽。俺ばかだから、ホストと客の距離のとりかたうまくねんだ。穏陽を追いこんで困らせてるのも自覚してる。なんつーか、仕事だからってお客さんと当たり障りない関係保って愛想笑いして、仲いいふりすんの淋しいんだ俺。俺がエゴでふりまわしてんだよな」

ゆう君がぎこちなくはにかんでまた哀しげな顔になり、コーラを飲んだ。

ど、どうしよう。もしかして俺が〝ゆう君に嫌われたくない〟と怯えて拒絶することで、ゆう君を傷つけている……？

「ご、ご、ごめん、謝るのは、ぼくのほうだよ。ぼくも上辺の関係は、淋しい……ゆう君とは、とくに、淋しい。本当だよ」

「そっか。へへ、サンキュ」

俺だけじゃない。ゆう君も客とのつきあいに悩んでいる。俺相手にも、真剣に考えてくれている。

「ゆ、ゆ……ゆう君」

「ん？」

「あの……えっと……じゃあ、ま、また、その……あ、あみだくじ、してくれませんか」

ゆう君の顔に、一気に笑顔が戻った。満面の可愛い、無邪気で嬉しそうな神さまの笑顔。

「うん、しようぜ。じゃあ今回は俺も参加する。つくるね」

ゆう君が自分のリュックから手帳とペンをだして、テーブルの上にひらいた。嬉々として縦線をひいていく。

「そうだな〜……じゃ二回勝負にしよう。質問はおたがい相手に訊きたいことをみっつ書く。つまり、平等に質問できたとしても、ひとつは絶対に訊けない。都合よく言えば〝内緒にできる〟悪く言えば〝教えてもらえない〟ってこと。逃げ道みたいなもんだよ。どう？」

「……たとえ不平等になっても、ひとつは必ず自分が質問にこたえることになるわけだね」

「そう。一個だけだからビビんなくていーよ」

「わ……わかった」

「俺が先に質問書くね」と、ゆう君は六本の線の好きなところにみっつの質問を書く。

『穏陽の小学生時代』『穏陽の中学時代』『穏陽の高校時代』——全部、俺の過去。

「はい、穏陽の番ね」とぼくにもその手帳とペンをくれた。ゆう君のペンと手帳を触ることにどぎまぎしつつ、空いた箇所を自分も埋める。ゆう君に対して、俺が知りたいこと……。

「穏陽、俺のそんなこと知りたいの？」

「う、うん……」

『ゆう君の好きな食べ物』『ゆう君の好きな芸能人』『ゆう君の本名』――俺は最後のひとつの質問だけ暴挙にでた。きみを本当の名で呼びたい。きっと〝ゆう〟はホスト名だから。

「や、やっぱり……だめ、かな」

「う～ん……まーいいよ、下の名前ならちゃんとこたえる。じゃ横線もひいて」

奇跡的な返事をもらえた。俺はうなずいて、適当に数本の横線もひいていった。俺が終わると、ゆう君も線を足して、あみだを左手で隠す。

「よしできた。じゃあ稔陽はどことどこにする？」

「ここと……ここ」と選ぶと、ゆう君も「俺はねー」と選んで、スタート地点が決まった。

「じゃ稔陽のからね。あみだくじ～あみだくじ～」

ゆう君がペンで線をたどっていく。じぐざぐさがっていって着いたゴールは……。

「あ？　なんだよもうっ」

ひとつは『ゆう君の好きな食べ物』、もうひとつは『ゆう君の好きな芸能人』。どっちも俺が書いた質問だ。

「ちぇ、稔陽のこと知りたかったのに。次は両方稔陽のあてるからな。あみだくじ～」

ゆう君がまたうたいながら、自分の選んだふたつをゴールに導いていく。

「はっ⁉　なんだよ、俺のばっかじゃんっ」

たどり着いた質問は『ゆう君の本名』と『稔陽の小学生時代』だった。……かなり不平等な結果になった。俺の過去を一緒に抱えるといってくれたゆう君の思いに、まったく報いてない。

俺が怯えてこたえられなかったばっかりに。

「ご……ごめん、ゆう君」

「まあ、いいよ。神さまが〝いまはこれだけにしとけ〟って言ってんだ、きっと。穏陽に無理させても悪いし、また今度あみだしよーぜ」

「う……うん」

神さまはきみで、怖がって逃げている俺がもっとも悪いのにな。

「ほんじゃ、ちゃっちゃとこたえちゃうと、俺は〜……好き嫌いはなし。好きな芸能人はとくにいない。本名は〝イサム〟」

手帳の、あみだくじの横にゆう君が〝勇〟と書く。

「〝勇〟だから〝ユウ〟ってホスト名にしたの。穏陽のこと信じてるけど、ネットでもばらさないでね。デリホスの噂掲示板とかあるし、店のサイトに顔写真も載ってるから結構やばい」

ゆう君の……勇君の〝勇〟という字を凝視して、彼の真剣な瞳を見て、「……う、うん」とうなずいた。

「大丈夫、言わないよ。ありがとう……勇君」

「はは、早速呼ぶし。まーいいや、ユウって呼ばれてもピンとこねーかんな」

「す、好き嫌い、ないんだね」

「うん、うち母子家庭で、かーちゃんが忙しくしてるあいだ居酒屋のじーちゃんとばーちゃんに面倒見てもらってたのね。で、いろいろ食べさせてもらったから好き嫌いねんだ」

「そ、そうなんだ」

なにげに、勇君の生い立ちまで教わってるけど、いいのか……？

勇君は母子家庭……忙しかったお母さまと、面倒を見てもらった居酒屋の老夫婦……。

「げ、芸能人は、興味なかった……?」

「あんまテレビ観ねーし、素敵だなって思っても誰かに〝あの人好き〟ってわざわざ言うほどの情熱はねーかなって感じ。あ、さっき穏陽に似てるって言った俳優さんは好きだよ。名前ちゃんと憶えてねーけど」

……うん、顔や雰囲気がなんとなく好きって感じっぽいな……。

「ほら、穏陽の番だぜ。教えて、小学生のころの穏陽」

勇君が嬉しそうにわくわく胸を弾ませて身を乗りだしてくる。

こんな面倒な俺に近づくために、勇君は本名までうち明けてくれた。損しかしていないのに、勇君から不快感は相変わらず香ってこない。

いい加減、俺も勇君に前むきな気持ちを持つべきだ。……持ちたい。頑張りたい。

「ぼ……ぼくは、小学生のとき、……女子が、怖くなったんだ」

「怖い?」

「うん……発端は、その……女の子の、ぱ……ぱんつを、見た」

「え、ぱんつ?」

「みみ、見たくて見たんじゃなくて、そういうのじゃなくて、つまりその、事故でだから、」

「はは。大丈夫だよ穏陽、ンなすぐに嗤ったり軽蔑したりしねーって」

「あ……ありがとう」

深呼吸して、ウーロン茶を飲む。勇君を信じる。自分も信じる。信じろ。信じろ。

「……しょ、小学校の……ひる、昼休みに、女子と、男子が、教室のうしろで、騒いでて……携帯電話を、な、投げあってたんだよ。なんていうか……男子が、好きな女子に、ちょっかいだすみたいな感じで……女子の携帯電話を、男子がふたりでキャッチボールみたいにして、」

「あー……〝返してよっ〟〝ほ〜らこっちこっち〜〟みたいなやつだ」

「う、うん、そう。そうしたら、漫画とかで、よくあるみたいに、……女子が、そ、傍にいたぼくに、体当たりしてきて、で、一緒に倒れて、……で、股《また》をひろげて尻もちついた女子の、スカートがめくれて……目の前で、……見たんだ」

「うわー……世に言うラッキースケベか」

「……そう。でもぼくにはアンラッキーだった。あれで人生が決まった。『見ないでよ！』ってその子が叫んで……ぼく、『見たくないよ』って反射的に言い返してしまったんだ。焦って、ひどい言いかたになったのは反省してる。けど、そうしたらその子が、たぶん、プライドを傷つけたんだろうけど……『ふざけんな！　キモいおまえに見たくないとか言われたくねーし！』って、逆ギレして、」

　自分が発した声なのに、あの日のクラスメイトの女子の声で聞こえた。……腹が痛い。頭も痛くなってきた。辛い。

「『キモい、変態！　死ね！』って責められて……すごく、理不尽で……折れたんだ。心が」

「うん……理不尽だな。倍以上のひどい言葉返されてるし」

　勇君が重たく深刻な声で同意してくれる。顔をあげて勇君を見ても、複雑そうな面持ちで唇をゆがめてくれている。嘘の同情じゃない。

「……ありがとう。ネットで、このことをうち明けても……理不尽だって、言ってくれる人は、いたけど、本心かどうかなんて、やっぱりネットじゃ、わからなくて……勇君が、初めてだ。目をあわせて、声で、『理不尽だ』って……味方になって、くれたのは」

「いや、普通だろ。もちろんさ、恥ずかしくってテンパって言いすぎちゃったのはおたがいさまだよ。でも〝変態〟とか〝死ね〟は明らかに言いすぎじゃん。あとから謝罪もなしだろ？」

「う、うん……」

怒ってくれている。勇君は、俺の味方になってくれただけじゃなく、女子の言動を非難して怒りまで見せてくれている。

「そ、傍で、ぼうっと突っ立ってたぼくも、悪かった……その子をからかってた男子も、褒められるわけじゃないし……いろんな、不運が重なったのは、わかる。そのことは、いいんだ。ひとまず、いい。辛かったのは、そのあと……いじめられたことだった」

「はあ⁉」と勇君が大きな声をだしたものだから、俺は思わずびくっと戦《おのの》いてしまった。

「なんで穏陽がいじめられるんだよっ」

目をつりあげて右手で拳を握り、怒るどころか苛立《いらだ》ちまであらわにしてくれている。あ、頭が真っ白になる。つい「ご、ごめん」と謝った。

「いや、穏陽が謝るこっちゃねーけどっ」

「なんか、なんていうか、ええと……その女子は、女子のグループのなかでも、権力を持ってるタイプの子で……大人っぽくて、美人で、頭もよくて、みんな、逆らえない人だったんだよ。運動会の競技決めとか、クラスの係決めとか、その子が〝○ちゃん足はやいじゃん〟とか〝○

君飼育係がいいんじゃない〟とか言うと、みんなも同意して、本人まで言い返せなくなって決まっちゃうぐらい」

「あー……わかる、リーダー的なのいるよな。え、でなに？　そいつが穏陽のこと変態っていったから、みんなも変態だって言いだしたってわけ？」

「……うん。恥ずかしい思いをさせた罰の、制裁が始まった」

「待てよ、最初にケータイ投げてからかってた男子はお咎《とが》めなし？」

「その男子たちは、その女子とおなじで、格好よくてモテる中心的な存在で……たぶん、女子のほうも好かれてるってわかってて、じゃれてただけっていうか……みんな、美男美女って認めて遠巻きに眺めてた、そういうやつで……」

「はあぁ⁉　ばかにすんなよ、女子の逆ハーレムいちゃいちゃごっこに穏陽が巻きこまれていじめにまで遭《あ》ったってことかよっ」

勇君が怒鳴ってコーラを呷《あお》る。勇君が激昂《げっこう》してくれるほど、俺は心穏やかに安らいでいくのはなぜだろう。チャット仲間にうち明けたとき以上の赦しを覚える。真実の救いを感じる。

「女子のいじめは……標的のぼくを〝無〟にすることだった。……ぼくは、女子全員に無視されて、ほかのクラスの人にまで〝女子のぱんつを見た奴〟とか〝女子のぱんつに興味を持たないキモい奴〟とか、事件の内容がねじ曲がった、いろんな噂《うわさ》で知れ渡って、嗤いながらさけられて……たまに、うしろから蹴られたり、足ひっかけられて転んだり、苦しかった」

「ひでーよっ、クズしかいねーじゃねーか」

「だけど……ぼくがただ、不運なだけかもしれない。中学も結局、小学校とほとんどおなじメンツだったから、無視され続けてた。高校にいけば、おなじ学校の人は減るはずだと思ってたのに、ふたりだけおなじ中学の人がいて、そのひとりが女子で、一年のとき、たまたまおなじクラスになって……おなじ中学卒業だからって、カップルみたいな、からかいかたされて……で、嫌がった女子がぼくの過去をばらして、入学早々女子のぱんつ嫌いな変態って扱いが始まって、やっぱり三年間いじめられた。噂なんかすぐ消えるだろう、頑張れば友だちもできるだろうって、努力してみても無理だった。……ぼくは、女子が……人間が、心の底から怖い」

「高校生になったってのに、小学生のころの事件ひきずっていじめ？」

「……きっと、悪いのはぼくなんだ。ぼくがもっと、明るく、元気な、男ならよかった。その事件のことも、笑い飛ばして……笑いに変えられる快活な、性格なら、よかった。高校のときのその女子も、ぼくとカップルって、言われて、喜べるような……そういう容姿と、性格なら、よかったんだ。でもぼくは〝女子に興味ねーとかおまえホモだろ〟って嗤われた瞬間、明るく、楽しい自分には、なれなくなった。高校の三年間は、ホモって言われ続けた。クラスの人に頑張って話しかけても、部活を始めても……〝俺ソッチの趣味ねーから〟って……嗤われて、心が折れて。ぼくも否定しないから、また、気持ち悪がられて……チャットで弱音を吐いて、そっちをメインの生活だ、学校はおまけだ、って、思いこんで、しずかに耐え続けるしかなかった。そうして生きるしかなかった。……だってぼくは、ホモだから」

掠《かす》れてうわずった、文字どおり言葉を胃から吐くような吐露になった。……恥ずかしい。

テーブルに雫《しずく》が落ちてきて、涙？　あ、泣いてしまった、と焦って服の袖《そで》で拭いた。勇君に申しわけなくて情けなくて、笑いながら顔も拭いた。

いつも自分が無であるのを感じていた。たまに庇《かば》ってくれる人もいた。でもその誰もが周囲の人間に〝自分はいい人だ〟と印象づけるために俺を利用しているだけだったようで、裏で『悪いけど友だちになりたいわけじゃないから』ときっぱり拒絶されて絶望したこともある。

女性が苦手なのは、小学生のころの事件がトラウマになっているからだと思う。世界には、もちろん素敵な女性もいるんだろう。だけど少なくとも俺の周囲には、プライドが高くて、〝自分〟を好いて〝自分〟を褒め称えて〝自分〟の価値を高めてくれる人間の言葉だけを聞く女子しかいなかった。俺は彼女たちにとって無い者で、べつの人たちとの友情を深めるために潰して踏み台にしていく〝ゴミ〟だった。

とはいえ、俺がゲイなのはその女子たちのせいじゃない。あの事件は性指向に関係ないと、自分では考えている。俺は女より男が好きだった。幼いころから予感していた。どうして男は女の子を好きにならないといけないの、という疑問が生きれば生きるほど日に日に深まった。なんで違っちゃ駄目なの。俺は男の隣にいたい、男の芸能人の顔、髪型、スタイルに憧れる、焦がれる、男の身体に触りたい、男の胸板を撫でたい、男の腕に、脚に触れて抱きしめたい。抱きたい。だから高校で『ホモ君』とあだ名をつけられても否定しなかった。嗤いながら『ホモ君キメーよ』と蹴られてもされるがまま受け容れた。これがゲイの運命なんだと理解した。

「小学生になったらいっぱい友だちをつくろうって……わくわくしてたんだ。でも、ぼくは、大勢の他人のなかに放りこまれたら、キモい人間なんだ、って……わかった。外の世界では……ゲイは……ぼくは、いじめの対象になる変態なんだって、わかったんだ」

「わかんねーよ！」

勇君が叫んだ。

「〝外の世界〟って、それ世界のすべてじゃねーから！　穏陽、世界一周してきたわけじゃねーだろ？　本物の世界知ってるわけじゃねんだよ。穏陽が見てる世界はめっちゃ狭くて汚い奴らしかいねー地獄なんだよ、自分はいじめられて当然の変態だなんて決めつけんなよ！」

……勇君が叫んでくれている。拳を握って、かたちのいい目と眉をつりあげて、店内なのに声を憚《はばか》らずに勇ましく堂々と、俺のために。

「大丈夫だよ穏陽。世界はちゃんとひろいよ。あったかいところもあるんだよ」

俺が知っている世界は狭くて汚い奴らしかいない地獄……いじめられて当然の変態だと決めなくていい……——自分のためにこんなに感情を荒げてくれる他人を、初めて見た。

たしかに世界っていろんな国が隣りあってできている。いろんな性格、さまざまな価値観がある。死んでも天国と地獄があるそうだ。俺はこの臆病な足で、たいして歩いてもいないくせに〝世界〟を悟ったつもりでいた。地獄だったのか。俺がいたのは地獄だったのか……。

ありがとう、と言おうとしても、泣いて言葉にならなかった。頭がどうかしてるんじゃってぐらい店内で噎《むせ》び泣いているのに、勇君は「思いきり泣いて忘れろよ」とか「ウーロン茶もう一杯頼んでやんね」とか「ほら、ハンカチ」とかなだめてくれつつ、俺をいじめた人たちに対する文句を言い続けてくれた。いつまでも傍にいて味方でいてくれた。

うつむくと、ぱらと落ちる涙とともに、首に巻かれたペンダントも揺れながら視界に入った。涙ににじんで銀色の光の塊《かたまり》に見える羽根。

——光いっぱいの幸せの場所へ飛ばしてくれるお守りだよ。

……そうか。勇君は俺が喜ぶ言葉や態度を知っているわけじゃない。勇君がしてくれることすべてに俺が喜びを感じるだけなんだ。勇君の存在が神さまだ。好きだ、勇君っていう人を。光いっぱいの幸せの場所……それは、きみがいるところに違いない。

「穏陽っていまはなにしてる人なの？」

勇君が注文してくれた追加のウーロン茶を飲み終え、気持ちも落ちついて店をでると、ふたりで駅へむかって歩いた。質問をくれる勇君は、俺を見あげて首を傾《かし》げている。

「会社員？　フリーター？　ニート？」

「え、っと……一応プログラマーで、……会社、休んでます……」

「まさか会社でもいじめられてる？」

社会人としてふざけた日々を送っていても、勇君は頭ごなしに貶《けな》さず思いやってくれる。

「いじめるって、いうか……会社は普通にブラック企業でした。会社に泊まりこんで働いても〝おまえらが無能だからあたりまえだろ〟って、こう……ひどい上司に責められて、残業代もでなくて、社員みんな死相がでてるような……」

「ブラックってフツーじゃねーからっ、穏陽のまわりほんとクソだな……転職考えてンの？」

「や……新しいところも、おなじだったらって……もう、さすがに、怖くて、ちょっと……」

「そっか、じゃあ心のお休み中なんだね。小中高に会社員、って環境変わるたんびに辛いめに遭ってたら怖くもなるよな」

「大学だけは、ひとりでゆっくり過ごせたよ」

「なに〝大学はセーフ〟みたいな言いかたしてんの。それ以外がそうとうどーかしてっから。穏陽はもっと救われていいから」

「……あ、ありがとう、勇君」

きみとこうしてる時間こそ、過去の痛みが幸せで塗り潰されていくような救いを覚えるよ。

「ううん。今日も平日の昼間だし、いつも高級なホテルだし、穏陽の生活が知りたかっただけだよ。あみだの答えも、結局全部教えてくれてありがとうね。指名してくれんのも嬉しいけど、場所は穏陽ンちとか近所デートとかでもいいんだから、無理しないようにな」

「うん、なにも無理はしてない」

駅に着いて、改札前でむかいあった。……これでデートはおしまいだ。

「きょ……今日は、本当に、ありがとうございました。デートスポットで、大泣きするなんて、ほんと、迷惑ばかりかけて……すみません。でも、夢みたいな時間でした」

「迷惑じゃねーよ。穏陽はさ、いじめられるほうも悪い的な、どっかの偉いさんのセリフみたいの言ってたけど、俺は穏陽を嫌いって思った瞬間はないぜ。一生懸命しゃべってくれてんのわかるし、優しいし、そういう誠実さちゃんと伝わってるから。俺も今日楽しかったよ」

真実の、嘘みたいに温かい言葉をくれた勇君の笑顔を見つめていた。周囲を行きかう人たちが全然見えなかった。勇君だけがすべてだった。その男らしく凛々しくて眩しい笑顔の瞳が、ふいに大きくなって、え、と息を呑んだ刹那《せつな》、唇に、むにとやわらかい感触が走った。勇君の唇だ、と認めたときには彼の両腕も首に巻きついて口を舐《な》められ、嚙まれて頭が爆発した。

口が離れるまで、しばらく唇への愛撫《あいぶ》をいろいろしてもらったけど、記憶が全部飛んだ。

「……デートスポットでやるっぽいことできたろ？」

いたずらに、信じられないぐらい美しく笑ってくれている。

言葉がでない。俺なんかと……キスを、してくれた。

「穏陽……？」

手も、動かせない。身体がまだ密着してる。勇君の体重を感じる。

「おーい」

抱きしめたい。

「ンっ」

勇君の腰をひき寄せて、掻《か》き抱いて、気づいたら唇にも噛みついていた。脳内が沸騰して、昂奮しすぎて聴力も壊れてなにも聞こえない。勇君でいっぱいで世界が遠い。この唇が欲しい。もっと味わいたい。上唇も下唇も、このまま吸い続けていたい。

やわらかい勇君の唇がおたがいの唾液で濡れそぼっていくのを、唇と、舌先で感じていた。ふと勇君の舌ものびてきて舌同士が触れあい、驚いて一瞬動きをとめたところで今度は勇君が俺の舌を舌で舐めて、奥までなぞってきて、気が動転して思わず離してしまった。

「……ぶっ。なんだよ、襲ってきたのにディープキスはビビんの？」

勇君がまた蠱惑的《こわくてき》に微笑んでいる。……あ。

「ご……ごめん」

「ううん、謝ることないよ。俺のほうこそびっくりさせてごめんな。いいんだぜ。穏陽は俺を好きにしていーの。お客さんなんだからさ」

……目の前で勇君が笑顔を絶やさずにいてくれるのに、胸が痛いのはなんでだろう。淋しい。勇君は慣れている。俺とのキスを、なんとも思っていない。仕事としか思っていない。

「穏陽？」

「あ、う、うん……ありがとう」

かろうじて自分も笑顔のようなものを浮かべてこたえたら、勇君が、へへ、と色っぽく自分の唇を舐めて、俺から腕を離した。

「じゃあまたね、穏陽。……ごめんな、俺はお客さんを見送らないといけない決まりなんだ。ここで見守ってるから、先にいって」

「……。はい」

うなずいて、頭をさげて、何度かふりむいて、くり返し頭をさげながら勇君と別れた。

改札前で人波にまぎれても、その隙間から顔をだして勇君は笑顔で手をふってくれていた。

胸の奥でもの悲しさが悶々《もんもん》と疼《うず》いている。キスをしてわかった。ちゃんと理解してしまった。

勇君はホストで俺は客だ。恋人でも友だちでもなんでもない。

勇君は俺に、恋をしていない。

# 3

「――ユウ、気に入ってくれたかな？」

左腕を天井のライトへかかげて、きらめく腕時計を眺めた。

「うん……でもこれめっちゃ高そうじゃね？」

「はは。わたしが安物を贈るわけないだろう？」

「やっぱな」

俺がため息をつくと、彼は背後から俺の腰を抱いて「ふふ」と艶っぽい笑い声をこぼした。その彼の腕にも高価そうな腕時計と、結婚指輪がある。

「中西《なかにし》さんて、俺以外のホストにもこんな贈り物してんの？」

ふりむいて訊ねたら、おじさま特有のダンディな微笑みを浮かべて俺の口にキスしてきた。

「……俺はユウにぞっこんなんだよ。わかってるだろ」

「はは、ぞっこんて」

顎の髭《ひげ》がくすぐったくて、この人とのキスは笑っちまうから苦手だ。じょり、と髭が自分の顎にこすれるたびに喉の奥で笑ってしまい、最後は我慢できなくて笑いながら口を離す。彼も機嫌よさげに笑って、俺を抱き竦《すく》めて裸の胸を右手で撫でてくる。

「この腕時計は自動巻きでね、腕につけていると自然にゼンマイが巻かれるけれど、はずすと停止してしまう。……わたしとの時間を、ユウにとめないでほしいという願いをこめた」

すげえ怖い束縛……と、本音は言わずに、「ありがとう」とだけこたえた。

中西さんは俺を贔屓《ひいき》にしてくれているお客さんのひとりで、有名なレストランをいくつも経営しているオーナーらしい。妻子持ちだったり、息子が俺より歳上だったり、愛車が何台もあったり、身につけているものが全部高級そうだったりするのに、時折俺みたいな若い男をオーダーして逢瀬《おうせ》を楽しんできた、っていうおじさまだ。

「嬉しいけど、あんまり高価なものもらうとお返しに困るよ」

「返してほしいものはない。わたしとこうして会ってくれるだけでいいんだよ」

「それも中西さん次第だし」

「そうだな。指名し続けるからわたしとずっといてほしい。勝手に辞めるんじゃないよ？」

勝手に、って……お得意さんではあるけど、俺は中西さんのものじゃないのになあ。

左側の乳首をつまんでいじられて、「ンっ……」とつい声がでた。「可愛い」とうなじから首筋まで舐められる。

「まだ……するの」

「……もう疲れたかい？」

「中西さん……巧《うま》くて、烈《はげ》しいからね」

「なら、またユウの聖水見せてくれるだけでもいいよ」

「ぶはっ、聖水ゆーなって」

この人はプレイの幅もひろくてテクもあり、かなり経験豊富なんだろうと察せられる。俺に執着しなくても、喜んで尻を捧げてくれる相手なんかたくさんいそうなのに、俺が働き始めたころから指名し続けてくれているうえに、プレゼントまでくれる。

「中西さんでもさ、若いころは性指向で苦しんだり、いじめられたりって経験ある……？」

「いじめ？　なんだ、ユウはいじめられてるのか？」

「ちげーよ。質問で返すなー」

子どもをからかうみたいに、中西さんは「ふふ」と上機嫌に笑う。

「わたしは悩んだことはないよ。女性とも男性とも楽しく過ごしてきたな」

「あー……たしかに、中西さんはうまくやりそう」

ノンケの前では女性の魅力について語って、男とシたければゲイが集まる場へいき、ストレスのない遊びをくり返す。この人はそれを難なくこなせちまうだろう。……穏陽だったらテンパってできない。穏陽が言ってた、明るく元気な楽しい性格って、こういう人のことか？

「で、いじめられてるのかい、ユウは」

やわらかい口調で、金でも権力でも人脈でもなんでも利用して助けよう、みたいなそら恐ろしい笑顔をくれる。

「や、ううん。そういう人も、いるのかなって。ちょっと妄想してただけ」

「妄想なら安心だ。実際多いからね、思いつめて自ら命を絶つゲイの話もよく聞く」

「えっ、よく？」

焦ってふりむいたら、中西さんは外国人みたいに眉と肩をあげてうなずいた。

「よくだよ。なじみのゲイバーでは、そんな話を定期的に聞く。最近は世間もだんだん柔軟になってきたようだけど、差別はあるし、人間には心があるからね。ユウはデリホスしてて耳にしないかな」

「しない……まだ日が浅いせい？　ホスト仲間にもしょっちゅう会うわけじゃないし」

「訊いてみたら、案外辛い経験をしてる子もいるかもしれないよ」

「そう、なのかな……」

　考えこんだら、ふふと左頰にキスされた。

「そのようすだと、ユウは恵まれた環境にいたみたいだね。安心だ」

「脳天気に生きてた、って……こと？」

「もちろん違うよ。人を差別していじめるような愚かな人間が周囲にいるか、いないかという話をしただけだ。恵まれていたのかもしれないし、ユウ自身が精神的に強かったせいかもしれない。なんにせよ、幸せに成長して、わたしと出会ってくれてよかった。ゲイは罪ではない。罪ではないよ」

　鬱々《うつうつ》と暗い思考に囚われた頭を、中西さんにうしろから撫でられた。

　地獄にいたんだ、と穏陽に言ったときの自分の苛立ちも蘇ってくる。

「……そうだね。差別しないで、個性だ、って受け容れてくれる人だっているんだもんね」

　終始怯えて会話も必死に、懸命にしてくれる穏陽の、おどおどしたようすや表情が頭を過《よぎ》る。ひとりの人間をあそこまで追いつめた奴らが憎かった。

　なにも悪くないのに、穏陽自身がそいつらを庇うような言葉をちょいちょい挟んでいたのも癪に障る。不運が重なったとか、自分も悪いかもとか。そういう穏陽の優しさまで腹立たしい。こんなの、単なる俺の八つ当たりなんだけど。

「中西さんの店もきっとホワイトだね。オーナーが柔軟で、いじめなんかありえねーもん」

明るく笑って空気を持ちあげた。お客さんに暗い話をしちまった。

「ははは。まあ店はブラックではないよ。家庭では悪い父親だろうけどね」

「家庭？　ん〜……でもデリホス頼むのはただの性欲処理だろ？　大人のアソビってやつ」

「淋しいことを言ってくれるねえ……」

またきつく抱き竦められて、強引なキスで頬や首筋や肩を攻められた。俺が笑うと中西さんもくすくす笑って、ふたりではしゃいでじゃれる。

腕時計が、俺の腰をくすぐる中西さんの腕にぶつかる。身につけていないと停止する時計。自分の身体にべつの人間の存在がずしりと重たくぶらさがったのを、すこし窮屈《きゅうくつ》に思う。

「……なんでゲイだと、キモいとか変態とかって、責められんだろうな」

はしゃぎ疲れて中西さんの胸に寄りかかり、目をとじて遠い過去の情景へ目を凝らした。

「俺、変態って言葉嫌いなんだよ」

「〝変態〟……？」

先生も自分で自分を責め続けていた。

「……うん。嫌いなんだ」

──俺が勇といれば世間は変態だって思うんだ。普通じゃない。異常で犯罪になるんだよ。

俺らはただ恋をしてるだけだ。あのころも出会って普通に恋をした。それだけだったのに。

帰宅してかーちゃん手作りの夕飯を食べ、交換ノートも書き終えると、やっと自室へ戻って腕時計をはずせた。普段つかっているリュックに巻いて、デスクの椅子にひっかける。

ベッドへ俯《うつぶ》せに倒れると、「疲れたー……」と声にだした。お客さんといると気疲れする。穏陽はリードしてくんないし、中西さんは絶倫だし……。まあ仕事ってのはこういうもんか。かーちゃんも、じーちゃんとばーちゃんだっておなじなんだろうな。他人を癒やす、ってのは簡単なこっちゃない。だけどもちろんいい日でもあった。いろいろ勉強になった。

あ、と思い出して身体を起こし、リュックから充電ケーブルの保護アクセサリをとってベッドへ戻った。サメのアクセサリをだして、枕もとの充電ケーブルに被せる。うん、カッケー。

——ぼくが、買うよ。ゆう君に、プレゼントさせて。

ぶっちゃけ、高価な腕時計より嬉しかった。自分の手が届かないものをもらうのは怖いし、保護アクセサリは〝こんな便利なのあったのかっ〟って感激したし。中西さんは妙な独占欲まで理由にしてたからな……まいった。

スマホに充電ケーブルをつけて水色のサメを眺める。サメは牙で、カメは甲羅《こうら》で自分を守る。やっぱカッケー。理不尽な傷をいっぱいつけられてきた穏陽には、カメをすすめてよかった。穏陽は攻撃する力より守る力を強化したほうがいい。そんな願いをこめたお守りみたいなもんだ。穏陽もちゃんとつけてくれているといいけど。

きっと穏陽も俺といて気疲れしただろうし、このプレゼントも無理してたかもしれないよな。ほんとにまた指名してくれっかな……。

——きょ……今日は、本当に、ありがとうございました。デートスポットで、大泣きするなんて、ほんと、迷惑ばかりかけて……すみません。でも、夢みたいな時間でした。

夢みたい、か。

――ぼくは、大勢の他人のなかに放りこまれたら、キモい人間なんだ、って……わかった。外の世界では……ゲイは……ぼくは、いじめの対象になる変態なんだって、わかったんだ。

ばかなこと言ってんなよ、っとに腹立つぜ。中西さんも話してたけど、いじめられてあたりまえの人間も、差別されて当然の性指向もない。ンなもんあってたまるか。

そりゃ〝こいつには関わりたくねーな〟っていう奴はどこにでもいるし、デリホスのお客さんに頼まれて〝ハードル高え〟ってビビる性癖とかもあるけど、相性があわないだけの話だろ。それを欠陥や差別の理由にして攻撃するなんざ言語道断だ。

穏陽は相性が悪い大勢の奴らに責められた挙げ句、自分が無価値な人間だって思いこんでる。くだらない人間たちの、ばかげた価値観が染みついちまっている。あんなの洗脳じゃねーか。また指名してもらえたら、ちょっとずつでも、穏陽に落ち度はないぜって教えてやりてーな。てか、あんなに格好いい男をいじめるってどういう奴らだよ。わかんねーわ。

――……勇。俺は犯罪者で変態だよ。俺たちは出会わないほうがよかったんだ。

いじめたかったんじゃない。先生のことだって俺はちゃんと好きだった。本気で。心から。だけど先生は、自分は変態だ、って嘆き続けて落ちていった。

人は悪意でも好意でも、他人を追いつめられる。毀《こわ》してしまえる。俺と穏陽は、相性いいんだろうか。

――ゆう君が、持ちたくないものかもしれない、んだよ。客の、面倒事なんて……そこまでゆう君が、無理して、知らなくても、
話したくなかったのかな本当は。教えろってガンガン責めた俺も、穏陽をいじめてた？

——こ、こういうときって、自分が受け容れてもらえることを、期待して、縋って、勇気をだすものでしょ。ぼくは、その期待ができない。受け容れてもらえる奴だ、って……自分に、自信を持てない……んだよ。

ほんのちょっとの希望さえ、穏陽は持てない。希望を持っていい人間だ、と思っていないのかもしれない。幸せになっていい人間じゃない、って考えているのかも。

違うって教えてやりたい。穏陽を癒やしたい。だけど、穏陽の痛みを会話上でしか理解していない俺にできるだろうか。先生みたいに追いこんで傷つけて終わる可能性だってあるよな。

——実際多いからね、思いつめて自ら命を絶つゲイの話もよく聞く。

穏陽は俺みたいにがさつで脳天気な人間とは違う。繊細で他人の機微《きび》に敏感で優しいんだ。

俺は同性愛が悪だなんて、考えたこともなかった。人を好きになるのが悪いことだなんて。でも好きになったあと、人が、たったひとりの人のために善人にも悪人にもなれるってことは知っている。

指定校推薦のために小論文の勉強と、じーちゃんとばーちゃんの居酒屋の手伝い、それにデリホスの仕事、とばたばた忙しくしていて一週間が過ぎようとしていたころ、見知った名前の人からデートの指名が入った。

「——やっぱ喜田さんだ」

「よう、ユウ」

待ちあわせたお洒落な喫茶店にいたのは先輩の喜田さん。彼は楽しげに笑っている。

「仕事の連絡いったとき、店長に〝喜田〟は俺だってネタバレされた？」

「いいえ。『とりあえずいってみて』って怪しさ満点だったから疑ってて、いま店入ってすぐ髪の色で発見してビンゴだなって」

右手の親指を立ててぱちっとウインクすると、喜田さんは「ははっ」とおかしそうに笑った。

「なんか注文しな」とメニューをくれたので、「お言葉に甘えて」とコーラを注文する。

「……でも、なんでわざわざお客さんに？　普通に誘ってくれればよかったのに」

「どうやってだよ。俺ら基本店いかないから会わねーし、俺ユウのケー番知らねーだろ」

「店長に訊けばいいじゃないですか」

「個人情報」

「あーそっか。俺らって思いのほか近くて遠いンすね」

肩を竦めたら、喜田さんはコーヒーを飲んでまた「はは」と笑った。

「喜田さんと遊べるのは嬉しいです。ホストっていうか、知りあいとしてデートしましょ」

ホストだと指名料に加えてデート代も全部喜田さん持ちになってしまう。

「気にすんな、俺がユウと話したかったんだ。ちょっとダベって、あとで買い物つきあえ」

「はあ、まあ、いいっすけど……」

喜田さんはホスト歴も長くて、俺のときみたいに新人研修してやった後輩もたくさんいるって聞いている。となると、これって……。

「あの……ホストの、テストかなにかですか？　うまく接客できてるのか……みたいな？」

ちょっとびくつきながら喜田さんの顔をうかがったら、怪訝《けげん》そうに眉をひそめられて、そのあとすぐ「ぶっ」と吹きだして笑われた。

「ははっ。ンなことするわけねーだろ、なんだテストって」

「いや……だって、なんで俺が選ばれたのか謎ですもん」

口をまげる俺を、喜田さんは瞼《まぶた》を細めて、にいっと格好よく見返してくる。

「ユウを気に入ってるから。俺が」

「……まじすか」

「まじまじ」

喜田さんが純真ぶってにこにこしている。嬉しいけど、気に入られた理由がわからない。

……大学生って嘘ついてるのがばれた、とかじゃないよな。

「そんな警戒すんなって。なに、接客に自信ないの？　だからビビってる？」

「や、そんなことは……あるけど、まあ、その、まだホスト始めて日も浅いんで、テスト的な面接だったら、緊張もしますよ」

「ねーよ、まじで俺の気まぐれ。つーか単純に興味あるわ、ユウが接客に自信ない理由」

「えー……呼びだしてくれたの喜田さんなのに、いきなり俺の悩み相談ですか？」

「いいだろ。お客さまの命令だ、話せ」

「ひでー」と顔をしかめたら、やっぱり「ははは」と笑われた。

人が悪いぜ。でも多少わけがわからなくても喜田さんのノリと雰囲気は好きで、ふりまわされるのも嫌じゃない。

研修のときもそうだった。初体験ではなかったものの、仕事としてするセックスに緊張していた俺に対して、真面目にときにフレンドリーに接して空気を和ませながら勉強させてくれた。歳も近くて親しみやすいし、なにより、言葉では表しにくい心地よさがこの人にはある。

「命令かー……」

昼下がりの平日は喫茶店内の客もまばらで、普段より時間がのんびりと経過しているような錯覚をする。黄金色の日ざしが喜田さんの金色の髪の毛に反射して、きらきらの天使みたいだ。細マッチョハンサムの天使さま。……この人、笑うと口角が綺麗にくいってあがるんだよな。男も女も、ノンケもゲイも、たぶん一度は〝あ、可愛い〟って見惚《みほ》れるに違いない美形。

迷惑だろうし、自分でもキモいと思うから本人には内緒にしてるけど、俺にとってこの人は頼りになる憧れのにーちゃんみたいな存在。

「その……俺って、デリカシーないんです。人と人なんて、心のなかぶっちゃけなくちゃ理解しあえないじゃんって考えてるところがあって、お客さん相手にもついガンガン訊いちゃう」

「あー……」

「相手が優しいと、すげえ無理して話してくれてるのもわかるから、気をつかわせてるな、みたいな……癒やすどころか疲れさせてるな、って反省っていうか……」

「ははは。おまえ客全員にいちいち尋問みたいなことしてんの？　理解しあいたくて？」

頬杖をついている喜田さんが、うつむき加減にくっくくっく苦笑する。

「全員ってこたないですよ、自分から話してくれるお客さんもいますもん。〝俺はいままで男を千人以上食った〟とか〝俺は成功者でなんだって手に入るんだ〟とか」

「ははっ、わかる、いるいる」

「ね。そういう人たちは楽なんです。どんな人間か知れるうえに、話聞いてても楽しいから。けどそうじゃなくて……やっぱデリホスって、仕事とか性指向とか……現実がしんどいから、逃避したい、癒やされたい、ってお客さんもきてくれるじゃないですか」

「……いるな」

「うん。明らかに救いを求めてそうなのに、それ言うの迷ってるお客さんと接するには、俺ってキツすぎかな、ってなるんです。それに俺、自分でなんでも決めたいんですよね。たとえば恋愛も、まわりの奴らにどれだけ〝異常だ〟〝不潔だ〟って責められて辛くても、自分たちで決めたいんです。なんで他人に決められなくちゃなんねーの。俺は自分の意思で好きになるし、自分が望む道を生きたいし、それで傷つきたい。他人の指図に従っていった道で傷つくなんてばかげてる。そいつらがかわりに生きてくれるわけでもない、俺の人生なのにって」

　喜田さんが俺を見つめている。見つめ返しながら続けた。

「……だから、他人に遠慮したり怯えたりしてる人の、力になれるかわかんない。〝気にすんなよ、あんたの人生だよ〟って訴えて忘れさせて癒やしたいんだけど、俺の言葉その人の心に響くかな。〝そういう考えかたができる幸せな人生を生きてこられたんだね〟って心の隔たり感じさせて、おたがいに相性あわねえってシラケて終わるだけじゃね？　って……不安」

　薄っぺらい人間なんだ、と自ら告白して恥ずかしかった。喜田さんの視線が痛くて、いたたまれなくなってきてコーラを飲む。心をいったんリセットして、へへっと笑う。

「ごめん喜田さん、わーってあふれちゃったや」

「……いや、ユウが真剣に客とむきあってるのがよくわかった」

「え、やっぱこれ面接なの……？」

「違《ちげ》ーよ」

またふたりで苦笑しあう。

「……なんつうか、おまえ見てると思うんだけど、ほんと、態度にも言葉にも嘘がないよな。偽善も諂《へつら》いも傲慢《ごうまん》もねえの。だから響く。それに、おまえべつに幸せってわけでもないだろ。母子家庭で、ガキのころ居酒屋のじーさんとばーさんに世話ンなってて、いまもその居酒屋の手伝いしてるんだっけ。で、苦労かけた母親を楽させたくて給料いいデリホス選んで働いてる。おまえ普通に苦労人だよ」

「や、苦労はしてないけど……」

「同い歳のガキで、そんなことしてる奴いるか？　苦労じゃない、ってあたりまえに思ってるおまえは、もうすでに〝底〟で生きる強さを身につけちまってるんだよ。おまえは思いやりもあって、努力もしてきて、それで強《つえ》ー人間になってんだ。五体満足に生きて適当な慰め言ってるわけじゃねえ、おまえの助言は真剣だ。説得力もある。本物の熱意も感じる。おまえの生きざま見て、その価値観に触れて救われてる人間は、絶対にいる。だから安心しろ」

喜田さんが右手をのばしてきて、俺の腕をばんばんと笑顔で叩いた。

嬉しかった。ここまで自分を認めてもらえるのも初めてで、涙がでそうなぐらい喜びに胸を圧迫されて苦しい。でもちょっと納得いかない。

「ありがとうございます。けど……喜田さん、俺幸せですよ」

父親がいなくても、かーちゃんが夜に帰ってこなくても、なにかが欠けているなんて感じたことはなかった。感じないように、かーちゃんたちが俺にめいっぱい愛情をそそいでくれた。かーちゃんに会えなくて隠れて泣いた夜も、じーちゃんとばーちゃんが美味いもん食べさせてくれて、抱きしめてくれて、傍にいてくれた。とーちゃんがいなくても、かーちゃんと、じーちゃんとばーちゃんがいた。血が繋がっていないことも関係ない。ガキのころからいままで、俺が孤独を感じて淋しいとき、勉強で苦しいとき、友だちと喧嘩して辛いとき、どんなときにもみんなに守ってもらった日々が、俺の胸に刻まれた幸福の証しだ。充分に満ち足りていた。

「ははっ。……そーいうとこなんだよな」

喜田さんはまた、うつむき加減に眉間《みけん》にしわを寄せて苦笑する。

「俺もおまえに救われてるぜ」

「喜田さんが？　俺に？　なんで」

頭上にはてなマークを飛ばしまくって首を傾げたら、喜田さんは、はあ……、と長いため息をついた。

「……絶賛傷心中なんだ、男にふられてな」

今度はびっくりマークが飛びかかったと思う。

「えっ、喜田さんふる男っているの？」

「いるに決まってんだろ、ふられまくりだ」

「まじっすかっ。わっかんねー……喜田さんふるとかまじ謎」

「ありがてーな、おまえに惚れそうだわ」

本気で意味がわからない。だけど喜田さんはふいに窓の外へ視線を投げて、遠い目をした。その先に恋人同士が到達する幸せの国があって、自分はいけねーな、と達観しているような、そんな。

「喜田さん、どんな人とつきあってたんすか」

「んー……何人目の話?」

「え。……っと、じゃあ、いちばん最近ので」

「最近のね。一緒に暮らしてた」

「同棲してる彼氏がいたんすか」

それはイメージどおりだ。俺のなかの喜田さんは心でしっかり結ばれた男に愛されて生活をしていた。デリホスでも優秀で、幸せも手にしている、誰もが羨む先輩だと思っていた。

「なんつーか……四ヶ月前に街で酔っ払って転がってたの拾ったわけ。したらうちに居着いちまって。その前も失恋して号泣《ごうきゅう》する客、その前は上京したてでゲイバーデビューして、あほな男から助けて懐いてきたガキ。……厄介なの拾っちゃあ捨てられる最悪の無限ループよ」

「ああ……面倒見がいいのもイメージどおりですね。でも、捨てるってひでーな。なんで?喜田さんになんか悪いとこあったの?」

「ははっ。ストレートに訊いてくんな。自分の悪いとこって、わかってても言いづれーわ」

「あ、すんません……だって俺には喜田さんの欠点? みたいの、全然想像つかねーもん」

コーヒーカップを揺らしながら、喜田さんがおかしそうに苦笑している。右手の人差し指にはめているアラベスクのリングも日ざしを浴びてきらめいた。

「まー俺もご立派な人間じゃねーからそれなりに欠点はあるさ。でも別れる理由は全部一緒。〝男と暮らしてると両親がうるさい〟とか〝ゲイは幸せになれない〟とかよ……ゲイの自分に負い目感じて追いつめられて逃げてくんだ。みんな結局、自分は差別されて当然の人間だって思ってるんだよな。普通の奴らの価値観に侵されて幸せになることを放棄する。俺がつきあう男そんな奴らばっか。ゲイの自分自身を受け容れてる奴がいねーんだよ。だからしばらくつきあってると未来がどんどん暗くなってくんだ。で、喧嘩しておしまい」

喜田さんが何度目かのため息をついて、また遠い目をする。ゲイカップルが見いだす明るい未来へ、喜田さんは幾度《いくど》頑張っても到達できない……ってことか。

グラスのなかでコーラの炭酸の粒が揺れて浮かんで弾けていく。……喜田さんの傷が嫌ってぐらい心に刺さった。まったくおなじ脆さを持つ先生と、おなじ理由で俺も別れたから。

「たしかにLGBTって見方変わってきてるけど、理解しようとしてる人たちもまだ戸惑ってて〝可哀想な人たち〟的な感覚もあふれてますよね。差別に怯える人を〝幸せになれる〟って希望持たすの、すげえ難しい」

「……でも、」と暗い記憶をふりきって顔をあげた。喜田さんを視線の先にまっすぐ捉えた。

「でも、だからこそふたりで幸せな未来つくりたいですよね。だいたい男と女だって、一緒に幸せ信じなくちゃ壊れちまう。うちのかーちゃんは〝水商売の女〟って差別されてとーちゃんに捨てられたよ。差別の種類だってめっちゃあってみんな苦しんでンだ。喜田さん次は〝差別も一緒に乗り越えたい〟って尽くしてくれる男探したらいいよ。喜田さんは面倒見よすぎんの。優しすぎんだ。今度は王さまになって〝捨てたら許さねえ〟って跪《ひざまず》かせてやんな、な！」

うんうん、と自分の主張にうなずきながら励ましたら、喜田さんの視線が遠くからこっちへ戻ってきた。俺を見返して、唇をくいっとあげ、きらきら金色に微笑む。

「跪かせンのか。――……ははっ、やっぱおまえ最高だわ、指名してよかった」

今日いちばんの幸せそうな笑顔になってくれて、俺も嬉しくて、自然と笑っていた。

「研修のときから気に入ってたんだよなあ……おまえだけは俺の目に狂いはなかったぜ」

「まじすか。やりぃ」

「ははは」

先生を傷つけたころから変われたかな。人を幸せにする力……俺もすこしは身についたかな。

きらきらの、喜田さんの金髪が眩しい。

「ンじゃ、そろそろ場所変えっか」

「あ、はい」

喜田さんが席を立つのにあわせて俺も立つ。リュックを背負い、ふたりで店の外へ。

「あ、そういえば、このあいだおまえに会いたがってた客いたよな。ほら、休みの日に何度も指名の電話かけてた」

「ああ、はい」

穏陽だ。

「昨日あの人の噂聞いたぜ。ケンってホストもあの人に指名されてさ、ホテルいったらシャワー浴びるのもキョドりまくりで一苦労だったたって。ウブな人らしいな？　ははは」

……。……は？

「待ってください。それ穏陽？　前山穏陽のこと？」

「あ、そうそう、前山さん」

「シャワー浴びたんですか？　セックスもした？」

つい声が大きくなって、「ばか」と後頭部を軽く叩かれた。いって。

「そこまでは聞いてねーよ。シャワーの話だけでも面白エピソードありすぎて終わんなかったからな。でもシャワー浴びといてヤんねーってことないだろ。ヤったんじゃね？　ケンは根っからのA型気質で、中途半端な接客しねーしな。できねーっつーか」

ヤったんじゃね、やったんじゃね、ヤッタンジャネ……と頭に喜田さんの声がこだまする。腹のあたりが重くなって、もやもやした嫌な気分になってきた。

——ご、ご、ごめん、謝るのは、ぼくのほうだよ。ぼくも上辺の関係は、淋しい……ゆう君とは、とくに、淋しい。本当だよ。

穏陽の奴……なんだよ嘘つき。俺じゃないホストなら一回目の指名でシャワーもセックスもあっさりするのかよ。俺のときはあんなにビビって拒否ったくせに。

——きょ……今日は、本当に、ありがとうございました。デートスポットで、大泣きするなんて、ほんと、迷惑ばかりかけて……すみません。でも、夢みたいな時間でした。

……違うか。俺がばかで、穏陽に嘘をつかせてたのか。やっぱり穏陽も俺といて気疲れしていて、癒やされてなんかなくて、しんどかったのか。面倒だったのか。嫌われてたのか。

——あ、あ、……愛、だよ。……恋人だ、から。

——……ありがとう。……きみに会えて本当によかった。ゆう君。

……なんだよ。客のあんたが俺を気づかってどうするんだよ。慰めるような優しい言葉なんか言わないで、とっととべつのホストに乗りかえればよかっただろ。ばか。……ばかやろう。優しすぎるんだよ。ここは優しくするとこじゃねんだよ。こんなのちっとも嬉しくねーよ。


喜田さんと、ケー番とメッセージアプリのＩＤを交換した。

『またケンに訊いといてやるって。もしかしたらヤってねーかもしんねえじゃん落ちこむな』

『落ちこんでないっすよ。そういうんじゃないです。ケンさんにも訊かなくていいですから』

『拗ねちゃって、可愛いでやんの～』

『違うって。つかケンさんとも連絡先交換してないなら、俺みたいにわざわざ指名して会うことになるんでしょ？　いいですからね、そんなことしなくて』

『でも気になるんだろ？　大好きなお客さんがべつのホストとセックスしたかどうか』

『違《ちげ》ーよ。俺は力不足だったんだなってへこんだだけっす。そんだけ。喜田さんも忘れて』

『へこませたのは俺が余計な話したせいじゃねえか。責任とらせろ、心配しなくていいから』

はあ、と息をついてベッドの上で寝返りをうった。……最悪だ。喜田さんにまで迷惑かけてるじゃないか。今日は彼の失恋の傷を癒やすのが、俺のホストとしての仕事だったのに。

街を歩いているときも、服やアクセを見ているあいだも、結局穏陽の話を中心にダべって、喜田さんに変な勘ぐりさせて罪悪感を抱かせて解散した。で、家帰ってきてもこのメッセのやりとり……。まじで俺ホストむいてねーわ。癒やすどころか悩ませまくってる。気づかわせて、ふりまわしてる。クソだ俺は。クソ。クソクソクソクソっ。

「あーっ」

　ベッドの上で俯せになって、枕の下に頭を突っこむ。埋もれて雑音が遮断されて、海の底に沈んでいるみたいな暗闇に包まれる。……ケンとも高級ホテルだったンかな。豪華なソファと真っ白で清潔なベッドがある夜景の綺麗な部屋で、あの穏陽が鎧《よろい》みたいに身体に張りつけていた服を脱ぎ捨てて裸晒《さら》して、風呂に入った？

　風呂ではホストがお客さんの身体を洗ってあげる決まりだ。身体中撫でられて泡にまみれて、穏陽楽しかったンかな。嬉しかったンかな。気持ちよかったンかな。……っていうかケンってどんな男だ？　可愛い系？　イケメン系？　マッチョ系？　チャラ系？　兄貴系？　あー全っ然わっかんね。俺とまったく違うタイプなら五十億歩ゆずって許してやらんでもねーけど、似た系統なら気分悪《わり》ぃったらねー。

　デリホスはかーちゃんが昔働いていたクラブみたいに永久指名制なんかないし、出張ついでの一見《いちげん》さん的な客も多い。だから中西さんだって俺だけとか言いながらほかのホストを食い漁ってる可能性は大いにある。〝可能性〟どころか、穏陽は〝ガチ〟でヤったって知っちまったから苛つく。っていうか中西さんは何人切りしてようが納得だけど穏陽は苛つく。

　……穏陽との関係はいわば栽培だった。荒れた畑みたいだった穏陽の心を一緒に耕《たがや》して、種をまいて水をやって、ようやく〝絆〟って名前の元気な果実がなったところだったんだ。絆も信頼関係も、ふたりですこしずつ、でも確実に育んできた。そんな、温かい充実感があった。なのにケンがでてきたとたん、その温かかった〝絆〟は、俺のなかで急に〝優越感〟っていう汚いものにすりかわっちまったっぽい。

俺たちが育ててた絆に、俺の穏陽の畑に――心に、突然ずけずけ入ってきて新しい種まいてんじゃねーよちくしょう。けどわかった。俺の勘違いだったんだろ。俺の独りよがりだったんだよな。穏陽は俺が〝穏陽と果実を作りたい〟って言ったから、愛想笑いしてしかたなくつきあってくれただけなんだ。ケンとはなに作ってンの。エロいかたちのヘチマでも作ってンの。それとも可愛いいちごちゃん？　ンだよ。結局はなから邪魔なのは俺だったってことかよ。

きっと俺が水や肥料をやりすぎたりしてがさつに扱っていた心を、穏陽はひとりで整えなしていたんだろうね。ケンはめっちゃ器用に、整える必要なんかない心地よさで穏陽の心にも身体にも栄養をくれたんだろ？　俺は掻き乱すばかりで、穏陽に嫌がられてたんだろ。

デリホスってのは別離がわかりづらい仕事だけど、こんなふうにお客さんの気持ちに厳しく精査されて簡単に切られてまわってるんだな。ばいばい穏陽。……ばいばい。ごめんな。

俺の畑が乾いて枯れ始めていた翌日、穏陽から指名が入った。場所はいつもの高級ホテル。

「――……こんばんは指名ありがとうございますユウっつーか勇ですお邪魔します」

棒読みの早口で挨拶して、穏陽のひきつった笑顔を見あげる。

「ど、ど……どうぞ。きてくれて、あ、ありがとう……勇君」

きてくれてありがとう……だと？　「なかへ、えっと……どうぞ」と穏陽にうながされて、ふたりで部屋の奥へいく。俺より身長の高い、ちょっと猫背の背中……この真んなかを、いますぐ叩いてやりたい……。

「す、座って、……ください。さっき、コーラ、た、頼んでおいたから、これも……どうぞ」

ソファに腰かけたら、穏陽はつくり笑いを浮かべてそわそわしながら俺にグラスをくれた。

このあいだのデートで俺が選んだのとおなじソフトドリンクだ。たぶんここのルームサービスだったらこの一杯で五百円以上するはず。泡がグラスの底から上へぷつぷつのぼっている。

「……ありがとう。ございます」

飲まないのも悪いからストローに口をつけて飲みこんだら、喉が痛くなった。

「ゆっくり飲むよ。先にシャワー浴びちゃおうぜ」

「えっ、や、それは、あの、今日も……いいです」

ンでだよっ。

「今日もシないの？　しゃべるだけ？」

「あ、え、っと……はい」

「だったらホテルじゃなくてデートに誘ってくれればよくない？　わざわざしゃべるためだけに金かける必要ねーよ。このコーラ一杯の金額ぶんすら、俺穏陽のこと癒やせねーし」

「え、い、癒やされ、ます」

「いいよ、嘘つかなくて」

「う、う？　……う、嘘じゃ、ない、んです、けど……」

穏陽は叱《しか》られている子どもみたいに俺の斜め右に突っ立って、狼狽している。

「い……勇君、なにか……お、怒ってます、か？」

「怒ってねーよっ」

つい声が大きくなって、穏陽の肩がびくっと跳ねた。

「そ、そう……」

「いや怒ってる」

「え」

「てか苛ついてる！」

「え、ぇ、い、いら……？」

あーくそっ。

「なんで今日俺のこと指名したの？」

ちくしょう、俺の目めっちゃ穏陽のこと睨《にら》みつけてる。声もすっげえ尖ってる。こんな態度とりたいわけじゃねーのに自分がむかつく。穏陽も思いっきりビビってんじゃねーかよ。

「あ、ぇ、その……指名、したのは、い、勇君に、あ、会いたくて……です」

でもこの苛つき、おさまんねえ。

「いらねーよそんな気づかいっ。べつに俺穏陽に切られたって仕事なくなんねーから」

「あ、は……はい。……勇君が、人気なのは、わかり、ます……けど、気づかいって、その、どういう……」

「そうだろ？　だって穏陽俺といたって疲れるだけじゃん。楽しくも気持ちくもねーじゃん。俺のこと指名し続けるって言ってくれたけどさ、べつにそんなの忘れていいんだよ。社交辞令でいいの。嫌になったら捨てていいの。穏陽はお客さんで王さまだって教えたろ？　むしろ、お情けで指名続けてもらうほうが、こっちのプライド傷つくからっ！」

穏陽が視線だけうつむかせて、「えっと……えー……」と言い淀みながら悩んで焦っている。

右手で後頭部の髪を掻きまわした。このあいだデートのために綺麗に切ってくれていた髪が、寝グセみたいに乱れてはねて渦を巻く。

「あの……、と……ぼくが、勇君を、指名したくない……みたいになってるのは、なぜ……」

「……ケンとシャワー浴びてセックスして楽しくて気持ちよかったんだろ」

自分の声色がダサいぐらいふてくされていた。申しわけなくて見返せなかった穏陽の顔を、おそるおそる視線の先に捉えたら、いちご以上に顔面真っ赤になっている。

「ど……どうして、そ、それ……」

「……たまたま聞いた」

「しゅ……守秘義務、的なのは……」

「たまたまだっつってんだろっ、知りたくもねーのにたまたま偶然知っちまったンだよ！」

ストローをひっこ抜いて穏陽にずいとさしだした。コーラの水滴を垂らしてのびるストローを、穏陽は「え、ぇ」と困惑しながら受けとってくれる。で、俺は直接グラスに口をつけて、ぐいっとコーラを飲みこんだ。

「あっ、と、えー……と……ケンさん、とは、もう……会いません」

「……べつにンな約束してほしいわけじゃねーし」

「や、その、約束ではなくて……ぼくが、決めた、ことです……」

右手にストローを持ったまま、穏陽は左手で前髪を掻きまわしている。

「……なんで。ケンは好みじゃなかったの？　身体の相性悪かった？」

「と、いうか……最初から、好み、とは、遠いタイプ、の、ホストさんを……探してました。会うのも、一回きりって決めて、お願い、したんです」

「どういうこと？　俺から乗りかえたくなったんじゃねーの？」

稔陽がうつむいて髪を摑んだ格好でかたまった。

「……勇君からは、離れたくない。勇君との関係が、終わるのは、ぼくが、勇君に捨てられるときだと、思ってるし……勇君は、ホストとしてじゃ、なくて……ひとりの人として、ずっとぼくの、特別な、人……です」

……ふん。

ふーん。

「あと、あの……シャワーはしました、けど……セックスは、して、ないです」

「でも意味わかんねーよ。なんで好みじゃない奴を一回きりで指名する必要があったんだよ。いろんな男味見したくなった？　つか稔陽がシャワー浴びれたんなら嫌いでもねーだろうし」

稔陽が左手を髪からおろした。壊れかけのロボットみたいにかくかく顔をあげて、俺を見て、目があったとたん横にそらす。下唇を噛む。

「い……勇君、は……シャワー浴びる、人……みんな、好み、……ですか」

「え、俺？」

「タイプじゃない、客、とも……浴びますよね。……セックスも、する。……キスも」

「するよ」

なんで俺の話？　と見返していたら、稔陽とちゃんと目があった。意志の強い、鋭い目。

「し……知り、たくて。勇君が、どんな思いで、仕事してて……ぼくと、キス……したのか」

稳陽の眼力と言葉に捕らわれて、ほうけた。

「俺らは、立場が違うじゃん。俺はお客さんを癒やすのが仕事なの。たとえば〝恋人コースで〟って頼まれたらみんな恋人、みんな好きなんだよ、その時間だけ。だから平気なんだ」

「そ……そう。……みんな、好き、……なんだ。……。……そうか」

俺が恋愛感情なしにキスやセックスをするのが、誠実な穏陽には理解できなかったのか？　ていうか、受け容れがたかったってこと？　あの別れ際のキスが〝自分も好みじゃない男と寝て実験してみよう〟と思わせるほど謎だったたってことかな。ともあれ要するに、この不可解な行動は、俺を想ってのことだった、って言ってるんだよな……穏陽。

「……穏陽は？　ケンとシャワー浴びて本気で嫌だったの？　情ぐらいは芽生えた？」

「情……って、いうか……『抱かせろ』って迫られて、逃げるのに必死でした……ケンさんはタチが、いいらしいんです。ぼくのこと好みだから、ヤるならヤらせろって……困りました」

「え、お客さんに無理《むり》強いしちゃいけねーのに、ケンの奴なんでンなふざけた要求したんだ、最低の接客じゃねーか。穏陽、店に抗議していいレベルだぜ」

「い、いいです、ぼくがうまく断れなかったんだし、もうお会いすることも、ないですから」

穏陽が焦って左手をふりつつ、また優しいことを言っている。……ふうん。

「えふっ」

コーラをもう一度飲んだらゲップがでた。思わず「ははは っ」と自分で笑ってしまったら、目をまるめた穏陽もすぐに表情をゆるめて、「ふふ」と小さく笑った。

「あ？　穏陽、笑顔かわいーじゃん」

「え」

「隣こいよ、立ってないでさ」

ソファを叩いて誘ったら、穏陽は動揺して視線を泳がせてから「は、はい」と近づいてきて右横に座った。俺がむしゃくしゃして強引に押しつけたストローを握ったまま、膝に手をおく。丁寧に、大事そうにストローをつまんでいる細長い指の綺麗さ。温かさ。

「……まあ、穏陽にはいろんな人とキスしてる俺が汚らしく見えるかもしれないけど、本気で無理って感じるまでつきあってもらえたら嬉しいよ。お願いな」

「きっ、き、汚らしいなんて、思ってません、思いません、絶対にっ」

「そう？」

「は、はい。はい！」

叫んでくり返して、俺を睨むように目でも訴えてくる。

「はは」と、失礼なのについまた笑っちまった。苛立ちも吹っ飛んだ。まじで優しーでやんの。こんないい男いじめてた奴らの存在が信じらんねえし、そいつら全員やっぱクズ以下だわ。

「穏陽にもこないだ言ったじゃん。うちかーちゃんが夜の仕事してて、俺がガキのころ世話してくれたのは近所のじーちゃんとばーちゃんだったんだけど、ふたりも居酒屋経営してたのね。そンでお客さんのこと癒やしてた。そうやってみんなのこと見てて、俺も人を癒やす仕事すんの夢になったんだよ。で、デリホスならその夢も叶うって喜んでたのに、癒やすって難しいなって、最近思っててさ……。でも穏陽は話しながら心ひらいてくれてんの感じて、嬉しくて、俺も特別って思ってるとこあんの。なのに、穏陽がシャワーも浴びたいって思ってくんない俺を、お情けで指名し続ける気なのか、って想像したらすっげえ悔しくてさ……穏陽に気ぃつかわせんの申しわけないし、嫌々そんなことさせる自分もむかつくし、情けねーし……なんか、八つ当たりみたいンなった。ごめんね」

　へへ、と苦笑いしたら、穏陽は口をひらいて茫然《ぼうぜん》と俺を見返し、かたまった。

　かーちゃんは水商売が原因でとーちゃんに捨てられてるし、デリホスも世間的に自慢できる仕事じゃないことぐらいわかっているさ。でも俺はプロ意識もプライドも持って働いている。そのなかで、辛い過去までさらけだしてむきあってくれる穏陽は、自信をくれる特別な客だ。穏陽にも本気で、心から求められたい。義理でつきあってもらうのなんかまっぴらごめんだ。

「……や、う、ううん……むしろ、勘違い、しないでほしいです。勘違い、させて、ぼくのほうが、すみません。い、勇君に、癒やされてるどころか、ぼくは、この命を、救われてます。救われました。きみのおかげで、ぼくは、生きてる」

「え、生きてる？　そんなに？　大げさじゃね？」

「そんなことない。本当だよ。真実なんだ。……救われてる」

　穏陽が身体を俺のほうへすこし傾けた。

「じつは、その……会社に、また……いき始め、ました」

「え、ブラックなのに？　大丈夫？」

「うん……朝起きたときから、腹が痛くて、電車に乗るのが辛かったり、吐いたり、仕事してると、涙が急にとまらなくなったり、こう……軽い鬱症《うつしょうじょう》状が、結構あったんだけど、」

「軽くねーよ、限界きてんじゃんかっ」

「やっ、ご、ごめんなさい、それは、いままでのことで……勇君と会ってからは、変わったんです。お腹は、痛いことも、まあ、あるんですけど……勇君に会うには、お金が必要なので、会いたい会いたいって勇君を想うと、いろんなことが……平気に、なります」

「え、えー……それ、俺喜んでいいの……？　寿命ちぢめてる気しかしねんだけど……」

「救ってます、救ってるんですっ。……いま、ぼくは、どんなことにも、前むきになれます。死ぬほど苦しくても、勇君に会っていた時間や、これから会う時間を想像して、妄想しているだけで……現実に、立ちむかえる。朝が怖くない、電車にもひと駅ひと駅おりたりしないで、会社にいける、上司に怒鳴られても、この時間もお金になってる、って、嬉しくなる。勇君の顔が浮かぶ。……幸せになれる」

　やべえ、救えてると思えねえ。でも穏陽の瞳に真実の輝きがあるのは相変わらずで、感謝や至福感がたしかにきらめいて見てとれる。

　コーラを飲んで、穏陽の手からストローをとり、グラスと一緒に横の棚へおいた。

「……わかった。嬉しいぜ。なら俺がすることはひとつだ。めいっぱい癒やしてやる」

　コートを脱いで、カットソーもまくりあげる。

「ちょっ、ちょ、い、いい勇君っ、なんで、脱ぐのかっ」

　穏陽が飛び退いてソファの端まで逃げていった。

「なんでって、仕事頑張れるような思い出つくるんだよ。天国見せてやるから安心しな」

　カットソーをインナーごとまくって脱ごうとしたら、「ああっ」と穏陽に摑んで戻された。

「い、勇君の、は、裸は、見たくないっ」

めっちゃ大声で拒否られた。

「……ンでだよ」

「て、……て、天国どころじゃ、ないですよ……ほ、本当に、死ぬ」

「俺が童貞食ってやっから！」

「やっ、あの、ほんと……刺激、強すぎます……」

耳まで真っ赤になって、穏陽が両手を顔の前にあげ、俺を遮《さえぎ》る。目もとじている。

「見ろよほら俺の自慢のピンクの乳首！」

立ちあがってソファに右脚の膝をつき、胸をだして迫った。

「ちょ、待っ、……い、勇君っ、」

顔をそむけて逃げられる。

「見たくないのかよっ、いいんだぜ、ちんこだってほらっ」

右手でパンツも下着ごと半分おろしたのに、背中までむけて拒絶された。

「無理です……ほんとに、勘弁してください……」

無理ってなんだよ、超失礼じゃね？

「ひでーの穏陽。ケンの裸は見たのに俺のはそんなに嫌なのかよ」

猫背の背中にむかって愚痴ったら、髪の右側が乱れている後頭部がうつむいた。

「……。……昂奮、しすぎて……きっと、傷つけるから」

？　自制してくれてるってこと？

「いいぜ、オオカミさん。それ受けとめんのも俺の仕事なんだってば」

「――……。や……やっぱり、いいです」

「なんだよもう、全然癒やせねーじゃんっ」

まるだしにしている胸と股間《こかん》がすーすー冷える。まるまった背中が微動だにしないのをしばらく眺めて待ったものの、諦めて服から手を放し、ため息をついた。

「じゃあ稔陽の裸見せてよ」

「えっ」

「ケンに見せたんだろ、俺も見たい」

「ケンさんの、ことは……そんなに、気にしないで、いただけると……ありがた、」

「気になんだよ。あーあ、哀しーな。稔陽それ結局俺よかケンに心許してるってことだかンね。特別だとか言って遠ざけて、前むきに成長した姿俺には見せてくんねンだもん」

「え……ぅ、」

「……って、こんぐらいの嫉妬《しっと》はさせろよ」

怯えてちぢこまる背中に笑いかけたけど、苦笑いになったと思う。しゃーねえ、今夜も稔陽の望みどおりおしゃべりすっか、と座りなおそうとしたら、突然稔陽が勢いよくふりむいた。

「わ、わ、かった、わかった、脱ぐよっ」

「え、」

ニットのセーターを裾《すそ》からめくりあげて脱ぎ捨て、ワイシャツのボタンに指をかける。

「ほんとにいいの？　悪《わり》ぃ、無理させてね？」

こんな我儘《わがまま》、俺がやってることもケンと変わんねーじゃん。

「大丈夫……だけど、瘦せて見窄《みすぼ》らしいので、そこは……許して、ください」

ボタンにかかる長い指先がかすかに震えている。緊張してくれている。ふたつ、みっつ……とボタンがはずれたところで首もとの光にも気づいた。俺があげたフェザーのペンダント。

俺も身を乗りだして、穏陽の膝の上にむかいあう格好で跨《また》がった。

「ちょっ、あの、い、勇君、」

「うん、このままボタンだけはずして。寒いから全部脱がなくていいよ、ボタン五つだけ」

穏陽が乱れた前髪に右目を隠して、左目だけで俺を見あげる。

「う……うん、わかった」

ぷつ、ぷつ、と最後のボタンもはずれた。ペンダントのシルバーもなじむぐらい真っ白い肌の、薄い胸板がシャツのあいだであらわになる。

「……本当に瘦せてるね」

あばら骨が浮いてる。身長高《たけ》えのに、体重俺以下なんじゃねえの。

「……すみません。貧相で、恥ずかしいです……」

「心配してるだけだよ。腹くだしたり吐いたりしてりゃ、弱るに決まってる。穏陽が頑張って生きてきた証しだよな」

右手で穏陽の胸をそっと撫でおろしたら、「う」と肩を竦めて反応した。恥ずかしそうな、居心地悪そうなようすで、うつむいてしまう。俺はフェザーのペンダントを自分の胸で覆うようにしてゆっくり寄り添い、穏陽の首に両腕をまわして抱きしめた。

「うちのかーちゃんも仕事で酒呑んでげーげーやってる。俺と生きてくためだって、ちゃんとわかってるよ。穏陽もかーちゃんも幸せになるために身体ぼろぼろにして努力してるんだよな。……こうやってきちんと手が届くんだもん、俺にも穏陽のこと幸せにさせてよ」

「……勇、君……」

服越しに穏陽の素肌のぬくもりが沁《し》み入ってくる。がりがりでも体温は高くてあったかい。

「い……勇君は、ホテルで会うと……しゃべるだけか、って、言ったり、するけど……ぼくは、自分と、会話をしてくれる人の、存在も、夢です。夢みたいな、人です、勇君は。……だから、充分すぎる、ぐらい……ぼくは、癒やされていて、……幸せです」

穏陽が顔の角度をそっと遠慮がちに変えて、俺の肩に顎を乗せた。これだけ密着していると、穏陽がしゃべるとき声が震えていることも、短くくり返される呼吸の数も、よくわかった。

「……そっか。そうだね。ホストの価値観で頭ごなしに決めつけてたよ。会話って、人と人がきちんと繋がりあうために必要で、とっても大事なものだもんね。シャワーを浴びたら偉い、セックスしたら癒やせるって、それ違うよな。反省する」

かーちゃんがどうして、疲れて体調を崩した日にも俺との交換ノートを欠かさず続けてくれているのか忘れていた。いつの間にか〝日々の仕事〟って感覚でいたけれど、あれも俺との絆を結び続けるためにかーちゃんが考えてくれた大事な会話なんだ。おかげで俺はかーちゃんの愛情を疑ったことがない。親に愛されてるって断言できる息子にしてもらえた。おなじように、穏陽も俺といて、会話の大事さを感じてくれているんだ。

穏陽を抱きしめる腕に力をこめたら、穏陽の肩や背中が強ばったのを感じた。

「や、いえ、……ぼくこそ、勇君を非難するような、言いかたになって……すみません。勇君が、ホストの仕事に、誇《ほこ》りを持って、真剣にとり組んでいるのに……ケンさんを巻きこんで、変な、勘違いをさせて、申しわけないです。……ケンさんにも、悪いけど……勇君だけです。これからは、勇君だけ、指名し続けます」

「へへ。うん、ありがとう。俺もほかのホストに悪《わり》ぃけど嬉しいよ」

そっと腕をゆるめて上半身を離し、稔陽の目を覗いた。顔が近くて、稔陽は真っ赤に緊張してしまい、短時間しか視線をあわせてくれない。照れが伝染してきて、俺もはにかんで、へへ、とごまかす。

「い……勇君が、客を、……というか、ぼくみたいな、奴にも、真面目に〝癒やしたい〟ってむきあってくれる、そういう、優しくて……純粋な、気持ちは……ほかのお客さんにも、伝わってるはずです。自信、持っていてほしい」

まじかよもう……喜田さんも稔陽も俺に自信持てって、泣かす気かよばか……。

「ありがとう。やべーよ稔陽、俺泣ける〜……」

ふへ、と苦笑して稔陽の唇に口を近づけたら、一瞬でひき剝《は》がされて面食らった。

ム。

「そっ、それは、しないで、」

「なんで、いまそーいう雰囲気だったろ？　また拒否るしー……」

「そ、ういう、雰囲気だった、から、したくな、」

「だめ」

俺の両肩を押さえている穏陽の手がゆるんだ隙をついて、さっと唇に噛みついた。うっ、と穏陽が息を呑んだのも察知して喉で笑いながら、角度を変えて口先を吸い、舐める。

応えてくんねーかな、無理なら無理で好きにしちゃうけど、とやわらかい唇をねぶり続けていると、いきなり背中をがばっとがっちり抱き竦められた。「ン、いて」と洩らした声ごと、今度は俺がかぶりつかれて怯《ひる》む。上唇を咥《くわ》えられた。甘噛みしながら嬲《なぶ》られた次は下唇も。

このあいだもそうだったけど、穏陽はいったんスイッチが入ると強引だ。こんなに激しい欲望を我慢しようとしてくれたんだなと感じ入りながら、その全部をぶつけられて襲われるのは、すげえ嬉しいし昂奮する。

「ンっ……」

背中も後頭部も押さえつけられて掻き抱かれ、痛いぐらい唇を吸われる。口をひらいて舌をだしたら、そっちも吸われて舌でなぞられて甘噛みされた。キスのしかたを知っている、って動きじゃない。衝動のままがむしゃらに、好き勝手にしゃぶられているのがわかる。マニュアルなんかない、穏陽なりの、穏陽のキスだ。感情が仕草にこめられた熱い愛撫……こういうの初めてだな。

「……勇君」

穏陽が口を離すと、俺は額《ひたい》同士をくっつけて「ん?」とこたえた。目の前で、穏陽は懸命に息を吸って呼吸と気持ちを整えている。

「勘弁……してください」

ぶは、と笑っちまった。

「俺が怒られんの？」

「お、怒っては、ないです、けど……」

「めっちゃ吸ってきたの穏陽じゃん」

「それも、……そう、ですけど」

　ははは、とおかしくて笑う俺に、穏陽は複雑そうな表情をしながらももう抗議してこない。

「穏陽がにーちゃんだったらよかったかもな。一緒に育って、ずっと傍にいてさ。そしたら俺、穏陽が外でどんだけ辛い思いしてきても守ってやれたじゃん。ちっさいころからず～っと」

「に、にーちゃん……」

　なんだか無性に、この痩せっぽちの、温かい男が愛おしくてたまらない。クズな人間たちから、どす黒い環境から、汚い世界から、二度と傷つかないでいいよう全身で抱きしめて守ってやりたくて心が激しく騒ぐ。暴れる。

「……ンじゃあ、おしゃべりしよっか。時間もったいねーもんな！」


　二日後の日曜日、喜田さんから電話がきた。

『あの夜のこと、ケンに訊いたぜ。ケンっておまえとこのあいだ話した短髪マッチョの新人なんだけど、前山さんはずっとおろおろしてるし、しゃべりかたも変だし、ペンダントに触っただけで異常に怒るしでキモくて、ネコはしたくなかったから抱かせろって迫って、拒否られて終わったんだってよ。接客態度の悪さに俺がぶちギレたわ』

スマホのむこうで喜田さんが苛ついているのに、自分の顔はにやけていくのを感じる。

「そっか。……うん、ありがとう喜田さん、もう充分だよ」

声までにやけていたせいか、『あん？』と訝《いぶか》るような返事が聞こえた。

『なんだよ、機嫌なおったか？』

「べつに機嫌悪かったわけじゃないっすよ」

『悪かったろ』

「ん、ンー……ともかく、前山さんには先日指名もらって、本人からもケンを指名した理由を聞かせてもらったんで、喜田さんにも裏話教わって充分満腹です」

『そうだったのか。ユウのこと飽きたわけじゃないって？』

「はい。好きでもない男と寝てる、俺の気持ちが知りたかったんだって」

『は……？　おまえそれ大丈夫か。おまえを知るためにほかのホストまで利用するって、依存されてる証拠だぞ。ストーカー一歩手前じゃねーか』

ストーカー……？

「そんなことないっすよ」

『ばか。なにかされてからじゃ遅《おせ》ーんだからな』

「穏陽は犯罪をするような男じゃないです」

『フン。甘《あめ》ーな。とにかく、おまえに恋愛感情を持ってるってのは自覚しておけよ。恋愛、なんてお綺麗なモンとっくに超えてるかもしれないけどな』

恋愛か……穏陽が特別視してくれてんのは自覚してるけど、それを言うなら俺もおなじだ。

でもだからって恋愛で括るのは性急すぎじゃね？　俺は穏陽にちゃんと仕事として接してるって伝えてあるし。それでも駄目？

うーん、と左手で頭を掻いてベッドに腰かける。

「喜田さんはお客さんとつきあったとき、どういうふうに恋愛を意識していったんですか？　そのお客さんに好かれて恋人になったんでしょ？」

フン、と喜田さんは鼻でため息をつく。

『俺は甘かったんだよ。依存された時点でほだされて受け容れたからな』

ふふ、と思わず喉で笑ってしまった。

「やっぱ優しいな喜田さんは」

『ばかにしてんのか』

「ううん、違《ちげ》ーよ。俺は穏陽のことをお客さんとして特別に想ってもつきあわねーもん。癒したいし元気づけたいし同情もするし守りたい。独占欲もあります。でも恋愛はしねえよ」

『なんで？』

「んー……俺デリホスの仕事好きだけど世間じゃ汚れ仕事って思われてるじゃん。穏陽が俺とつきあってばかにされンの、俺嫌だもん」

いままでいじめられてきた穏陽が、また辛いめに遭わないとも限らない。もし本当に穏陽が恋愛感情を持ってくれたとしても、穏陽だからこそ、俺なんかを選んじゃいけねえって思う。まっとうな仕事をしているゲイとつきあったほうが、きっと幸せになれるんだろうなって。

『ばかだなおまえ』

「ははっ、このあいだはめっちゃ褒めてくれたのに〜」

『ばかだけど、もっと好きになったわ』

「それもなんか複雑だなあ……」

　ふたりでくすくす笑う。

「喜田さんは、元お客さんの彼氏とどんなだった？」

『想い出させんじゃねーよ』

「いいじゃん」

　お願い、ねえねえ、と甘えてじゃれると、苦笑いした喜田さんが『うるせえなあ』と折れてくれた。

『おまえ、変にロマンチックなこと想像してンだろ。たしかにそんなこともあったけど違《ちげ》えぞ。おまえが言った〝汚れ仕事〟ってやつ、俺らはそれで揉《も》めた。つきあいだしてから相手が豹変《ひょうへん》したんだ。デリホスしてる恋人なんか嫌だっつってな』

　投げやりながら、淋しげな嘆息まじりに教えてくれる。

「豹変って……え、世間じゃなくて恋人が喜田さんを責めたの？　自分もホストの喜田さんに世話になって惚れたくせに？」

『そいつは会社員で、そもそも職場でもどこでもノンケって偽ってた。そのうえ同僚なんかに恋人はどんな仕事してるんだって訊かれてフリーターだとか接客業だとかごまかし続けてたから、どんどんいたたまれなくなっていったんだと』

「は？　喜田さんを恥じてるってことっすか？」

『仕事変えてくれ、とは言われたし、それで何度か喧嘩もしたな』

「いや、だから自分だってデリホスで喜田さんに惚れたんだろっつーの」

『まあ恋人になったら独占欲も芽生えるから』

「自分を周囲によく見せたいだけじゃんっ。惚れた相手を恥ずかしがるとか、意味わかんねえ。好きな奴を責める程度の覚悟なら最初っから惚れたりしてンじゃねえよクソがっ」

俺のとーちゃんと一緒のクソ野郎じゃねえか。「ははは」と喜田さんが笑っている。

『ありがとな。……しゃーねえ、臆病な奴だったんだよ』

クソ野郎を庇うような喜田さんの優しい言葉を聞いて、腹を押さえて、ちっと舌打ちした。苛ついて胃がもやもやしやがる。もっと罵倒《ばとう》してやりたいけど、喜田さんが諦めながらもそいつを許していることや、いまだに愛情を残していることまで察せられるからこれ以上の暴言も言えやしねえ。クソっ、優しすぎんだろっ、なんで喜田さんばっか貧乏くじひいてんのっ？

「喜田さん、俺は喜田さんが好きだよ、ずっと変わらない」

ふふ、と照れた笑い声が聞こえた。

「俺、本名は勇っていうんだ。勇敢の〝勇〟でイサム。そう呼んでよ」

喜田さんが喉の奥でくっくと笑い続けている。……もしかしたら泣いているんじゃないか、と心配になり始めたころ、ふと呼ばれた。

『──……勇《いさむ》』

……スマホ越しの短いひとことがちいさな炎みたいに胸に灯って、嬉しくって面映《おもは》ゆくって、この友情を、心でそっと抱きしめた。

# 4

「――よし、じゃあ今夜のあみだな。あみだくじ～あみだくじ～。穏陽もうたって、ほら」

「あ、あみだくじ～あみだ、くじ～」

「ははっ」

週が明けて火曜の夜、またホテルで勇君と会えた。前回デートの約束をしたものの、勇君が十日間ほど多忙で仕事も休むというので、デートは休み明けの金曜、勤労感謝の日になった。そして休みに入る前の今夜も、俺に時間をくれたのだった。『店には穏陽の名前で予約入れておくから、当日時間と場所だけ指定の電話入れて』と。電話口で受付の人が本当に『前山さまですね、ユウからうかがっております』と迎えてくれて……すこし、浮かれた。

「あ～っ、また俺がこたえるのばっかじゃん。穏陽ずりぃ」

たどり着いた質問は『勇君の趣味』『勇君の好きな季節』『勇君の夢』『穏陽おさわり』。

「ま、……待って勇君、この〝おさわり〟っていったい」

「おさわりはおさわりだよ。穏陽が俺を好きに触ンの」

勇君がほかに書いたものも質問じゃなく『キス』『セックス』とあって、顔が熱くなった。

「と、とんでもないよっ、なんてことっ、」

「怒るなよ、いーじゃんべつに。俺がシたいんだから」

「おこ、怒ってないけど、おたがいを、知るためのあみだでしょう……？　こういうことは、ゆっくり、段階を踏んでっていう話も、」

「あーもうっさいなあ。いーじゃん、どうせできないんだし。それにさ、身体の会話だっておたがいを知るために必要なもんだぜ……?」

　勇君が唇の右端をくいとひいて、にやりと魅惑的に笑む。美人で、勇猛《ゆうもう》で、愛嬌《あいきょう》もあって、可愛くて……見つめていられなくて視線をさげたら、ベッドの上にあぐらをかいて座っている勇君の、白くて伸びやかで綺麗な脚に余計焦った。部屋に入ってくるなり、『シャワー浴びさせて』と入浴した勇君は、バスローブ一枚の色っぽい姿だ。

「なんだよ穏陽、じろじろ見て～……スる気になった?」

「まさか、……そんな、」

「ぶははっ、今日もしつれーだな穏陽は。せっかく誘惑してんのにー」

　……あ。失言した。

「ンじゃーまたとっととこたえると～……俺の趣味はーなんだろ。じーちゃんとばーちゃんの店の手伝いとか?　前も言ったけどネットで動画観たり漫画読んだりすんのも好きだし、ほかはショッピングかな。服とアクセ見るの好きだよ。季節は夏以外好き。夢はかーちゃんの店継いで、お客さんの癒やし系男子になること。オッケー?」

　勇君が俺を覗きこむように首を傾げて、ひひひ、と歯を覗かせながら笑う。

「あ……ありがとう。おじいさんとおばあさんの居酒屋や、お母さまのお店のことを、いつも考えているのは、勇君の、愛情深さを、感じるよ。今度は、好きな動画とか……漫画の話も、したいな。ショッピングも、お洒落な勇君らしい。それに、ぼくも夏は苦手だ。夏は無理せず、身体を大事にしながら、夢を叶えてね。ぼくは、もう……勇君に、充分癒やされてるけど」

「ははっ」と笑った勇君が、あみだくじのメモ紙を乗りこえて俺の首に飛びついてきた。

「わ」

「ありがとう穏陽。穏陽は律儀だな、俺のこたえ全部に丁寧にコメントしてくれてさ。しかも超〜嬉しーのばっか。愛してんぜ穏陽〜っ」

「あ、あっ、」

愛っ……。勇君の身体の重みに、バスローブ越しの体温と、石けんの匂いまで……目眩が。

「はい、じゃ次は〝おさわり〟な！」

勇君の腕が首から離れていって、慣れた仕草で俺の膝上へすとんと座る。他人のパーソナルな場所であるこんな間近まできて密着することも勇君は躊躇《ためら》わない。誰に教わったのか甘えた素ぶりで寄り添ってくる。……嫉妬と緊張で、こっちの心臓が破裂寸前なことも知らないで。

「い……勇君、その前に、謝らせて」

「え？」

「さっきの失言……ぼくはこのあいだも勇君の、裸を、見たくないって……言って、しまって……小学生のころ、女子のぱんつを、見たくないって言って、失敗してるのに、勇君にまで、おなじ、失敗を……して。勇君は、大事な人なのに。本当に、ごめん」

先週からずっと胃を痛めて反省していた失言を、さらにひとつ増やしたあとではあったものの、ようやく謝罪できた。

勇君は俺の目をまっすぐ見つめてくる。……澄んだ、純粋すぎる力強い輝きが眩しくて俺が瞼を細めると、瞳の光をにじませて微笑んだ。

「うん、わかった。穏陽が謝ってくれた気持ち、俺しっかり受けとめたよ。すげえよ、穏陽。小学生のときから成長できたね。仲よくったって黙ってて心が通じあうことなんかなくてさ、〝ありがとう〟とか〝ごめん〟を声で伝えることって大事だよね。俺も穏陽のカッケー成長のおかげで、気をつけなきゃって気持ちひき締まった」

へへ、と勇君が俺の口に、口を……キスを、くれた。

「まーもちろん気にしてなかったけどね。慣れたっていうか、理解してるつもりだよ、穏陽に悪気がないの。俺ンこと意識しまくってくれてる～ってのも知ってるしね～」

また俺の首に両腕をまわして、勇君が「ふふっ」と笑いながらじゃれてくる。……右頬に、勇君の髪と耳がつく。耳殻《じかく》が冷たい。両脚も腰に巻きついてきて、俺はベッドの上に正座して両手をぶらんと垂らしたまま、勇君が施してくれる抱擁を味わう。

……格好いいのは勇君だと思う。外見も心も生きかたも。こんなふうに他人の心を受けとめながら、自分の感情まで赤裸々《せきらら》に言葉にしてくれる人は初めてだ。生い立ちも、八つ当たりなどの焦燥《しょうそう》の理由も、普通なら他人に知られたくないであろう内面まで口にして、俺なんかにも、どこまでも誠実に接してくれる。

勇君自身が、他人を大事にしたいっていう意思を強く持っているからなんだろうな。俺も、勇君みたいに誠実でありたい。会話や他人から逃げるのをやめたい。決して成長したわけじゃないんだ。勇君のような人間がいると知って、世界に希望を持てるようになっただけで。

「穏陽～……ぴしっと正座してないで抱き返してこいよ」

「えっ、や……」

膝に乗っている勇君の重みを感じて、匂いに包まれているだけで限界なんですけど……。

「ま、いっか。穏陽の〝おさわり〟の番だもんな。……ほら穏陽、俺の好きなとこ触って」

再び上半身をすこし離した勇君が、左手でバスローブの前をぺらりとひらいた。胸と、勇君の色っぽい上目づかいに頭が爆発して、咄嗟にそっぽをむく。

「あ、……あの、そこまで……触らないと、いけない、んですか」

「いけないってなんだよ、罰ゲームみたいに」

「ばつ、ゲーム……っていうか……拷問《ごうもん》です」

ぶはっ、と勇君が吹きだす。

「しつれーなことはもう言わないんだろー？　あ～傷つく～穏陽触ってくんねーと傷つく～」

「う、ぐ……勇君の……それは、小悪魔って、言うんだと、思います」

「だめなの？」

な……なんて可愛くて、美しい悪魔。

——いいぜ、オオカミさん。それ受けとめんのも俺の仕事なんだってば。

ちゃんと、わかっている。勇君の仕事に対する真摯さも、俺が客のくせに意識しすぎている不自然さと異常さも。勇君に触って快楽を得ることが、勇君への礼儀なのも頭では理解しているし、俺は失礼すぎる客で、勇君はずっと俺を許し続けてくれているんだ。……だけどどうしようもない。客だから勇君の身体で遊ばせてもらおう、と思い切れない。この身体が、俺には特別だから。適当に扱うことなどできないぐらい輝いて見えるから。大事だから。尊いから。きみが好きだから。

「……なんかめっちゃ無駄なことぐるぐる考えてンでしょ、穏陽」

「へ、」

「この頭のなかで！　無駄なこと！　ぐるぐると！」

いきなり両手で頭を押さえられて左右に揺さぶられ、「ああああっ」と声がでた。ただでさえ勇君の色気に眩《くら》んでいたのに、世界が、ぐらぐら、まわるっ……。

「はははは っ」と勇君が笑ってはしゃいで、解放してくれたとたん俺の口にキスをしてきた。痛いぐらいしがみついてきて、キスしながらまた脚でも腰を拘束する。ご……拷問……。

「あ、じゃあさ、穏陽俺のこと写メっていいよ。俺がエロい格好するから、穏陽は触らないで撮るの」

「なっ、だ、駄目だよ勇君そんなことさせちゃっ。ネットにばらまかれたらどうするの⁉」

「ははっ、穏陽がそれ言うのかよ、おかしっ」

危ない子だな！

「リベンジポルノとか、あと、ネットで裸の画像を売買するとか、こう……いろいろ、あるんだよ！　本当に、危険だよ！」

必死に訴えたら、また上目づかいでにいっとにやけられた。

「穏陽俺のことばらまくの……？」

「やっ……ぼ、ぼくは……しない……というか、誰にも見せたくない……と思う人間だけど」

「だろ？　俺もばかじゃねーもん、穏陽にしか撮らせないから平気じゃん」

うっ……無垢《むく》な笑顔の破壊力が強烈で、脳に直接グーパンをくらったような目眩がした。

「ほれ、スマホとりにいけ」と背中を軽く叩かれて、勇君の笑い声を聞きながら負けを悟る。ベッドをおりようとしても勇君は俺の首にしがみついて離れず、「このまま」と愉快そうに命令をされたからしかたなく勇君を抱えた状態でベッドをおり、ソファにある自分のバッグからスマホをとった。「俺満員電車のリュックサックみてーっ」と勇君は爆笑している。前抱きマナーのことだろうが、きみが楽しんでいるのに反して、俺は手のやり場に困ってるよ……。

「穏陽、俺のスマホもとって」と続けて頼まれて、ソファ前のテーブルにあった勇君のスマホもとった。

「あ〜もう穏陽、ずり落ちるからちゃんと尻摑んでよ」

「む、無理だよっ」

勇君の腰を支え、急いでベッドへ戻る。爆笑し続けていた勇君もようやく離れてくれた。

「はあ……おかし、あはは、めっちゃ笑った」

笑い涙を拭きつつ、勇君はベッドの上を這《は》っていき、枕の位置で俯せに倒れる。バスローブ越しの身体のラインと白い脚が目に毒で、まったく、小悪魔すぎる……。

「じゃあ撮って、穏陽」

「は……はい」

スマホのカメラ画面をひらいていると、勇君がこっちに身体を傾けてバスローブの紐《ひも》をゆるめた。ふふん、とたくらみ顔で片脚もずらし、太腿《ふともも》を覗かせる。

「売れっ子グラビアモデルばりにセクシーにな?」

「そ……それは、難しいです」

カメラ画面のなかに、勇君を入れる。

「ははは、しつれーだっつーのっ、も〜」

シャッターを押したとたん、勇君が吹きだした。

「ち、違う、い、勇君は、可愛いけど、スマホなので、……か、カメラの性能的な意味で、」

「えーならすげえいいカメラなら素敵に撮れんの？」

「たぶん……スマホよりは、もっと」

ふーん、と両脚をひき寄せて考えこむ勇君も撮った。黒い艶めいた髪が横にながれて、胸もとは、乳首が……。

「穏陽に撮れとか言ったけどさ、俺写真うつり悪《わり》ーんだ。うちの店のプロフィール写真も変でしょ。撮りなおしてもあんまよくなんなくってさ。あれじゃ指名とれねーよなってへこむ」

「え、そ、そんなことないよ、あの写真、可愛かった。黒髪の、すこし幼げな笑顔で、」

「え〜……嬉しいけどひきつってたよ。しかも穏陽が知ってンの古いほうだぜ？　穏陽に指名もらったあとに変えてるもん」

「ううん、新しいほうも観た。知ってる。そっちはもっと満面の笑顔で、可愛い」

「えー……穏陽駄目だよ、贔屓フィルター通して観てんじゃん。役に立たん」

唇を尖らせた勇君が、仰むけに転がって大の字になった。胸が、ま、まる見えだ。

「フィ、フィルターって……」

「不満も全部許してくれそうだもん。めっちゃ優しいファン？　みたいな、そんな感じ」

「たしかに、勇君の信者だとは、思う……けど、お世辞じゃないよ」

「……。フフ。信者ってやべーな」

あはは、とまた勇君が笑いだしたので笑顔にカメラをあわせて撮ったら、ふいに画面の勇君がぶれて、むくりと起きあがった。

「見せて」と近づいてくる。

左横に寄り添ってくる勇君にカメラを傾けて見せると、「おお」と声があがった。

「すげえ、なんかめっちゃ自然な俺がいる！　穏陽写真うめーじゃんっ」

嬉しそうに褒めてくれる。その勇君の左肩からバスローブが落ちていて、し、刺激が強い。

「い、勇君に、納得してもらえて……よかった」

ホストを写真に撮っていいんだろうか、と……拭いきれないうしろめたさや罪悪感が腹の奥で燻《くすぶ》っている。でも、このあいだ〝多忙でしばらく休む〟と言われたとき、いつかこうやって自然と、優しい嘘を信じたまま一生会えなくなるのかも、という予感が芽生えたせいもあって、甘えてしまった。勇君の姿を残しておきたかった。自分といてくれている、いまこの瞬間の、二十歳の勇君。

「ねえ、俺のスマホでツーショも撮って」

「えっ、ツーショって、」

「うん、穏陽も一緒に。俺より上手に撮れるだろ？」

「じ、自分のことは、撮りたくな、」

「いーからっ。思い出思い出」

さっと俺のうしろにまわった勇君が、俺の首に右腕をまわして首絞め技をかけてくる。

「く、苦しいっ、ギブっ」

「撮る？」

「う……」

「撮るっ？」

「と、撮りますっ、撮りますっ」

　ははは、と俺におぶさって勇君がはしゃいでいる。きつく抱きしめられたり、頬ずりされたり。背中や肩に勇君の体温を感じて、夢のような幸せな時間ながら、拷問感も強くなる……。

「じゃあ……勇君のスマホ、カメラ画面だして、ください」

「いいよいじって。パスワードは０３１８ね」

「ちょっ、い、勇君、無防備すぎだってばっ」

　ぶひゃひゃ、と勇君が俺の頭にじゃれついてばか笑いしている。

「ウケるっ……」

「ウケられないっ。駄目だよ、パスワードを簡単に教えちゃっ」

「だ〜か〜ら〜べつに穏陽にしか言わないからいいでしょっての。ちなみにそれかーちゃんの誕生日ね。かーちゃんは俺の誕生日にしてンの。子どものときからそうなんだ」

　……もちろん、俺は信者として勇君のスマホを勝手に覗くような真似をする気はないけれど、勇君自身が心配になる。パスワードまで客にあっさり教えて、警戒心がなさすぎるだろう。

「あんまり……容易《たやす》く、人を信じるものじゃないよ。……あとで傷つくのは勇君なんだから」

「穏陽が俺を傷つけるの？」

「世界には、残酷な人間もいるんだよ。ぼくだって、勇君のことは傷つけない……けど、ほかの人間相手だったら、わからない」

「穏陽でも誰かを傷つけたいとか思うんだ。会社の嫌な上司とか……いじめてきた奴とか？」

左耳に、勇君の声と吐息がぬるくかかる。やわらかいバスローブの袖も、首に。

「……いや。違う。自分の大事な人を、傷つける奴がいたら……ぼくは、殺すことも厭《いと》わない。いまは」

うつむくと、自分の手のなかにあるスマホ画面の勇君の画像がふっと暗くなり、スリープモードに入って黒く染まった。

死にたいと思っていたころは、自分が救われることや幸せになれることを望んでいたはずなのに、勇君と出会ってから、俺は自分のことはどうでもよくなった。世界中のなにより誰より勇君に幸せであってほしい。勇君の世界が平和であればいい。たとえば俺が苦しむぶん勇君が幸せになれるようなシステムができたなら、俺はもう一度、死にたくてたまらなかった毎日に戻る。変態と嗤われても、ホモ君キモいと蹴られても、会社で無能だと理不尽に罵《のの》しられても、その一回一回を悦《よろこ》びすらすると思う。きみを絶望で泣かせる奴がいたら俺はきっと殺せるよ。

「……うん。大事な人は守りてえよな。でも俺は穏陽が犯罪者になっちゃったら嫌だぜ」

「勇君……」

「信者ってまで言ってくれるお客さんなんかいねーもん。ちゃんとずっとシャバにいて、俺を指名しててよ」

ぐうっとしがみつかれて、首が絞まる。い……勇君に、息の根をとめられそう……。

「ぜ……善処、します」

苦しくても、勇君の手をふり払おうとも思えなかった。勇君に殺されるならそれも本望だ。

「ってことでほら、はやく記念撮影」

腕がゆるんで、「はあ」と喉が楽になってから勇君のスマホをとった。しかたなく、教わったパスワードを入れてロックを解除し、カメラ画面をだす。

インカメラにすると、頬が瘦《こ》けた自分の醜い姿と勇君の可愛い笑顔が画面にうつり、思わず顔をしかめてしまった。こんな醜悪な顔面の男に、勇君はキスしたりじゃれついたりしてくれて……本当に仕事熱心な立派な子だ。

「穏陽、ちゃんとカメラ見ろよ」

アップをさけて、スマホを持った左腕をなるべく遠くまでのばし、そっぽをむく……のに、勇君が俺の顔を押さえて戻そうとする。

「い、いたた」

「カメラ見なきゃツーショの意味ねーだろっ」

「ゆ、許してください……」

「神さまのゆーこと聞けねーのかよ信者！」

「神の、目を、穢《けが》さないためですっ……」

ぶはっ、と勇君が吹いて、俺が強引にシャッターを押したのと同時に唇を塞《ふさ》がれた。

……口先を、勇君の歯に甘嚙みされて吸われる。くり返し嚙まれて、強く吸われて、無意識に息をとめていたせいで、苦しさのあまり反射的にひらいた口の奥にまで、勇君の舌が襲いかかってきた。俺の舌を舐めて、吸い寄せて、必死にキスをしてくれる。その懸命さにホストとしてのプライドと、信念と、真摯さを感じた。俺みたいな奴にここまでしてくれる勇君の健気《けなげ》さには、お母さまや世話になった居酒屋の老夫婦への感謝と憧れがひそんでいる。

そう想ったら愛おしくて、いじらしくて、自分も勇君の心に応えたくて、唇にむさぼりついていた。……この身体は俺だけのものじゃない。時折勇君自身からもらえる尊い抱擁は、無駄にせず大事に爪《つめ》の先までしっかり味わおう。愛そう。

「……俺、甘えたことないのかもな」

口が離れて勇君がそう呟《つぶや》いたときには、俺はベッドへ仰むけに倒されて勇君を抱いていた。

「甘、え……？」

「かーちゃんは学校の行事に無理してでも全部きてくれたけど留守がちで、じーちゃんとばーちゃんにべったりの子ども時代だった。でもふたりも基本仕事してて、俺はその傍にいただけなんだよな。こういうふうにべたべたしたり、駄々《だだ》こねたり、我が儘言ったりって、やっぱりちょっと我慢してたとこあんのかも。愛情に飢《う》えた記憶はなくても、優等生してたんだよ」

「……うん」

「いい子にしてたんだ～俺。だから穏陽ふりまわして甘えちゃうのもその反動かもしんない」

声だけ明るく無邪気な勇君が、自分の腕のなかで、突然孤独な子どもになった。

「いくらでも……ふりまわして、ほしい。全然、嫌じゃ、ないから」

「嘘つけ～困ってんだろー」

空元気《からげんき》の苦笑い。

「……困れるのも、幸せだよ。勇君とふたりで、経験できることなら……辛いことも嬉しい」

「穏陽Mだ」

勇君の後頭部に左手をおいた。

「勇君につけてもらえるなら、傷も、大事だと思える。……それが、いま、きみと一緒にいる、証拠だから。きみを知らなかったころ、ぼくは〝無〟だったんだ。なにも意味がなかった。執着もなかった。自分の命にも。……でもきみといると、こうして、白い埃《ほこり》が舞っているのを眺めてる一瞬にまで、意味を感じるんだよ」

ベッドから浮かんだのであろう小さな糸くずみたいな埃が、ふわふわ視界を横切っていく。勇君を抱きしめているひとときに。勇君のぬくもりを感じて、ふたりで過ごせている奇跡のようないまに。

「……ふりまわしてほしい。傷つけてほしい。我が儘を言ってほしい。迷惑をかけてほしい。困らせてほしい。悩ませてほしい。心配させてほしい。きみのために泣かせてほしい。ぼくに遠慮だけはしないで、どんな感情も好きなだけぶつけてほしい。そうやって心を揺さぶられて、きみといる証しを胸に刻めることが、ぼくの幸せなんです。……って、想って、います」

客がホストに言うにしては重すぎる願いだった、と反省して、気持ち悪くてすみません、と続けたら、勇君が俺の首もとにすり寄ってまたしがみついてきた。

勇君は黙っている。俺もうなにも言わなかった。ホテルの空調の音が小さく響いている。あと何分でアラームが鳴るんだろう。あとどれぐらい、時間が残っているんだろう――。

土曜日の夜、残業を切りあげて帰宅する途中、ひさびさに解放感を覚えて近所のレンタルショップへ寄り、なんとなく気になった映画を借りた。

駅前で買ってきた野菜炒め弁当と缶ビールをローテーブルの上にひろげて部屋の灯りを消し、映画を再生する。深夜二時過ぎ、部屋をぼんやり照らすエンドロール画面を眺めながら、数年ぶりに感動して泣いている自分がいた。

子どもたちが屋根裏部屋で見つけた宝の地図を手に、海賊の財宝を探しにいく古い冒険映画。現代ファンタジーだから、異世界ファンタジーより身近に感じられて〝自分もこんな経験ができたなら〟と夢と希望を持ちやすかったのもある。とはいえ、創作物に触れて泣くなんて本当にいつぶりだろう。自分はこういう涙もながせる人間だったんだ、と思い出した。

大学で学ぶためにこの町へ越してきてひとり暮らしを始めたころは、レンタルショップへ通い続けていた。大学とバイトの日々のなかで、たまに映画を観て過ごす深夜が至福のひとときだった。……そうだ、就職してからだ、こんな余裕を失ったのは。

今日もパワハラ上司に因縁をつけられて、無意味な修正を何度もやらされた。うちのグループの勤務時間を不正操作していたのがその人で、先日俺がさらに上の幹部に労働基準法違反に該当する内情を告発し、残業代をきちんとだしてほしい、と直訴したのが原因だ。

幸い上司は厳重注意を受け、勤務管理システムや残業代についても改善へむけて動きだし、グループ内の仲間には涙をこぼして感謝してくれる人までいたものの、俺に対する嫌がらせはひどくなった。きっと社員の前で幹部にくどくど叱られて自尊心を傷つけられたのが腹立たしかったんだと思う。近ごろは上の人間がいない廊下や、無人の会議室で『無能だから仕事が遅いんだ。おまえ自身の能力の問題なのに、会社に金をせびるたぁいいご身分だな』『だいたい新人のくせして残業代よこせって何様だ。おまえが戦力になるのは三年目からだ。それまでは給料泥棒のゴミなんだよ。しっかり働けよゆとりが』とバインダーで頭を叩かれながら、残業しても間にあわないほど仕事を増やされる。

会社から離れると、心のなかで名前すら呼びたくない人間だ。頭に浮かべただけで脳みそが腐敗していく気がする。勇君に会うまでは恐怖に支配されていた。新人だし、無能だと罵られれば納得もした。そして自分でも自分を蔑《さげす》んで、翌日もまた出社するために睡眠薬で眠った。そんな毎日を過ごしているうちに〝映画を観よう〟という思考すら失くしていたのだった。

会社や仕事が絡む作品はまだ選べなかった。あらすじの〝職場の意地悪上司に突然告白されるラブコメディ〟なんてただただ茫然とした。異世界ファンタジーより非現実感に苛《さいな》まれて真っ白になる。だけどすこしずつでも、この地獄から抜けだしたい。たしかに俺は未熟だろうが、パワハラまで受け容れて怒鳴り声の幻聴に怯え、睡眠薬を必要とする生活に耐えることはないんだと、勇君のおかげで気づけたから。

映画を観て泣けたのは、大きな進歩だと感じられた。ベッドのスチールパイプに垂れ下がっている輪っかの電気コードも、俺の変化を祝ってくれているかのように揺れている。

勇君はいまごろなにをしているんだろう。今週は多忙だと教えてくれたけど、大学の勉強か、それとも家庭や、居酒屋の老夫婦の事情か……あるいは恋人関係か。いろいろ想像はできても確信は持てない。

デリホスを休むのは嘘でひとりの客に週末まで指名された、という可能性もあるんだろうか。金があって、勇君の合意も得られれば、数日間毎日独占することもできなくはないはず。もしそうなら羨ましい。俺もいつか一週間……三日間でも、勇君と恋人として過ごしてみたい。

——穏陽にもこないだ言ったじゃん。

勇君は誰に対しても真摯に、分け隔てなく赤裸々に接している。

——穏陽は話しながら心ひらいてくれてんの感じて、嬉しくて、俺も特別って思ってるとこあんの。

勇君は俺を無にしない。でもおそらく勇君の〝特別〟は色やかたちを変えてさまざまあり、俺とおなじ〝唯一〟という意味ではない。

——最初に言っておくけど穏陽はお客で俺はホストね。約束の時間外では恋人にも友だちにもなれねーよ。

大丈夫、わかっている。大事にしてもらえんのは嬉しい。でもその違いは知っておいて。

いつか勇君がデリホスを辞めてしまう日がくることだけ。勇君はホストで神さまで、みんなのものだ。ただひとつ淋しいのは、

——いい子にしてたんだ～俺。だから穏陽ふりまわして甘えちゃうのもその反動かもしんない。

食べ終えた弁当のケースをよけて、テーブルに伏せていたスマホをとった。写真画像に勇君の色っぽい姿と無邪気な笑顔が数枚ある。俺と恋人でいてくれたあいだの勇君。

彼の長い人生のなかに、俺が関われる時間はあとどれぐらい残されているんだろう。結果は神さまだけが——勇君だけが決められる。

リアルが充実しているとチャットをする時間は減るもので、恋人をつくった仲間が消えて、やがてフリーの新入りが加わる、というのが常だった。まさか自分まで現実の充実を理由にオフラインがちになるなんて思いも寄らなかったけれど。

『――いや、それリア充って言わねーからな、レイ』

デンがつっこんでくる。

『充実してるよ。だからチャットする暇がなかったんだ』

『ばーか。学生時代ずっといじめられてて、就職したらブラック企業で、〝恋人いない歴イコール年齢〟を脱せないからせめて童貞捨てようっつってデリホス頼んだらガチ恋したって……おまえどっからどう見ても憐れな負け犬だっつーの』

『俺はやっと真実の幸福を知ったんだよ。贅沢《ぜいたく》な勝ち組だよ』

『ｗｗｗｗｗ』と不愉快な嗤い文字だけが届いた。

『まあまあ。レイが幸せだって言ってるんだからいいじゃんか』とケイスケがあいだに入ってくれるが、ケイスケも諦めているだけで、祝福してくれているわけではない。

『彼が俺を客だとしか思っていないのは自覚してる。ちゃんと分別をわきまえたつきあいをしてるんだよ。だから俺は憐れでも負け犬でもない』

『分別ね。じゃあおまえはそいつとつきあえなくていいわけ？　一生、客でいいの？』

『彼は大勢の人を癒やしたいって願って努力してる人なんだ。俺はその信念を尊重する』

『やっぱ痩せ我慢を覚えたただの負け犬じゃねえか』

……痩せ我慢を覚えた負け犬。不思議だった。他人には俺がそう見えるのか。

『つーか俺はガチでつきあうんだったらデリホスのホストなんかまじ無理。だってほかの奴に抱かれてるんだぜ？　セフレならいいけどカレシにはしたくねーな』

デンがパソコン画面のむこうで嘲笑《ちょうしょう》しているのを感じた。

『デンって結構潔癖《けっぺき》なんだ』とケイスケも言う。

『俺そこんとこちゃんとしてっから。セフレと遊ぶのもいいけど、特定の相手つくらなかったら孤独死じゃん。俺は老後まで添い遂げられる恋人が欲しいわけよ。デリホスのホストなんて冗談じゃないぜ』

『セフレと遊ぶのとホストとどう違うんだよ』

『金のためにキモい客にまで尻捧げてるような、人間終わってる奴とは大違いｗ』

『それもかなり偏見だと思うけどな』

デンとケイスケの会話を眺めていて、俺はノートパソコンの液晶画面ごとチャットを殴り潰したい衝動に駆られた。

──ガチでつきあうんだったらデリホスのホストなんかまじ無理。だってほかの奴に抱かれてるんだぜ？　セフレならいいけどカレシにはしたくねーな。

──結構潔癖なんだ。

──俺そこんとこちゃんとしてっから。

──俺は老後まで添い遂げられる恋人が欲しいわけよ。

――金のためにキモい客にまで尻捧げてるような、人間終わってる奴とは大違いｗ。

目に入ってくるチャットログをナイフで一文字ずつ切り刻みたい。

なぜ勇君が汚い前提なのか。なぜホストがちゃんとしていないと決めつけられているのか。

なぜ見下されなければいけないのか。

こいつにはいくら言葉をつかって説明しても無駄だ。むしろ勇君の生い立ちや信念や綺麗な心を教えてこいつの精神に浸透したら、逆に勇君の一部が穢れそうな気さえする。

汚い奴は汚いままでいればいい。くだらない世界でくだらないプライドをふりかざしてくだらない価値観で生きているつまらない人間に、勇君は触らせない。

『まあさレイ、あんま気にするなよ。な？』

ケイスケが慰めのような言葉を言っている。

『ここも潮時みたいだ』

それだけ発言すると、チャットをとじてパソコンを壁に投げつけた。派手な音を立てて落下したが、壁紙に傷がついただけで割れるでも砕けるでもなく床へ無感情に横たわった。

世の中には自分の好みで簡単に偏見を口にする薄っぺらい人間があふれている。俺はこんな人間たちに囲まれてどう溶けこんでいけばいいのか見いだせず、自分を責め、卑下《ひげ》し、絶望し続けてきたけれど、そもそも地獄で生きる術を探す必要などなかったんだ。

勇君。きみはもう俺のなかに息づいていて、きみの素敵さは離れていても輝く。地獄にいて想い出すきみのほうが、まわりが汚いぶん、美しさも余計際だって感じられるかもしれない。

きみがいるところが天国で、俺の心は常にそこで生きている。

「なんでこんな意味不明なミスができるんだよ、え？」

「……鈴谷《すずや》さんに指示を仰ぎにいきましたが、〝こんなのわかるだろ〟と突っぱねられて教えていだたけなかったからです」

「口ごたえするのかよ！　俺のせいだって⁉　は？　残業代強請《ねだ》れるぐらいおまえは仕事ができるんだろ？　金ってのはてめーが会社に貢献したぶんもらえるもんなんだよ、貴様のご立派な技術と才能を発揮《はっき》しろよ、おら、できねーんだろ無能がよ！　権利だけ主張しやがってクソみてえな仕事しかできねー給料泥棒なんだよ、てめーは！　わかったかよ、あ⁉」

　書類を投げつけられて、拾おうとしてしゃがんだら眼下にあった鈴谷さんの足先が顔面に迫り、サッカーボールよろしく横っ面を蹴り飛ばされた。

　昼休みに入ったとたんわざわざ無人の会議室に呼びだされたのはこうするためだったらしい。パイプ椅子にぶつかりながら情けなく転がったら、水色のワイシャツに血が垂れてきた。顔に触る。鼻血だ。

「あーあー無能な奴は血まで汚《きたね》ー色してやがるな」

　嘲笑《あざわら》われたとき、ドアにノックがあって人が強引に入ってきた。

「失礼します。――前山君、ちょっと」

　おなじチームのふたつ歳上の先輩、深山《みやま》さんだった。彼はこの状況を前にしても顔色ひとつ変えず、俺だけを見据えて厳しい目で〝こい〟と呼ぶ。

「……失礼します」

書類を拾ったら端に血がついた。諦めて立ちあがり、深山さんにうながされるようにして、会議室をでる。背後から「チッ」と舌打ちが響いた。

「ごめんな、助けに入るのが遅くなって」

廊下を歩きながら、深山さんがすまなそうに言ってポケットティッシュをくれた。血がつくので受けとれない。鼻を押さえつつ「いいです」と遠慮すると、「ひとまずこっち」と水道まで誘導してくれる。その横顔が、ことのほか猛々《たけだけ》しい。

深山さんは俺より前から、上司である鈴谷さんのパワハラに耐えてきた人だ。鈴谷さんに関わる仕事をしている社員は、彼のお気に入り以外男も女も関係なくパワハラを受けているが、深山さんはそのなかでも精神的に重いダメージを食らった先輩で、俺が入社したときも入院しており、顔をあわせたのは夏に入ってからだった。最近も休みがちだけど今日はいたっぽい。

「大丈夫か……？」

「はい……なんとか」

冷たい水を掬《すく》って鼻をゆすぐ。横から心配そうに俺の顔を覗きこんでくる深山さんが、ティッシュを二枚だして俺にくれた。……やっぱり以前より覇気《はき》があって、顔の血色もいい。

鏡を見て、まるめたティッシュを鼻につめたら、深山さんは横で「ふふっ」と笑いもした。初めて笑顔を見た、とびっくりして見返していると、「悪い」と左手をあげて謝る。

「いえ……かまいませんけど……」

本当にどうしたんだろう。こんなに機嫌がいいってことは転職先でも決まったんだろうか。

「おまえの顔を見て笑ったんじゃないよ」

「そうなんですか」

「もうすぐあいつを社会から追放できると思うとおかしくてな……」

「え……。あいつって、鈴谷さん……ですか。追放？」

「ああ。俺な、あいつを訴えることにした」

「え」

「もうすでに労働基準監督署と警察にはいった。証拠も充分そろえておいたからな、刑事告訴するんだよ」

「……ほんとですか」

「俺らへのパワハラを放置してた会社側も、安全配慮義務違反や職場環境配慮義務違反に該当するんだ。おまえが残業代の件で話をつけてくれたそうだが、それも近々外部の調査が入る。社内だけの問題で終わらせたりしない。俺が法的に裁いてやるよ」

深山さんはきらきら輝いた目で、弁護士の言葉や、労働基準監督署と警察署の対応を詳細に話しだす。覚えたての知識と経験にはしゃぐ子どもみたいな無邪気さの奥に、根深い復讐心を垣間見《かいまみ》て背筋が寒くなった。だが鈴谷さんに同情心は芽生えない。深山さんが苦しんだ結果の行動に違いないからだ。

「慰謝料は残業代諸々あわせて一千万請求するつもりでいる。一千万だぞ。一桁違うだろ」

くっくっく、と腹を抱えて深山さんは笑いを押し殺す。

「……頑張ってください。応援してます」

しかし会社はどうなるんだろう。悪評がひろまって潰れたりしたら困るな。

「ありがとう前山。おまえに対するパワハラもじきにおさまるはずだぞ。また進展があったら報告するよ。……おまえも証拠さえあれば訴えられるのになあ。この傷だって労災がおりる。いまからＩＣレコーダー持ち歩いたらどうだ？」

「……あ、」

まだ濡れたままの指先をスラックスの尻ポケットへそっと入れ、長細いそれをつまみだし、停止ボタンを押した。目を瞠《みは》っていた深山さんが、すぐににやりと笑む。

「……じつは大学のころ個人的に、法律の勉強もすこししたんです。つかうつもりはなかったけど、これがあるだけでも、気持ちが楽で……」

初めて安寧《あんねい》を得られた大学時代に、いじめや虐待、パワハラについて勉強をした。ちょうど世間でも学校のいじめや親の虐待、ブラック企業の労働基準法違反にパワハラなどが頻繁《ひんぱん》に問題視されるようになり、情報が自然と入ってきたのもある。学生のころのいじめは反撃すればエスカレートするだけだと怯えてただしずかに過ごすことしかできなかったが、企業の問題は法的に裁く方法も学んでいた。けどもちろん本気で動く気があったわけじゃない。この証拠品はただのお守りだった。部屋のベッドからはずせずにいる輪っかの電気コードと同様の、いつでも逃げられる、というお守り。

「やったな前山!!」

「いや、……深山さん、これは、」

「これでおまえも救われるんだぞ！」

深山さんに思いきり背中を叩かれた。輝きすぎて眩しいほどの満面の笑みで俺を見ている。

「んーっ、んーっ！　まじめっちゃ美味い！　穏陽やばい！」

「はは。うん、本当においしいね」

十日間働いて、やっとまた勇君とのデートの日がやってきた。

今日は祝日なので人の多そうな場所はさけつつ、ふたりで相談して一緒にいこうと決めたパンケーキ屋さんにいる。

「女子が好きなのも納得いくなー。穏陽もこれで太れるかもしんないよ、健康になっていい。食え食え」

「うん、食べるよ」

勇君のはバナナチョコで、ぶ厚くて弾力のあるパンケーキに添えられたバナナと生クリームへ、チョコソースがたっぷりかけられている。俺のはブルーベリー。果肉入りのブルーベリーソースがかけられており、バニラアイスも添えてある。こんなお洒落なお菓子、生まれて初めて食べた。

「男ふたりの客っていないな〜」

口端にチョコソースをつけた勇君が、周囲のお客さんを見まわす。

「やっぱ男同士でくるのは恥ずかしい場所かなー。食べたくて我慢してる男も絶対いるよね。俺ラッキーだよ、穏陽とこられて」

へへっ、といたずらっぽく笑ってくれる勇君が、大きく切りすぎたパンケーキをまた頬張る。俺はナイフとフォークをおいて、正面に座っている勇君の口もとをおしぼりで拭いてあげた。子どもみたいだ。可愛い。

「ぼくも勇君と出会わなかったら一生食べられなかった。こられて嬉しいよ」

しっとりしたパンケーキは舌にいつまでも絡みついて、咀嚼するたびソースとともに口内で踊り続ける。ソースの甘さも、パンケーキと一緒に食べるとほどよく調和する。

いままではこういうお菓子を食べるために遠くまででかけたり、長蛇の列をつくったりする人たちの特集をテレビで観ても、異世界ファンタジー映画を観るのとおなじ感覚でいた。現実ではない世界の出来事的な。でも勇君が、俺にとっても現実にしてくれた。

「穏陽はもうちょい太ったらもっと格好いいのにな」

……〝もっと〟って。

「ぼくは昔から精神的なことが体型に影響しやすいんだ。すぐ痩せたり、太ったりする」

「ふうん……じゃあ幸せになったら太るの？」

「かもしれない。大学のころは普通だった」

「あーそっか。そのころの穏陽見たい、写真ない？」

飲んでいたコーヒーのカップをおいて「ないよ」と苦笑した。

「ちぇ～残念。まー俺も自分の写真って撮んないけどなー」

勇君もコーラを飲む。バナナをフォークで刺してチョコソースになじませながら、「えふっ」とゲップをする。可愛い。

「なあ穏陽、こないだ撮った俺の画像でシた？」

「……。シないよ」

「いま返事に間があったね〜嘘つき〜」

にやにやしている。

「ち、違うよ、〝スる〟ってどういう意味か考えただけだよっ」

「嘘つけ」

「嘘じゃ、ないです」

「えー……じゃあなんでシねーの？」

今度は不満と哀しさがまざったしかめっ面で文句を言われた。

「なんで、って……勇君は嘘がないでしょう。いつもまっすぐで正直だ。だから、ぼくも勇君にうしろめたいことをつくりたくない。こざかしいことを、したくないんです」

「めっちゃ考えてンじゃん。シたいのすげー我慢してくれてたんだな？」

かあ、と顔が熱くなって咀嚼のタイミングがずれたから、喉をゴホと鳴らして整えた。

「べつに、ほんとに、そういうやましい気持ちでは、見なかったから」

「やましー気持ちになってもらえないのも傷つくって言ってンの。インポ。インポはる」

隣の席の女性たちが勇君の発言に反応してこそこそ嗤い始めたので、もう一度ゴホと喉を鳴らして睨《ね》めつけた。目があうと俺の不快感を理解してくれたのか、戦いたようすで黙る。

「わかった。勇君が望むならスるよ」

「ははは。よし、次に会ったときまた訊くからな。シたか？　って」

「うん、いいよ」

勇君は楽しそうに「あはは」と笑っている。この笑顔を守るためなら俺はなんでもできる。

他愛ない話をしながら食事を続けて、やがておたがい二枚目のパンケーキを半分食べたところで、勇君が「……穏陽」と、すこし辛そうに俺を呼んだ。

「ごめん……ちょっとチョコ甘すぎたかも。穏陽のと交換して」

無理矢理笑ってはいるものの、眉をゆがめて明らかに気分が悪そうな顔をしている。

「本当に食欲ある？　いいよ、辛いなら食べなくて。勇君の残りもぼくが食べる」

「んー……でも、」

「かまわない。勇君は飲み物だけ飲んで。コーラも結構甘いから、水のほうがいいかも。いま新しいのを頼むよ。――すみません、追加のお水をください」

「穏陽、べつにそこまでしなくても、」

勇君の制止より先に店員さんが気づいてくれた。笑顔で「少々お待ちください」と会釈《えしゃく》して、氷が浮いた新しい水のグラスを持ってきてくれる。店員さんが再び頭をさげて離れていくと、俺は自分のパンケーキをすべて口に入れて、勇君の皿をひき寄せた。

「穏陽ごめんまじで……」

「いいんだよ、勇君は謝るようなことなにもしてない。お水飲んで」

店内は席に隙間なく人が埋まって賑わっている。人混みと話し声の騒がしさ、パンケーキの甘い匂いや女性の香水の香りも、居心地がいいとは言えない。

「はやくでよう」

勇君がうなだれて氷をふたつがりがり齧《かじ》っている間《ま》に、残りのパンケーキも全部たいらげた。勇君の顔色がどんどん悪くなっている。

「会計してくるから待ってて」といったん席をはずして帰る支度をすませ、もう一度戻ると、勇君のコートとリュックを持って外へでた。

「穏陽、そこまでしなくていいって」

「ううん」

背中からコートを着せてあげる。袖に腕を通す動作が緩慢で、ぐったりため息もこぼすので、具合が悪いのは一目瞭然だった。

「な、このあとどうする？　また買い物でもすっか！」

へらっと笑ってくれる勇君本人は、隠し通せると思っているらしい。それとも症状が本当に軽いのか……。

「勇君の具合がよくなってから考えよう」

「やすは、」

「タクシーには乗れる？　すぐホテルに部屋をとるよ」

人が少ない場所を選んだとはいえ、祝日は祝日だ。駅前のパンケーキ屋だったので、こうして立っているだけでも他人が忙しなく周囲を往きかう。勇君をゆっくり休ませてあげるには、落ちついた場所でふたりきりになる必要がある。

「い、いいよ、だったらここらへんのラブホで充分」

「勇君をラブホテルなんかに連れていけない」

「は？　いいって、穏陽いつも高級すぎンだよ」

「駄目だ」

つい口調がきつくなった。勇君のモッズコートのチャックをしめる。

「……ンなこと言って、ケンとも高えホテルだったんだろ」

毛羽立った襟《えり》に顔を埋めた勇君は、不服そうに唇を尖らせてぼそぼそ言う。

「……ううん。ケンさんとは安いラブホテルだったよ。お金はなるべく勇君のためにつかいたいから、申しわけなかった」

「え。……なんだ。そうなんか」

背中をさすったら、顔をしかめて「……あ、それいいや」と拒否された。これだけでも胃腸に響くらしい。

「はやくいこう勇君。タクシー捕まえてくるから」

「いや……つうか、だったらラブホにする」

「え、なんで？」

「なんでじゃねーよ、ラブホだっつったらラブホだっ」

「わ……わかった」

結局、歩きだしても胃に響かないようのんびりすすむことしかできないぐらい苦しんでいた勇君を、おぶってラブホまで移動した。勇君が選んだ月夜をイメージした蒼《あお》く薄暗い部屋で、勇君をベッドに横たえると、勇君は「うー……」と唸って動けなくなってしまった。

「ごめん穏陽……せっかくのデートなのに……」

仰むけの体勢でぐったりのびている勇君を、ベッドの横の床に座って見つめた。

「なにも〝せっかく〟なことないよ。ぼくはずっと幸せで、勇君に癒やされてる」

「ンなことねーよ、全然駄目だ……仕事でこんな失敗したの初めてだよ……」

「失敗じゃない。勇君が反省したり、謝ったり、落ちこんだりする必要はまったくない。パンケーキもおいしかった。ぼくは人混みも苦手だから、こういうしずかな場所のほうが嬉しい。しかも勇君がいる。……充分だ。十日間待ち望んだ幸せな時間だよ」

壁紙にはプラネタリウムのように星屑が描かれていて、天井にもぼんやり光を放つ満月のライトが飾られている。藍色《あいいろ》に染まった落ちついた室内で勇君とふたりでいるこの幸福な時間を、駄目だとか失敗だとか言われても俺は受け容れられない。

「……穏陽、なんか変わったね。急に格好よくなった」

「いまお世辞はいらないよ」と横の冷蔵庫から水のペットボトルをだした。蓋《ふた》をゆるめてベッド横の棚におく。

「お世辞じゃないよ、まじで。だっておどおどしてないじゃん」

勇君は胃を押さえて弱々しく笑う。

「勇君を守りたいときはおどおどしない」

「ふうん……やっぱ格好よくなったよ、なんかあった？」

……なんか。

「勇君に出会えた。それがすべてだよ」

きみは四六時中俺のなかにいて、地獄も明るく照らしてくれるから。

「ひひ……。稔陽、隣きて」

呼ばれて、自分も勇君の隣に寄り添って横たわった。ふふふ、と笑う勇君が俺の胸にすり寄ってきて顔を埋める。ち、近い……。

「じゃあもうごめんは言わないよ。ありがとう稔陽。俺この十日間勉強漬けで、緊張したりもして、気持ち的に忙しかったんだ。今日具合が悪くなったのも、寝不足だったせいもあるかもしんね。……歩きまわるのも楽しいけどさ、俺も稔陽とホテルでまったり寝てる時間好きだよ。今日はこうしてンの、特別ありがたくて楽だ」

十日間勉強漬け……そうか、ほかのお客につきっきりだったわけではないんだ。

「……ゆっくり休んでほしい。勇君の仕事に対する真摯な姿勢も尊敬してるけど、ぼくは一方的に癒やしてほしいわけじゃないんです。勇君にも癒やしの時間になると嬉しい。だから欲しいものがあれば買い物にいこう。観たいものがあればドライブしよう。疲れたときは眠ろう。そういう時間を一緒に過ごせることが、ぼくの癒やしで、幸せな時間です」

「それ友だちと遊ぶのと変わんねーじゃん。下手したら友だち以上だぜ？　甘えすぎ」

「……駄目かな」

「それで金もらうの気がひける。稔陽に〝恋人デートで〟ってオーダーもらって会って、俺が〝疲れてっから寝かせて〟ってホテルでぐーすか寝た挙げ句、そのお金稔陽が払うんだぜ？　おかしいじゃん」

「そうかな……ぼくが思う恋人デートはそれなんだけど」

「まじで？」

俺の胸のなかで勇君が顔をあげて目をまるめる。近すぎて、睫毛の長さまで鮮明で可愛くて、思わず視線をそらした。

「え、と、その……。疲れてるのに我慢して食事したり、気分が悪くなったのを隠して無理に笑って買い物につきあったり……そこまで気をつかわせてしまうなら、ぼくは、そんな苦しい思いをさせる自分は、その人の恋人として、ふさわしくないと、思ってしまいます。……ぼくも勇君といて、最初は緊張したし、経験がないから、デートで楽しませてあげるって、どうすればいいのか、悩んだけど……いまは勇君が一緒にいてくれること自体が幸せだから、買い物するのが偉いとか、デートスポットにいけば合格とか、思いません。一緒に、気をつかうことなく楽に過ごせる関係が、理想です。できれば、あの……今後はそのように、お願いします」

……まだ勇君の視線を感じる。痛いぐらいの眼力で凝視されている。……冷や汗がでる。

「穏陽すげーな。なんか、真理だな」

「え、」

「……たしかに、ほかのお客さんには、〝恋人で〟ってオーダーもらってても気ぃつかってる。恋人っつーか〝客〟ってちゃんと意識してるから、面倒とか辛いっていう自分の本音も隠して笑ってるよ。でもそれ、友だちとかかーちゃんとか、じーちゃんとばーちゃんにもおなじかもしんね。好きな相手だから我慢したい、我慢できるって気持ちももちろんあるけどさ、なんか……我が儘とか甘えって、そもそも簡単に表にだせねえじゃん」

……へへ、と勇君が力なく苦笑した。抱きしめたくてしかたなかった。

「勇君は大事な人が多いし、愛情深くて優しいから、自分を抑える癖がついてるんだね」

「ンー……」

「このあいだ自分でも『優等生してた』って言ってた。でも勇君だって癒やされていいんだよ。我が儘も甘えも言っていい。ぼくはそういうオーダーしてるって、知っておいてください」

「ん……わかった。穏陽には〝我慢が迷惑〟ってことな？」

「はい」

勇君が俺の背中に左手をまわしてさっきよりさらに強く密着してきた。脚も搦《から》めとられる。

「う、あ、」と焦ったら、「ははは、おどはるになった」と笑われた。

「穏陽も棒きれみたいになってないで抱き返してよ。ふらふらってなる。ここが崖《がけ》だったら俺落ちてるかンね」

それはよくない、と慌《あわ》てて自分も勇君の背に右手をまわした。……勇君を抱きしめられた。

「……俺さ、穏陽とのつきあいって畑づくりだなって思うんだ」

「畑？」

「うん……心が畑で、一緒に耕して、野菜とか果物とか作ってる感じ。前は俺だけが畑づくりしたがってんのかもって思ってた。穏陽のこと嫌々つきあわせてんだろうなって。野菜だとか果物だとか、べつに俺と作りたいわけじゃないかもなってさ……」

心を耕す……こうやって会話を重ねて関係を深めていく行為をそうたとえてるんだろうか。

「や、ぼくは勇君と作る畑しかいらないし、勇君と畑を作れているならそれを奇跡に思うよ」

「ほんと……？　無理してない？」

「ぼくにとっては、勇君を感じられない場所で生きる時間が〝無理〟で〝苦行〟だから」

「俺といるのは苦行じゃないんだ」

「ない。勇君がくれるものに〝苦〟って言葉は生まれない。すべて幸福に変換される」

ははは、と勇君が笑う。胸のあたりが勇君の吐息で熱くなる。

「穏陽ってすげえ……ほんとに信者って感じがする」

「すごいのは神さまの勇君だよ」

「神さまかー……自惚れそう」

「自惚れるっていうのもそもそもおかしい。それは勇君が自分を下に見てるってことでしょう。勇君は素晴らしいよ、自分で神だってことを自覚してふんぞり返っててていい」

「ははは、ただのホストのガキだよ、なに言ってンの」

「勇君を卑下するのは本人でも許せない。ぼくの前ではよして、偉そうにしててください」

「うへえ、俺も怒られた、ぶふはっ」

「変なときだけ男前になるし〜……」と勇君が笑っている。……楽しく笑えるぐらい具合もすこしはよくなっただろうか。会話をするより眠らせてあげたい。無理をさせていないといい。

笑いがおさまると、勇君がすう、すう、と俺の胸のなかで呼吸をくり返した。生きている。

そう感じながら勇君の体温を掌に感じているこの時間も幸せでならない。

「……なあ、穏陽は俺たちが畑で作ってるものってなんだと思う?」

畑で作っているもの……。

「……林檎、かな」

勇君が働いているデリホスの店名は『EDEN《エデン》』だ。

# 5

「――でね、二時間ぐらい一緒に眠って、起きたあと相変わらずセックスはしないっつーからキスしまくって、帰り道でゲーセン寄ってめっちゃ遊んで、またキスしまくって別れたんだ。穏陽、UFOキャッチャーがすげえうまいの。でっけえぬいぐるみも何個もとってくれたし、対戦ゲームもうますぎて一勝もできなかった。俺が下手すぎンのかなー……」

「ゲームねえ……」

「こんなでっかくて可愛いクマちゃんのぬいぐるみだぜ？　俺の部屋に全然あわねーの、笑っちゃう。対戦ゲームもさ、あれってセンスですよねー……技のだすタイミングとかプロすぎ。穏陽、リアルで喧嘩してももしかしたら強《つえ》ーかも」

「へえ～……」

「……俺、一緒にいて〝我慢するのが迷惑〟なんて言ってくれるお客さん初めてです。穏陽といるとすんげえ楽だし、素の自分でいられて嬉しいんだ……めっちゃ安らぐ」

「へーへー。俺はいつまで勇君ののろけを聞いてればいーんですかね」

喜田さんがフフと呆《あき》れて半笑いしながら紅茶を飲む。「違《ちげ》ーよ」と俺もコーラを飲んだ。

「のろけなんかじゃないっす。ただ、いいお客さんなんだーって話」

「はいはい、わーったわーった。よかったな、新しい恋に出会えて」

「恋って、もー……」

違《ちげ》ーのにな、と睨み見ても、喜田さんは「フハ」と笑っている。

大学の推薦試験も終えて十二月になった。この時期はクリスマスや忘年会でじーちゃんとばーちゃんの居酒屋が繁忙期《はんぼうき》に入るから、デリホスの仕事はおさえて居酒屋の手伝いに専念している。今月半ばの合格発表までは受験のほうも安心できないし、万が一落ちたときのために勉強も続けているけど、まあひとときの休息期間ってやつだ。

それで、近ごろは喜田さんともしょっちゅう電話したりメールしたり、都合があえば会ったりしている。

「恋じゃねーならなんでおまえはその穏陽さんの指名だけ受けるなんてふざけた仕事のしかたしてんだよ」

「……すみません。でもそれは今月だけです」

「べつに怒ってるわけじゃねーよ。楽しんでんだよ」

唇の右端をひいて、喜田さんは紅茶にミルクを足しながらにやにや俺を見てくる。右手の人差し指にしているアラベスクの指輪が今日もきらめいた。

「正直に言えよ、好きなんだろ穏陽さんが」

〝十二月は前山さんの指名だけ受けたいです〟と店長に頼んだことは、喜田さんにも伝えた。初恋の塾講師の話もして、喜田さんの元彼と似て、先生も差別に懊悩《おうのう》していなくなっちまったんだと教えて以来、穏陽との恋愛をやたらと推してくる。……そんなんじゃねえってのに。

「穏陽の指名だけ受けてるのは……癒やしだからです。本当は休むつもりだったけど、忙しくても穏陽と会うのはしんどくないから、いいかなって」

「セックスを要求されないからか」

「や、そこは関係ないです。さっきも話したでしょ、疲れたり具合が悪かったりしたら正直に教えろって言ってくれるし、無理してでかけなくても一緒に寝るだけで幸せだって言ってくれるのが嬉しいんです。デリホスの仕事にやりがい感じてて、続けていきたいって思ってるなかで、穏陽は〝癒やしあう〟ってこと教えてくれる。甘えすぎてるのもわかってるけど……やっぱ駄目かな、こんな仕事のしかた」

椅子に深く腰かけて、喜田さんが真正面から俺を見据えている。先輩として厳しく観察されている、叱られるかもしれない、と緊張していたら、フッと鼻で笑ってミルクティを飲んだ。

「ああ、駄目だな。仕事ではお客さんが神さまで、俺らは身も心も削って奉仕する義務がある。おまえが癒やされてどうすんだよ」

「……はい」

「今月は彼だけって。公私混同も甚《はなは》だしいぜ、仕事とは言えない」

「……すみません」

「勇いいか、それは客じゃねえ。〝彼氏〟って言うんだ」

喜田さんが左手で口を押さえ、おかしそうにくつくつ笑う。

「なっ、も〜……ほんとにそういうンじゃないですってば」

「ははっ！」

一気に気が抜けた。否定しても喜田さんは色っぽい仕草で笑い続けて、紅茶カップをおく。

「またまた。浮かれた女みてえに穏陽さんの話しかしねーくせに」

「浮かれた女？　俺が？」

「うちの店は勤務形態もホストの自由だし、おまえが穏陽さん贔屓しても咎める奴はいねーよ。お客さんと恋人になったとたん辞めちまうホストもいるから店長は困ってっけどな」

「辞めません、彼氏にもなりませんよ」

「いーじゃねえか、つきあえば。大丈夫だ、穏陽さん相手ならきっと俺みたいにはならない。差別に怯えたりしないでずっとおまえを想ってくれるよ。初恋の先生もキレーに忘れられる」

俺は恋バナをしていたつもりはねえし、穏陽ともつきあわないって言ったのに。……てか、喜田さんの〝穏陽さん〟って呼ぶ声、妙にエロいし俺より親密そうじゃね？　名前呼んでるだけで穏陽を抱かれてる気分になる。色っぽすぎだよ、っとに嫌ンなるぜ……。

「なあ、勇はバイなんだろ？　おまえこそ女のほうがいいって思ったことはないのか？　親のためにも結婚しねーと、とか」

コーラをぐっと飲みこんで喜田さんを見返した。……この神妙な面持ち。また始まったな。喜田さんは結構頻繁に同性愛や異性愛、常識や非常識、正常や異常、とかに関して話をふってくる。歳下の俺にまで問いかけたくなるぐらいだ、元彼たちとのあいだでよっぽど辛い思いをしたんだろうな、と察する。仕事も容姿も性格も、完璧すぎるぐらい完璧な喜田さんを唯一苦しめる傷。過去。痛み。気の毒すぎて、全部忘れちゃえよ、って腹も立ってくる。

「喜田さんは結婚したいの？　ゲイなのが辛い？」

「なんだよ、俺の話はしてねえだろ」

俺が喜田さんの心を探ろうとすると、いつもこうやってにやっと笑って余裕ぶりながらはぐらかす。弱音吐きたいなら吐けばいいのに、しれっと隠してすぐ壁つくるンだもんなー……。

「ン～……俺はさ、男とか女とか決めて好きになるわけじゃねえから、惚れちまったら突っ走るっきゃねーよ。かーちゃんは俺の結婚望んでンのかな。かーちゃんもそっち方面の差別しねー人だけど、息子のこととなっちゃべつなのかなあ」

「もし親が許したとしても、長くつきあっていくあいだにまわりの奴に非難されたらとか……怖くないのかよ」

遠慮がちに、淋しげに追及されるこういうとき、喜田さんの孤独に触れている気がする。

「そんな奴らと無理矢理つきあう必要ねえよ」

俺はあえてきっぱりこたえた。

「もちろんさ、自分の好きな人たちとしか接しないで、のらりくらりぬるま湯に浸かった人づきあいし続けてたら成長できないだろうなって思う。いろんな人間の、いろんな価値観と対峙《たいじ》するのも大事だと思うよ。じゃなきゃ人間的に狭い奴になっちゃいそうだし。だから俺、そういう面でもかーちゃんとか、じーちゃんとかばーちゃんを尊敬してんだ。たくさんのお客さんと接して十人十色の性格見てっから、他人のこと簡単に非難とかしねーの。俺ばーちゃんにはデリホスしてるって言ったけど、話を聞いて、受け容れてくれたしね」

「……ン」

「でも相性あわない奴とべったりつきあう必要はない。〝距離〟はとっていいんだよ。自分の幸せを一緒に喜んでくれない奴なんて、友だちでもねえじゃん。そういう奴らとは上手に距離をとるつきあいを勉強すンの。喜田さんは全員の気持ちを受けとめすぎてるんじゃないかな。そこまで他人に優しくして、自分を追いつめて、生きづらさに苦しむ必要ないんだぜ」

おたがい沈黙すると、店の喧噪が耳に大きく響き始める。俺の目を凝視していた喜田さんは、ふいに「……フ」と小さく笑って、ガラス窓の外へ視線をながした。

「……おまえみたいな奴に、俺はいままでずっと会えなかったよ」

ため息みたいな囁《ささや》きを洩らす。

「……昔すげえ惚れた男に『おまえは太陽みたいだ』って言われたことがある。こんな陰気な俺のどこが太陽だよな？　結局意味もわからないまま別れた。金髪にしてっから、適当な印象でそんなこと言ったんだろうな……って、いまだに思ってるよ。舞いあがって惚れきって、『ゲイは無理だ』って拒否られて終わりだ。毎回おなじ。……俺はなにが悪かったんだろうな。

距離のとりかたの勉強以前に、近づく相手を間違えてんのかな」

喜田さんが右手で前髪を掻きあげる。綺麗な金色の髪がさらさら光る。

「うん。喜田さんは間違えてる」

もう一度きっぱり断言してやったら、目を見ひらいて喜田さんがふりむいた。

「喜田さんは格好いいよ。外見も内面もさ。喜田さんのよさをわかんねー奴はみんなばかだ。そんなのに惚れてた喜田さんもちょっとばか。もう幸せな記憶以外は全部捨てなよ。それで、喜田さんは喜田さんをちゃんと愛してくれる人を見つけて、自分がカッケーってこと自覚して、愛されまくってふんぞり返ってりゃいいんだ。わかった？」

「ははっ」

喜田さんがやっと笑った。

「ふんぞり返るのか……すげーな」

「すげくねーよ。そんなの当然ってぐらい喜田さんは素敵だよ。陰気なんかじゃねえ。その昔の彼氏はばかだけど、喜田さんが太陽ってのは間違ってない。それだけは正しいよ」

俺も笑いかけたら、照れくさそうに、もっと曇りのない笑顔をくれた。よかった。

「喜田さんもにーちゃんならよかったな、俺」

「にーちゃん？」

「穏陽にも言ったんだけど、ガキのころから傍にいたらちゃんと守ってやれたんじゃねーかなって悔しくなるからさ。単純ににーちゃん欲しかったのもあんだけど」

「兄弟だったら仲悪《わり》ぃかもしんねえぜ？　身内ってのはそれこそ近すぎンだから」

「そうかなあ……喜田さんと穏陽なら、俺平気だと思うけどなあ」

「つーかおまえそれ穏陽さんぜってー傷ついてんぞ」

「え、まじ？　俺、信者よりにーちゃんのほうがいいけど」

「ばーか」

笑う喜田さんが砂糖の包み紙をまるめて俺に投げてくる。右の口端をひいて、瞳をにじませて苦笑する表情が、ほんとに綺麗で格好いい。

「ばかじゃねえもん」

俺は本気で兄弟になりたかったよ。かーちゃんの苦労は増えただろうけど、じーちゃんとばーちゃんとにーちゃんと……きっと、もっと淋しさも和らいだ。男ふたりいれば、かーちゃんに料理人の夢を追わせてあげられた可能性だってある。いまの俺は、将来ひとりでかーちゃんのこと幸せにしてやれんのかな……。

「――あ、そういえばね、」と、言葉が口をついてでた。

「ん？」と喜田さんもミルクティから口を離して首を傾げる。

「小学生のころさ、じーちゃんとばーちゃんの居酒屋に、おネエさんが泣きながらきたんだ」

「おねえさん？」

喜田さんを見つめ返しながら、頭のなかには子どものころ見た涙の記憶がひろがっていく。

「うん。巨乳で美人で、ちんちんは〝まだついてる〟って言ってた。失恋したっつって、メイクぼろぼろにして号泣して、それでじーちゃんとばーちゃんと俺で慰めたの」

「……ああ」

「自分は変だって。だから恋愛も続かないんだって、あたりまえみたいに、人生悟ったみたいに泣くんだよ。幸せになることを、なんか、まじで心の根っこのところで諦めてる感じでさ。〝またひとときの幸せが終わったわ〟って笑って泣きじゃくるんだ。〝淋しいけど彼に会えてよかった〟って」

――変じゃねーよ！

――しかたないの、変だもん。最初から長くつきあうつもりはないって言われてたの。短いあいだだったけど、わたしみたいな変な女、好きになってくれたのよ。感謝しなくちゃ。

――意味わかんねえ、そんなんばか男だよ!! しかたなくないし、すげー綺麗だよ!!

悔しすぎて、むかつきすぎて、泣きたくないのに涙がでてきてわんわん泣いた。俺が泣くと、おネエさんは涙をこぼしながら笑顔になった。それも悔しかった。自分の願うとおりに現実が動かなくて、猛烈に悔しくなって大泣きしたのはあれが初めてだ。

――……ありがとう勇ちゃん。

――ありがとうくねーよ、無理して笑ってんじゃんっ。うぅっ……あぁっ。

――勇ちゃんが格好いいからよ。……ありがとうね。こんな幸せな失恋初めて。今夜ここにきて、わたしよかったわ。

喜田さんといたら、より鮮明にあの夜の出来事を思い出した。悔しくて、幸せを感じさせてあげたくて、胸を掻きむしりたくなる激情も一緒に。

「……自分を弄《もてあそ》んだ奴を最後まで責めないで、あんなふうに感謝しかしない人、男でも女でもなかなかいねえよ。優しくて、愛情深い人だった。性別じゃねんだよ、大事なのは人柄だよ。おネエさんも、いまは絶対幸せにしてるはずだ。愛されて当然の人だもん。喜田さんもだよ。辛いことがあったぶん、絶対幸せくるからね」

視線をさげて一点を見つめていた喜田さんが、また紅茶カップをとってひとくち飲む。

「……その人とは会ってないのか？」

俺もコーラを飲む。

「うん、あれ以来、店にはきてくンないね……」

「ふうん……」

「俺がまじで格好よくなったころきてくれるよ」

ふふん、と得意げに返したら、フッと色っぽく苦笑いされた。

「……そうか」

今日は火曜日で、仕事休みのかーちゃんが夕飯を作って待っている。事前にそう告げていた喜田さんとは、そのあと買い物だけ楽しんで「また」と別れた。

夜道を歩いて家へむかいながら、偉そうなこと言っちゃったかもな……とふり返った。

俺は恋愛に関して喜田さんほど豊富な経験をしていないガキだ。先生とも、愛しあった、と胸を張って言えるような関係にもなれず終わってしまった。

経験不足だとしても、一応〝性指向に悩む相手と別れた〟って傷を共有する同士でもあるし、喜田さんが俺に頻繁に連絡くれたり会いたがったりしてくれんのも、やっぱり相談にのってほしいとか、淋しいとかって欲求があるせいだと思うから力になりてえのにな。

——もし親が許したとしても、長くつきあっていくあいだにまわりの奴に非難されたらとか……怖くないのかよ。

同士とはいえ、喜田さんと俺の決定的な違いは、相手に惚れて追いつめたのが俺ってところ。だから俺自身は差別も非難も怖くなくて、自分のせいで先生が苦悩して嘆く姿を見ているのがただただ辛かった。喜田さんの力になりたい、幸せになってほしい、と焦れるのは、もしかしたら俺のなかに先生への償いの気持ちもあるからかもしれない。

「……え、」

ふいに左目からきらっとなにかが落ちて、涙だ、とビビった。嘘、まじか。俺泣いてた？

え、なにが辛くて？　先生のこと？　喜田さんのこと？　どっちも……？

ンだよ、と道の石ころを蹴る。自分の哀しみとか苦しさって、よくわからないときがある。案外とり返しのつかない痛みこそ、限界がこねえと自覚できないものだったりすんのかな。

玄関のドアをあけると、おでんの香りがした。

「うわ、めっちゃいい匂い〜っ、かーちゃんただいまー」

うちのおでんは静岡《しずおか》出身のかーちゃん基準で、味噌味《あじ》の汁に青のりとだし粉がかかっているのが神って決まっている。味噌が奥までしっかり染みた大根やたまご、じゃがいもこんにゃく、忘れちゃいけない牛すじに黒はんぺん。

「おでんやり〜っ」とコートのチャックをはずしてリュックをおろしながらダイニングへいくと、テーブルの前にスカートスーツ姿のかーちゃんが座っていた。……仕事が休みなのに正装している不自然さと、不機嫌そうな表情に、重たく張りつめた空気。そしてため息。

「……座って」

「あ、……はい」

なんだろう……俺なんかしたっけ。怒ってる、よな？　昨日の交換ノートからはなんの異変も感じなかったのに今日一日でなにがあった……？

不可解ながらも、緊張しつつリュックとコートをおいてかーちゃんのむかいの席に腰かけた。

「食べなさい」とうながされて、心臓がきりとひきつる。かーちゃんが丁寧な口調になるときは激怒の合図だ。まったく気ノリしないなか、用意されていたお玉を持ってしかたなくおでんの具を器《うつわ》に入れる。かーちゃんはテーブルの上に腕を組んで黙っている。

「高級そうな時計つけてるのね」

器をおいたのと同時に指摘された。リュックにつけている、中西さんからの贈り物だ。

「小づかいはいらないって言ってうちにもお金入れて、月々のスマホの料金と大学の受験料も自分で払ってるのに、こんな時計買えるぐらいコンビニバイトはお給料いいの？　先週も休んでたし、先月小谷のおばあちゃんが腰痛めたときもあちらの手伝いにいってて、ほとんど出勤してないよね？」

たたみかけるように詰問されて、確信した。……そうか、わかった。俺がなんの仕事をしていたのか、なにもかもばれたんだ。

「うん……嘘ついてたのは謝る。ごめんなさい」

「正直に言いなさい、どんな嘘をついてたのか」

「……。コンビニじゃなくてデリホスで働いてた。男相手の」

かーちゃんがそっぽをむいて、鼻から長い嘆息を洩らした。

「わたしはあんたをちゃんと育ててるでしょう。自分の店を持って、なに不自由ない暮らしをさせてる。なのになんでわざわざ身体なんか売るのよ。そこまでさせなきゃいけないほどわたしが困ってるように見えた？　生活も苦しくて、あんたを大学に進学させてあげられるお金もない母親に見えてるの？　都内のこんなマンションの上階に部屋を買って、店の従業員全員の生活まで面倒見てるわたしが？」

怒鳴るのを必死で抑えている震えた声。くり返す深呼吸。かーちゃんの叱りかた。

「あんたが自分でお金を稼いで、うちに入れたいと思うのはかまわない。あんたなりの親孝行なんだろうってわかるから。でもこんなの嬉しくありません。親孝行でも恩でもなんでもない。このお金はいりません」

横においていた鞄からかーちゃんが銀行の封筒をだしてテーブルの上においた。俺が渡していた金らしい。歯がゆさと哀しさが腹の奥で暴れだす。

「俺は真面目な気持ちで真剣に働いたんだ、これはもうかーちゃんの金だよっ」

「デリホスを選ぶ必要はないでしょう。きちんと頭さげて、小谷さんのところで働かせてもらったってよかったじゃない」

「じーちゃんとばーちゃんから金なんかもらいたくない」

「時給減らしてもらうなりなんなり、いくらでもやりかたがあったんじゃないの？　そっちのほうが、小谷のおばあちゃんだってわたしだって、よっぽど嬉しかったよ」

ばーちゃんの名前だけがでたことに違和感を覚えて「……ばーちゃんから聞いたの」と訊ねたら「今日また会いにいったの」と返ってきた。

「それで、どうせあんたのことだから、わたしに言わない話も小谷さんにはしてるんだろうと思ってバイトのこと追及したら渋々教えてくれた。だけどあんたにはあんたの思いがあるから聞いてあげてって。……それわたしにも納得できる思いなの？　勇」

かーちゃんも、じーちゃんもばーちゃんも、他人を自分の感情で責めない。貶さない。ばかにしない。意見が食い違うときこそ冷静に、おたがいの思いを寄り添わせようとする。子どものころから、俺はこうやって優しく叱られるたびに、どういうわけか涙がでそうになる。

「……はやく自立して、ちゃんと稼げる仕事して金入れて、それで……それで、かーちゃんに自分を幸せにするために、つかってほしくて、」

「わたしの幸せ……？」

「時間も金も、かーちゃんいつも俺のためにつかうじゃん。ママだから服とか髪には気ぃつかうけど、自分だけのためになんか買ったり、遊んだりしねえだろ。デリホスなら給料いいし、好きな時間で働けるし、俺昔からかーちゃんとか、じーちゃんとばーちゃんみたいにお客さん癒やす仕事したかったから全部の希望に適《かな》ったんだ。デリホスできて嬉しかったんだよっ」

涙が下瞼にあふれてきて、うつむいた先にある大根とたまごがにじんで揺らいだ。でもかーちゃんのほうからも、ず、と洟をすする音が聞こえた。

「……あんたほんとばかだね」

「……うっせ」

はあ、とかーちゃんがまた洟をすすって息をこぼす。

「あのね、うちのお店ではお客さまを恋人だと想って大事に接するの。ただし身体は売らない。その品位に価値があるのよ。自分を売るのはタブーなの。小谷さんもそんなことしてないでしょ。もちろん、そういう仕事をしている人たちも見くだすつもりはないよ。風俗を辞めてうちにくる子もいるもの。でも普段ママとして、その子たちを守ってるからあんたを叱ってるの。──わかる？　世間ではばかにされるのよ。風俗もAVもそう。身体を売りものにしてたって知られたら、蔑視《べっし》されて嗤われて生きていくことになるの。あんたがどんなに真剣だったって主張しても、あんたと友だちになってくれる人も、恋人になってくれる人も、いなくなるかもしれないの。どこにいっても裏で自分を嗤う人間に出会うの。一見親しくしてくれてる人でも、あんた自身が信じられなくなるかもしれない。そこまでの覚悟はあったの？　あんたが選んだ仕事は、履歴書にも堂々と書けないそういう〝下〟の仕事なんだよ」

……下の仕事。聞いたとたんかーちゃんらしい考えかただと思った。とーちゃんに〝水商売の女〟と蔑まれて、俺を〝堕ろしてくれ〟と責められたかーちゃんの価値観。かーちゃんだからできる叱責《しっせき》。

「ちゃんとわかってたよ。まわりがどう思うかわかってたけど、嗤われても平気って考えてた。嗤うのってとーちゃんみたいなクソ野郎だろ。だったら俺、屈しねーし」

「ばか」とかーちゃんの声も掠れた。

「そもそもあんた年齢偽ってるでしょ。十八歳からオッケーでも、高校生を雇ってくれるはずがない。あんたひとりの勝手な嘘のせいでお店の経営まで危うくなる。すぐに辞めなさいね」

「辞めなきゃ駄目っ？」

　思わず縋ったら、「あたりまえでしょ」とかーちゃんが今度こそ声を荒げた。

「理由はいま全部言った。どうしてもバイトしたいなら大学進学が確定してから、自分の将来もわたしの愛情も、ちゃんと守れる仕事を選んでちょうだい。……わたしは充分幸福者なの。あんたが健康で幸せでいてくれることだけが、わたしの贅沢なのよ」

　こらえきれなくて涙がぽろ、とテーブルに落ちた。情けねえ、と勢いつけて拭う。

「……じゃあかーちゃんのところで働く」

「いいよ。でもうちは二十歳過ぎてからじゃないと駄目。……ねえ勇。四年間わたしも嬉しいと思える生活をして立派に卒業してくれたら、あんたの新しいお店のために出資してあげる。だからこの約束とひきかえに、デリホスは辞めなさい。あんたは大学で経営学ぶんでしょ？お店をひとりで維持してみたくない？」

瞠目《どうもく》した。いきなり、店の経営って。

「ンなの、潰しかねねーよ。それに俺、かーちゃんの店継ぐつもりでいるし」

「うちの店も自分の店も維持していけばいいじゃない。ま、いまから諦めてるようじゃ無理ね。大学で勉強しながら、小谷さんのところでもどこでもいいから働いて、仕事のノウハウを身につけて、人脈つくって準備してみる気ないの？　そうやって起業する人だっているでしょ」

どこか挑戦的に言って、かーちゃんもお玉を手にとり、おでんを器に入れていく。いつもの母子《おやこ》の食卓に戻っていく。

「……起業か」

かーちゃんやお客さんのためにデリホスで働くのもやりがいはあった。けれど夢を持って、俺ら母子《おやこ》の未来の発展まで見据えて過ごす四年間も途方もなく魅力的だ。一日も無駄にできない濃密な時間になる。むしろ四年で足りんのかって、いますでに焦燥感に駆られている。

「潰してもいいよ、勇」

「え」

「……って、わたしも最初、支援してくれた人に言われたの。それでここまでやってこれた。あんたもわたしの息子ならやれるところまでやってみなさいよ」

かーちゃんはとんでもねえことを、はんぺん食いながらしれっと言う。

「かーちゃん……ガキにおもちゃ与えンのとは違うぜ？」

「勇はおもちゃを強請らなかったから、わたしの口座にはおもちゃ資金が貯まってんのよ」

「どんな高級おもちゃだよ……」

ぼやきながら俺も大根を頬張った。内心カッケーと思ってた。やっぱとーちゃんはクズだ。こんないい女捨てた見る目のないクズ。でも俺もかーちゃんを哀しませて出資の提案までさせたうえに、デリホスには年齢を偽ったまま。……反省しなくちゃいけないときがきたんだ。

「……わかった。かーちゃんと自分の店のことは熟考していくけど、デリホスは辞めるよ」

かーちゃんははんぺんを齧って、短く「ン」とうなずく。穏陽の顔が頭を過る。

「その腕時計、あんたいくらするか知ってるの？」

「え、知んね。かーちゃんわかる？」

「だいたいね。……たった三ヶ月でなかなかいいお客さま捕まえたっぽいね」

はんぺんを食べ終えたかーちゃんが、ご飯もよそってくれた。

「まじでわかんの？　どっかの有名なレストランを、いくつも経営してるオーナーらしいよ。詳しく聞いてねーけど金持ちは金持ち」

お椀を受けとりつつ、かーちゃんさすがだなと俺は驚く。

「血は争えないってことよ。やっぱりわたしの息子だわ」

「そこは誇るのかよ」

面食らったら、かーちゃんが指についた米粒を食べて「ふふ」と苦笑した。笑顔が戻った。俺も涙を払う。

「でも、もっといいお客さんに会えたんだよ。金じゃなくて、心の大事さを教えてくれる人。悪《わり》ーけどそこはかーちゃんと違《ちげ》ーや。俺は男運に恵まれたね」

「フン。生意気言ってるわ」

「はは」と笑ったら、かーちゃんもまた笑った。

ばかだったな俺。かーちゃんを幸せにするために稼ぎたい、人を癒やす仕事がしたい、って願いに駆られて、かーちゃんの気持ちを軽視していた。結局我が儘だったのは俺だ。自分のために暴走したガキだったんだ。金輪際《こんりんざい》、叱らせるようなばかはしたくない。もう間違えない。

ふたりでおでんを食べながら、そのあとしばらくデリホスでの出来事や、穏陽の話をした。

「そんないい男いるわけないでしょ、幻でも見てたんじゃないの」

「まじだってば。かーちゃんはいまだに店でいい男と出会ってねーの？」

「うるさいね。わたしは二歳の勇にプロポーズされて以来、あんたのものよ～」

「恥ずいこと言ってねえで再婚考えろよ。ただし、とびきりいい男な」

俺はいまかーちゃんと対等に話せている、と感じた。苦労かけているだけのガキじゃない、外で働いて人を癒やす経験を積んだ男として話せている。いま気づいた。こんな躍起になってデリホスで働いたのは、こういう成長をしたかったせいでもあるのかもしれない。

「なあかーちゃん、俺かーちゃんの料理人の夢まで奪っただろ。俺の店は食堂にでもしね？」

「……ばか。わたしはいま勇のために料理してるでしょ、それで充分幸せだよ」

「ふうん……そっか」

当然かーちゃんとおなじ目線と言うにはまだほど遠く、守られているガキなのはたしかだ。でも、ここにきたかったんだ、とも思った。自分の店のために出資、っていう期待と責任までもらったんだ、二度と迷惑かけないようにしっかり応えよう。デリホスで喜田さんの位置まで極められなかったのは情けないけど、ここが俺の、ホストの終点だ。

ただ、穏陽を残していくことだけが気がかりだった。

翌日の夜もじーちゃんとばーちゃんの居酒屋の手伝いをする予定だったので、はやめにいってエプロンを身につけ、働く準備をすませてからばーちゃんに謝った。

「……ばーちゃんごめんな、昨日かーちゃんきたんだろ？」

ばーちゃんはカウンター席に、俺の夕飯のおにぎりと煮物をおきながら苦笑いする。

「ううん……ばーちゃんこそごめんね、内緒だったのに」

「謝ンなよ、嘘つきは俺だけでいい。ばーちゃんまで共犯にするとこだった、俺がばかだったんだ、悪かったよ」

ふう、と息をついて、ばーちゃんが肩を落とす。俺は席についておにぎりを食べる。豚味噌にぎりだ。美味い。

「……しずるさん、なんて？」

「デリホスは辞めることになった。でもそれもいいんだ、話しあってちゃんと納得したから。かーちゃんは俺が世間に軽蔑されたり、人間不信になったりすんのを心配してくれてた。あと、店にも迷惑かける嘘ついてたからさ、辞めるのはまあ……当然っつうか」

年齢詐称は罪だからな。かーちゃんの叱責どおり、軽いやんちゃですまされない反省点だ。

「おまえぐらいの歳のころはばかもするだろ。男だしなあ」と、カウンターにいるじーちゃんが笑いながら俺を擁護してくれる。

「うん……でも超えちゃいけねーラインもあるじゃん？」

「勇はいい子すぎるな。うちのばか息子に爪の垢煎《あかせん》じて飲ませてやりてーもんだ」

俺も苦笑いした。じーちゃんとばーちゃんの息子はかなり自由な人で、昔から家にまったく寄りつかないし、店を継ぐ気はないと早々に宣言して、自立して働いている。じーちゃんとばーちゃんは『店にかまけて息子を放っていたせいだ』とうなだれる。

「しずるさんも勇がいい子だって言ってた」とばーちゃんもじーちゃんの言葉にのっかる。

「自分がママなんかしてるのにグレないどころか、家にお金入れるためにデリホスで働くって……叱るに叱れない、ってさ」

かーちゃん、そんなこと言ってたンか。ヒステリックに怒鳴り散らさなかったもうひとつの理由がわかった気がする。

「俺ってグレてもおかしくない子どもなんかな？」

煮物の里芋を口に入れて呟いたら、じーちゃんが「うちの息子を見ろ」と声を荒げた。

「あいつはグレてるだろ。勇とおんなじようにこの店で育てたってのに、ろくでもねえ。何度補導されて迎えにいったことか」

荒ぶるじーちゃんがおかしくて「はは」と笑っちまった。

俺は結局のところ、本当の祖父母じゃないっていう遠慮もあるから、じつの息子とは違うと思うけどな。かまってほしくてグレて甘えたくなる気持ちは、ちょいわかる。

「俺がグレなかったのはじーちゃんとばーちゃんがいたからだよ。つーか、俺が息子さんからじーちゃんとばーちゃんを奪っちまったんだよな。息子さんのぶんまで甘えちまってる」

いまだって、俺がここに出入りしているせいで息子さんを遠ざけているんだと思う。息子さんにとっちゃ、俺は邪魔な存在だ。

「ばかめ。勇と仲よくできねーのがあいつの器の小ささよ。しっかりしずるさんの背中見て育って、十代のうちから孝行してえっつって働くなんざ、勇はもう立派な大人っつーことだ」

じーちゃんが呆れて吐き捨てる。うん……よそんちのガキなのに、こんだけ大事にしてもらってる環境でグレろっていうほうがやっぱり難しいんだよな。

「ンー……ま、息子さんの悪口言いたいわけでもねーし。ごめんな。とりあえずそんな感じで、またバイト始めるまでばりばり手伝いにくるからよろしくね」

「よろしくじゃないよ。ならうちで働きな？　しずるさんもうちでバイトしてくれれば安心なんだから。そう言ってたでしょ？　タダ働きすることないよ」

ばーちゃんに肩をさすって説得され、「ぜってーやだ」と断言した。ひひっと笑ってやる。金で繋がる関係になりたくない。そこだけは身内でいさせてほしいんだ。

「頑固だな、それがおまえの面倒くせーところだ」

じーちゃんににやりと笑われて、俺も苦笑した。

「わかりづれー褒め言葉だぜ」

豚味噌にぎりも、野菜のごろごろ煮も、この居酒屋のメシは今日もめっちゃくちゃ美味い。

三十分後には開店する。やる気が湧く。でもスマホを見ても、穏陽からの指名は今夜もこない。

週末には『EDEN』にいく時間もつくって、店長に辞めることを告げた。

『わざわざちゃんと店にきてくれて偉いな』と変な褒めかたをされて、ふたつ返事でおしまい。

あっさりしたもんだった。でもひとつだけ最後の我が儘を言った。


「――あ、喜田さんですか。俺です、勇」

夜中にやっと繋がった電話のむこうで、喜田さんは『……おう』と小さくこたえてくれた。

「すみません、こんな遅くに。じつは俺、『EDEN』辞めることにしたんです」

『急だな。……なんで』

「まあ、その……家の事情ってやつです」

『はは。なるほどな』

全部説明しなくても察してくれているらしかった。店長も『身内にばれて突然辞める子は多いよ』と話していたので、喜田さんも似た感じで見送った後輩が何人もいたのかもしれない。

『おまえの母親は〝ホモなんて穢らわしい〟って泣いたか？』

「え、もう……そんなこと言いませんよ。性指向とはべつのところで心配してくれました」

また喜田さんは……。ほんとゲイへの差別がトラウマになってるんだな。

「ともかく、結局三ヶ月しかいられなくて残念でした。でも喜田さんとはこれからも会ったりしたいです。お願いできますか」

しばらく間があった。

『……ああ、いいよ』

「よかった」

　ほっと胸を撫でおろしたものの違和感が残る。なんだろう……喜田さんの声が暗い？

　時刻は深夜二時前で、疲れて寝ていたところを起こしてしまった可能性もある。だけどしかたなかった。先日会って以来何度メッセージを送っても、日中いくら電話しても応えてくれなかったから。辞めることだけは声で伝えたくて、強引ながらもようやく捕まえられたんだ。

「……すみません、真夜中に。また連絡します。そんで、遊びましょうね」

　スマホを耳にあてたまま、ああ、とか、ン、とか、軽い相づちだけでももらえるかと期待して待ったけどまた沈黙がながれた。ありゃ、まじで眠いとこを邪魔したのかもしんねえ。

　喜田さんは一緒にいないあいだ、なにをしているのかわかりづらい人だ。友だちも多そうでデリホス以外でも忙しそうだから、今夜は嫌な出来事でもあったのかもな。

「おやすみなさい」と迷惑かけないように身をひこうとしたら、『なあ勇』と返答があった。

「はい？」

『このあいだおまえが聞かせてくれたおネエさんの話。……あのときは黙ってたけど、俺さ、その人は死んだんじゃないかって思ったよ』

「え……死ぬって、なんで」

『……なんでだろうな。そう直感した』

　深夜のベッドの上で、後頭部を掻いて困惑した。どうして、そんな発想を……？　俺の話のなかに死を連想させるような事柄があったか？

「たしかに、あれ以来会ってないけど……死ぬって意味わかんねえよ。喜田さんの第六感みたいな、そういうオカルトチックな話？　喜田さん、霊能力あんの？」

『はは、違《ちげ》ーよ、そうじゃねーけどさ』

喜田さんの笑い声が乾いて淋しく聞こえる。……失恋してひとりで、へこみきってんのか。哀しくて孤独でたまんなくて、マイナス思考になってる深夜、って感じ？　だったら俺ができることはひとつだ。

「喜田さん、俺は信じてるよ。おネエさんがいまも生きて、幸せにしてるって。辛い思いをした人は幸せになる権利があるんだから。大丈夫、喜田さんもだよ」

『……はは』

「いまから喜田さんちいこうか……？　一緒にダべって気晴らしする？」

『ばか……いいよ』

下唇を嚙む。こういうとき〝俺んち知らないだろ〟とか〝もう電車ねえよ〟ってこたえればつまりそれは〝きてほしい〟の裏返しだ。でもこの返事は拒否だった。

「いくよ」

だけど念を押してみた。単なる遠慮かもしんねえから。

『くるな』

それでも、今度こそきっぱりした拒絶が返ってきた。誰かといたいわけじゃないのか……？

『俺、強がってンだよ。こんなヤンキーみたいな金髪にしてんのも、弱《よえ》ー自分を隠してるだけ。そんだけだ』

「喜田さん？」

『……勇。おまえに託すよ。俺のぶんまで幸せになれよな』

託す？

「なに諦めてんですか。淋しいこと言ってないで、喜田さんも次こそいい恋見つけて幸せになりましょう、絶対なれるから。俺、喜田さんが幸せになれるまで傍で応援しまくって守るからさ」

『……そうか。心強いな』

強がってんなら会いにいかせろよ、と焦れた。タクシー捕まえればどこだっていける。足があればいつかは着く。どうしてこの人はひとりでいたがるんだ？　いまは誰にも会いたくない、っていう頑《がん》としてゆずらない意思が見える。なのに淋しがってる。矛盾の塊で、手が届かなくてどうしたらいいんだかわかんねえ。

『……俺にはおまえが太陽だよ勇。ありがとうな、おやすみ』

電話が切れた。スマホを見ると画面が黒い。なんなんだ、心配だけさせて。うぜえメンヘラかよっての。勝手な人だぜ。

『次に会うときは喜田さんち連れてって。場所憶えていつでもいけるようにしとくから』

メッセージだけ送っておいた。

返事はなかった。

# 6

師走《しわす》に入って忙しくなり、勇君に会う時間がつくれなくなった。

大学生の勇君も忙しくしているだろうが、クリスマス前の連休はなんとか時間がとれそうだったので、『EDEN』に予約の電話を入れてみることにした。さすがにイブやクリスマス当日はほかの常連客に奪われているだろうな。あるいは友だちや、恋人と過ごすために仕事も休んでいるに違いない。そう予想して諦めつつコールした。

『──前山さまですね。二十四日と二十五日、どちらになさいますか？』

「え。……どちらも、いさ……ゆう君の予定は空いているんですか？」

まさか、と驚いて訊ね返しても、『はい』とはっきり返ってくる。

『大丈夫ですよ』

し、信じられない……調べていた気配もないぞ、間違いじゃないのか？

「ゆう君はイブとクリスマスにも仕事をするんですか？」

『はい、本人にも確認をとっております』

「仕事なのに、ゆう君に予約が入っていないんですか？　あと一週間もないのに？」

『はい、空いています』

男性店員さんの声に笑いがまじった。なにも面白い話じゃないだろう。

「わかりました……じゃあ、すみません、ぼくで申しわけないのですが……予約を、お願いさせてください」

『かしこまりました。では、イブとクリスマス、どちらになさいますか？』

「どちらって、」

目眩がした。なんて質問だ……勇君のこんな特別な二日間のどちらかを、自分が選んで独占できるって……僥倖《ぎょうこう》すぎる。

「なら、あの……イブの、二十時から一時間半、お願いします。時間がすこし遅いですけど、大丈夫ですか？」

訊ねたら、またにこやかな返答があった。

『はい、大丈夫です。待ちあわせ場所はどちらにいたしましょうか』

イブに、勇君とふたりで会う場所。

「あ……えっと、それは――」


部屋のチャイムが鳴ってドアへむかった。

ゆっくりひらいていくと、見慣れたモッズコートの緑色の袖と、それからやわらかそうな茶色いファーと白い首に続いて、頬を赤く凍えさせた可愛い笑顔が現れた。……勇君。

「穏陽こんばんは。指名してくれてありがとーな」

この笑顔を見ていると、自分の頬も自然とほころんでいくのを感じる。

「勇く、」

挨拶を返そうとしたら、上目づかいで色っぽく笑んだ勇君が突然飛びついてきた。

「お、ぁ」

首もとに顔を埋められて、勇君の冷たい髪に、唇と鼻先をくすぐられる。コートも冷えていてスーツ越しにひんやり沁みた。腰にまわる腕は、逞しくも細い。

「穏陽どうしたの？　スーツなんか着ちゃって、今日めっちゃ格好いいね」

「そ、そんなお世辞は、大丈夫……」

「お世辞じゃねーよ、ほんとに格好いい。もしかしてイブだから？　ひひ」

勇君の貴重なイブをもらうのだから、と正装してみたものの、背のびしているのは明らかで、あまり格好がついている気はしない。〝無〟だった自分はこんなもんだ。痩せ細った見窄らしいこの身体にしがみついてくれるきみのことを、抱き返していいのかもわからない。だけど、こんな俺でも、きみを想うと、したいこと、してあげたいことが、心の底から自然と生まれてあふれてくる。

「とりあえず……寒いし、なかへ入って勇君。お腹は空いてない？」

「腹？　夕飯は食ってきたよ。もしかして用意してくれたの？」

「ううん、大丈夫。でもすこしだけ、……イブらしいことは、したくて」

「え？」

不思議そうに首を傾げた勇君が、俺からそっと離れる。こっちへ、とうながして部屋の奥へ招くと、さっき時間にあわせて窓辺のテーブルにあつらえてもらった、シャンパンとケーキがあって、勇君も気づいてくれた。

「わあ……すげえ穏陽！」

俺もこんなことをするのは初めてだから、映画で観たものが目の前にあるって感覚しかない。銀色の氷バケツに入ったシャンパンボトル。長細い透明なグラス。席の前にきちんと山形に折られたナプキン。大きな皿の中央にあるひとくちサイズのケーキはラズベリームースにした。チョコソースで皿に〝Merry Xmas〟と描かれているが、チョコは、今夜はこれだけだ。

「……喜んで、もらえたかな」

「ったりめーじゃん！　素敵すぎ！　やっべー！」

目を輝かせてはしゃいでくれる勇君のコートを肩から脱がせてあげて、夜景の見える席へ、椅子をひいて座らせてあげた。それで、グラスを渡して、あらかじめホテルの人にあけておいてもらったシャンパンをそそぐ。黄金色の美しい液体が泡を弾いて、ネオンの輝く夜を背景にグラスを満たしていく。

「すごい穏陽……超絶格好いいよ……」

勇君はシャンパンと俺を交互に眺めて、うっとりしてくれた。

自分のグラスにもそそごうとしたら、「俺がするよ」と勇君にボトルをとられてしまった。いいよ、と断ろうとして、勇君のいたずらっぽい楽しげな表情を見返しながら逡巡《しゅんじゅん》する。今夜は一秒とゆずらず自分が奉仕する、と決めていたが、ここは遠慮する場面じゃなさそう。お言葉に甘えようと決め、俺も席につき、グラスを両手で持って傾ける。神さまからいただく聖水だ。勇君もボトルを両手で重たそうに持ちながら、「ふふ」と笑って慎重にシャンパンをそそいでくれる。ところがどんどんあふれてきて、勇君が「あああっ」と声をあげた瞬間、咄嗟にボトルを押さえてとめた。そのまま受けとってテーブルにおく。

「ははは、ごめんな、ありがとう」

「ううん、こちらこそ。……ありがとう、大事に飲むよ」

勇君の無邪気な笑顔から目をそらさずに、まっすぐ見つめて乾杯した。

「う～っ。ちゃんとアルコール入ってんなっ？　子どもシャンパンじゃねーや、まじすげえ」

「もしアルコールが苦手なら、コーラも用意してるよ。冷蔵庫に冷やしてある」

「そうなの？　やば、至れり尽くせりじゃん……んー、とりあえずシャンパンはこの一杯だけにしておこうかな。穏陽に迷惑かけたくねーし」

「？　お酒は、弱いの？　一応、度数は低めなのを選んだけど……」

「えーと、あー……まあ、そんな感じ、かな。へへ」

二十歳なら酒にもまだ不慣れなのかもしれない。席を立って冷蔵庫からコーラのグラスもとり、勇君のシャンパンの横においた。「サンキュ」とにっこりしてくれる。ついでに、奥の椅子にこっそりひそめておいた小さな花束も渡した。

「わ……花？」

「うん。これもイブのサービスでホテルに用意してもらったんだ」

数本の真っ赤なバラたちを、白いかすみ草が包むようにしてつくられたクリスマスブーケ。

そこに、ひし形のホテルキーリングを絡めておいた。

「穏陽……これは？」

「クリスマスの……プレゼント、です。ホテルの、部屋の鍵をイメージしたキーホルダーで、これなら贈っても迷惑じゃないかなと思って」

勇君はアクセサリーや洋服が好きなので、そういうものは贈れない。これぐらいのちょっとしたキーホルダーなら重く感じずに受けとってもらえるのではと考えて選んだ。ホテルは勇君とよく会う場所でもあるので、大事な場所に繋がる想いもこめて。

「信じらんね……めっちゃ嬉しいよ。しかもこれブランドもんじゃん、俺も知ってる」

「そこは、その、気にせず」

「ありがとう……傷つけんの怖いけど、ちゃんとつかうよ。来年からひとり暮らしするかもしんねーから、そしたら部屋の鍵につける。大事にするね」

どことなく申しわけなさそうな苦笑いをしていたものの、細くて白い中指にキーホルダーの輪っか部分をひっかけて、左右に揺らしながら眺めて喜んでくれた。……よかった。

「ケーキも、どうぞ食べて」とすすめて再び椅子に腰かける。手際の悪いサプライズになっている気がしたけれど、人生初にしては上出来だと自分を褒めてなだめた。フォークをとり、一緒にケーキを食べる。勇君は「おいしい～っ」とずっと笑顔を絶やさずにいてくれる。

「すげえ嬉しい～……こんなクリスマス初めてだよ。幸せだぜ、穏陽」

「は……初めて？」

「十二月ってさ、毎年じーちゃんとばーちゃんの店がめっちゃ忙しいわけ。ンで必ず手伝いにいってるから、誰かとふたりで過ごすとかケーキとチキンで祝うとか、そういう経験ねんだよ。かーちゃんも店のクリパしてるしさ。けど今日は穏陽が指名してくれたからきたの。……きてよかった。一生忘れねーよ、嬉しいことばっかで超幸せ」

……一生忘れない……超幸せ……。

「もったいないぐらいだよ、ぼくも、嬉しい……勇君にとって、そんなに貴重な日だったなら、もっと、一日かけて、めいっぱい祝えばよかった。ごめんね」

「ははっ。なんで謝るんだよ、感謝してるっつってんのに。……充分だよ。ケーキもどこまで食っても美味いね、この文字消しちゃうのもったいね～っ」

営業スマイルではなく本心からの至福感で、ケーキをもぐもぐ咀嚼して満足してくれているように見える。人の喜びが自分の幸せになる、という経験も勇君がくれた。本当によかった。

「こんぐらいの大きさならよっつはイケた。チョコ味でも平気だぜ」と得意げに胸を張って、勇君はフォークでまるいケーキを食べてくれる。小ぶりなので、おたがい数口で食べ終わってしまった。「チョコもったいねー」と笑う勇君が、フォークでチョコソースの文字も掬って、大事そうに舐めてくれるようすを見守る。シャンパングラスを空にしてコーラも飲んでくれる。凛と輝く瞳と、「うま」と下唇を噛むお茶目な仕草。いつ会っても格好よさと可愛さが完璧に同居している、こんな素敵な神さまに、俺は、初めて他人とふたりで過ごすクリスマスイブをもらった男――どれだけ時間が経過しても、この幸福な現実は、自分のものとしてうまく受けとれそうにない。

「……ありがとうな穏陽。今夜も、俺のほうが癒やされちゃってるな」

「ううん、全然そんなことない。何度でも言うよ。勇君の存在が、ぼくの癒やしなんだよ」

食事を終えるとガラス窓の前にあるソファにならんで座り、眼下にひろがる夜景を眺めた。星は見えないが、群青色《ぐんじょういろ》の夜空に浮かぶ雲に、高層ビルや街の灯りが反射してとても明るい。ビルの窓の四角い光の連なり、金色の川みたいな高速道路を走る車のながれ。

「……穏陽」

呼ばれて右隣にいる勇君をふりむくと、勇君も俺を澄んだ眼ざしで見あげていた。

「あのな、本当は、俺もクリスマスプレゼントを贈ろうと思ったんだけど……やめたんだ」

え、と思考が停止した。

「もちろん必要ないよ。……今日は時間をもらえただけで奇跡だと思ってるし、ぼくはもう、ペンダントももらってる。勇君からなにかもらいたいなんて考えてもいなかった」

なにを言ってるんだろう。俺は勇君に欲しいものを全部与えてもらっている。だから今夜はこの幸福に報いるため、恩を返すことのみ望んでいた。もらいすぎても困る。

「穏陽が望んでなくても俺は迷った。迷って、やめたんだよ。……俺な、」

苦々しい表情で勇君が言葉を切り、こんな顔をさせていることに胸が痛んだ。どうしたの、と首を傾げて待つ。勇君の唇が再び重たげにひらく。

「俺じつは、その……デリホス辞めるんだ。今日で」

「……。え」

未来が一瞬で真っ黒に染まったのを感じた。

「……お店では、明日も勇君の予約がとれるって、」

「ああ……それは、いろいろ調整して、えっと……今日になって、」

「今日で、最後……――え、じゃあ、ぼくは、勇君の最後の客……？」

横にそれていた勇君の視線が戻ってきた。俺を見あげて「……うん」とうなずく。

「そう、穏陽が最後だよ。最終日にこんな素敵な思い出もらえて、俺幸せだよ」

微笑んだ勇君が、左手で俺の右掌をひらいた。指と指を絡めるように握ってくれる。

心のどこかで、時間のなさは承知していた。いくら勇君がデリホスの仕事に真摯だとしても一生続けてくれるとは思っていなかったから。いつかふいにデリホスサイトのプロフィール欄から勇君の写真が消えて、指名の電話を入れても『辞めました』と言われてしまう、そんな日がくるのを恐れながらも覚悟していたんだ。でも今日別れる覚悟はなかった。勇君を失って、明日からどうやって生きていけばいいのか——まだ暗黒の絶望しか見えない。けれど、ちゃんと別れの挨拶ができる。最後を教えてもらえた。この事実も、幸せには違いない。

「……穏陽」

勇君が心配そうに、整った眉をゆがめて俺を覗きこんできた。綺麗に輝く瞳が左右に揺れている。世界でたったひとりの、俺の名前を呼んでくれた人。笑顔を返せるよう努めて「うん」とこたえ、失礼して手を握り返した。

「ごめんね。最後なら……もっと、ふさわしいサプライズをすればよかった。力不足だった」

強ばっていた勇君の頬がゆるくほどける。

「はは。穏陽、どうしたって謝ンのな。俺は幸せだっつってんのに。不足なんかねーよ」

「一生かけて勇君に返したかった幸せを、きちんと、贈りたかったんだよ。……時間も準備もいろいろ足りなかった。最後の客になれたのに……情けない」

「そんなん言われたら俺が申しわけなくなるだろ。もっかい会える余裕持って言えばよかったかな……つっても穏陽にンなことしたらめっちゃ金かけてすげえ一日にしてくれそうだしな。遊園地貸し切りとかしかねねー……今夜の最高のクリスマスプレゼントだけでまじ充分だぜ」

……遊園地を貸し切っても、俺は満たされない。我が儘で贅沢だとしても、一生一緒にいられないきみと、一生会えなくても平気だと納得できるほど満たされる数時間は、結局のところつくれないいんだろうと思う。覚悟していても失いたくなかった。また次があると信じて今日を、明日を、明後日《あさって》を……これからの人生を、生きていきたかった。……俺はこの眩しい笑顔に、もう二度と会えないのか。

「……勇君に出会えたから、ぼくは、いま、生きてる」

「穏陽、」

——……なんか、お客さんめっちゃ緊張してね？　大丈夫？

あの日、本気で死ぬつもりでいた。デリホスで知りあう初対面のホスト相手でかまわない、適当にセックスを経験して人生に納得して、終えようと。

——すっげえ素敵なホテル選んでくれてありがとな。恋人のセックスがしたいんだよね？　じゃ、とりあえず下の名前で呼びあう？　俺はユウね。呼び捨てでもなんでも好きに呼んで。

——なーんだよ、どうしたの？　初めてで怯えてんの？　そんならそれで、ちゃんと教えるからまずは一緒に風呂入ろーぜ。それとも本当はデリホスなんて利用したくなかった？　罰ゲームでもさせられてんの？　なんでも言ってよ。言ってくれたらきちんと考えるから。じゃねーと無駄に時間だけ過ぎていくしさ、俺も申しわけねーよ。

——あのね、一応うちの店って、セックス目的で会ったら最初は一緒に風呂へ入って、お客さんの身体を洗ってあげるって決まりがあンの。穏陽、どうする？

なのにきみがあの日、俺の命の光になった。

「ぼくは……人間は、自分ひとりでは、自分の命に意味を見いだせないことを知った。誰かに見つけてもらって、名前を呼びあって、会話をして……おたがいを理解しあって、肯定しあって、離れているときも支えあう……そうして初めて、自分は生まれてきてもよかったんだと、自分でも自分を肯定できるようになるんだ、と。……勇君に、教えてもらった」

——よし、じゃあわかった。ゲームしよーぜ！　ほら、横線描いて。あみだくじだよ。

——……俺さ、穏陽とのつきあいって畑づくりだなって思うんだ。

「……穏陽」

「勇君のおかげで、映画を観る楽しさも思い出した。現実と闘おうとも思えるようになった。大事な人のために残酷な感情を抱ける自分も知った。生きる意志を持つようになった。自分を犠牲にしても守りたいものを、この人生で、この命で、得ることができた。きみが地獄から救ってくれたから。きみがぼくに天国を見せてくれたから。会えなくなっても、どこにいても、きみは一生、ぼくの命を明るく照らしてくれる、神さまです」

——客じゃなくて〝恋人〟だろ？　この一時間半は、俺たち恋人だぜ。

勇君。……勇君。ありがとう。生まれてきてくれて、優しいお母さまと居酒屋の老夫婦のもとで育って、デリホスで働いてくれて、そして俺と出会ってくれてありがとう。きみとの縁を、時間を、無駄にしたくない。残り数十分を、なんとか努力して一生ぶん過ごすよ。

「……ン。ありがとう穏陽」

微笑んで目をとじた勇君の左側の下瞼から、一筋の涙がこぼれ落ちた。すぐに払って、「へへ」と明るく無邪気に笑う。

「……こないだ穏陽が、自惚れるっていうのは自分を下に見てるからだって言ってくれたけど、俺ホストの自分のこと、世間にばかにされる奴、って知ってるんだよな、ちゃんと。どんだけ誇ってても、世間一般的な感覚ってやつはわかってるさ。でも穏陽は一度も俺のこと下に見なかったよね。セックスしていい奴とか、デートでふりまわしていい奴とか、そういうの一切ねーの。知ってる？　ずっと人間扱いしてもらってたのは俺のほうなんだぜ。人間っつーか……最後は神さまになっちまったけど」

「会った瞬間から、勇君はきらきら輝いてたんだよ。ぼくがなにかしたわけじゃない、勇君が綺麗だった。神さまだった。最初からずっと」

ふふ、と笑った勇君が、俺の膝の上に跨がってむかいあった。両腕を首にまわしてくれて、またいたずらっぽく可愛く笑って、抱きついてくれる。細い腕から伝わる温かいぬくもりが、自分の身体に沁み入ってくる。膝にかかる重みから、尊いきみの生命を感じる。

「じゃあこれからも遠くからちゃんと、ずっと照らしてやる。穏陽が幸せになりますようにって祈り続ける。病気になってもすぐ治りますように。いじめる奴にまた会っても、今度はゲームみたいにぶん殴ってやれますように。俺以外にも穏陽の素敵さ知る奴が増えますように」

勇君が、別れの言葉を言っている。俺たちは今日、ここで、本当に最後になるようだ。

「うん……ありがとう。勇君に祈ってもらえたら、ぼくは無敵だよ」

自分の目からも涙がこぼれていた。それでも勇君と目があうときちんと笑った。勇君がいつかの未来でデリホス時代をふり返ったとき、自分と会って幸せになれた客がいた、と信じて、誇ってもらえるように。

「なあ穏陽」

「……うん」

「こないだ俺、宿題だしたよな？　……俺の写真見てちゃんとシた？」

空気を明るく彩るように、勇君が楽しげな口調で話題を変える。

「……うん、ちゃんとシたよ」

命令には従った、とこたえたら、「やりー、ははははっ」と勇君がもっと笑って喜んでくれた。腕をゆるめて、俺の額に額をつける。至近距離に近づいて、目線の先に真っ先に見えたのは、勇君の頬に残った涙の跡だった。

「……じゃあ最後にやろうよ、セックス」

勇君の声色は低く、真面目だった。俺の返答を知っているから、わざとそうしているのだと悟った。……勇君の頬の、涙で湿ってきらめく一筋を見つめる。あみだくじみたいだ、と想う。

会話の大事さについて話したとき、きみは身体の会話も必要だぜと笑っていたね。

勇君の背中に腕をまわして、支えながら唇にキスをさせてもらった。やわらかい上唇と下唇の感触が、自分の唇に伝わってくる。今夜は初めて知る、涙の味がした。大胆に唇をひらいて勇君の唇を覆う。しょっぱい味を消したくて、全部もらいたくて、舌で舐める。

「……ぼくはキスも、会話だと思う」

勇君はずっと神さまだったし、一時間半はいつも恋人だった。だけどいくら神さまの願いでもそれだけは叶えられそうにない。身のほど知らずな俺は、勇君を本当に好きだから。きみに好きな人と抱きあう幸せだけを贈りたいから。最後のキスを欲しがる傲慢だけ許してほしい。

「これは、ぼくの一生に一度の我が儘で……最後の、望みです」

そっと勇君の身体をソファへ横たえて、瞳を揺らしている勇君を見つめた。眉間に小さく可愛いしわを寄せて、どことなく困惑気味に俺を見返している。

「キスしかしねーの……？」

俺はすこし笑ってしまった。〝しゃべるだけ〟とか〝キスしか〟とか……俺の神さまは何度も俺を驚かせることを言う。

「……この唇にキスできることが、ぼくにはいまでも信じがたい、奇跡です」

もう一度ゆっくり顔を寄せて、勇君の唇に、自分の唇を重ねさせてもらった。ふたりで食べたラズベリーのケーキの甘い味。あまり温度は感じないやわらかい唇。ふくらみの感触。

今日を最後に、二度と誰ともキスをしないで死のう、と決めた。俺は自分の人生を、きみが触れてくれた身体で終える。一度は葬ろうとしたこの命を、生かしてくれたきみだけでいい。きみしかいらない。

「……やすはる」

甘い声で呼びながら、勇君もキスにこたえてくれた。強引に、身勝手にむさぼっても、俺の頬に手をそえて喉を鳴らし、懸命についてきてくれる。

やがて、毎回高級なひろい部屋だったのにソファとベッドしかつかわなかっただろ、と勇君がはにかんで、いろんな場所でキスしよーぜ、と提案してくれた。それでソファを離れて窓辺へ移動し、むかいあって立って夜景の前でもキスをした。すこし背のびする勇君の腰を支える。ガラス窓越しの夜気が冷たい。

ここでも、とはしゃぐ勇君がテーブルの上へ仰むけに転がって笑うから、上から覆うように身を寄せて、そんなところでもキスをした。テーブルはかたい。後頭部が痛くないか気が気でなく、右手で包むようにして続けたら、勇君は、穏陽は紳士だね、と笑顔を見せてくれた。

バスルームでもしようぜ、と首にしがみついて甘えながら提案してもらったけれど、それはさすがに変じゃないかな、と俺が異論を唱えてすこし口論になった。いいじゃんしようよ、と勇君は唇を尖らせる。服を着て風呂場にいくのは変だよ、と俺は主張する。最後だぞ、と勇君が怒った。だけどそれは、たぶん恋人といく場所だよ、と俺はこたえた。

それで不機嫌になった勇君にひっぱられて、最後の十分はベッドへふたりで寝転がってキスをした。もうすぐアラームが鳴る、とふたりして考えているのがわかった。勇君も執拗《しつよう》に俺の舌を吸って、強引に大胆に、身勝手に、焦ったように、求めてくれていた。幸せだった。この唇に支配されている、この時間を永遠に忘れない、と誓いながら、俺も勇君をむさぼり続けた。ホテルの匂いがする洗いたてのシーツ。勇君の細い身体、腕、艶やかな髪。ケーキの味がすっかり消えた唇、温かい唾液の甘さ。

けたたましいアラームの音が響いても、下劣な俺は勇君が離れていくまで唇を重ねていた。重なった唇の奥で勇君がふふと笑いながらキスをほどいていく。だけど俺の胸に空いた喪失感を憐れんでくれたのか、咄嗟に俺の後頭部をひいて、無邪気に、また一瞬だけのキスをくれた。目の前で、勇君が笑っている。

「……ありがとう穏陽」

俺がたったいま永遠に失った笑顔。もう会えない笑顔。

「めっちゃキスしたね。俺さ、もしこれから恋人ができたとしても、その人にも敵《かな》わないぐらいの回数キスしたと思うよ。俺の人生でいちばん多くキスしたのが穏陽ってわけ。教えたら、未来の恋人なんて言うかな〜？」

ははは っ、と楽しそうに笑ってくれている。もう泣いてはいない。勇君は真っ白く輝かしい幸福な未来の前にいるように見える。

「……ねえ穏陽、」

俺の胸に勇君が額をつけた。黒い髪が唇をくすぐる。

「……穏陽、」

ありがとう、元気でな。

そう言って、勇君は俺の腕のなかからいなくなった。


勇君とホテルで別れたあと、夜の街へでた。

とても寒かった。さして体温の高い人ではなかったのに、抱きしめていた彼が、腕からも、人生からも消えてしまったいま、あてどなく歩く自分の全身がどこも凍えてしかたなかった。

――フェザーは飛躍のシンボルなんだ。光いっぱいの幸せの場所へ飛ばしてくれるお守りだよ。

――重たいって、それいまは穏陽がひとりで背負ってるってことだろ？　だったら俺にもちょうだいよ。ふたりで持てばすこし軽くなるじゃん。それが親しくなるってことで、楽しい未来に繋がってく一歩なんじゃねーの。

――わかんねーよ！　〝外の世界〟って、それ世界のすべてじゃねーから！　穏陽、世界一周してきたわけじゃねーだろ？　本物の世界知ってるわけじゃねーんだよ。穏陽が見てる世界はめっちゃ狭くて汚い奴らしかいねー地獄なんだよ、自分はいじめられて当然の変態だなんて決めつけんなよ！

――大丈夫だよ穏陽。世界はちゃんとひろいよ。あったかいところもあるんだよ。きみはたしかにここにいた。俺が歩いているのはきみがいない未来ではなく、きみと出会って光を得たあとの未来のはずだ。なのにどうしてこんなに暗いんだろう。

――穏陽ごめん。最初に言っておくけど穏陽はお客で俺はホストね。約束の時間外では恋人にも友だちにもなれねーよ。大事にしてもらえんのは嬉しい。でもその違いは知っておいて。

――俺とのつきあいは、いずれ穏陽に本物の恋人ができたとき、ちゃんと楽しませてやれる訓練、ってことにしよーぜ。どう？

デリホスを辞めても会おう、とは言ってもらえなかった。わかっている、勇君を責めたいわけじゃない。わかっている、俺がきみにとって別れても平気な人間だったこと。……わかっていたつもりだった。自分の無価値さなどわかっていたつもりだったのに、縁を切られてしまったことがやっぱり淋しい。もっと時間があれば、きみに必要とされる人間になれただろうか。努力しても無駄だったんだろうか。俺が俺でいる限り、駄目だったんだろうか。

――……本当に痩せてるね。心配してるだけだよ。腹くだしたり吐いたりしてりゃ、弱るに決まってる。穏陽が頑張って生きてきた証しだよな。……こうやってきちんと手が届くんだもん、俺にも穏陽のこと幸せにさせてよ。

――ンじゃーまたとっととこたえると～……俺の趣味はーなんだろ。じーちゃんとばーちゃんの店の手伝いとか？　前も言ったけどネットで動画観たり漫画読んだりすんのも好きだし、ほかはショッピングかな。服とアクセ見るの好きだよ。季節は夏以外好き。夢はかーちゃんの店継いで、お客さんの癒やし系男子になること。オッケー？

――穏陽が謝ってくれた気持ち、俺しっかり受けとめたよ。すげえよ、穏陽。小学生のときから成長できたね。仲よくったって黙ってて心が通じあうことなんかなくてさ、〝ありがとう〟とか〝ごめん〟を声で伝えることって大事だよね。俺も穏陽のカッケー成長のおかげで、気をつけなきゃって気持ちひき締まった。

俺はきみを傷つける人間を殺せる。だけどいまは、きみを幸せにする、きみの未来の恋人も葬り去りたい。そいつを殺しても俺自身がきみに愛される人間にならなければ報われはしないのにただただ憎くて……きみの傍にいられることを許されている人間たち全員が羨ましくて、疎《うと》ましくてしかたない。……きみといたい。俺もきみの傍にいたい。いたかった。俺はやっぱり無だ。きみに必要のない人間なら無だ。きみが恋しい。いますぐもう一度きみに会いたい。こんな残酷なことを思う汚い人間だから、俺はきみに好いてもらえなかったのか。

――神さまのゆーこと聞けねーのかよ信者！

――やましー気持ちになってもらえないのも傷つくって言ってンの。インポ。インポはる。

――……デートスポットでやるっぽいことできたろ？

――なあ、穏陽は俺たちが畑で作ってるものってなんだと思う？

――ありがとう、元気でな。

俺になにが足りなかった……？　いや、知ってる。考えるまでもなく足りないものだらけだ。俺は友だちもいない、恋人がいたこともない、人を愛した経験もなかった。女子に無視され続けて受け容れた。〝ホモ君〟と蹴られて嗤われてただ耐えた。助けてほしいと親に泣きつきもしなかった。友人をつくろうとしても拒絶されて諦めた。家族愛が薄い。友情も知らない。きみしか知らない。

この二十数年の短い人生で、俺が初めて得られた救いや愛情はきみがくれたものだけだった。きみが俺のすべてだ。きみがいないと生きられない。遠くではなく、ここにいてほしかった。輝いているきみを傍で見守り続けたかったのに、俺だからきみを失った。俺が、俺だから。

——じゃあこれからも遠くからちゃんと、ずっと照らしてやる。穏陽が幸せになりますようにって祈り続ける。病気になってもすぐ治りますように。いじめる奴にまた会っても、今度はゲームみたいにぶん殴ってやれますように。俺以外にも穏陽の素敵さ知る奴が増えますように。

うつむいた目にうつる真新しい自分の靴が笑える。入社式以来の正装で彼を明るい未来へ送ったことが誇らしいような間抜けなような、すべての記憶をぶち壊したいような、整理できない想いに胃まで刺激される。

面白いぐらい涙がでた。学校でいじめられたり、会社でパワハラを受けたりしていたときの涙とはまるで違った。息苦しくてたまらないからなにもかも壊したいのに、そのすべてが宝物で、捨て去れるはずもなくて……こんな温かな絶望は、残酷すぎる。

——いい子にしてたんだ〜俺。だから穏陽ふりまわして甘えちゃうのもその反動かもしんない。

——はは。穏陽、どうしたって謝ンのな。俺は幸せだっつってんのに。不足なんかねーよ。

夜の街の喧騒に揉まれていても勇君の声が聞こえるので、ゲーセンへ入ってがむしゃらにアーケードゲームをした。格闘技で敵を殴り倒して、マシンガンでゾンビを殺す。そのあいだにも勇君と先日ゲーセンへいったときの、彼の大げさな褒め言葉や、はしゃいだ笑顔や、別れ際のキスが頭のなかを支配していた。

疲労困憊《ひろうこんぱい》でまた街を歩いた。どうせどこにもいけない。どこかへいく勇気も意気も失った。諦めて途方に暮れて、結局家へむかう自分の小ささがまた情けなかった。いっそこの駅のホームから飛び降りて他人に迷惑をかけながら死ぬだとか、そんな方法でもいいから存在をアピールできればいいのに、所詮、無でしかない自分は、それでも明日には世界に忘れられそうだ。叱ってもらいたいきみのもとにも、俺の死の報せなどきっと届かない。

ばかみたいにいつもどおり電車へ乗り、空いている席に座った。一分前に死のうとしていたおまえが、座って癒やされてんじゃねーよ、と頭の反対側から聞こえた。好きな人に捨てられたゴミ。忌々《いまいま》しい。自分の全部が忌々しい。これが明日から俺の人生。

アナウンスが自分の住んでいる町を告げた。シートから立ちあがるのも億劫《おっくう》で、一足遅れてホームへおりたつと真うしろでドアがしまった。酒を呑んでもいないのに、酔っ払いみたいな足どりで改札へむかった。ああ……酒も呑んだか。勇君と乾杯したシャンパン。

「——……穏陽？」

え、と声の聞こえた前方へ目線をあげたら、……勇君がいた。

「どうして、穏陽……？」

俺に問いながら勇君が顔をしかめる。訊かれても、俺にも理解できない。会えた。どういうわけかまた会えた。

「なんでだよ……なんで穏陽がここにいるんだよ」

「え……いや、」

それは、俺の家が、この町に……。

「ふざけんなよ、どうしてこんなことするんだよっ……違うだろ、それは違うだろ穏陽っ⁉」

勇君が泣いている。

自分も口をひらいて、言葉を継ごうとして息を呑んだ。人波を割って勇君が近づいてくる。

「本当に幸せだったのにっ……これ以上失望させんなよ。もうついてくんなよなっ」

震える声を押し殺してそう怒鳴った勇君が、手に持っていたクリスマスブーケを俺の胸に投げつけて身を翻《ひるがえ》した。改札口へむかっていく背中は、間違いなく数時間前まで一緒にいた勇君のもので、ファーが風にそよいでいるようすも鮮明だった。

恐ろしいほどの絶望感のなかで、勇君の姿をただ見送り続けた。……これが本当の別れ。弁解できなかった。……ごめん勇君、ごめん。誤解だ、とは言えない。だって俺は叶うならきみを追いかけていきたかった。

# 7

無事に大学も合格し、じーちゃんとばーちゃんの居酒屋の手伝いをしながら新年を迎えた。

一月も新年会などが続いて、居酒屋はなにかと忙しい。なので落ちついてきた一月下旬に、とりあえず駅前のドーナツ屋でバイトを始めたものの、そこは最悪の店だった。

働き始めてすぐ仲よくなった男の先輩に、デリホスで仕事をしていたことをうち明けたら、翌日にはバイト仲間どころか面識のない社員にまで知れ渡っていて、軽蔑と嘲笑の的になったんだ。それで結局、二週間で辞めさせられた。

――男のちんぽ触った汚《きたね》ー手で飲食店とか頭おかしーんじゃねえの。二度とくんなよ。

最後の日、その先輩にそう吐き捨てられた。信じてたのに。

二月の中旬から、次は数駅先の町にある雑貨屋で働き始めた。そこは男の店長と、ひとりの女性バイトだけでまわしている小さな店で、商品もお洒落で、店内の異国感ただよう雰囲気も気に入った。だけどその女性のバイト店員をめぐって店長と恋愛話になり〝バイト先で恋愛しないですよ、可愛いけど興味もないし〟とか言いあっているうちに、どうしてか、じゃあ男に興味があったりするの、てなながれになっちまった。で、あーだこーだ言いあっているうちにバイだと教えて、デリホスをしていたことも再び言うはめになった。

店長は雑貨を仕入れるためにさまざまな国へもいく、バックパッカーとして旅もした、恋愛に偏見もない、とかいう面白い人だったから、気を許してしまった。ところが数日後、閉店後にいきなり押し倒されて、また失望させられた。

——ヤらせてよ、そういう仕事してたんだから慣れてるよね……？　金が必要なら渡すしさ。きみ、いくら？

鼻息荒くにやけた顔で迫られて、ちんこ蹴りあげてぶん殴って辞めた。うんざりだった。かーちゃんが叱ってくれた理由はこれか、と嫌になるぐらい思い知った。穏陽のことも愚痴りたかったから喜田さんにメッセージを送り続けていたのに返事もない。電話も全然繋がらない。デリホスを辞めても会ってくれるって約束したじゃん、こんなゲスな世界で生き始めた俺は、相手をする価値もないってこと？　ンなばかな。

そして二月の下旬に入ったころ、ひさびさに『EDEN』の店長へ連絡して、俺は喜田さんがもうこの世にいないことを知らされた。

長野《ながの》の山奥は雪が降っていた。

教わった霊園へたどり着くまで、タクシーの運ちゃんと降りしきる雪の勢いにビビりながら山道をすすんだ。

丘の上にぽつんと佇《たたず》む霊園は小さくて、真っ白く染まっている。人けもなく、雪をかぶった墓石だけが規則正しくならんでおり、哀しいほどしずかで淋しい。

マフラーを口もとまでしっかり巻き、運ちゃんに「すこし待っててください」と頼んでタクシーをおりると、仏花を抱いて足跡ひとつない雪道へ踏みだした。むぎ、むぎ、とブーツの下で雪が軋《きし》んでいる。頬に雪があたって冷てえ。ニット帽をひいて耳も隠した。千切れそうだ。

上から二列目の、奥から三番目――そんなアバウトな説明でちゃんと見つけられますか、と店長につめ寄ったけど、大丈夫だった。なぜなら墓が二列しかねーから。

墓石には〝喜村《きむら》家之墓〟とある。俺が十八の秋に出会って、兄貴みたいに慕っていた男は、喜田じゃなくて喜村さんだった。

「……喜田さん、遅くなってごめんな」

こんもり雪の積もった墓石を前に、しばらく〝喜村〟の文字を見つめた。

――……喜田君は淋しい子だったんだよ。

店長からいろいろ聞かせてもらった。

――長野の山奥の小さな村で育って、高校のころ学校でゲイだとばれてしまってね……村中の人に知れ渡って、ご家族も辛い思いをしてお母さんが自殺未遂したんだ。それで喜田君は家族にも親戚にも責められて、高校中退してひとりで逃げるように上京してきたって聞いてる。あの子には、帰る場所がなかったんだよ。

涙を拭って墓石の上の雪を払った。枯れた花をよけて、自分が持ってきた仏花を飾りなおす。たぶんまたすぐ雪が積もって枯れてしまう。それでも左右にふたつ、綺麗に華やかに整えておいた。冷たく覆う足もとの雪も手でよけた。喜田さんが寒くないように。

手袋をとって手で雪を払っているあいだも、ふたりでいた時間が頭のなかに蘇ってくる。

「ごめんな喜田さん……喜田さんはずっと俺に〝助けて〟って言いたかったんだよな。ホスト同士だからって、わざわざ客になってまで声かけてきてくれたのに、俺は喜田さんが優しくて頼りになるっつって甘えて、喜田さんの強がりとか……弱さを、軽く考えてたんだ」

『俺がユウと話したかったんだ。ちょっとダベって、あとで買い物つきあえ』と笑った顔。『研修のときから気に入ってたんだよなあ。おまえだけは俺の目に狂いはなかったぜ』と言ってくれた得意げな表情、声。

穏陽がケンを指名したときも『へこませたのは俺が余計な話したせいじゃねえか。責任とらせろ、心配しなくていいから』と力強く支えてくれた。

穏陽と楽しく過ごしたことも、のろけ話をからかうように『はいはい、わーったわーった。よかったな、新しい恋に出会えて』と笑って聞いてくれた。

本当は俺に言いたかったんだよな、死にたいって。毎日死ぬほど淋しいって。孤独だって。何度恋をしても報われない、自分は愛されない、必ずひとりになる、愛した男でさえゲイの自分を責めて未来を閉ざしていく、もうどこにも逃げ場所がない、誰ひとり傍にいてくれない、だから一緒にいてくれって。

「なんで俺、喜田さんを〝にーちゃん〟にしちまったんだろうっ……ごめんね、大人ぶらせてごめん。俺がにーちゃんでも、親のかわりでもよかったんだよ、甘えさせてやれなくて本当にごめん。……あの日、いかなくてごめん」

──くるな。

──なあ勇。このあいだおまえが聞かせてくれたおネエさんの話。……あのときは黙ってたけど、俺さ、その人は死んだんじゃないかって思ったよ。……なんでだろうな。そう直感した。

──俺、強がってンだよ。こんなヤンキーみたいな金髪にしてんのも、弱《よえ》ー自分を隠してるだけ。そんだけだ。

店長から聞いた死亡時期は、たぶん俺と電話したころだろうとのことだった。喜田さんの目には俺がどううつっていたんだろう。穏陽と出会って幸せを摑んだホストに見えていたんじゃないだろうか。自分がいる暗い地獄へひきずりおろしてはいけないような、そんな幸福者に。

「もっと……もっと、俺も喜田さんの気持ち見て、喜田さんの苦しさ聞いて、抱きしめてなだめてやればよかった。ごめんね。……ごめん」

指がかじかんで感覚もなくなってきた。だけどかまわずに雪を払い続けた。

喜田さんにまとわりつくな。もう凍えさせないでくれこの人を。

悔しくて悔しくてしかたない。自分が愚かしくて情けなくて、むかついてたまらない。喜田さんの気持ちを慮《おもんぱか》れない、察せられないクソガキだった。胸を掻きむしって嗚咽《おえつ》した。ごめん、とくり返した。

「——……おい。あんた、どちらさん」

へっ、と驚いてふりむいたら、背後に男が立っていた。誰？　……俺と、同い歳ぐらい？

「え、と……あの、俺は、」

焦って涙を拭いながら言い淀むと、怪訝そうに睨まれた。

「……。もしかして、兄貴とつきあってた人ですか」

風が吹いて、雪が目にぶつかってきた。痛い。彼の右手にも、白く綺麗な仏花がある。

「泊まるところあるんすか」

「や、えっと……どこかでビジホでもとれればなーと……」

「ビジネスホテルです」

「びじほ？」

「この村にそんなもんねえっすよ」

タクシーは金がかかるだろうと、喜田さんの弟さんが自分の車に俺を乗せてくれた。

弟がいたこともいま知った。気まずくはあるものの、とにかく喜田さんに会いたくて着の身着のまま家を飛びだしてきた俺は、この村のことがなにもわからないので一応助かった。

「どうする気ですか。帰るのは明日なんですよね」

ほんのすこし信州訛《しんしゅうなま》りのある標準語で、弟さんが話しかけてくれる。

「……明日、というか……まだ帰りのチケットもとってません。だから泊まるのが無理なら、いまから駅に戻って帰ります」

新幹線とタクシーを乗り継いで、結構時間をかけて霊園までやってきた。とはいえまだ時刻は夕方前だ。これ以上雪に阻《はば》まれず順調に駅へ送ってもらえれば帰ることもできるはず。

「まあ、最終には間にあうでしょうけど……」

「ですよね。……ほんの数十分でも、挨拶できたんですこしは気持ちも落ちつきました。つっても満足はしてないけど。これからもちょくちょく顔だします。……すみません」

苦笑いして頭をさげた。店長は喜田さんの家族とも何度か会って話したそうだけど、あまりいい印象を抱かなかったらしい。息子が骨と灰になって帰ってきたというのに、ゲイの人間を先祖の墓へ入れるのは罰あたりじゃないか、村の人たちに対する体裁もある、と散々揉めていたと聞いた。弟さんにとっても、俺は関わりたくない疎ましい存在かもしれない。

でっかいバンを運転する弟さんの横顔は、さっきからずっと鋭く険《けわ》しい。

「死んでも、兄貴と何度も会いたいですか。新幹線つかってまで」

……雪をよけるワイパーの音が騒がしい。濡れた服と、車の独特な匂いも鼻をつく。

「会いたいですよ。もっと遊んだり、いろいろ話したりしたかった。だからそうします」

弟さんが口をひき結んで押し黙る。……よく見ると、たしかに喜田さんと似ている。美形で線の細い喜田さんよりは、体育会系で逞しいものの、目もとや口もとにあの人の面影がある。

「あなたも兄とおなじホモなんですよね」

剣呑《けんのん》な物言いで軽蔑をあらわにした。

「俺はバイです」とこたえたら、得体の知れない者を威嚇《いかく》するみたいに睨まれた。

「なんでそんななんすか。それ治したいと思わないんすか」

……治す。

「弟さんは女性が好きですか」

「あたりまえです」

「お兄さんの〝あたりまえ〟は男を愛することなんです。それだけのことです」

断言で反論したら、ちっと舌打ちされた。

「あいつはなにもかも家族に押しつけて東京に逃げて、自由を手に入れたかもしんねーけど、こっちはどん底の地獄の毎日だった。あいつが男に掘られて悦んでるあいだ、親父は会社で孤立して解雇された、お袋は二度も死のうとした、俺は友だちも失った、彼女もできなかったっ。あいつがまともな人間だったら、こんなことにはならなかったんだ‼」

下唇を噛んで、自分の手を握りあわせた。拳を握って、心のなかに生きている喜田さんの姿を思う。笑顔、色っぽいながし目、愛らしい口角のかたち、憂鬱そうなため息。

「俺は……悪いのは〝常識〟に呑まれることだと思います」

「は？」

「大勢の人間に支持されることだけが正しいわけじゃない。なのにみんなそっちへながされる。それで〝個性〟を潰そうとする。〝個性〟を悪だと決めつけたり、罪だと錯覚したり、潰されることに怯えて多数決に屈したり……責めるほうも責められるほうも〝自分〟がないと不幸になるんです。……喜田さんも、いつも〝常識〟とか〝世間体〟にふりまわされて、幸せになれなかった。〝自由〟が必ずしも幸せなわけじゃないし、あの人が本当に自由だったかなんて、あの人にしかわかりませんよ」

〝常識〟の前にひれ伏して、誰ひとり喜田さんへの愛情を貫かなかった。喜田さん本人でさえ。それが死を招いたんだ。

俺は〝常識〟や〝普通〟に屈しないかーちゃんや、じーちゃんとばーちゃんに個性を受け容れて愛してもらってきたからこそ喜田さんの孤独が見える。見えるのに、あの人が抱えていたたくさんの痛みと、どうしようもない弱さを、すこしも一緒に背負ってやれなかった。

「……東京で、兄貴は楽しんでたんだろ」と弟さんの声が低くくぐもる。

「……楽しくふるまうのがうまい人だったんだって、いまは思います」

いまさら知った闇の底が深すぎて、この全部を笑顔の裏で抱えていたなんてやりきれない。脳天気に喜田さんに守られて、あの人の孤独を放置していた自分もひき裂いてやりたい。

しばらく沈黙が続いた。前方の山道は吹雪に覆われていて視界も悪い。車体ががたがた騒音をあげて揺れる。いま弟さんがふり返っている喜田さんの姿と、俺が頭に描いている喜田さんの姿はまったく重なりあわないのだと思うと胸が痛かった。あの人が傷ついた学生時代を知る弟さんと、最期までの三ヶ月しか知らない俺。それでも俺たちはあの人の真の痛みを知らない。たぶん、誰もわからない。

「……兄貴はどんな奴でしたか」

訊かれて、弟さんを見返した。この人は厳しい表情で喜田さんを非難し続けるくせに、なぜか俺のなかの喜田さんを知りたがる。それに……――それに、車のハンドルを握る左手の人差し指に、あの人とおそろいのアラベスクのリングをはめている。

「喜田さんは……みんなのお兄さん的な存在です。頼りになって面倒見もいい、憧れの先輩。店長にも信頼されてました。……弟さんがいるってわかって、納得した」

けっ、と鼻で嗤われる。

「身体売る店で憧れられるって……笑い話でしかないっすわ。気持ち悪ぃ」

「べつにそれだけじゃないですよ。うちの店はお客さんの要望で恋人にも友だちにもなるから、食事して相談にのったり、部屋でただ寄り添ったりして、一緒に過ごすだけの日もあります。プロとして、お客さんを癒やしているんです」

「でもヤってたんだろ。ヤるんでしょう、ヤらせろって要求されればっ！　男とヤって癒やすプロなんだろうがよっ‼」

怒鳴られて、奥歯を噛みしめた。

「東京いってまともに生活するでもねえっ。結局男に身体売って生きる変態の道選んだんだ、罪悪感がねー証拠でしょ⁉　俺らに悪いと思うならホモ隠して生きていけよっ。染まりきって尊敬されて、ばかじゃねえの。あいつが男に掘られて勝手に死んだって、そりゃそうだろって話っすよ。親父だって『しかたない』って納得した。生んだのが間違いだった、うちの家族の汚点だったたってっ」

「やめてください！」

　俺の声も、抑えきれずに大きくなった。

「ご家族にはご家族の辛さがあるんだと思います。でも悪いけど、俺はどれだけ責められてもあなたたちの怒りに賛同できません。ゲイとして生まれてきて、デリホスでお客さんを癒やし続けてきた喜田さんのことを、俺は誰になんて言われても好きだから。あの人の味方のまま、俺も最期まで生きて、死んでいくから。常識的じゃなくても、世間に嗤われる存在だとしても、俺はながされない。これが俺で、一生揺るがない俺自身の意志です」

　突然車ががこんと跳ねるように停止して、息を呑む間もなく弟さんに両肩を摑まれた。

「だったらヤらせろよ‼　いま！　ここで‼　俺のことも兄貴とおなじホモにしてみろよ‼」

　コート越しなのに、肩の皮膚《ひふ》まで食いこんでくる弟さんの指が、激しい憤怒《ふんぬ》で震えている。目も赤く血走って、涙に覆われている。荒い息が、車内でも白く浮かんでいる。

「……うん。いいぜ」

　シートベルトをはずしてコートのチャックをおろした。ワイパーが、ざ、ざ、と動き続ける音を聞きながら、セーターも脱いでワイシャツのボタンもはずす。

「こいよ」

シートを傾けて、困惑している弟さんの首に右手をまわした。ひき寄せたら難なくこっちへ倒れてきたでかい身体は、小刻みに震えている。俺の両腕や背中も、冷えて鳥肌が立っていた。彼の冷たい唇が首筋につくと、うなじのあたりまで鳥肌がひろがっていったのを感じた。

フロントガラス以外の窓は全部雪で覆われている。こうしている間にも、積もって俺たちを隠していくのが見えた。外から遮断された車内は薄暗くて、寒くて、雪に濡れた服の香りと、弟さんの匂いでいっぱいになっていく。

俺の平らな胸を摑んで、乳首の先に唇をつけたところで、弟さんは激しく嗚咽しだした。

「兄貴っ……兄貴……っ」

何度も喜田さんを呼んで、ひとりとり残された迷子の子どもみたいに慟哭《どうこく》する。自分の胸が熱い吐息と涙で湿っていくのがわかる。無力な腕で俺も彼の頭をめいっぱい抱きしめて撫でた。自分の心も一緒に撫でているような錯覚をした。だけど痛いままだ。何度呼んでも喜田さんは戻ってはこなくて、俺たちは淋しいままだ。苦しいままだ。……悔しいままだ。

「兄貴っ……」


その夜は、結局弟さんの家へ泊まらせてもらうことになった。

彼は高校に進学してから家をでてひとり暮らしを始めたそうで、今年受験生になる、と言う。一時期グレたせいで留年したけど、俺と同い歳だと教えてくれた横顔が、いたたまれなさげに拗ねていた。

大学から東京にくればいいよ、と誘ったら、そのつもりだ、とこたえた。

来年には閉鎖的な村からでて東京へ上京し、喜田さんと暮らすつもりでいたんだ、と。

兄がゲイで家族や自分が苦しんだのはたしかだった、でもゲイだと知らず〝普通の兄弟〟だったころは、大好きな兄だった。優しくて格好よくて、自分も憧れていた。尊敬していた——そんなふうに話しながら、彼はひと晩中泣き続けた。そしておたがいが知る喜田さんを教えあって、思い出に浸った。ふたりで泣き続けて喜田さんを想った。


雪は深夜に降りやみ、翌日はよく晴れた晴天の一日になった。弟さんは食パンと目玉焼きの朝食まで用意してくれたうえに、午後には長野駅まで送ってくれた。

「ありがとうね。じゃあ、またくるよ」

「ああ。ていうか連絡先交換しましょう。あの霊園遠いんで、俺車だしますよ」

「あ、助かる。サンキュ」

ふたりでスマホをだして番号を登録する。

「つか、名前訊いてませんでしたね」と弟さんが申しわけなさそうに後頭部を掻くから笑ってしまった。そうだ、おたがい〝弟さん〟とか〝あんた〟〝あなた〟でひと晩過ごしちまった。

「秋谷だよ。秋谷勇」

それで教えたら、彼はぎょっと目を見ひらいた。

「え……まじすか」

「うん、なんでそんな驚くんだよ」

「や、だって……兄貴もイサムだから。喜村イサム」

俺も息を呑んだ。ふたりで顔を見あわせて、おたがいの驚いた表情を凝視した。

「もしかして知りませんでした……？」

「……うん。あの人は惚れた相手にしか名前を教えないっつって、名字で仕事してたんだよ、だから。……まあ、それも偽名だったけどさ」

「惚れた相手ね……」

店長と、自分をふった男たちだけが東京であの人の名前を知っているなんて皮肉な話だ。

――喜田さん、俺は喜田さんが好きだよ、ずっと変わらない。俺、本名は勇っていうんだ。勇敢の〝勇〟でイサム。そう呼んでよ。

――……勇。

俺の名前を呼んでくれたとき、喜田さんどんな気持ちだったんだろう。

「秋谷さん、名前の漢字は？」

「あ、字は、勇敢の勇だよ」

「ならそこは違いますね。兄貴は成功の功だから」

スマホを持ったまま、ふたりですこし黙した。成功、という言葉を、おたがいに嚙みしめていたんだと思う。

「――じゃあ、秋谷さんにこれあげます」

彼が左手の人差し指からアラベスクのリングをとる。

「兄貴が死んだとき、指につけてた指輪らしいんですよ。形見分けです」

弟さんが照れくさそうに、泣きそうにはにかんで、それを俺によこす。受けとって、美しく輝くシルバーのアラベスク模様を見つめた。植物の蔦《つた》が力強くのびて絡みあうアラベスクには〝長寿〟や〝永遠〟の意味がこめられている。

——ばかだなおまえ。ばかだけど、もっと好きになったわ。

——勇。おまえに託すよ。俺のぶんまで幸せになれよな。

——……俺にはおまえが太陽だよ勇。

「ありがとう。大事にするよ」

喜田さんがつけていたのとおなじ、右手の人差し指にリングをはめて、一生はずさない、と心のなかで誓った。

それで弟さんに見送られて、東京へ帰った。地元の駅へ着くとすぐに、行きつけの美容院へいって髪を金色に染めた。維持するの大変だよ～、と散々からかわれたけど、してやんよ、と胸を張ってこたえた。きらきらの眩しい金色。俺の尊敬する男がまとっていた色。

今日から俺は、あなたに恥じない太陽になる——。

# 太陽

## 1

高校を卒業した三月、かーちゃんと相談してひとり暮らしを始めることにした。

――勇《いさむ》がわたしをおいていっても平気だって言うならいいよ。ひとり暮らしに必要なお金はださせて。家賃も払う。それぐらいの繋がりは持っててもいいでしょ、あんたのかーちゃんなんだから。合鍵はおいていかなくていい。そのかわりたまに顔を見せなさいよね。あと頼むから近くに住んで。歩いていける距離。かーちゃんは勇がいないと掃除も洗濯もしなくなるから勇が監視にくるの、いい？　合鍵はともかく住所は教えなさいよ。あ、一緒に物件見にいってあげる。ね？

……と、淋しがりやのかーちゃんがツンデレ過保護を炸裂《さくれつ》させて、なだめるのが大変だったけど、まあ俺も淋しくない、わけでもない、かもしれない、って感じだったので、引っ越し先は実家から二十分ぐらいの距離にあるアパートに決めて、三月中旬から新しい生活を始めた。

新居の家具やら電化製品やら諸々も、かーちゃんが『安物はやめなさいっ』といちいち口をだしてきて、高価なカッケーデザインのものを買いそろえてくれた。

ばーちゃんに『自立になってなくね？』と複雑な心境を吐露したら、『しずるさんも淋しいんだよ、言うこと聞いてあげな』と俺までなだめられた。『母子《おやこ》ふたりだったんだもん。初めて離れて暮らすんだしさ』と微笑ましそうに苦笑して。

とはいえ、さすがに甘えきるつもりもない。家賃は断っても無理だから、俺は俺でバイトして、また家にすこしずつ金も入れていこうと決めていた。

次はどこでバイトすっかな、と新居周辺の店を観察しながら何日か過ごした。

そうして出会ったのが『エデン』――あのデリホスともおなじ名前のレンタルショップだ。


「すっげえ金髪だな。大学デビュー？　ウケる」

大学生活も始まって数日後、講義が終わったあとに声をかけられた。

「外国人か？　ってビビったけど、日本人だよな？　目立って女にモテてー系？　ははっ」

おなじ講義に出席していた男で、服やアクセの好みが近しい雰囲気だけど……なんだろうな、うたうような口調と失礼なハイテンションにひく。ちょっとノリがあわなそうだ。

「ワタシ日本語ワカリマセン」と適当に嘯《うそぶ》いたら、「ははは、なにそれっ」と爆笑された。

「俺、尾畠《おばた》。これから新入生で呑みいこって話してんだけど、女もいるぜ、おまえもくる？」

人って匂いを嗅《か》ぎ分けるよな、と思う。とくにこうやって新しい環境に初対面同士で放りこまれたときは、まず服装や髪型、私物なんかの外見で、動物みたいに、敵か味方かって他人をより分けていく。それでグループができていく。

この髪のせいで、俺はどうやらチャラいグループに目をつけられたらしい。教室の奥でこっちをうかがっている尾畠の仲間っぽい奴らもお洒落なイケメンぞろいで、顔に〝女とセックスしたくて大学生になりました〟って書いてある、気がする。偏見はよくねーけどさ。

輪の隅にいる女子もばりばりに化粧して、まじで十代？　と目を疑うような派手な服装をしている子ばっか。すんごい厚底サンダル、それ学校に履《は》いてくる靴じゃねーだろ、もっと落ちついた感じでよくね？　って気おくれするけど……地味めな子もいるみたい。

「俺まだ未成年だから酒は呑まねーよ。それでよければつきあう」

こたえたら、また「ぶっはは」と笑われた。

「ウケんだけど。まーいいや、いこーぜ！」


俺は自分をつまらない人間だと思っている。

かーちゃんに金銭絡む我が儘を言うのが嫌だったし、ずっとじーちゃんとばーちゃんの店の手伝いをしていたから、学校で流行《はや》る遊びをほとんどやらないできた。テレビゲームも携帯型ゲーム機も、かーちゃんが『買ってあげる』と言っても断った。やる時間もなかったし。

洋服やアクセは、居酒屋にくるお客さんのおかげで好きになったんだ。『にーちゃんの服カッケーね』とか『そのアクセすげえね』と声をかけて親しくなり、常連になってもらうのが接客術なせいもある。もちろん嘘をついているわけじゃなく、教わって好きになったブランドの服やアクセを、かーちゃんがくれる小づかいで集めるのだけが俺のささやかな趣味だった。

かーちゃんに〝防犯のために〟とスマホを買い与えられてからは、ゲームをしたり漫画を読んだりするようになったものの、同年代の奴らが歩んできた娯楽をほとんど踏んでいないのは致命的で、ゲームでも漫画でもアニメでも、当時の流行の話題になると正直ついていけない。

「勇って意外と真面目⁉　俺らの世代でゲームしてないとかヤバくない⁉　ウケるっ」

「ずっと知りあいの居酒屋の手伝いしてたからさ」

「ゲームしねーと友だちできねーだろ。つか居酒屋で働いてて酒呑まねーのもウケんだけど」

「店でもガキには酒呑ませねーよ」

「ウケる、真面目ちゃ～ん可愛い～」

あー……やっぱ失敗だったな。ゲームもして漫画も読んでアニメも観て、ネットもして、遊びを謳歌《おうか》してきた同級生にとって自分がおかしい奴なのは自覚していたのに、案の定すっかり天然記念物扱いで輪の中心になっちまった。

「そんなに面白かったんなら教えてよ。ゲームでもなんでもいいから」

「どうせやらねーんだろ？」

「興味湧いたらやったり、観たりするよ」

そう返してみたけれど、今度は「すすめるならあのゲームじゃね？」「あーよかったよな、俺はⅤが好き」「いやⅢだろっ」と、質問した俺をそっちのけでゲーム談義に花が咲いてしまった。「なっⅡのあとにⅤやればいい？」と訊いても、「いや普通Ⅰからだろ」「てかいま売ってる？」「俺も最近やってねーからわかんね」と質問を放られた。女子に「子どもみたいな話ばっか～」と呆れてつっこまれると、「子どもじゃねーよ、オトナだぜ～」「やだも～」と最後には女子に興味がうつって終わり。……ンだよ、嗤われ損じゃねーか。

なんつーか、新入生同士仲よくなる気なんかさらさらなくて、ただ女子と呑むきっかけが欲しかったんだろうなあって欲がぷんぷんする。俺は数あわせだ。このノリについていけたら、ナンパ仲間にされたんだろうけどな。

――……勇君は、どんなゲームが好きなの？

冷凍チンっぽい不味《まず》いチーズ焼きを口に押しこんで、コーラのグラスに浮かぶ泡を見つめ、こっそりため息をついた。穏陽《やすはる》の顔が脳裏を過る。

――俺、ゲームってあんましたことないんだ。ゲーセンも何回かしかきたことない。

――そうなんだ。じゃあ……ゾンビ倒すゲームしてみる？　銃を撃つだけだから。

――ゾンビ⁉　なにそれ、やべえ楽しそうっ。

……穏陽は嗤わなかったな。操作を教えてくれて、一緒にゾンビ撃ちまくって楽しかった。格闘ゲームもうまかった。俺はボタンをがむしゃらに押すことしかできなくて、蹴りとパンチと、たまに奇跡的にでる必殺技に興奮するばっかりで情けねーぐらい下手クソだったけど、『じゃあぼくは必殺技をださないよ』とハンデをくれたりしながら何度も戦って、全敗してもずっと爆笑してた。

――穏陽、天才じゃん⁉　UFOキャッチャーもすげえうまいしっ。

――暇なときとか頭を空っぽにしたいときとか、ぼくはよくくるんだ。それで、なんか……コツを摑んだっていうか……。

どうしてこんなに違うんだろうな。喜田さんといるときも、ただコーラを飲んでダべってるだけで満たされたのに。相性の善し悪しだけで片づけるにはあまりに雑すぎるほど、こいつらといるのは楽しくない。……そうだ。相性以前に、こいつらは相手を見ようとしてないんだ。心同士が通ってない。一方的に欲求だけむけて束の間の悦びを得ようとしている。男女八人の、こんな大勢でいるのに、みんなひとりぼっちみたいだ。

……っていうか、穏陽も裏切り者だけどな。裏切り者のストーカーの、ひどい奴だけどな。ふざけんなよ最後の最後にあんなことしやがって。まじで家までついてくる気だったんかな、最悪だ。家を知ってどうするつもりだったんだよ。俺がデリホス辞めたあともつけまわして、監視するつもりだった？　意味わかんねえ。あんなに幸せな最後の夜だったのに、なにもかもおじゃんじゃねーかよ。おじゃんだよ。台無しだよ。何度思い出しても腹が立つ……クソっ。

「じゃー場所かえよっか。二次会いく人〜」

二時間ほど低レベルなチェーン居酒屋で辛抱して過ごしたあと、尾畠の視界に俺はいなくなっていた。友だちになれればと努力してみたものの、お仲間入試は不合格に終わったみたいだ。メシは不味いし、話にも参加できねーし、俺も疲れただけだった。しゃーねえ。

店をでると「俺は帰るな」と二次会へいく輪から離れた。「おう、秋谷《あきたに》また〜」「じゃなー」とみんなの軽い返事が背中にぶつかるのを受けとめ、右手をひらひらふって駅へむかう。

別れの挨拶もすっからかんに軽い。気疲れするデリホスのお客さんでもこんな虚しい別れかたをした経験はなかったぜ。おたがいのあいだにちゃんと満足感や名残惜《なごりお》しさを見いだせた。たった一日の一時間半でも、温かな情の芽生えを感じられたんだ。……ほかに、仲よくなれる話題あったンかな。俺も会話のひきだし少ねえの悪いよな。あー小中高の友だち恋しいな……。

「……秋谷君っ」

ン、呼ばれた……？　とふりむいたら呑み会にいた女子がひとり走ってくるところだった。黒髪ロングヘアーで水色のワンピースに桃色のカーディガンを着た、唯一地味めだった子。

「ごめんね、一緒に帰ってもいいかな」

肩からずれたカーディガンをなおしつつ、必死に息を整えて誘ってくる。

「いいよ。二次会参加しなくていいの？」

「うん……カラオケ苦手だし」

ならんで歩きだす右横の小さな女の子に、歩幅をあわせてすすんだ。身長百五十ぐらいだろうか。庇護欲をそそるっていうか、華奢《きゃしゃ》で頼りない。

「二次会カラオケだったんだね」

「うん……そうみたい。尾畠君たちが言ってた」

会話がとまる。そういえば呑み会でもこの子が話してる姿はあまり見かけなかったかも。

「ごめん、名前訊いてもいい？」

訊ねながら顔を見たら目があって、あからさまにそらされた。赤面してる。

「ご、ごめんね、わたし……きむらかおです」

「きむら？」

喜田さんとおなじ名前。

「うん。樹木の木に、市町村の村で木村《きむら》、夏の音で夏音《かお》」

字は違うのか。

「夏音ちゃんって可愛い名前だね」

「そ、そうかな……ありがとう、ちょっと……きらきらじゃない？」

「ンなことねーよ。夏の音ってロマンチックでいいじゃん」

「あ、ありがとう……」

「どーいたしまして」とこたえながらすこし笑っちまった。このおどおど感、穏陽を思い出す。穏陽のおどおどはもっとやばかったけどな。最初は会話するのも一苦労だったもん。それで、あみだくじしてなんとか話を繫いで。

——勇君を守りたいときはおどおどしない。

まあ……最後らへんは、格好よかったけど。

「尾畠君たち……ひどかったね」

繁華街からそれて人けのない道へ入ると、夏音ちゃんがふいに呟いた。

「秋谷君のこと……からかってばっかりで」

「あー……まあしゃーねえよ」

「わたし、トイレに立ったとき裏で尾畠君に誘われたの。このあとふたりで抜けだそうって。

……そういうのが目的の呑み会だったんだと思う」

夏音ちゃんの声が憤っていて、「はは」と空笑《からわら》いになった。

「大学入って新しい出会いに期待してる奴もいるよね。夏音ちゃんか弱そうだから、苦手な奴にながされないように気をつけて」

「……秋谷君は優しいね。尾畠君みたいな人たち、本当にいや。エッチなことしか頭にない」

「ははは。やー、わかんねえよ。もっと話してみればいい奴かもしんねーし。俺だって自分のことなんにも話せなかったもんな。人柄判断するのはまだはえーんじゃん?」

「そうかな」

「夏音ちゃんが〝エッチなことやめて〟ってふって、尾畠が超真面目になったらどうする?」

「え〜……」

ははは、とまた笑ったら、夏音ちゃんも苦笑いになった。夜風が吹いて、道の端を桜が転がっていく。生温かい風。もう春だ。デリホスを辞めて、穏陽と別れて約三ヶ月。

「秋谷君は……中学とか、高校のときは、どんなお友だちがいたの？」

夏音ちゃんのスカートと長い髪がながれる。ああ、この子穏陽よりはしゃべるほうかも。

「友だちか――……なんつか、ふり幅がひれー奴らだよ。ゲームとかもするけど、それだけじゃなくてなんにでも興味持つような好奇心旺盛なタイプ」

親しい仲間は小中に三人、高校にふたり。勉強も遊びも将来への夢も、それぞれ真剣にむきあう奴らだ。俺がゲームをする暇がないと知ると〝ならおまえは居酒屋でどんなふうに過ごしてンの〟と訊いてくれる。それで俺が店にきた面白いお客さんの話を聞かせると、一緒に笑って楽しんでくれる。

逆に俺が〝最近なにが流行ってんの〟と訊けば教えてくれるけど、ゲームでもアニメでも、それをやれなかったり観られなかったりしても許してくれた。かわりに俺が無理なく楽しめるもの、たとえば人気の音楽とか動画なんかを教えてくれて、共有できる娯楽を与えてくれた。

エロ本やＡＶにも興味津々な一方で、受験期には〝彼女はいらねえ〟と恋愛関係全般を封印して勉強に専念したりと、けじめがあるところも好きだ。ただ、そんな感じでみんな年明けまで忙しくしていたから、俺、デリホスしてたこと誰にも言ってねえんだよな。全員大学進学が決まったころにはデリホスも辞めていたし、喜田さんのこともあって、わざわざうち明ける必要性とタイミングを見失っていた。

デリホスが原因で二回もバイトを辞めてるのもひっかかっている。友だちを信用していないわけじゃねーけど、万が一あいつらまで失うことになったらさすがに辛《つれ》え。

「秋谷君は、すごく……なんていうか、ストイックだよね」

「え、俺が？　ストイック？」

「うん……尾畠君たちみたいに軽くなくて、どことなく大人びてて、格好いい」

夏音ちゃんは照れくさそうにうつむいて小声で話す。……俺なにげに気に入られてる？

「ありがとう。夏音ちゃんが友だちでいたいと思う〝オトナ〟ならいーけどな」

「え？」

友だちに蔑視されるのは辛いし怖い。信頼した相手に裏切られたり下心をむけられたりして失望するのもやるせない。……でも。

——あんたがどんなに真剣だったって主張しても、あんたと友だちになってくれる人も、恋人になってくれる人も、いなくなるかもしれないの。どこにいっても裏で自分を嗤う人間に出会うの。一見親しくしてくれてる人でも、あんた自身が信じられなくなるかもしれない。

でも、かーちゃんの言葉には抗《あらが》いたがる自分もいる。俺自身をありのまま受け容れてくれる友だちや恋人が欲しい、そういう人も必ずいるって信じたい。不信感に呑まれて腐りたくない。

「夏音ちゃん……たしかに俺、尾畠たちとはノリが違うかもって思ったよ。でも俺バイでさ、男相手のデリホスで働いてた経験があンだ。ゲイのお客さんとデートしたり、寝たりしてた。その自分に誇りを持ってる。軽蔑しねーでいてくれんなら、これからもかまってやって」

夏音ちゃんが目を剝《む》いて足をとめた。

　俺は穏陽といたころみたいに、おたがいの心の畑を耕していけるような人間関係を築きたい。頼ってばかりで苦しみを吐きださせてあげられなかった、喜田さんのときみたいな後悔も二度としたくねえんだ。そしてホストとして過ごした、俺にとってかけがえのないあの時間を理解してくれない友だちや恋人なら、いらない。


　レンタルショップ『エデン』でバイトを始めて一週間。

　昼間から働いていた翌日土曜日の夕方、新しい奴が入ってきた。

「——勇君。この子、さとうよう君。勇君と同い歳の大学一年生ね。今日からよろしく」

　大きな瞳のやたら可愛い美少年が、店長の横で視線をさげてもじっとしている。

「……初めまして、さとうです。……よろしくお願いします」

「うん、よろしくな。俺は秋谷勇。勇って呼んでよ」

「あ……と、じゃあ俺も〝よう〟で」

　店長が「必要の〝要君《ようくん》〟なんだって。可愛いよね～」と和やかに微笑む。「でれでれかよ」とつっこんで笑ったら店長も笑って、要だけ赤面してさらにうつむいた。

「勇君は一週間先輩だから仕事教えてあげて。って言っても仕事内容は単純だし、うちの店は忙しくなることもないから、要君も気楽にのんびりね」

「はい」とこたえた声が、要と重なった。ぴったり気があったな、てなふうに、にやっと目で合図したら、要もやっとはにかんで可愛い笑顔を見せてきた。

匂いを感じる。うん、俺こいつとは馬があいそう。空色のシンプルなパーカーにパンツで、アクセなんかまったくつけていない素朴な美少年だけど、要には優しくて温かいオーラがある。あ……そっか。馬っつーか、俺こいつには甘えられそうって感じてンのか。

「じゃあ俺いま休憩終わるから、一緒にレジいこっか。教えるよ」

「う、うん」

「緊張してんの？」

「……すこし」

「平気だよ、ここまじお客さん少ないから、もたもたやっても誰にも怒られねーしさ」

「勇君っ」と店長にひきつった笑顔で制されて、「あはは」と笑っちまった。

穏和な店長と、へらへら笑ってばかりいる俺。この店の空気をなんとなく察し始めたのか、要の表情からもだんだん強ばりが剝がれ、「……ふふ」と気兼ねなく笑うようになってきた。

「笑うと可愛いーから、要はそうやってどんどん笑っていけな」

「へ」と目をまるめる要の背中を叩いて、『さとう』のロッカー前へ誘導する。なかに入っている店のエプロンを「これ着るんだよ」と教えてやり、「は、はい、」とぎこちなく着替えるようすも見守った。下手クソだから腰の紐を結びなおしてやる。

「もしかしてバイトも初めて？」

「うん……初めて。大学入って、ひとり暮らし始めたから、バイトもしようって決めたんだ。親の仕送りだけで生活するのは……気がひけて」

人見知りっぽくうつむきがちに話す声と瞳に、きちんと輝く意志的な強さを感じた。

「そっか。自立の一歩だな、カッケーじゃん」

紐をしっかりかたちよく結ぶと、背中をばんばん叩きながら元気づけてやった。

「心配すンな、俺がしっかり守ってやる。おまえの自立を失敗させやしねえよ」

レジ打ちってビビるよな。お客さんもどんな人がくるか予測不可能で緊張するのもわかる。だけどレンタルショップはたいした失敗もねーから大丈夫だ。なにかあっても、俺がじーちゃんとばーちゃんの店で落としちまった料理と、割った皿の枚数に比べたらどうってことない。

「ありがとう……」

俺より若干身長の低い要が、じっと俺を見あげてくる。

「……イサムって格好いいね。髪も、太陽みたい」

小首を傾げて、要が微笑みながら放った言葉を聞いた瞬間、胸の中心で温かい花が咲いたみたいな錯覚をした。

——……俺にはおまえが太陽だよ勇。

喜田さん。

「ふたりとも、仲よくなれそうだね」

は、と我に返ってふりむくと、店長もにっこり笑顔で俺たちを眺めていた。

「はい！」

今度は要のほうが先に、はっきりした声でこたえて無邪気に笑った。

『エデン』からひとり暮らしのアパートまでは徒歩五分程度だ。

二階の部屋の前へ立ってジャケットのポケットから鍵をだし、玄関のドアをあける。なかへ入ると、靴を脱ぎながら横の棚にある木製のキートレイへ鍵をおいた。穏陽にもらったホテルキーリングは、大事に扱わないと鍵とぶつかりあって傷がついちまう。だから帰宅後は雑貨屋で買ったこのローズウッドのトレイにおくと決めている。

ひとり暮らしの我が城は1LDK。〝鉄筋のマンションにしろ〟だの〝セキュリティが完璧なところにしろ〟だの、金のかかることばっかり言うかーちゃんをなだめてなんとか贅沢さをおさえた部屋にしたものの、ひとりで過ごすには快適すぎるぐらい快適だった。

奥の部屋にリュックとジャケットをおいて、キッチンでコーラを飲みながら夜食を作った。今夜はトマトとほうれん草とじゃがいものチーズ焼き。コンビニや弁当屋で買い続けていると金がかかってしかたねーから、俺はじーちゃんとばーちゃん仕込みの料理で自炊生活だ。

テーブルへ運んで正面にスマホを設置し、サメつき充電ケーブルをくっつけて動画観ながらいざいただきます。大学の昼食と『エデン』の夕飯も手作り弁当にしたいところだけど、微妙に照れくさいし、それはたまにできたらって感じだよな。要は俺が弁当ひろげたって〝男なのに手作り弁当？〟なんて嗤ったりしないだろうけどさ。

いい奴だったなー、と一緒に仕事をしていた時間をふり返る。『エデン』はますます居心地のいい場所になった。レンタルショップだから、お客さんを癒やすって点では物足りなさも否めないけども、とにかく仕事仲間がいい。店長も、若いころ起業した会社が軌道にのったとき土地を買って家賃収入暮らし、現在ではその会社も後継者にゆずって、長年の夢だったレンタルショップを趣味で経営している、っていうんだから尊敬しかない。

『趣味っすか』と俺が驚いたら、『そう、趣味。だから赤字でもかまわないんだ』とのほほんとのたまいやがった。格好よすぎンだろ。

面接のとき、デリホスで働いていたことも暴露した。『以前それが原因で二回バイトを辞めてるんで、駄目なら先に言ってほしいんです』とあらかじめ。

眉間にしわを刻んだ店長は『いじめられたの』と訊いてきた。『最初の店はちんこ触った手で飲食店くるなって喚われて、次の店は店長に襲われました』とさらに赤裸々に教えたら、警戒心剝きだしの俺に、店長は『男のモノを触ったことのない男はいないのにね』と右手で口を押さえて苦笑した。

そのときも胸ンなかにぱあっと花が咲いた。のほん、ぽやん、としているけどこの人やべーぐらいカッケーんじゃね……？　と尊敬に次いで興味も湧いた。

『店長にはいつか俺から〝抱いて〟って懇願してっかも』と感謝を告げたら、『それを採用の決定打だと思わないでね。ぼくにはちゃんと愛する人がいますので』とやんわり線をひかれて完璧に惚れ、『店長についていきます、よろしくお願いしますっ』と頭をさげて今日に至る。

捨てるクソ店長いれば、拾うイケメン店長ありとはこのことよ。

にょんとのびたチーズにトマトとほうれん草を絡めて、最後のひとくちまでごちそうさま。

「食った食った～」とひとりごとを言いながら腹を叩いて背後のベッドへ寄りかかり、そこにおいているクマのぬいぐるみをとった。穏陽がくれたでっけえ三匹のクマのうちの一匹。

ストーカー穏陽はいまごろどうしてるんだろうな……あれから三ヶ月だ。最近はどんなホストを指名してるんだろう。

——勇君からは、離れたくない。勇君との関係が、終わるのは、ぼくが、勇君に捨てられるときだと、思ってるし……勇君は、ホストとしてじゃ、なくて……ひとりの人として、ずっとぼくの、特別な、人……です。

——ぼくにとっては、勇君を感じられない場所で生きる時間が〝無理〟で〝苦行〟だから。嬉しかったぜ、もちろん。ストーカーは腹立ったけど、あのころの穏陽の気持ちが真実だったのもわかってる。〝無理〟で〝苦行〟な毎日が始まったら、穏陽はどうなるのか……考えなかったわけでもない。俺だって穏陽に甘えきって、癒やされていたから、縁が断ち切れるのは辛かったよ。だけど、やっぱりホストはお客さんを癒やしながら夢の時間を売ってるんだ。

——つきあいだしてから相手が豹変したんだ。

——男のちんぽ触った汚《きたね》ー手で飲食店とか頭おかしーんじゃねえの。二度とくんなよ。

——ヤらせてよ、そういう仕事してたんだから慣れてるよね……？　金が必要なら渡すしさ。きみ、いくら？

友だちとか、あるいは恋人とか……そうやって関係を繋いだあとも俺ら幸せでいられたかな。ストーカーしてくれた穏陽を受け容れて、ケー番を交換して、お客さんとホストじゃないただの人間同士としてこの現実でつきあいだしても、俺は穏陽を癒やし続けられた？　ンなことないと思う。俺はそんな幻想抱けねえよ。あの一時間半が〝天国〟だっただけだ。世間っていう〝地獄〟では俺は何人もの男のちんこを触ってた汚《きたね》え奴なんだよ。俺がどんなに自分のことや、穏陽と過ごしたデリホスでの日々を誇ろうが、〝いくら？〟って軽んじられて襲われたりもする存在なんだ。バイト先も友だちも、信頼できる人を探すのに苦労してるしさ。

——会った瞬間から、勇君はきらきら輝いてたんだよ。

——すごいのは神さまの勇君だよ。

稔陽にとって、俺はずっと神さまでいてえよ。稔陽の夢を覚ましたくない。俺が世間一般的に汚《きたね》え人間だって言われることを気づかせて、稔陽にもそれ背負わせてまで一緒にいたくない。辛い思いしてきた稔陽だからこそ嫌なんだ。

幸せでいてくれ。いじめにも遭わず病《やまい》にも冒《おか》されないで、大事に想ってくれる人に囲まれて温かく生き続けて。そして永遠に夢を見ていてくれよ稔陽。稔陽のなかでは俺を一点の汚れもない神さまで、太陽にしておいて。それが俺の望みだよ。

週が明けて月曜日。教室の席についてリュックから教材とペンケースをだし、講義の準備をしていると、突然うしろから頭を叩かれた。いって、と顔をあげたら、尾畠が背後から目の前にまわってきて立ちはだかった。にやけた顔をしている。

「——なあ、おまえホモだったの？」

わざとらしいほどでかい声のせいで、周囲の生徒もこっちをふりむいた。

「しかもウリやってたってまじ？　女に興味ねーの？　男に掘られたい系？」

「なにが言いたいんだよ」

「べつにホモでもいーんだけどさ、だったら呑みに誘ったとき言えよっつーの。参加してくれる女の子もシラケんだろ、ホモとか」

まわりがざわついて、「え、ホモなの」「ウリって風俗?」と聞こえてくる。好奇な視線が顔や背中に突き刺さってくる。ひろい教室内で自分ひとりだけが悪目立ちして浮いている感覚。大勢人間がいるなかで孤立している寒々しさ。……はあ、とため息がでた。

「わかったからそこどけよ」

「は? エラそーにしてんじゃねえぞ、クソホモヤンキーが」

「話は終わったろ、勉強の邪魔だっつってんだよ」

「ホモが勉強とか、ウケる。なんで大学なんかきたわけ? ウリして稼いでりゃ生活していけんじゃねーの。あ、大学のためにウリしてたとか? そんなザーメンまみれの汚《きたね》ー金でオベンキョウしてんの? まじウケんだけど」

正面で腹を抱えて嗤う尾畠を見ていて、腹が立つというより心底疑問だった。ゲイのなにがおかしいの。俺、こいつにここまでばかにされなきゃいけないことなんかした?

「ちょっと、やめてよ尾畠君っ!」

尾畠よりさらにでかい声が響いた。教室のうしろから夏音ちゃんが走ってくる。

「ごめんね秋谷君、こんなつもりじゃなかったの、でもわたしのせいで、いつの間にかみんなにひろまってて……本当にごめんなさいっ……」

今日も花柄のシャツにピンクのカーディガンとスカートをあわせた清楚《せいそ》な格好の夏音ちゃんが必死に頭をさげている。尾畠は隣で「チッ」と舌打ちした。

周囲がさらにざわつく。「ザーメンの金とか、やば……」「ウリって本当かな」「でもシてそうだよね」「やめなって、聞こえちゃうよ」という嗤い声。

左側の窓から午後の明るい日ざしがさして、シャープペンを持つ自分の手を照らしている。またため息が洩れた。……ほらな穏陽。俺やっぱり神さまなんかじゃねえんだよ。

「てかさ、ゲイってそんなに珍しい？　セックスしてたっつーのはビビるかもしんねーけど、いまの時代ゲイなんて嗤う対象でもなくね？　いじられンのは俺が原因かもって自虐するほどまだ大学で自分アピールもしてねーしさ～……」

「うーん……その尾畠君ていう子は、夏音ちゃんがお気に入りだったんでしょ？　でも夏音ちゃんはどうやら勇君に気があるみたいだからね。面白くなかっただけじゃない？」

「それよ。そこよ、店長！　あー……ウゼえったらねえ。てめーがモテねえのをゲイのせいにするんじゃねーっつんだよな？　とんだとばっちりだぜ」

「ははは」

店長が隣で眉をさげて苦笑してくれている。

『エデン』は今夜もしずかだ。レジにふたりでならんで、お客さんもこねえからさっきからずっと話を聞いてもらっていた。店長の温厚さもあって、ここにいるととても癒やされる。

「そもそも女落としたいならあんな不味《まじ》い居酒屋に連れてくなっつーの。美味い店も知らねえお子さま以下の味覚で酒だけは呑むガキくささな。イタイタしーったらねえよ」

「たしかに女性に好かれたいならお店も大事かもねえ」

「そーよ。エスコートの〝エ〟の字もわかってねんだから。素直にしてりゃ夏音ちゃん好きそうな店教えてやったのにさ。デリホス時代に連れてってもらった店いっぱい紹介できるぜ？」

大げさに肩を竦めたら、店長がまた「はは」と笑ってくれた。店長のやわらかい笑顔を見ていると心が晴れて、昼間胸にたまった鬱積も霧散していく。気持ちが落ちついていく。

「……ありがとな店長、愚痴聞いてくれて。俺あのまま帰ってたらもやもやしてしかたなかったよ。ほんと『エデン』にきてよかったな～……。レンタルショップってお客さんとほとんど会話できねーし癒やしの仕事としちゃレベル低いけど、店長に会えたのはラッキーだった」

口に右手をあてて、店長は苦笑し続けている。

「あれだね。勇君はきっと、甘えさせてくれる人といるといいんだろうね」

びっくりして、目をぱちぱちまたたきながら店長の横顔を凝視しちまった。

「嘘、なんでわかったの？」

「なんでって。わかるよ、見ていれば」

「どこ見てわかったのってのっ」

つめ寄っても「ふふ」と笑ってごまかされる。やべえな、さすがだぜ。この人は穏和な笑顔の裏に、上に立つ男の資質を隠してンだな。千里眼に処世術に先見の明……まじでカッケー。

勉強させてもらいてえ。

「俺はさ、尊敬できて頼りになって、癒やしあえるにーちゃんみたいな人が好きなんだ」

「ほう」

「サークルも部活も入んないで、資格とるためにいろんな学校通おっかなって思ってたけど、俺店長といるのがいちばんいい気がしてきた。あ、店長はにーちゃんつかおっさんだけどさ」

「え」

ひひ、と笑ったら、店の自動ドアがひらく音がした。店長とふたりではたと姿勢を正し、「いらっしゃっせー」と声をかけて笑顔をむけた瞬間——……真っ白になった。

稔陽。

……稔陽だ。

目があったまま、おたがい停止していた。まばたきも忘れて自分の視界に——自分が生きているこの世界に、また現れた稔陽の姿を、ただ茫然と、愕然《がくぜん》と、見つめてかたまった。

声もでない。息もとめていた。

稔陽も目をすこし見ひらいて俺を見ている。俺たちの時間だけがとまっているみたいだった。あのころより健康的にふくらんでいる頬……身体。髪も最初のころほどではないものの、ややのびて目もとを覆っている変化。三ヶ月経ったいまの稔陽。……なんで、ここに。

「……あ、痛、」

自動ドアが閉まり始めて、がこんと稔陽の身体にぶつかった。よろけた稔陽がふらりと店内へ入ってくる。

「……店長悪《わり》ぃ。レジお願い」

「え、勇君？」

うつむき加減に顔を隠してレジ奥のスタッフルームへひっこんだ。ロッカーに左手をついて、混乱した後頭部を右手で掻きまわす。

……ちょっと待ってくれ、頭ンなか整理したい。え、どうして稔陽がいんの？　てかなんで『エデン』にくんの？　は？

あれぜってー穏陽だよな。太ってたけど見間違えるわけがねえ、身長の高さも、おどっとした雰囲気も、影のある俳優っぽい風貌《ふうぼう》も、完全に、完っ璧に穏陽だった。デリホスにいた数ヶ月間、俺が甘えて癒やされていた……ストーカー穏陽。

俺と会って、穏陽も驚いてた。あの表情は俺がここにいるのを知っている顔じゃなかった。ってことは……え、まさか。

「勇君、」

うしろから店長に声をかけられて、はっとふりむいた。

「どうしたの、大丈夫？」

「あ、いや……すみません。いまの、お客さんは」

「入ってきてすぐなにも借りずに帰っちゃったよ。もしかして前山《まえやま》さんと知りあいだった？」

どき、とした。

「店長……あの人の名前、知ってるんですか」

「もちろん。うちの常連さんだからね」

常連さん……嘘だろ。まじかよ。

「いつからの、常連なんですか」

「えーと、五年ぐらい前かな」

「五年……？」

「たぶん勇君みたいに、大学入学を機にこの町へ越してきた人なんだよ。会員登録してくれたときそんな歳だったからね。それからよくきてくれてるお得意さん」

……ってことは、あの日穏陽は、ただ家に帰ってきただけだったってことかよ。ストーカーなんかじゃなくて、単に自分の家がある町へ電車に乗って戻ってきただけ……？　それなのに、俺がばかみてえに勘違いして、怒鳴りつけて、花束まで投げつけて穏陽を傷つけて……俺が、あの夜を台無しにした張本人ってこと？

「……やべえ、どうしよう」

罪悪感で胸が潰れる。勘違いしたまま、三ヶ月も穏陽を傷つけていたのか俺は。

「なにがどうやばいの、勇君」

「すみません、えっと……プライベートなことなんで、内密にしてほしいんですけど……その、前山さんは、俺がデリホスしてたころのお客さんなんです」

「あら、びっくりだね。こんな小さな店で偶然再会するなんて」

神妙な面持ちながら、店長は緊張感のない声ですんなり受けとめてくれた。

「まあこの近辺で働いてたならそんなこともあるか……しかし困ったね、すこし気まずい？」

気まずいっていうか……とにかく謝りたい。最初で最後のイブを幸せに過ごせるよう尽くしてくれた穏陽の気持ちを、なにもかもすべて踏みにじって終わりにしたんだ。落ちついてもう一度会えたら、しっかり謝りたかった。

「……とりあえず、次はきちんと接客します。その後のことは改めて相談させてください」

断ち切ったと思っていたのにまた会えた。

あのデリホスとおなじ『エデン』っていう名前の店で——。

そういえば、穏陽は映画も好きだって言ってたよな。

――普段ひとりだとどんなことしてんの？

――えっと、えー……読書とか、ゲームとか……映画鑑賞、とか……ネット、とか。

イブの夜も、涙ぐんだ真摯な瞳で、丁寧に心と言葉を噛みしめながら別れの言葉をくれた。

――勇君のおかげで、映画を観る楽しさも思い出した。現実と闘おうとも思えるようになった。大事な人のために残酷な感情を抱ける自分も知った。生きる意志を持つようになった。自分を犠牲にしても守りたいものを、この人生で、この命で、得ることができた。きみが地獄から救ってくれたから。きみがぼくに天国を見せてくれたから。会えなくなっても、どこにいても、きみは一生、ぼくの命を明るく照らしてくれる、神さまです。

思い返すたんびに心が痛む。できるだけはやく『エデン』にきてくれないかなと、身勝手な焦燥に駆られても穏陽が訪れる気配はなくて、一日、二日、と時間だけが過ぎていく。

このあいだきてくれたんだから映画が観たい気分だったり、気になってる作品があったりしたんじゃねえの？　と焦れるんだけど、店長があのとき教えてくれた〝入ってきてすぐなにも借りずに帰っちゃった〟という反応や、俺が知る穏陽の性格を鑑《かんが》みるに、俺がいるのを知っていてまたふらっと来店するほど神経図太くねえよなとも思う。

いまも三ヶ月前とおなじ穏陽なら、最後に〝もうついてくんな〟と怒鳴った俺の前へ、自ら現れるわけがない。俺は、町の小さなレンタルショップっていう穏陽のささやかな居場所まで侵してしまった。

二週間経過して、店長に『以前はどれぐらいの頻度で来店してましたか？』と訊いたら、『どうだろうな……昔は贔屓にしてくれていたけど、おそらく去年あたり……社会人になってから？　は、見なくなってたね』と言う。大学時代はひとりでゆったり過ごせた、でも就職したらブラックだった、っていう状況と一致する。ならこのあいだ『エデン』にきてくれたのも、俺が傷つけたクリスマス以降、再び心の安寧を得られたから、……とかだったりすンのかな。たとえば新しく親しいホストか恋人ができて幸せを得られた結果、娯楽に勤《いそ》しむ気になった、とか。がりがり痩せこけてたのに太ってたもんな。あれって幸せ太り？

四月も終わってゴールデンウイークが過ぎても穏陽はこない。一日おきに一センチずつ心臓へむかってナイフを突き入れられているみたいな、終わりのない罪悪感の苦痛に襲われ続ける。いっそ会員情報から住所と電話番号をひっぱって会いにいくか、と煩悶《はんもん》すると、それじゃ俺がストーカーじゃねえか、と自戒の穴に落ちる。

てかなんであのイブの夜に否定しなかったんだよ、としまいには穏陽を責めもした。俺のこと格闘ゲームばりにぶん殴って〝ストーカーなんかするわけない、ここに住んでるんだ！〟って、怒鳴ってくれればよかったのに、あんなお門違いのふざけた暴言まで受け容れるなよな。そんなの優しさじゃねえよ、俺だって苦しいぜ穏陽……。

頼むからきてよ、反省してるから。後悔してるから。たまんなく、穏陽に会いてえから。

「……イサム、なんか痩せた？　げっそりしてない、大丈夫……？」

「えっ、ンなことねーよ」

　五月中旬に入っても穏陽はきてくれない。

　要と一緒に『エデン』をでて、深夜の暗い夜道で「ほんじゃな、気をつけて帰れよ」「うん、イサムもね」と挨拶をかわすと、手をふって自転車で帰っていく要を見送ってから自分も歩きだした。はあ、とため息がこぼれる。

　デリホスのころもそうだったけれど、こっちに会う手段のない状態がここまで歯がゆいのは初めてだ。ほかのお客さんにこんな気持ちになった記憶もない。穏陽だけだ。全部穏陽だけ。

　コンビニでも寄って、飲み物買って帰ろう。今日の夜食はいいや、食いたい気分になんね。

　はー……最終的には駅で待ち伏せするって手にでるしかねえかもな。キモ悪がられたとしても声かけてしっかり謝って、あのイブの綺麗な想い出を壊したままにすんのは回避してえ。

　ぬるい夜風に髪を搔きまわされてほっと息をつきながら顔をあげる。ぼんやりかすむ夜空にちらちら揺らぐ北極星《ポラリス》。今日みたいな天気のいい金曜の夜は、穏陽なにしてるんだろう。

　ふいに、前方の右端にとまっていた真っ黒い車が、カチャと音を立てた。助手席と、そのうしろの座席のドアがひらいて、スーツ姿の男がふたりでてくる。

　え、ヤクザ……？　なんかやべー奴らっぽくね？

　近づきたくなくても一本道だから、ここで踵《きびす》を返したらあからさますぎて逆に目をつけられそう。逃げ場がない。ふたりはスーツを整えながら車の横に突っ立っていて、行動も読めねえ。なんか、嫌な予感がする。

　距離をおいてすり抜けるか、とさりげなく左側へ寄ったら、「おい」と声をかけられた。

「待て。――おまえ秋谷勇だな」

え。

「一緒にこい」

こたえる隙もなくいきなり腕を摑まれた。「は、離せよっ」と焦ってふりほどこうとしたら、もうひとりにうしろから羽交《はが》い締《じ》めにされて、口も押さえられた。

「んーっ、んーっ!!」

「おとなしくしろ、クソガキが」

ぶ厚い掌に顔半分を覆われる。必死に叫ぼうと試みても無理で、両手足をふりまわして暴れたって自分より図体のでかい男ふたりに敵うはずもなく、もうひとりに脚まで抱えられて動きを封じられてしまった。

「騒ぐんじゃねえよ」

やべえ、まじで連れていかれるっ。こいつらなんなの、誰⁉　なんで俺の名前知ってんの⁉　連れていかれて俺どこでなにされんだよ、殺されるのか⁉　なんで⁉

「んーっ!!」

誰か助けて！　と腹に渾身《こんしん》の力をこめて叫んだ。両脚をばかつかせて、押しこまれそうになった車のドアを蹴りあげる。「くそっ」と男のひとりが舌打ちして、頭をひっぱたかれた。

「――その人を離してください」

……声が、路傍《ろぼう》のむこうから聞こえてきて、男たちの動きもとまった。涙に濡れ始めていた眼球をなんとか動かして視線だけむけると、スマホを俺らにむけて近づいてくる穏陽がいる。

「誘拐現場と車のナンバーを動画に残しました。通報もすんでます。彼を離してください」

男たちも、俺も、茫然として穏陽を注視していた。スマホをおろした穏陽は目の前まできて男たちから俺を強引にひき剝がし、胸に抱き包んでくれる。

「穏陽、」

「警察がきたら刑事事件にして誘拐罪と暴行罪で訴えます」

「ふざけんなっ」と男のひとりが吐き捨てて車に戻った。もうひとりも「またでなおしてくるからな」と捨てゼリフを残して乗りこみ、タイヤをけたたましく鳴らして走り去っていく。

……心臓が、上半身全体に響くぐらい激しく鼓動している。全身震えて、力が入らなくて、膝から落ちそう。手が乾いて、末端の感覚がない。やばい……本気で、猛烈に怖かった。

「……勇君、大丈夫ですか」

左のこめかみに穏やかな労りの言葉と、吐息がかかった。顔をあげると、穏陽と目があう。前髪に隠れた左目も、冷静ながらひどく鋭利で、怒りが見えた。

「動画も画像も撮ったから、被害届けをだせるよ。車のナンバーで相手も特定できると思う。だけどもし勇君の知りあいだったら困ると思って、通報はしてない。嘘をついた」

淡々とそう言う口調もしずかで、落ちついていた。でも俺の肩先を摑む手は皮膚に食いこむほど力強くて痛《いて》え。腹立てて、心配してくれている。ありがたい……嬉しい。

「……知りあいなんかじゃねえよ、まじで誰かわかんね、なんで狙《ねら》われたのかもわかんねえ。恨み買うようなことは……どっかで、したかもしんねえけど、誰かっていまは判断できない」

穏陽の首筋に額を寄せて、はあ、と息を吐きながら深呼吸をくり返した。

「なら警察で相手を特定できれば、勇君も対処しやすくなる。安心できるかもしれない」

「わかった……けど、警察いったら長くなるよな……ちょっと待って。気持ち整えるから」

目をとじて呼吸して、穏陽の腕に守られたまま心臓の音がやむのを待った。……あいつら、俺の本名を知ってた。ってことはデリホス関係じゃねえんだろ。黒塗りの車と黒スーツって、たぶんカタギでもない。あんな奴らを動かせる野郎なら大学の生徒とも思えない。下手したらかーちゃんの店の客って可能性もある？　かーちゃんにも連絡したほうがいいか……？　つか、警察いったらこの可能性の全部を話さなきゃいけなくなるんだよな。ママの息子で、ゲイ専門のデリホスやってたって……警察までいっても〝そんな仕事してりゃなにがあってもおかしくないな〟って嗤われなきゃいけねーの？　ほんとに警察頼りになる……？

「あー……もう、なんも考えたくねえ」

思わず呟いて穏陽の首にすり寄り、匂いをすうと吸いこんだら、穏陽がすこし強ばった。

「……もし、勇君が疲れてるなら、明日にしよう。たしかに事情聴取は時間もかかりそうだし、いろいろ訊かれて精神的にもしんどいだろうから、こんな夜中じゃなくて改めて」

「いいの？　そんでも平気なら助かる……」

「でも家に帰るのはやめたほうがいいかもしれないよ」

「えぇ……なんで……」

落胆してがっくり肩を落としたら、穏陽が背中をさすってくれた。

「勇君、いま『エデン』のバイト帰り？」

「うん……」

「この道が、いつもの帰り道？」

「そうだよ」とうなずきながら、穏陽がなにを言いたいのかわかってきた。

「なら、ここで勇君を待ち伏せてたってことは、行動を把握されてる恐れがある。家の場所もとっくに知ってるはずだよ。ひとりでいたら危険だ」

だよな……バイト先のシフトまでばれてんなら、家も大学もばれてるって考えるべきだ。

「じゃあ実家に帰ればいい……？」

「勇君、実家暮らしじゃないの」

「うん、いまひとり暮らし」

「だとしたら、まだあいつらが近くにひそんでいた場合、あとをつけられて実家まで教えるはめになるかもしれない。それも賢明じゃない」

「まじかよ、ウゼえ……じゃあホテル？　いまから？　無理だろそんなの……」

あ、と気がついた。ゆっくり顔をあげると、穏陽も俺を見返す。

「……うん。勇君が嫌じゃなければ、うちにきてくれてもかまわないよ。幸い、ぼくは勇君となんの接点もない。あるとしたら『エデン』の店員と客っていう他人の繋がりでしかないから。勇君目的で目をつけられたとしても、痛くも痒《かゆ》くもない」

優しくて穏やかな声色に反して、淡泊な表情と言葉。

そりゃ穏陽まで危険に晒したくはねえけどさ……せめて痒くはなってくれ。

「穏陽は仕事帰りだった……？」

「うん……本当は会社に泊まって仕事をするつもりだったんだけど、明日土曜日だからって、残業で帰された。……よかったよ」

最後のひとことだけぼそりと小さくこぼして、穏陽がアパートの部屋の鍵をあけた。

穏陽の家は『エデン』から徒歩三分ほどの近場にあった。１ＤＫで、入ってすぐ右手にキッチンとダイニング、左手にトイレと浴室、奥にひろいひと部屋という造り。

冷蔵庫やレンジ、食器類、テーブルに椅子、本棚やレターラック……それぞれの家具に傷みや使用感はあるものの、男ひとりが暮らすために必要なものが必要なだけある、といった具合の、いささか殺風景な部屋だ。デリホス時代にお邪魔したお客さんの部屋のなかには、キッチンのシンクにカップラーメンのカスだらけとか、ペットボトルと漫画雑誌の山で足の踏み場もないとか、ゴミ屋敷に近いやべーところもあったから、それを思うとかなり心地いい部屋。

「綺麗な部屋だね」

話しかけたら、穏陽は俺を奥へ招いてくれながら「帰らない日も多いから」と苦笑いした。

「いま飲み物を用意するので、座って待っててください」

「あ、いや、なにも気づかわなくていいよ」

「そういうわけにはいかない」

抗議、というぐらい厳しい断言を残して穏陽がキッチンへ戻っていく。面食らって、返事の言葉を失った。……泰然《たいぜん》としているのに、言葉の端々や仕草から懐かしい包容力がうかがえる。いまも俺が知ってる穏陽のままだ、と思っていいんだろうか。イブの夜のことはどう思ってるんだろう。俺が傷つけた、あの夜の別れのことは。怒ってる、はずだよな……？

部屋の奥にはベッドが一の字においてあり、その手前にローテーブルがある。左側は本棚。右側はテレビとゲーム機。

ひとまずローテーブルの前に座ってリュックをおろし、ジャケットも脱いだあと、スマホをだしてかーちゃんの店に電話した。コール数回で『はい』と応答がある。かーちゃんの声だ。

「あ、かーちゃん？　俺、勇。……あのね、いまバイト終わったんだけどさ、家に帰る途中、やばい奴らに誘拐されそうになったんだよ」

『は⁉』

男ふたりにいきなり押さえこまれて連れ去られそうになった、たまたま通りがかった知りあいが助けてくれて、その人が証拠もとってくれている——と、事の顛末《てんまつ》を話して聞かせる。

『なんなのそれっ！　勇は大丈夫なの？　怪我してない？　犯人は誰なのよっ⁉』

「怪我はしてない。犯人はまだわかんねーけど、かーちゃんにも用心しておいてほしくてさ」

『用心って、』

「明日警察にいく。犯人特定して被害届けもだしたら連絡するよ。ごめんな、怯えさせて」

『あんたが謝ることじゃないでしょっ？　本当に大丈夫なの？　いまどこにいるの⁉』

「助けてくれた人の家にいるよ。ひとり暮らしの家に帰るのも危険だからって、泊めてくれることになったんだ」

『その人はなにしてる人なの、犯人と無関係って断言できる？　安心できる？』

「断言できるよ。ちゃんと頼りになって、信頼できるいい男。俺より歳上の社会人で、えっと……店の、常連さんだよ」

焦って心配してくれているかーちゃんを刺激したくなくて、ひとまず嘘にならない説明で返しておいた。デリホスで出会って、また再会して云々……と、ややこしい話は余計混乱させるだろうし、なによりいちばんの目的はかーちゃんにも身を守ってもらうことだ。

『……わかった。わたしも今夜は気をつけて帰るわ』と憤怒に震えた声でかーちゃんが約束してくれた。店の男性店員に頼んで家まで送ってもらう、という。「俺のせいでごめんな」と謝ったら、『いいから絶対に無事でいて。勇になにかあったらわたし生きていけないからねっ』と最後には潤《うる》んだ声で叱られて、電話を終えた。

「……勇君、」と穏陽がマグカップとグラスを持って戻ってくる。

「ごめんね、うちは水とスープしかなかった。勇君の好きそうな飲み物がない」

「あ、水で充分だよ、ほんと」

「や……かわりにこれ。心が落ちつくかと思って、作ってみました。……嫌なら、コンビニいってきます」

ん……？　コトト、と穏陽が俺の前においてくれたマグカップには、縁までいっぱいにパンが浮いていた。チーズまで蕩《とろ》けているオニオングラタンスープだ。

「わ、めっちゃおいしそう。ありがとうな……まじでごめん、すげえ嬉しいよ」

「いいえ。……喜んでもらえたなら、よかった」

きちんと正座して両手でカップを持ち、いただきます、と口をつけたら真っ先にパンが滑り落ちてきて唇にぶつかった。齧るとチーズもついてきて、カップを離してもにょんとのびる。

穏陽が小さく笑ってくれて、俺もすこし苦笑した。

「おいしい……ありがとう、温まるよ。バイト終わると軽い夜食食ってたんだけど、がっつり食えないときはオニグラってすごくいいかも。これからそうする」

「いえ……恐縮です」

ななめ左横に座る穏陽がまたほんのり微笑んでくれる。俺も唇で笑んで返した。

「……本当にありがとうね穏陽。一応いまかーちゃんにも連絡したよ。実家もばれてたら危険だし、ああいう金持ってそうな連中との繋がりって、下手したらかーちゃん関係かもしんねえからさ。かーちゃん落としたいやべえ金持ちの仕業、とか……？　わかんねーけど」

「ン……とりあえず明日を待とう。答えのでない状況で考えすぎても疲弊する一方だよ」

「そっか。……うん、わかった」

グラスを持って、穏陽も水を飲む。事件に関する話題をさくりと遮断されてしまった。〝本当に犯人に心あたりないのか〟〝誘拐の状況を具体的に言え〟とか根掘り葉掘り問いたださず、不自然なほどあっさり会話をとめるのは穏陽なりの配慮かも、と察せられた。疲れた心への対処法は、きっと俺より穏陽のほうがよく知っている。

「もしパンを食べるのにスプーンが必要なら持ってきます」

「え。あ、……ううん、平気だよ。ありがとう」

穏陽は終始、冷静沈着でいる。出会ったころのおどはるの影はかたちもない。

──勇君を守りたいときはおどおどしない。

……スープを飲んで、テーブルに視線を落とした。視界の左端に穏陽の右手がある。無造作におかれた、あのころから好きな綺麗な指は、いまはふっくりしている。

「あのさ……穏陽、」

声をかけると、……はい、と小さな相づちでこたえてくれた。

「この一ヶ月『エデン』で穏陽のこと待ってたよ。……店で偶然会えた日、逃げてごめんな」

しばらく沈黙があった。

「……勇君が謝ることじゃないと思います。ぼくも逃げ帰ったりして、すみません」

「いや、穏陽は悪くねえよ。……店長に穏陽が『エデン』の常連だったこと聞いた。この町に何年も前から暮らしてたこともさ。……本当にごめん。ずっと謝りたかった。最後のイブの夜をめちゃくちゃにして、幸せにしてくれた穏陽を傷つけたのは俺だ。ごめんなさい」

頭をさげて謝った。申しわけない気持ちと、ようやく伝えられた安堵が、心のなかで綯《な》いまぜに絡まって、反省しながらもほっとした。言えた……よかった。

「……それも、勇君が謝る必要はないよ」

なのに、はね除けられてしまう。

「なんで」

顔をあげたら、あの駅での情景を眺めているような遠い眼ざしをする穏陽の横顔があった。

「……ぼくはあのとき、勇君を追いかけたかった。行動にうつさなかっただけで、心の底には勇君を失望させて泣かせてしまうような願望があったんです。だから勇君の激昂はもっともで、なにも間違ってない。謝りもせずにただ見送って……ぼくのほうがすみませんでした」

言葉を忘れた。……本当に、いつも驚かされる。返ってくる言葉、というか感情が、どれも必ず俺の理解を超えた思慮に包まれているから。……でも違う。

「違《ちげ》えよ、思うのと行動すンのは大違いだろ、稔陽が謝ることじゃねえよ、悪いのは俺だ」

否定して「悪かった」と謝罪を重ねても、稔陽の表情は変わらなかった。

「いえ、ぼくにとってはおなじです。……怒ってくれていいんです。温かく送りたかったのに本心では別れたくなかった。辞めると言われて絶望でいっぱいで、勇君を繋ぎとめたかった」

――勇君からは、離れたくない。勇君との関係が、終わるのは、ぼくが、勇君に捨てられるときだと、思ってるし……勇君は、ホストとしてじゃ、なくて……ひとりの人として、ずっとぼくの、特別な、人……です。

――ぼくにとっては、勇君を感じられない場所で生きる時間が〝無理〟で〝苦行〟だから。

「いまも……こんなかたちでも、ぼくは勇君と会えて喜んでるんです……本当にすみません」

深々と頭をさげられて我に返り、「や、ううん」と頭をふった。

「……俺も、別れて平気だと思ってたわけじゃねえよ。また会えたのも稔陽とおなじで嬉しいし、今日助けてもらったのだって感謝してる。あの日の稔陽の痩せ我慢とか……俺が勘違いしたせいで抱かせた罪悪感に、気づけなくてごめんな。……本当にごめん」

泣くのを懸命にこらえていた。俺を責めるどころか罪の意識に苛まれて謝罪をくれる稔陽の切実さが、心臓の奥底まで突き刺さって苦しくて辛くて、嬉しくて、痛くてしかたなかった。

それに、俺まだ稔陽の神さまでいられたんだ。太陽みたいな存在にしてもらえてたんだな。

人を思いやる心が足りなすぎて、稔陽を傷つけたうえに、喜田さんまで黙って逝《い》かせてしまった俺だけど、稔陽だけは、俺のなかの輝きのようなものを信じて、想い続けていてくれる。稔陽はほかの誰もくれない自信や、勇気や、力をくれる。出会ったときからずっと。

――……勇君に出会えたから、ぼくは、いま、生きてる。

冗談じゃねえよ、それは俺のセリフだぜ。身内とか祖父母同然の関係じゃなく、デリホスのホストとお客さんっていう他人同士として出会ったってのに、一度も俺を見くだしたり邪険にしたりせず、この俺の存在に、この命に、価値をくれたのは稳陽だけだった。

稳陽と出会えなかったらデリホスの仕事も納得できないまま辞めていた。もっとお客さんを癒やしたかった、もっと満足できる結果をだして辞めたかったたって、いつまでも後悔してたと思うよ。その一方で、デリホスが原因でバイトを辞めた経験や、大学でいじられていることを、下手したらデリホスを選んだ自分のせいにして、自棄に陥っていた可能性だってある。

俺を神さまだって大げさに大事にしてくれた稳陽がいたから、俺はいま自分にむけられてる嘲笑を蹴散らせるんだ。稳陽のくれる想いが、喜田さんを逝かせた自分を責め続けて病みそうになる鬱念《うつねん》まで壊して、彼に恥じない人間になりたい、っていう奮起にも繋いでくれている。

本当に稳陽を失えないのは、きっと俺のほうだ。

「――……勇君、もう謝らないでください。心が痛い」

「だけど、」

「客の分際で我が儘な本心を吐露したぼくに、勇君は〝また会えて嬉しい〟って言ってくれた。もう充分です。……風呂洗ってきます。いまはゆっくり温まって、休んでください」

「……。わかった」

稳陽が苦笑して浴室へ消えていくと、やがて風呂を洗うスポンジの音がかすかに聞こえてきた。ひとりになって落ちついたら、すこし涙がでた。……ほんとまいる。太陽は稳陽だろ。

「勇君、風呂の用意できたよ。十五分ぐらいしたら入れるから、先にどうぞ」

「あ、はい。まじでなにからなにまでごめんね、ありがとう」

戻ってきた穏陽がクローゼットからグレーの長袖Tシャツと黒のスエット、それに新品の下着もだしてきて「これ着て」と俺にくれる。「迷惑かけてごめんな」と謝っても、「全然迷惑じゃないよ」と微笑んでくれる。……穏陽の優しさって鋼鉄ばりに揺るぎねえ。

「……てか、穏陽太ったよね。部屋着はともかく、ぱんつのサイズあうかな」

「それは痩せてたころのだから平気だと思う」

「そっか。でも太ってよかったよな。がりがりよりずっと健康的で」

俺も笑いかけたら、穏陽の目が照れたように左右へ泳いだ。

「や……これはこれで、ちょっとみっともないっていうか……適度に痩せたくも、あります。

しばらく難しそうだけど」

ん……？　なに、しばらく難しいって。やっぱ好きな奴できて食生活変わったのか？

「もしかしてまじで幸せ太り？」

じっと穏陽の目の奥をうかがったら、穏陽はいたたまれなさげに右手で後頭部を搔いた。

「そう……とも、言うんですかね」

……ンだと？

「彼氏か、新しいホストと、仲よくパンケーキデートしまくってんの？」

「カレシカアタラシイホスト……？」

穏陽は宇宙語を聞いたみたいな物言いをする。

「……あ、え？　彼氏なんていないよ？　デリホスも頼んでない、勇君が最初で最後だから」

ふん。なんだ、そうなのか。……なんだ。な～んだ。

「前も話したけど、ぼくは精神的な変化がすぐ体型に影響するたちで……太ったのは、うちの会社がブラックじゃなくなったからです」

「えっ、よかったじゃん！」

「はい。パワハラをしてた上司がおとなしくなったのと……あと去年の冬に入った派遣社員の人に誘われて、ケーキバイキングとか、話題のスイーツ店とか、よくいくようになったんです。近ごろは四月から入ってきた新人の人も一緒に。それが原因ですね」

スイーツデートはしてんじゃねえか。

「穏陽もしかしてモテ期？」

ふっ、と今夜初めて穏陽が楽しげに笑った。

「まさか。それどっちも女性ですよ」

「女性……でも、むこうは穏陽のこと好きなんじゃねえの」

「ないない。ぼくゲイってことも言ってるんで」

ぞくと肝が冷えた。

「言ってるって……そのふたりの女性社員に？　会社全体に？」

「彼女たちにしか言ってないけど、まあ社内にもひろまってるかもしれませんよね」

けろっと言うんじゃねえよ。

「気をつけろよ、ずっと働いてく職場なのに裏で陰口言われ続けたら辛いだろっ」

「会社は仕事する場所であって、性指向を認めてもらうための場じゃないのでかまいません」

「かまうよ、かまうだろっ。また昔みたいにいじめられるとか考えなかったのかよ！」

ふと穏陽の瞳に強い光が宿った。

「勇君と出会ってから、ぼくはなにも怖くなくなった」

怒りが一気にこみあげた。

「あほ！」

穏陽の肩を殴ってやったら、「いた」と左目をゆがめた。大学で嗤われて、ああいう集団生活をする場でのいじめってやつを初めて経験したけど、胸クソ悪《わり》ぃのがよくわかった。ただ、自分を攻撃されんのはかまわねえが、俺のせいで穏陽が再びあんなめに遭うのはゴメンだっ。

「ふざけんなよ！」

ピロロン、とふいに隣の部屋から音が鳴りだして、「……風呂が沸いた」と穏陽が呟いた。

「勇君……どうぞ、入ってきて」

つくり笑いでへらっとバスタオルも持たされ、フンともう一度ぶにっと腹を叩いてやる。

「いたい……」

「〝守る〟ってどういうことかちゃんと考えろよな！　自分も大事にしやがれあほ野郎っ」

言い捨てて、「お先お風呂失礼します」とぶっきらぼうに告げ、浴室へむかった。

喜田さんみたいに俺を大事にするふりしてひとりで黙って抱えこんで苦しみやがったらただじゃおかねえ。俺を神さまだなんだって言うなら、俺を想って傷つく道を選ぶなばか野郎。

「……腹立つぜ」

脱衣所がないから、むしゃくしゃしながら着替えをダイニングテーブルの上へ投げおいた。着ていた服を脱いでいると、奥の部屋の左側から穏陽の手がぬっとのびてきて、半開きになっていたひき戸をひっぱり、すー……としずかに閉めやがった。また俺の裸見るのを拒否しやがったな。イラっときて、脱いだジーンズを戸に投げつけてやる。

浴室も狭いながらも綺麗で、ホテル並みに整頓されていた。ボディソープとシャンプーとトリートメントに、身体を洗うボディタオルだけがある。

しばらく湯に浸かって、身体を洗い終わるころにはようやく苛つきもおさまってきた。もう深夜二時になる。穏陽も疲れてるだろうし、とあまり時間をかけずにあがって、借りた服を着た。あ、やべえ。バスタオルに髪の色がついちまう。

「ぶにはるー……お風呂いただきました」と声をかけて部屋へ戻った。

「てかね、バスタオル汚しちまった。金色になっちゃったよ、ごめん」

クリーム色のバスタオルに金髪の染料がついて黄色っぽく染まってしまったのを見せる。

「先週美容院にいったからまだ定着しきってなくて、色落ちするんだよな。毎回こうなる」

「本当にごめん」と続けたら、穏陽は正座して俺にむきなおり、それを両手で持って眺めた。

「いえ……光栄です……」

光栄？

「そういえば穏陽と会ってないあいだに染めたんだよね。前と全然違くって驚いたろ」

イメチェンどころの騒ぎじゃねえ。だいたい〝大学デビューか〟と嗤われるか、ドンびかれるかだ。穏陽も本音は黒髪のほうが好きだったんじゃねえかな。

「……似合ってます、とっても」

「え、そう？」

「勇君らしい色です。むしろこれ以外の色はないって思う。……『エデン』で見たとき圧倒されました。眩しくて、綺麗で」

嚙みしめるようにうなずいてバスタオルをたたみ、膝の上に丁寧におく。すげえ嬉しいけど……このタオルどうするつもりだろう。

「ありがとうね。さすがにかーちゃんたちもびっくりしてたからな……こんなにナチュラルに受け容れてくれたの穏陽だけだよ。穏陽って清楚な外見好きそうだけど、ンなことないんだ」

バスタオルをくっとひっぱったら、がしと摑んでガードされた。

「人の外見について、ぼくなんかが好みを語るのは失礼というか、おこがましいというか……気がひけるっていうのはあるんですけど、勇君は内面から美しさと神々しさにあふれてるので、どんな姿でも輝きます。金色は、とくにぴったりです。後光が見える……」

「穏陽の目はイっちゃってるよね。大げさすぎて穏陽が見てんの俺じゃない気がしてくるよ」

もう一度バスタオルをぐっとひっぱっても、またがっちりガードで拒否される。

「なにしてんだよ、離せよ！」

叫んで両手で抱えこむようにしてひっぱったのに、「やだっ」と穏陽も必死に抵抗してきやがった。とんでもねーばか力を発揮するもんだから、逆に俺のほうが身体ごとひき寄せられて脚も尻も滑り、寝転がっちまった。おっかしくて、こみあげてくる笑いもこらえきれなくて、「ははは、ばかっ、」と大笑いしているせいで余計に力が抜けていく。

「あほっ、変態っ、なににつかう気だよっ」

最終手段だ、左足でも穏陽の肩を突っぱねて押し剝がそうと試みる。

「絶対につかわない！　手垢ひとつつけずに大事にとっておくだけですっ」

「意味わかんねーよ、もっと変っ、いっそつかってくれっ」

「むりっ」と背中をまるめてバスタオルを抱えこまれ、おなじようにタオルを抱える俺の身体もずるずる穏陽の膝までひっついていく。足で蹴ることもできなくなった。それで、穏陽の脚の上に膝枕の状態で横たわったところで観念した。笑い声だけがとまんない。

「ははは、はっ、はあ、……疲れた。穏陽が変態炸裂させるから疲れた……ふふ、ははっ」

「これをもらえるなら変態呼ばわりされるのも本望です……」

ぶは、とまた吹いちまう。変態、って言葉にも怯えねーのか。まじ敵わねえな、穏陽……。

穏陽の膝に頭を乗せて仰むけになり、幸せそうな表情でタオルを抱く穏陽を見あげる。

「……そんなのより、本人がここにいるんですけど」

「勇君本人とバスタオルはべつです」

「どこが？　本人のほうがいいんじゃねえの」

「いえ。勇君が存在していることにも、勇君が触るものにも、すべておなじだけ平等に価値があるんです。勇君の輝きが物体化したバスタオル……家宝でしかない」

金の色がついた部分に、穏陽が見入っている。俺のことを大事に想ってくれているうえで、バスタオルも家宝だとか断言してくれちまうから、こっちは負けるしかない。降参だ。白旗だ。

喜田さんにもらったこの色を、こんなに愛してくれる男はきっと永遠に穏陽ひとりだよ。

「……勇君」

ほろ、と思いがけず唐突に、穏陽の目から涙がこぼれてきて俺の右頬に落ちた。

「ぁ……ごめんね」と穏陽が咄嗟に左手で俺の頬を包んで、親指で涙を拭ってくれる。ただ涙を拭くためだけに動いていた親指がふいにとまって、目があった。今度はそっと撫でるために手が動いて、俺を見おろしている穏陽の瞳の全体がどんどん涙に覆われていき、瞳の中心から涙粒が落ちてきた。俺の頬にある穏陽の手も、俺の左頬も、穏陽の涙であふれていく。

「……ごめん。ここに、いま、勇君がいてくれることが……まだ、うまく信じられなくて」

「穏陽」

「出会えた事実だけで、生きられると思った。生きなきゃと、思いました。でも……記憶のなかにいる勇君にしか、会えずに、生きていくのは……やっぱり、限界があって……淋しくて、きみに、会いたくて……会いたくて、」

「……ん」

「会いたかったんです……きみに、会いたかった」

自分の目からも涙が耳のほうへこぼれていった。……そうだな。俺も穏陽なしでどうやって生きていくつもりだったのか、自分がわからなくなっちまったよ。こんなにも救われていて、人生に必要で、欲しくて、傍にいてほしくて辛くて、好きでたまんねえのに。

「……ありがとうな、穏陽」

こぼれていく俺の涙を見ていた穏陽が瞼をきつく瞑って自分の涙を押しだし、とまっていた左指を動かして再び拭ってくれた。この指が恋しい。

両腕を穏陽の首にまわして俺も抱き寄せた。数ヶ月ぶりに抱きしめた感触は、懐かしさもあるけど若干違っている。「ぶにはるになって抱き心地が変わったな」とからかって笑ったら、穏陽も嗚咽まじりの咳《せき》をしながら笑った。半分浮いた体勢になっている俺の背中へ穏陽も遠慮がちに両腕をまわして支えてくれる。崩れ落ちないように、しっかりと強く。

「……また店員さんとお客に、なってもらえませんか」

左耳に、涙に濡れた懇願がこぼれてきた。

「勇君に会いに『エデン』へいかせてください。……どうか、お願いします」

穏陽らしいな……、とすこし笑えた。

「もちろんいいぜ。穏陽がきてくれんの待ってるよ、『エデン』で」

俺も穏陽をさらに強く抱きしめると、穏陽も嬉しそうな声でまた笑った。俺の後頭部と背中を両腕で支えたまま、感慨に浸るように息をつく。

「……本当に、信じられない。……幸せです」

いまこの世界に、俺と会いたくて想い出だけで生きるには限界があって、と泣いてくれる人なんて何人いるだろう。……穏陽俺さ、いま大学に友だちいねんだよ。男の精液に汚れた金で大学きてるって嗤われてんの。世間ではそういう奴なの。そういうヨゴレなんだよ。けどさ、それ全部わかってンだけどさ、俺太陽になりてえんだ。苦しみの果ての最期に縋らせてやれなかった先輩のためにも、俺、太陽になりてえんだよ。こんな俺を嗤いもしねえでずっと太陽にしていてくれるよな穏陽。……ありがとうな。俺穏陽に幸せもらってばっかりだ。いつか本当に穏陽の好きな太陽になれたら、穏陽のものにしてくれって胸張って告白できたりすんのかな。

　ほんの二分ぐらいそうしていたあと、穏陽は「えっと……仕事から帰って、身体汗臭いんで、ぼくも風呂入ってきますね」と俺を抱き起こしてくれた。「暇なら、部屋にあるものなんでもいじってどうぞ。ゲームもありますよ」と微笑む。「どんなゲーム？」と訊いたら、「どんなのでも。ゲーセンで一緒にやった格闘系も、ほかはパズル系も、ＲＰＧも」とのこと。

「スカっとすんの教えて」と頼んだら、「無双系かな」とゲーム機にソフトをセットしてくれた。「たくさんでてくる敵をひたすらなぎ倒すゲームです」と手本を見せてくれて、山盛り襲ってくる敵を長い剣で車のワイパーみたいに駆除していくその爽快さに興奮した。

「すげえっ。これなら下手な俺でもできそう！」

　で、穏陽が風呂へ入っているあいだ、がむしゃらにボタンを押して剣や槍を操作し、敵の群れをぶっ倒し続けて……すぐ疲れた。「勇君どう？」と穏陽が戻ってくる。

「……なんか、穏陽みてーに技がだせねえから哀しい。ボタンの操作うまくできねえ」

「最初はそうだよね」

「穏陽なにかやって見せてよ。俺、見てるほうが楽しいや」

「いいよ。格闘ゲーム？」

「ン～……癒やされるやつ」

「わかった」

　そしてその夜は、穏陽がプレイするＲＰＧゲームを眺めて朝まで過ごした。穏陽が俺をベッドで寝かせるためにシーツまでかえてくれたにもかかわらず、床に敷いた毛布の上にふたりして寄り添って座って、部屋が朝日で明るくなるまでずっと。

相談して武器や防具を買いそろえ、王さまや村人に導かれるまま主人公と俺らふたりでわくわく魔物退治へでかけていく。主人公が勇者としての使命を胸に抱き、強くなっていく姿と、仲間との絆、壮大で美しいグラフィック——時折笑いながら物語にひきこまれ、感動して穏陽とともに心が震える瞬間を分かちあったときには、これは特別な時間なんだと理解した。

終わりにしよう、と俺たちはどちらも言えずにいた。水だけ飲みながら、たまにトイレへ立つ瞬間のみプレイを中断しておたがい待ったりしつつ、この夜に限りがある事実を惜しんだ。目の前には空想の美しい世界だけがあって、現実では俺たちふたり以外のほとんどの人間が眠っている。コントローラーを持つ穏陽の指先が器用に動いているようす、ゲームの魅力的なサウンドと、穏陽が鳴らすボタンの音、テーブルにある穏陽のスマホにくっついているカメ、穏陽の肩に身を委ねて、わけもなくふいに至福感がこみあげてきて胸を締めつけられる刹那。

結局、穏陽に寄りかかった体勢で、俺のほうが先に眠ってしまった。昼過ぎに目を覚ますと俺だけベッドにいて、穏陽は床の毛布にくるまって寝ていた。

やがて穏陽も起きると、『ゲームにセーブしておいたよ』と申しわけなさそうに苦笑いして教えてくれた。『……だから、冒険は、またいつでも再開できるよ』と。

朝食兼昼飯は、昨晩の礼をこめて俺が作った。穏陽のうちにある数少ない食材のなかから、食パンとコンビーフとチーズを選んで、コンビーフにマヨと黒胡椒で味つけし、それを食パンに塗ってチーズと一緒に挟んで焼くだけのコンビーフサンド。穏陽はそれも「おいしいです……幸せです……」と涙ぐみながら食べてくれて、俺は爆笑した。

「こんなの誰が作ってもおなじ味だぞ」

「絶対に違います。勇君の手のぬくもりも、いままでの想い出も、ぼくの感動も喜びも幸せも、すべて含まれた千星《せんぼし》料理です」

「星の数、突き抜けてンな？」

照れと嬉しさでめっちゃ笑える。

警察には、俺もいったん家へ寄って着がえてからいきたいと頼み、つきあってもらうことになった。幸い、距離も近い。それで、食事を終えるとふたりで穏陽の家をでた。

「穏陽、俺に貸してくれた寝間着で変なことすんなよな」

「はい、大事にしまっておきます」

「洗えって。じゃなきゃオナニーにつかえよ。そのほうがいっそ健全だぜ」

「ぜ、善処します……」

ふはは、と笑いながら、昼下がりの白い日ざしがおりる道をならんで歩く。民家に囲まれたしずかな通りをすすんで、「もうすぐだよ」と穏陽に声をかけつつ路地を曲がったら、アパートの前に昨日見たのに似た、黒塗りの車と……スーツ姿の男がひとり立っていた。

「勇君」

穏陽が俺の左腕を摑んでとめてくれる。でも俺はその男を知っていた。……なんだ。つまり、昨日の誘拐事件もこの人の仕業ってことか？

「――やあ、ひさしぶりユウ。……じゃなくて〝勇君〟って呼ぶべきか」

にぃ、と微笑むおじさんは、デリホス時代の常連客、中西《なかにし》さんだ。

「穏陽、大丈夫。ごめんな、犯人は知りあいだったみたいだ」

自分の腕を掴む穏陽の手を撫でた。離していいよ、の合図のつもりだったけど、穏陽は手にいっそう力をこめて、中西さんに近づけまいとしてくれる。……横顔が、落ちついているのに警戒心剝きだしの目をしている。

「昨日ユウを守ったっていうのは彼？　まわりくどいことをしてしまった反省をこめて、自ら家まで会いにきたのに不在だったのは、まさか彼のところにいたからかな」

悪びれもせずに、中西さんは笑顔で小首を傾げる。

「こたえる必要ねえだろ。っていうか俺を誘拐しようとしたのは中西さんなんですね？　本名ばれてたからデリホス関係のお客さんじゃねえと思ってたのに、探偵でも雇ったの？　ったくルール違反も甚だしいぜ。悪いけど俺はもう辞めたんだよ、ホストじゃない」

俺も睨み据えて抗議した。だけど悠然《ゆうぜん》とした表情と佇まいで、どっしり立ちはだかってやがる。昨日穏陽と倒したRPGゲームの、ゴリラに似たでっけえボスみてえだ。

「黙って辞めないでほしいと頼んでいたのに裏切られたんだ。ルール違反はどっちだろうね」

「いろいろ事情があったんだよ。そもそもさ、中西さんが買ってくれてたのは夢の時間なの。あの全部を現実に持ちこむなんざ野暮ってもんだろうよ」

「事情っていうのは年齢のことかい？」

ぎく、と背筋が強ばった。

「まさか十八歳の高校生だったとは思わなかった。たしかに困った事情ではあるなあ……」

穏陽も「え」と俺を見返したのが視界の端にうつる。

「困るのはおたがいさまだ。むしろ中西さんのほうが地位も名誉も家庭もあるんだから、俺を買ってたことも、一般人に戻った俺を誘拐しようとしたことも全部、やべえンじゃねえの」

「残念ながらそのとおり、不利なのはわたしなんだよね。まあでも、おたがい警察沙汰は嫌なわけだ。どうだろう、これから食事をごちそうしてチャラにするっていうのは。そちらの彼にもきてもらってかまわないよ。うちの店でもてなそう。仲なおりしようじゃないか」

悪趣味な提案しやがるな。どうせ俺らがしてきたえぐいプレイを穏陽の前でべらべら話してマウントとりたいだけじゃねえの。金持ちおじさまの嫉妬にゃつきあいたくねーぜ。

「断る。俺はさ、俺なりに信念持ってホストしてたんだよ。だから心底キモいけど中西さんが個人情報調べてまで追ってきてくれた気持ちには一応感謝する。俺の働きがあんたの心に届いてたのは嬉しーよ。でももう一般人なんだ。悪《わり》ぃが言うこと聞く義務はない。どうしても食事したいんなら俺をその気にさせてみな。今度はあんたが俺を落としてみろよ、オトーサン」

フン、と挑発したら、中西さんはさっきまでとは違う、心からの無垢な笑顔で笑った。

「はっは……本当にたまらない子だ。わかった、いいだろう。後日改めてうかがうとしよう」

ノるんかよ、と胸のうちでつっこんだ。こんなガキに執着してねえで家族を大事にしろっつーの。もしくは一兆歩ゆずって、またデリホスあたりで遊びとして楽しんどけってんだよ。まじでしょうがねえ大人だなー……。

「待ってください」

機嫌よさげに車へ乗ろうとした中西さんを、穏陽がとめた。え、とふりむくと、ぞっと竦むぐらいしずかな怒りで目が据わっている。

「勇君は恐ろしい思いをしたうえに頭部を殴られました。デリホス関係は、これと別件です。彼は昨夜の件のみ、暴行罪で訴えることもできる。せめてきちんと謝罪をしてください」

運転席のドアに手をかけていた中西さんも、瞼をさげて目を眇《すが》め、口角をにぃとあげて穏陽を見つめている。あっちは余裕たっぷりで完全に見下してっけど、穏陽も全然負けてねえぞ。

「——いいだろう」

おい、なんであんたがエラそーなんだよ、とまた心のなかでつっこんでいたら、中西さんが歩いてきて俺の正面へ立った。恋しげな微笑でしみじみ見おろしてくる。目尻のしわまで魅力にするダンディさは変わってねえなと考えていると、突然近づいてきて額にキスされた。

「……部下が無礼を働いてすまなかったね。ただふたりで想い出話をしたかっただけなんだよ。今後はわたしから会いにこよう。待っていてほしい」

にこ、と微笑んで踵を返し、再び車へ戻っていく。乗りこむと、エンジンをかけてから窓をあけて片腕をだし、「楽しみにしてなさい勇君」と左右にふって走り去っていった。

「……なんかふっるいドラマにでてきそーな去りかただな。ぶっ飛んでてサムいわ」

プライドを傷つけんのも悪《わり》ぃので、車が角を曲がってから額を拭いた。綺麗に拭いたのに、左横から穏陽も手をのばしてきて、ぐいぐいこする。「いてーよ」と笑っちまった。

「ありがとうな穏陽、超格好よかったぜ」

「いえ……余計なことを言ったせいで勇君が穢された。すみません」

「穏陽が綺麗にしてくれたろ？　どってこたねーよ」

に、と笑いかけて、まだ俺の腕を摑んでいる穏陽にむかいあう。

「あの人はレストランの経営者で、妻子持ちなんだよ。たまに男を買って遊ぶのが趣味だって言ってたんだ。でもホスト辞めた俺に執着することねーのにな。迷惑ったらねーよ」

「……許せないけど、勇君と別れがたくなる気持ちはわかります。部外者のぼくには介入できない、ふたりの……想いが、あったのもわかる。出過ぎたことをしてすみません」

うつむいて、俺と視線をあわせようとしない穏陽がなにを想像しているのかは察しがつく。

「あのさ。いま俺、まだ十八なの。七月になったら十九になる大学ぴかぴか一年生よ。それもあって、かーちゃんにデリホスしてることばれたとき〝辞めろ〟って叱られちまったんだ」

「……はい」

「辞めたいってことは、すぐ店に伝えた。だけど最後にどうしても会いてー特別なお客さんがひとりだけいるから、その人の指名は、連絡きたら受けさせてくれって頼んでたんだよ」

穏陽がゆっくり顔をあげると、前髪に半分隠れた目と、口が、まるくぽっかりあいていて、

「ぶはっ」と吹きだしちまった。間抜け面《づら》〜。

「わかったたか？　わかったたんなら手ぇ離してよ、いてえよ」

「や、あの……わかったから、むしろ、離したくない、ような、……想いに、」

そっぽをむいて、もごもごもじもじしてやがる。ふは。

「じゃあなんなの。なにしたら離してくれんの？　言ってみ、なんでもすっから」

アパートと一軒家が密集している土曜の午後の道ばたで、悩む穏陽の頬が日ざしに白く照っている。そのようすを、楽しい気分で見つめた。俺のなにを求めてくれるんだ、穏陽。

「……あの、じゃあ……」

「おう」

目の前でほかの男にでこチューされてっから、キスが妥当かな。

「た……、」

え、立ちバック？　まじかよ、穏陽が？

「……た、……誕生日……いま、七月って、ことだったので……何日か、教え、」

フンっ、と左肩をぶん殴ってやった。

「いたっ」

「うっせえ、痛がればかっ」

穏陽の腕をふりほどいて、右肩も叩いてやった。「いっ」とまた穏陽が顔をしかめる。

「警察はひとまずもういーよ、心配かけてごめんな、送ってくれてありがとーさよーなら！」

「い、勇君、」

最後に軽く腹パンしてやったら、「う」と前屈みになったから、その首をひき寄せて右頰を嚙んでやった。

「七月二十三日だ、ばーか」

「い……勇君、」

ふ、と笑ってアパートへむかい、階段で二階へあがる。部屋へいくあいだも、穏陽は茫然と俺を見守っている。歩きながらポケットに入れていた鍵をとって、穏陽にむけてふった。

きらきら、とホテルキーリングが鍵とこすれて鳴る。穏陽の表情がまたたく間に晴れ渡って、喜びでうち震えてくれているのもわかる。

「また、いきます！　『エデン』にっ」

ははっ、と笑っちまった。泣きそーな顔してやんの。

「おう、待ってンぜ」

太陽が上空で輝いている。穏陽は気づいてねーだろうけど、昔もいまも待ってんのは俺だ。いつも俺は穏陽を待ってる。地獄から遠く離れた幸せの楽園、エデンで――。


かーちゃんにすぐ報告して、お叱りと労りの言葉をもらったあとは、夕方『エデン』の仕事へでかけて店長にも誘拐事件と穏陽のことを報告した。

「ええっ、誘拐っ⁉」

「はい。結局犯人は知りあいだったから話しあって解決しました。店長に伝えたかったのは、おかげで前山さんと話せたことで」

「ああ、気まずそうだったものね。証拠をとって助けてくれるって、格好いいなあ……」

穏陽が褒められているのに、俺が鼻高々に優越感だ。

「へへ。はい。だからまあ、店に迷惑かけることはないと思います。すみませんでした」

「いやいや、前山さんはいい人だろうと思ってたし、勇君も無事で安心したよ」

「うん、いい人どころじゃねえよ、格好いいし優しいし、まじでいい男だから。……あ、でも面白いとこもあるんですけどね。俺が触ったものを宝物って言ったりとか」

「えっ、宝物？」と店長がまた驚いてくれるから、俺も調子にのっちまう。

「俺がつかったバスタオルを家宝だっつんだぜ？　俺の超ファンなの、まいっちゃう」

ひひ、と笑っていたら、要も「お疲れさまです」と出勤してきた。

「？　イサム機嫌いいね。店長も、なにか楽しい話ですか？」

「いや、勇君が、前山さんっていううちの常連さんと知りあいだったっていうからね」

店長の返答を聞いて、要の不思議そうな視線が俺にもむく。

「前のバイト先でもお客さんだったんだよ。で、その人俺の面白いファンなんだ。昔からその片鱗はあったんだよなあ……俺を傷つける奴は殺せるって断言してたしよ」

「ころす⁉」

要も瞳をまんまるくさせて仰天してくれるもんだから、フフンと得意になっちまった。

「うん、すげえだろ、超包容力じゃね？」

「なに言ってんだよ、面白がってる場合じゃないよ、ストーカーじゃん‼」

「そう、ストーカーしたかったたって言ってくれるんだ。『エデン』にも通ってくれるってさ」

ロッカー前でリュックを持ったまま、要が口をぽっかりあけて唖然《あぜん》としている。それがまたおっかしくて笑いがとまらない。

そのあと要とふたりでカウンターへ入って暇を持てあましていたら、早速穏陽がきてくれた。

出入り口の自動ドアを通る瞬間だけ俺をちらと見てすぐにそらし、そそくさ奥へいってしまう。今日の今日できてくれるって、ほんと優秀なストーカーだなと、つい頬がゆるんだ。

話題作や旧作の棚のあいだを往き来していた数分後、ソフトを一本持って俺のところへ。

……古い外国の映画みたいだ。ハードボイルド系かな？

「レンタル期間は一週間でよろしいでしょうか」

「は……はい、お願い、します」

要が真横にいるから、ふたりして笑いをこらえて澄ましてお会計をする。お金とカードを受けとって、こっちはおつりとソフトの入った袋を渡しておしまい。

「ありがとうございました〜」

稔陽が袋を抱えて、やや猫背の姿勢でのろのろ出入り口へむかい、再びふりむいて俺に頭をさげる。俺も「どうもでした〜」ともう一度笑顔を返して、去っていく背中を見送った。

たった五分程度の接客、ってのも……淋しいもんだな。

「い……イサム」

左腕をひかれて、ん？　とふりむいたら、要がうつむき加減に瞳を泳がせている。

「いまのお客さんの会員カード……前山ってあった。イサムのストーカーってあの人……？」

「あ、うん。そうだよ、あの人が前山さん」

「お……男の人だったね。イサムのストーカーって……女性じゃ、なかったんだね」

そうだ。そういえば俺、要にはまだ言ってなかったんだ。

「うん……。あのな要。俺『エデン』好きだし、できれば要とも友だちでいたい。その気持ちが本物なのは知っといてほしいんだけどさ……俺が前にしてたバイトってデリホスなんだよ。男相手のデリバリーホスト。デートもセックスもしてきた。……そういうの、要はキモい？」

要が目を剝いて、俺を見あげている。困惑が手にとるようにわかった。でも俺も怖かった。

……怖い。大学での二の舞になるのが嫌だ。店長みたいに要にも受け容れてもらいたくて、『エデン』を〝地獄〟にしたくなくてビビってる。

まいったな。やっぱり、欲しい、って切望してる相手の前だと劣等感のほうがふくらんじまって、信頼感とか覚悟って揺らぐのな。友だちになろうぜ要。……頼むよ。お願いだよ。

「前山さんが客だったことは内密に頼むな。プライベートなことだし、性指向も世間の目とか……いろいろ厳しいからさ。でも俺は、ゲイもバイも全然気にしないぜ」

強がって「へへっ」と笑ったら、要が「――……俺も、」と俺のエプロンを摑んだ。

「え？」

「お……俺も、」

喉の底から嗚咽みたいにくり返す。

「俺も、って……もしかして要もバイなのか？」

頭をふる。

「じゃあゲイ？」

重ねて訊ねると、うんうんうなずいて脱力した。

「なんだ、そうなのかっ、よかった！」

やったぜ、と一気に安堵してガッツポーズではしゃいで喜ぶんだけど、要はひどく消耗したようすでうなだれている。

「……よかった、なんて……そんなこと言ってくれる人に、会えると思わなかったよ……」

声が弱々しく震えている。覗きこむと、ちょっと涙ぐんでいるようにも見えた。

「要……？」

初めてデートした日に俺の前で号泣した穏陽と、要の姿が、ふとダブった。

2

近ごろ夏になるとカキ氷がアツイのよ！　と元気な女性ふたりにひっぱられて、今日も都会のお洒落な街中にいる。

「――でも前ちゃんほんとすごいね。示談金、一千万超えって噂本当なの？」

「えっ、一千万ですかっ⁉」

カキ氷を三人でざくざく削るのは宝石の採掘をしているみたいだ。削りながら、派遣社員のおばさん三重《みえ》さんが「しっ、チエちゃん声大っきい」と制する。今年入社してきたちえさんは、パワハラの件をあまり知らない。

「それがね、えっとー……前ちゃん、なんだっけ、なんとかかんとか手続き？」

「裁判外紛争解決手続ですね。ＡＤＲでも伝わります」

「あっ、そーそー。えーでーあーる。裁判するとパワハラが明るみにでて会社も損害被るじゃない？　だから鈴谷《すずや》と会社もえーでーあーるに合意して示談になったのよ。ね、前ちゃん」

深山《みやま》さんと俺が行動を始めてから、直属の上司数名や総務部長に呼びだされて話しあう機会も多々あり、不穏な空気が満ちる社内は連日ぴりついていた。三重さんは総務部にいるので、上の人間の動きに目ざとい。そもそもほかの社員のあいだでもこの噂で持ちきりだ。

「しかも鈴谷ってば離婚も決まったらしいよ。奥さんショックで実家帰っちゃったんだって」

「うわ〜……だから鈴谷さん、最近ますます元気ないんですね。でも申しわけないけどわたしはやっぱり前山先輩に感謝です。せっかく就職したのにブラックだったら最悪ですもん」

ちえさんもカキ氷を食べて、抹茶色《まっちゃいろ》になった舌をあらわにからから笑う。

「そうよねえ。ほんっとひどかったのよ？　わたしは半月ぐらいしか見てなかったけどさあ、なんでこの人こんなに暴力ふるってるのに許されてるのかしら⁉　って、び～っくりしたもの。異常だったよ、あの光景は異常。前ちゃん以外の社員さんもみ～んなげっそりしてたんだから。ひとりも死んでないのが不思議ってぐらい」

「はわ～っ、いやだ、怖いっ！」

俺もカキ氷を削って白玉と一緒に食べた。甘いあんこと冷たい氷とやわらかい白玉が上品に絡んでおいしい。勇君はカキ氷を食べると頭が痛くなる人だろうか。俺はどういうわけかならない。ふたりでそんな話をしてみたい……と、うっかりすると心は勇君のもとへ飛んでしまうが、パワハラ騒動のせいでほかの社員に恐れられるようになってしまった俺を、三重さんとちえさんが気づかってこうしてスイーツの旅へ連れだしてくれているのもわかっている。

「でも前山先輩って素敵ですよね～……深山さんより法律のこと詳しくて、深山さんも先輩を頼りきってるのわかるもん。おまけに仕事もできて責任感も強くて、ゲイで無害！」

三重さんが「あはははっ、そりゃ言えた」と爆笑して、ちえさんも「ははは」と笑う。

「ねえねえ、前ちゃん恋バナないの？　片想いの人がいる～とかさ！」

三重さんも真っ赤な舌で、スプーンを舐めてつめ寄ってくる。女性って会話の内容がころころ忙しなく変わる……一度にこんなにたくさんのことを考えられてパワフルすぎる。

「恋バナは……ないですね」

俺の心のなかは常に神さまひとりの存在でいっぱいだ。世界には信頼できる人間も何人かはいるらしい、と、こんなふうに思えるいまをくれた勇君が、途方もなく尊く眩しく愛おしい。

彼女たちを駅まで送り終えた帰り道『エデン』へ寄った。ひさびさの休日の最後はもちろん、勇君の姿を拝んで終えたい。

「いらっしゃっせ〜」

入店すると、ほとんど毎回勇君の声がいちばん大きく迎えてくれる。店長さんとほかの店員さんにやる気がないというよりは、単に勇君が明朗快活な性分なんだろうと思う。

カウンターでソフトの整理をしている勇君と目があうと、にっと微笑んでくれた。至福感が胸いっぱいにあふれてふくれあがって破裂しそうになり、一瞬で息苦しいほど締めつけられる。ああ、もうこれで充分……幸せが致死量超えてる。毎日会社に寝泊まりして働いた辛さも、ＡＤＲ関連で神経をすり減らした日々も、全部このひとときのためだった……。

僥倖に殺されそうになりつつもなんとか足を踏みだして最奥の話題作コーナーへむかった。正直もう満足なのだけど、勇君へ貢献するためにもなにか借りないといけない。最近どんな映画が流行ってるんだろう。働きづめで情報に疎いので、ジャケットとあらすじを眺めていく。

問題なのは勇君にタイトルを知られてしまうことだ。できるだけ格好のつく作品にしたいけど、パニック系のＢ級アクションも捨てがたいな、と悩んでいたら、右横から視線を感じた。

ん……？　と目をむけると、焦げ茶色の猫っ毛を揺らす、小さくて華奢な男の店員さんが、ソフトを並べながら俺を怪訝そうにうかがっている。微妙な敵意を覚えるのはなぜ……べつに、ＡＶをよだれ垂らして眺めているわけでもあるまいに……。

だんだんいたたまれなくなってきたので、パニック系作品と、あと電車のドキュメンタリー作品を持ってそそくさレジへむかった。勇君が作業の手をとめて、正面へきてくれる。

「ありがとうございます。二本とも一週間レンタルでよろしいですか？」

「は、はい」

ソフトのバーコードをチェックしてから、細長い綺麗な指先で二枚とも袋にしまい、支度をしてくれる。右手の人差し指と、左手の中指にシルバーの指輪。右手の指輪はよく身につけている。お気に入りなのかもしれない。

俺が会員カードとお金をおくと、勇君はカードを通して「ご提示ありがとうございます」と、くるんとまわしてさしだし、右の口端をひいて微笑んでくれた。格好よくて可愛い……。

受けとる瞬間、手がぶつかって勇君の指の体温を感じた。レジを操作して、おつりとレシートもくれる。俺の緊張をからかうように、勇君がわざと両手で包むようにして手に持たせてくれるから、ひどい、と抗議のつもりで握り返したら、勇君は「……ぶふっ」と笑いを噛んだ。

「やめろよばかっ」

「勇君こそ」

おたがい小声で口論しながら、小銭が落ちないよう手を握って、ひいて、をくり返してじゃれる。いま時間がとまってほしい。

「じゃあな。気をつけて帰れな」

「……はい。勇君も、毎日暑いから無理せず身体に気をつけて」

「ああ」

しかしデリホスと違って、レンタルショップの店員さんと客が過ごせるのはほんの数分だ。ソフトの入った袋を受けとると、「ありがとうございました〜」という勇君の元気な声を背に、自動ドアへむかった。ふりむいて、もう一度勇君と目をあわせて笑顔をかわし、頭をさげて、店をでる。

……終わった。絶望して空を仰ぐと、すっかり暗い夜の群青色に覆われている。……淋しい。また新しいプロジェクトが始まって、納期に追われて働いて働いて働いて……勇君に会えるのは一ヶ月後だろうか。二ヶ月後だろうか。

みんな俺と深山さんを恐れて遠巻きにさけるくせに、仕事では『きみの技術と知識と発言力を買ってる』とかなんとか、責任のあるポジションをまかされることが増えている。おかげで帰宅できない毎日が続き、『エデン』の営業中に店の前を通って勇君の顔を一瞬眺めることすら叶わない。ぶっちゃけもう残業代はいらない。いまは『エデン』に通う数分と、映画を鑑賞する時間だけが欲しい。金ばかり虚しく増えていくじゃないか……。

背後に勇君の気配を感じてうしろ髪ひかれつつ、とぼとぼ歩いてアパートへ帰った。帰ってきてしまった……とがっかりして、とりあえず暑くてしかたないのでクーラーをつけてシャワーを浴びた。

ひとりきりの夜がまた始まる。きみは生きていて、すぐ近くにいるというのに俺はここから動けない。まるで人生を無駄にする行為だ。きみが繋いでくれた命を有効活用できていない。この足は、きみをさらいに走りだしはしない。たった数分間の逢瀬でも縋りついていたいから。きみにまだ、嫌われるわけにはいかないから。

再会するまでのどん底の数ヶ月を思えば、いま自分がどれだけ幸福かはわかる。〝待ってる〟と笑ってもらえる奇跡の日々が再び訪れて、『エデン』にいてくれるあいだは勇君の姿を拝んで過ごせるんだ。自分が以前より天国に近い高い場所で、贅沢な愚痴を吐いているのも自覚はしている。……浮かれすぎているかもな。

ノースリーブとズボンの寝間着に着替えて、借りてきた電車のＤＶＤをセットした。小腹が空いた気もするけれど、無視して水だけお供に鑑賞する。勇君は太っているほうが健康的でいいと言ってくれるが、こんな俺でもきみの前では体型ぐらいスマートに格好つけたい。

ぼんやり眺めて三十分ほど経ったころ、ピンポンと家のチャイムが鳴った。へ、と瞬時に確認した部屋の時計は日づけが変わって二十分過ぎている。……誰？

夜中に宅配でもないだろう、と警戒して足を忍ばせ、玄関のドアへ近づく。ドアスコープを覗いてアイスピックで突き刺される恐れは……と危ぶんで逡巡していたら、声がした。

「――……ぶにはる、俺」

三秒でチェーンをはずしてドアをあけた。左むきの姿勢でパンツのポケットに両手を入れ、勇君が立っている。長いレザーペンダントは短剣のデザイン、腰にはシャツを巻いて、そして髪は夜の闇さえ輝かせる眩しい金色――。

「……あのさ、」

「は、……い」

勇君の黒い瞳だけが、ちらと俺のほうへ動いた。唇が微妙に尖っている。

「こないだのゲームの続き、気になってンだけど。見してくんね」

きみがいると俺の世界は真夜中でさえ炎天のようにきらめきだす。

「夜食作っからさ、それ食べながらゲームしようぜ」と、勇君はキッチンへ入って自ら買ってきた食材をつかい、料理を始めた。俺が茫然としている間に、フライパンをコンロにおいて食材を洗い、包丁で切っていく。俺と食べる夜食を作る勇君のうしろ姿、調理の音。

「なにか手伝います」と申しでたものの、「手伝ってもらうほどの料理じゃねーからいいよ、座ってな」と笑ってくれて、幸せで卒倒しそうになった。

「てか穏陽あんま料理しねーの？　調理ベラとお玉ぐらいおいとけよ。フライパンもダイヤモンドコーティングとまでは言わねーけどさ、焦げつかないやつだったら嬉しかったなあ……」

「用意しますっ、いくらでも！」

それがあればうちに料理をしにきてくれるってことだろうか。こんな奇跡が？　また？

数十分後「できたぜ」と運んできてくれたのは、お豆腐にキュウリとトマトがのったヘルシー冷や奴と、シシトウとベーコンの炒め物、ほうれん草とチーズを包んだオムレツだった。

「これで一応、ゲームのお礼になる？」

苦笑して小首を傾げられ、「もったいなすぎます……」と泣きそうな心持ちで合掌《がっしょう》したら、

「ははは っ」と爆笑された。笑いどころじゃない奇跡なんだけどな……。

「勇君、割り箸《ばし》はアレだからぼくの箸を……って、これも汚いか」

「ん？　べつにどっちでもかまわねーよ。穏陽が気になるンなら交換する？」

「はい。……すみません、結果的にぼくのほうが得しているような、気も、」

「穏陽って面白いな。まあいいや、さっさと食べようぜ。冷や奴はポン酢、炒め物はさっぱり醤油味だよ。召しあがれ」

「はい」と割り箸を持って、まず冷や奴からさくりと割る。トマトとキュウリの上にはカツオ節もかかっていて、ポン酢を適量つけて口へ運んだ。

「はあ……おいしいです。トマトとキュウリがのった冷や奴なんて初めてです……ポン酢も夏にぴったりのさわやかさで、最高の一品です……自分は生きてる、って感じる……」

「あはは。味噌味もさっぱり感は薄いけど美味いから、今度それするな」

「はい、楽しみにしてますっ」

炒め物は醤油味。きちんとシシトウとベーコンをまとめてつまんで食べる。

「シシトウって味が染みるんですね……この苦味とベーコンのコンビにはずれなんかない……ご飯も欲しいです。それに、まろやかで香りもよくて……これはバターかな」

「ありがとうな、そう、バターも入れた。ちょい濃いめの味だからご飯や酒にもあうよね」

嬉しそうに勇君も一緒に食べて、にっと笑ってくれる。可愛くて格好いい。

最後はオムレツだ。箸の先で裂いているあいだも、ぷるぷるするほどやわらかくてチーズものびる。このあいだみたいにのびたチーズを見てふたりで笑った。

「うん……これはふわふわで優しい舌触りです。夏は野菜をとりたいからほうれん草が入ってるのも嬉しいしおいしい。黒胡椒で味もしっかり締まって、おいしすぎる……この料理たちのおかげで身体の底から浄化されていきます……」

「ふふ、サンキュ。ありふれた家庭料理なのに、穏陽ほんと怖《こえ》ーぐらいなんでも褒めるな?」

「褒めるというか、勇君には崇《あが》めるべき素晴らしい部分しかないんです」

左斜め横に座っている勇君が喉で苦笑し、箸をおいて肘《ひじ》でついてくる。いたい。

「ンな大げさなこと言《ゆ》ーわりに、穏陽あんま『エデン』にこねーよな」

「あ、はい……すみません。毎日でも通いたいのに、仕事が忙しくて」

「二ヶ月経ったぜ？　ブラックじゃなくなったんだろ、なんでそんな働かされてんだよ」

「なんというか……不本意なかたちで認められて、責任のある立場になることが増えたんです。社員が少ないのもあるけど、その……チームリーダーの次の次ぐらいに偉いような」

「え、すげえじゃん。なら精神的に辛いわけじゃねえんだな」

「はあ……二年目からこれって、ホワイトいじめでしょって思いもなきにしもですけど」

「はは、穏陽の愚痴新鮮。つか、ゲイばれは？　いじめられてねえ？」

「ああ、ないです。すみません。ゲイ云々はほとんどいじられないですね……」

「ふうん……」

三重さんとちえさんが内密にしてくれているのか、パワハラ騒動のほうが大ごとだからか、はたまた多忙でそれどころじゃないのか定かじゃないが現状平和だ。勇君に心配してもらえて、俺の心もより幸福に満たされる。

せっかくのゲームのお供料理なので、一通り食べさせていただいたところでゲームの準備もした。勇君も「やりぃ、楽しみっ」と喜んでくれて嬉しい。続きをふたりでやりたかったのは、自分だけじゃなかった。もしかしたらあの夜の尊さを、勇君も一緒に感じてくれていたのかもしれない……なんて、贅沢に都合よく妄想しすぎだろうか。

ゲームのソフトが本体に入ったままなのを確認していたら、突然ピピと音が鳴った。

「あ、悪《わり》ぃ」と勇君が自分のスマホをとって、「ちとごめんな」と操作する。……メール？

「そういや穏陽、俺がくる前うちで借りたＤＶＤ観てたの？」

「あ、はい」

「面白そうなの借りてたよな。電車のってどんな？」

勇君がスマホをテーブルに伏せて食事を再開し、俺もコントローラーを持って席へ戻った。

「えっと……電車の運転席の情景をただじっとのんびり眺めるドキュメンタリーです」

「え。なんそれ、退屈になんねーの？」

「面白いよ。走る土地と季節によって雪が積もっていたり桜が舞っていたりして景色も違うし、電車の走行音やアナウンスが独特だったりして楽しめる」

「そっか……たしかにわくわくするかも。穏陽は多趣味だな、電車にも詳しいなんてすげえ」

「や、現実逃避みたいなものだよ。ぼうっと観て、遠くにいけたような気分になりたいだけ」

「遠くか—と勇君が呟いたとき、またスマホが鳴った。再び視線を落として文字を打つ。

……忙しそう。こんな夏の土曜の深夜に勇君を求める人は大勢いるってことか。

「彼女さんか、彼氏さん……だとしたら、いってあげ、」

ぼすっ、と発言の途中で腕を殴られた。いたい……。

「大学の友だち。カオっつー女なんだけど、最近よく連絡くるんだ」

ぽぽぽ、と素ばやい指さばきで返信を打ち終えると、勇君はまたスマホを伏せて手放した。

無関心そうな表情でオムレツを丁寧にとり、口に入れる。

「かおさんが、勇君を好きだか、」

「ああ。友だちとしてな」

鋭く綺麗な瞳で睨まれて、言葉を遮られた。……怖い。けど美しい。

「……カオはな、夏の音って書いて夏音っつー名前にぴったりの清楚でおとなしげな女だったんだよ。でもとある事件が起きたあと、いきなり化粧も服も派っ手にして現れたんだ」

「えぇ……なにか、その事件の悪影響が……？」

「いや、本性現したってことらしい。あいつ高校のころにパパ活してたんだと。知ってる？　おっさんが好みの女の子と過ごすためにお小づかいあげるおつきあい。べつにセックスしなくてもいいんだよ。そこはおたがいの話しあいで決められンだ」

「パパ活……勇君の、デリホスと似てる感じ……？」

「うんまあ似てるけど、パパ活は個人活動のやつな。おまけに相談次第でどう癒やしあうかは完全に自由。なかには食事するだけで習い事の授業料とかだしてくれるパパもいるっつーから、下手したらお客っつうよりあしながおじさんかもな」

だ、だからパパ……金持ちの暇つぶしか？　や、パパもそれで癒やされているのか……。

「ぼくは、癒やしてもらうばっかりで、勇君のあしながおじさんには、なれなかったな……」

「はは、なに残念そうにしてンだよ、俺はそれが嬉しかったよ。──夏音は、べつに必要ねーのに、パパにちょっといい思いもさせてやってたんだって。それで、そういう自分を全部捨てるつもりで清楚可憐キャラで大学デビューしたけど、なんつうかこう……俺といちばんフィーリングがあう的な結論に至ったんだとよ」

フィーリング……。

「勇君も、デリホスしていたことを夏音さんに話したから、意気投合した……とか、ですか」

勇君の視線が俺からそれて、グラスをとり、水を飲んだ。

「ン、まあな」

そうか……パパ活時代を捨てたい夏音さんと、デリホス時代を誇っている勇君とは少々違う気もするけれど、人を癒やしていたふたりはなにかしらの共感を覚える大事な関係なのかな。

「……勇君はやっぱり素敵です。入学して数ヶ月で、そんな友だちをつくれてしまうなんて」

「え」

「ぼくは大学で、いかにひとり平穏に学び続けるかってことに心血をそそいで卒業したんです。たしかに、安寧を手に入れられた幸福な四年間だった。いままでずっとそう信じていました。でも勇君といると自分がうしろむきだったんだと知ります。新しい友だちをつくって、それまで得られなかった幸せを求めるべきだったんじゃないか、それが前むきに生きるってことで、自分は怯えて殻にとじこもった子どものまま、なにも成長しなかったんじゃないか、って」

「穏陽……」

「……真の成長のなんたるかを教えてくれるのは勇君です。いま自分がいるのも勇君のおかげ。勇君が……神さまの勇君が、ぼくをここまで導いてくれたんです」

自分の頬が紅潮しているのを恥ずかしく感じつつ、唇をひき結んで懸命に微笑みかけたら、勇君はじっと俺を見つめていたあとで明るくにかっと笑ってくれた。

「おう。安心しろ、ずっと神さまでいてやる。穏陽のこと、導きまくってやっからさ！」

笑顔からも、光がまたたいてこぼれ落ちてきそうなほど綺麗だ。俺の神さまは常に凜々しく強く、格好よくて美しい。

「はい、一生ついていきます！」

泣きそうだ……。勇君がここにいてくれてよかった。俺とおなじ時代に生まれて、生きて、俺と出会ってくれて本当によかった。この灼《や》けるほどの強い光が、いま自分を生かしている。

「あ……つか、そういえばさ、俺穏陽に謝んなきゃなんねーことある」

「え、謝る……？」

「……劇的な再会しちゃったもんだからさ、店長に穏陽とのこと話さなきゃいけなくなって、そのながれでバイト仲間のヨウにも穏陽ンこと俺のガチストーカーだって言っちまったんだ」

「えっ。あ、もしかしてさっきも店内にいた……ぼくが睨まれてたのはそれが原因？」

「睨まれた？　あちゃ……ごめんな。あいつ俺のこと守るよとかって宣言してたからな……」

悪《わり》ぃ、と勇君が頭をさげる。「いえ」と畏《おそ》れつつも、あの店員さんの怖い顔が脳裏を過る。

「ストーカーは否定できないから、かまわないんですけど……勇君以外の人に、しかも店員さんにそう思われているのは、ちょっと、いたたまれないですね……」

「本当にごめん、調子のっちまった。それに、こう……あいつも、昔辛いことあったゲイで、穏陽と、フィーリングが、こう……そーゆうことなんだよ」

「え、ど、どういうことですか？」

「わかんねーならいいいっ」

ごす、とまたいきなり腕をぶたれた。いたい……。

「穏陽は俺の寝間着でナニする俺のガッチガチストーカーでいろよなっ」

ごすごす、と腕と肩もぶたれた。いた。いたっ。

「ゲーム始めろ穏陽」

「は、はい」

「あとメシも食え」

「はい、食べますっ」

炒め物を食べてゲームのスタートボタンを押す。勇君の瞳が輝く。夢に見た冒険の再開だ。


部屋の灯りを消してゲームをしながら、そのあとも勇君はいろんな話を聞かせてくれた。

要君は性指向も過去のトラウマについてもうち明けてくれたのに普段は壁を感じるそうだ。

——なんでも相談してほしいんだけど、たぶんそのトラウマが原因なんだよなー……口下手っつうか、消極的っつうか。もっと心ひらいてくれよって思っちゃって、淋しいとこある。

俺の肩へ寄りかかって、まるで猫みたいに気高く他人へ懐ける可愛い勇君でさえ、要君にはすこし苦戦するらしい。

——あの厳しい目は、本気で勇君を守ろうとしてたよ。要君の名前どおり、いずれおたがい必要な存在になるときがくる。絶対に。

励ますというより、俺の目に明晰に浮かぶ未来を教える感覚で話した。

——うん……そうだな。いつか親友になれるように頑張るよ。

勇君はうなずいて、力強い声音でそう宣した。

――……なあ、俺は穏陽の太陽になれてる？

夜明け前、部屋が青々と明るみ始めたころ、勇君が消えそうな声で訊ねてきた。

もちろんだよ、と、俺は奇妙すぎる質問を訝りながらこたえた。

――……あのね勇君。日本神話では、男の神さまのことを〝陽神〟っていうんだよ。

――ようしん？

――太陽の〝陽〟と神さまの〝神〟で〝陽神〟。人はもともと陰と陽、つまり男女両方の性を有して生を受けて、陽を強く持っていると男になるって考えかたをするんだ。陽を多く持つ男の神さま。勇君のことだよ。

なに言ってるの、と笑う笑顔を期待していたのに、勇君は神妙にうなずいた。

――そうか……太陽、持ってたのか。

そして俺の肩にこめかみをこすりつけて囁いた。

――……ありがとうな穏陽。……ありがとう。

感謝してるのは俺のほうです、と想いの限り伝えたかったけど、いまは勇君の言葉を自分の感情で押し潰すときではないとわかった。だから勇君のお礼だけを噛みしめてゲームを続けた。

――中西さんが買ってくれてたのは夢の時間なの。あの全部を現実に持ちこむなんざ野暮ってもんだろうよ。

太陽が昇り始めている。勇君がここにいる。……勘違いしない、と俺は誓う。決して勘違いしてはならない。スマホの番号も訊けない俺は勇君の友だちでもない、客で、ストーカーだ。

勇君を裏切るような想いは、絶対に面《おもて》にだしてはならない――。

# 3

「――つか、あいつらほんっと暇だね。ウリのなにがそんなに面白いんだっつの。いつまでもがたがたと終わった話に花咲かせちゃってさ」

右横でノートをとりながら、夏音が小声で吐き捨てた。教室のうしろの席には、俺らをうかがってこそこそ嗤いあっている尾畠たちがいる。

「ウリしてた俺も嗤えるんだろうけど……おまえの変化もそうとう面白いんだと思うぜ？」

茶髪に染めたロングヘアーに、ビビットなキャミとカーディガンとミニスカートの夏音は、講義中だけかける眼鏡のみ知的な印象でアンバランスだ。似合っているし美人なんだけどさ。

「なによ、わたしのせいで悪化したって言いたいの？」

「声でけーよ。べつにそこまで言ってないだろ」

「もーいーの、どうせこれが素なんだしさ。清楚可憐なんてガラじゃないわ、無理無理」

てうてらピンクの唇をへの字にまげて、肩を竦める。

――……ごめんなさい。わたし秋谷君をダシにしたの。

あのあと夏音はそう言って頭をさげた。

――秋谷君にデリホスしてたって教わったとき……わたしも、大学でできた友だちに自分がしてきたこと知ってもらって、ちゃんと、本当のわたしを受け容れてほしくなった。……でも、いきなりパパ活とか……言う勇気なくて、秋谷君の事情を利用して、反応を見ようとしたの。そうしたらあんなことに……本当にごめんなさい。

——べつにかまわねえよ。てか、おまえ頭いいな？　俺ばか正直にばらしたせいで、二回もバイト辞めるはめになったんだぜ。そっか、ワンクッション入れて反応見ればよかったんだよなー……。

——ごめんなさい……本当に、ごめんなさいっ……。

——もういいって。女の友だち関係って複雑そうだし、うまくやってけよ、な？

笑って背中を押してやったのに、結局夏音はその後自分の好きな髪色や服装へ戻したうえに性格や口調まで飾るのをやめ、理解をしめしてくれた奴とだけつきあいながら、俺といる。

遠くから「男と寝てなにが楽しいんだろうな」「尻は一度知るとハマるって聞くぜ」「ウケる。ウリした奴とかクズだろ」「クズだな」と尾畠たちの会話がかすかに聞こえてくる。ほかの生徒は差別やいじめっていうより、俺も尾畠たちもまるごと空気にして関わるのをやめようと決めたっぽい。夏音以外の友だちをつくるのはもう無理かな……相手に迷惑かかっちまう。

「……あいつらみんな童貞なんだよ」と夏音が言う。

「あのとき呑み会にいた八人のなかで、勇とわたし以外全員童貞と処女だったの」

「へえ、そうなんか」

夏音が手をとめて、髪を耳にかけながら俺をふりむいた。

「勇って好きな相手と寝たことある？」

一瞬、穏陽の顔が浮かんだ。

「どうしようもなく求めあって、身体で触れあったひとときを幸せって感じた瞬間、ある？」

「あるよ」

記憶を巻き戻して掘りさげてひさびさに先生をひっぱりあげた。いまとなっては懐かしい、必死で追いかけて全身で想いをぶつけて、抱きしめあって傷つけあって終わった、俺の初恋。

「あいつらそういう恋愛の経験すら一切したことないくせに、わたしたちのことばかにすんの。やんなるよね。ヤりたくて愛されたくて羨ましくてしかたないだけじゃん」

経験者云々ってのは関係ないと思うけど……まあ尾畠たちにはばかにされたくねえな。

「尾畠、いまだに夏音狙いなんかねえ……」

「やめてキモっ。誰が尾畠なんかに惚れるかっつーの」

「口悪《わり》ぃな。〝エッチなことしか頭にない男子イヤっ〟とか可愛く言ってたのに」

叩かれて笑えた。夏音が尾畠たちを捨てて俺を選んでくれたのは、いやらしいけど優越感も覚える。尾畠たちに屈しないとはいえ孤立するのは辛いから、夏音の存在が救いだ。

穏陽はひとりきりで何年も闘っていた。学校や会社で辛いめに遭っても生き続けて、俺と会ってくれた。日常生活のなかでふり返るたびに、穏陽の強さにも気づいて惚れなおす。

やっぱり穏陽には幸せになってほしい。気持ちを押しつけてこんな俺を背負わせて、再び地獄へ落とすようなことしたくねえよ。太陽の神さまとしてきちんと正しく穏陽を想うことが、今度こそ、傷つけた先生と、縋らせてやれなかった喜田さんへの償いにもなるんじゃねえかな。

テストが始まってしばらく勉強漬けの日々を過ごした。『エデン』で会う要も、大学は違うもののテスト期間は被るから、おたがい現実逃避がはかどる。

「イサム、デリホスのお客さんの話して。前に教えてくれた、イサムが好きだった人の」

普段無口で内気な要が、唯一率先して聞きたがるのは自分以外のゲイのことだ。……しかも中西さんやほかのお客さんとのアレコレも教えたのに、いちばん好きなのは穏陽の話。

「や、だから、なんつーか……最初は童貞卒業するためにきてくれたんだけど、心の繋がりだけ求めてくれるようになってな、思いやりとか優しさとか、そういうあったかさをむけるだけじゃなくて、負担もかけてくれって、言ってくれる人だったんだよ。我が儘を言って迷惑かけてもらえるのも一緒にいる証拠だから嬉しいって。……でさ、それが、その……前山さ、」

「素敵すぎるよっ……イサムが好きだったのもわかる。人間として素敵だもん。たしかに煩わしさも幸せの証しだよね……いいな、俺もそんな人に会えたら恋愛できるのかな……。イサムは、本当にその人と連絡とったりしてないの？　なんでデリホス辞めて別れちゃったの？」

〝俺も会ってみたい〟……と訴えてくる瞳に覗きこまれて、うっ、と返答につまる。

「れ……んらく先は……知らない」

「そっか……」

残念がられて、罪悪感で胃が痛んだ。

要は中学のころ、先輩がゲイばれしていじめに遭い、転校していった事件を目の当たりにしたのがトラウマになっているそうだ。以来、自分の性指向を隠して過ごしてきたという。

要と穏陽はすこし似ている。過去に縛られていることや、臆病なのにあったかいところが。紹介してやったら、ふたりだけが共有できる傷を癒やしあってつきあい始めたりするんじゃないかって思うと……言えねえ。ああもう、穏陽がそのお客さんだって、言えねえよっ……。

「いらっしゃいませ」

ふと、珍しく要がキレのいい声でお客さんを迎えた。その視線の先には、スーツ姿のイケメンリーマンがいる。

「……お、カッシーだな」

小声で呟くと、要は「うん、そうだね」とあからさまに視線をそらしてうつむいた。

『エデン』で数ヶ月バイトをして知った何人かの常連客のうち、ひとりがこの柏樹透《かしわぎとおる》さんことカッシーだ。あだ名は俺がつけた。仕事帰りにスーツ姿でくる堅物そうな二十代のイケメン眼鏡リーマンで、いつもだいたい新作や話題作に加えて、美少年のゲイビを借りていく。

「要はカッシーくるともじもじするな」と肘でついたら睨まれた。

「そんなことないから」

「なんだよ、ゲイ仲間だから気になってンじゃねえの？　もしかして好み？」

ぷい、とそっぽをむいて無視される。……ンだよ。

「いらっしゃっせー」

また自動ドアがひらく気配がして声をかけたら、次のお客さんは穏陽だった。二週間ぶり。

俺と目があうと、唇を噛んで嬉しそうにはにかみ、穏陽も奥へ入っていく。

「……イサム」と要がいきなり俺の左手を握ってきた。へ、と見返したら、ご機嫌ななめはどこへやら、勇ましい表情で、ン、とうなずく。〝守るよ〟と無言の想いが聞こえてきて、俺は笑顔がひきつった。ありがとな要……穏陽と要の幸せを思うなら紹介してやるべきなんだろうに、あほな独占欲で矛盾した行動とってる俺に優しくしてくれて。俺最低だわ……まじごめん。

レジにはカッシーが先にきた。今夜も新作映画と美少年ゲイビを一本ずつ持って要の前へ。要がちっさい手で丁寧にソフトを包み、カッシーが会員カードとお金を渡す姿を隣でそれとなく眺めていると、どちらもおたがいの視線や仕草を意識している気がしてくる。ん……？　なんか、いい雰囲気……？

途中で、穏陽も俺の前へきた。「お、お願いします」とおかれたソフトは、日本人冒険家の世界一周ドキュメンタリーだ。また面白そうなの借りてる。

「一週間レンタルでよろしいですか？」

「は、はい」

「かしこまりました」

穏陽は瞳を左右に揺らして、なにやらおろおろ逡巡している。どうしたん？　と目で訊いても、瞼をぱちぱちまたたいて、焦ったようすで後頭部を掻く。

会員カードとおつりを渡して、最後ソフトの入った袋を渡す段になったら、「す、すみません」と、突然持っていた鞄からペンをだし、なにかの紙をびりっと破ったからぎょっとした。鞄を下敷きにして、震える手でペンを走らせ、千切った紙片にさらさらと文字を書いている。

な、なに始めたんだ穏陽……？

カッシーはとっくに退店していた。要だけが俺の隣で、警戒心もあらわの訝しげな形相になり、穏陽を凝視している。

「……い、い、勇君、これを、」

さしだされたのは、いま書いたメモ紙と、小さな紙袋だった。

「あ……りがとう、ございます」

「はい。すみません、それじゃあ……失礼します」

へこへこ頭をさげて、忙しなくソフトの入った袋を持ち、穏陽が出入り口へむかっていく。

ドアの前で再びふりむいて俺に頭をさげると、夜の路地へ消えていった。

「イサム、大丈夫？　なにそれ、変なものじゃない？　爆弾？」

俺の左腕を揺すって追及してくる要の発想が突飛で、つい吹いちまった。

「確認してくっから、ちょっとレジ頼んでいい？」

「う、うん……気をつけてね。怪我しないように」

「そっとあけるんだよ」と心配そうな声をかけてくる要に見送られて、「わーったよ」と苦笑しながらスタッフルームへ入った。ひとまず、もらったメモを読む。

【勇君、十九歳の誕生日おめでとうございます。残念ながら来週の誕生日当日には「エデン」へこられないので、先にプレゼントを贈らせてください。勇君が生まれてきてくれて幸せです。きみはぼくの神さまで、太陽です】

……穏陽。

ほろ、とまえぶれもなく涙がこぼれてきて、焦って腕でこすって洟をすすった。メモ紙の裏には会社の資料っぽいかたい文章がならんでいて、これ千切ってよかったのかよ、とちょっと苦笑いになった。

冗談じゃねえよ穏陽……おまえの優しくてカッケーところ隠して要を騙して、こんな狭量な俺のどこが太陽だ。なりてえのに、どんどん遠のいてるぜ……太陽。

数時間後バイトを終えて家へ帰り、ひらいた袋からでてきたのは、このあいだ教えてくれた電車のＤＶＤ一枚と、金色をしたボールペンとシャープペンのセットだった。

刻まれているブランド名が気になってスマホで検索して調べたら、商品ページにいきあたって「はっ⁉」と真夜中なのに声がでた。この金色は十八金で、値段は一本三十万する、とある。つまりボールペンとシャープペンの二本セットで六十万超え。

「まじか穏陽……誰も貢いでくれなんて言ってねーのにっ……」

しかもどちらのペンにも〝isam〟と刻印まで入っている。ある意味爆弾じゃねえか……。

驚愕しながら、その瞬間我に返った。……そうだ。俺、穏陽に自分の名字を教えていない。すぐにお礼を言いたくてもケー番やメッセージアプリのＩＤも知らねえし、大事なことをなにも教えあっていないのにこんな高価なものをもらって……ほんと、なんだろうなこの関係。

――……また店員さんとお客に、なってもらえませんか。

――勇君に会いに『エデン』へいかせてください。……どうか、お願いします。

シャワーを浴びたあと夜食を作って、食べながら電車のＤＶＤを観た。

雪景色のなかを電車がガタンゴトン音を鳴らして走り、駅へとまって、また走りだす。一面に降り積もっている雪、どこまでも続く線路、すれ違う民家、遠くに見える山々、雪に覆われたしずかな無人駅、聞いたことのない駅名と、ゆったり過ぎていく時間。

現実逃避みたいなものだ、と穏陽は言っていたけど、俺はその景色の先にずっと穏陽を想い描いていた。ふたりでこの電車に乗って、中身のない会話をして、でもなぜか笑い続けながらどこまでも果てしなく運ばれていく旅。

——真の成長のなんたるかを教えてくれるのは勇君です。いま自分がいるのも勇君のおかげ。勇君が……神さまの勇君が、ぼくをここまで導いてくれたんです。

現実の地獄から遠く離れた土地。真っ白い景色。自分たちを知る人間が誰ひとりいない世界。稳陽が俺を、汚れた人間だ、と一生気づかない夢の楽園。

——昔すげえ惚れた男に『おまえは太陽みたいだ』って言われたことがある。こんな陰気な俺のどこが太陽だよな？　結局意味もわからないまま別れた。金髪にしてっから、適当な印象でそんなこと言ったんだろうな……って、いまだに思ってるよ。

……ほんとだな喜田さん。人間が太陽になれんのかまじ謎だよな。挫《くじ》けそうになるけどでも、喜田さんのためにも俺、太陽になんの諦めたくねえよ。

今度会えたら、穏陽に誕生日だけ教えてもらおう。

夏休みに入ると、日中は『エデン』のバイト、夜も『エデン』を優先しつつ可能な限りじーちゃんとばーちゃんの居酒屋、とかけもちで働くようになり、俄然《がぜん》忙しくなった。

なるべく穏陽と会えるよう意識してシフトを希望したつもりだったけど、会えないまま秋も過ぎ、居酒屋の繁忙期に入ったらさらに週末はそっちの手伝いへ集中するようになった。

店長に『俺がいないあいだ前山さんきました？』と訊くと、『どうだったかな。見てないようにに思うけど』と言う。穏陽もきてないんだ。すれ違わなくてよかったような、全然こねーじゃん、と責めたくなるような、複雑な気分。

十二月に入ると一日オフをつくってまた長野へでかけた。喜田さんの弟の大成《たいせい》に連絡をして、山奥の霊園へ。十二月は喜田さんの忌月《いみづき》だ。

長野は相変わらず雪が積もっていた。大成と墓石を綺麗にし、花を飾って手をあわせる。

「ふたりって名前をあわせると〝大成功〟になるんだよな」

「……そうなンすよ。重すぎますよね」

「いい名前だよ」

花瓶に満杯になるほど飾りつけた花が力いっぱい咲き誇り、騒がしいぐらいだ。喜田さんが〝多すぎだろ〟って笑ってそう。

「大学受験はどう?」

「推薦狙ったんですけど、留年してたせいか駄目でした。年が明けたら東京いって試験です」

「そっか。ご両親、上京許してくれてよかったよな」

「まあいまも家でてるんで、あんま変わらないのもあるんじゃないっすかね」

頻繁に近況報告しあっていたので、確認みたいな会話をかわして墓前でしばらく過ごした。そうしていると、喜田さんを含めて三人で話しているような幸せな錯覚をした。生きて三人で出会いたかった。朝まで他愛ない話をして酒を呑んで笑いあって、年老いていきたかった。

「試験のとき、俺のうちにこいよ。宿泊費もばかになんないだろ」

「え、いいんすか」

「もちろん」

笑顔で約束をした。そしてその夜は大成の家にまた泊まらせてもらって翌日帰った。

新幹線に乗って外の雪景色を眺めながら、穏陽にもらったＤＶＤの映像を想い返していた。そうして喜田さんと重ねた会話や、穏陽と過ごした時間を反芻《はんすう》し続けていた。


会いたい、と強く願えば願うほど、会いたくない男にはつきまとわれた。中西さんだ。『仕事はないわけ？』とか『家族を大事にしろよな』とか叱って突っぱねてもしつこくくる。しょーがねえから、クリスマスも過ぎた二十六日の夜に、食事だけつきあうことにした。

「――きみが素っ気ない理由は、もしかしてあの日一緒にいた男のせいなのかな」

深夜でも営業している彼のレストランバーで窓辺のＶＩＰ席へ招かれ、一日遅れのクリスマスとかなんとか、ノンアルコールカクテルとつまみをごちそうになる。

「失礼ながら、一見した限りきみの相手にふさわしいとは思えなかったけどね」

中西さんも青色をしたノンアルのカクテルを飲んで、笑んでいる。

「……がっかりだぜ、中西さん。お客さんだったころはもうちょっといい男に見えてたのに。探偵つかってまでストーカー行為に励んだり、面識のない相手を侮蔑したり……未成年のガキひとり手に入れるために落ちたもんだな」

俺も赤と青の綺麗なグラデーションをしたカクテルを飲んだ。

中西さんはうつむき加減に右手で口を押さえ、くすくす楽しげに笑う。

「……なるほど。きみにとって大切な男だというのはよくわかった」

「あいつになにかしたら許さねえからな」

「ふむ……なにがそんなにいい？」

オリーブがみっつ刺さった串をとって食べ、「うーん」と返答を考える。

「全部だよ。過去からいまにいたる生きざまの全部。それで形成された心の全部」

「フン」と中西さんも生ハムチーズ串を口に入れる。

「わたしとなにが違う？　努力して経営者になった生きざまも、妻子持ちなのに未成年の少年を追いかけている憐れで一途な心も、見てもらいたい」

両手をひろげて口をへの字にまげる中西さんが、急に子どもにかえって笑っちまった。

「あンな、本当に憐れな奴は自分で〝憐れで一途〟とか堂々と不満いっぱいに言わねーのっ。図太いったらねえよ」

中西さんも苦笑する。

「……彼と別れたあと、つきあいを考えてもらう第一候補にしてほしい。どうだろう」

囁くような声で告白されて、頬杖をついた。ガラス窓の外にひろがる暗い海を眺める。

「……つきあっちゃいねえよ。好きだとも言ってねえ」

「……。なぜ」

「好きだからさ」

あーあ、本人に言ってない気持ちを、他人に言っちまったぜ。

「意味がわからないね」と中西さんにまた稚《いとけな》く首を傾げられて、苦笑いしかでない。

「簡単なことだよ。俺は好きな男の理想の人間でいてえの。太陽でいてえんだ。だからさ」

俺を見つめながらテーブルの上に指と指を組む中西さんの眼ざしが、真剣で痛い。

「きみ自身が、彼の理想から離れていると思っているのはなぜだろうか」

ため息をついて、カクテルを飲んだ。

「……世間さまにデリホスしてたことがばれると、ろくなことになんねンだよな。受け容れてくれる人もいるけど、どこいってもばかにしてくる奴にも必ず会う。正直だいぶ生きづらい」

「……ふむ」

「自分が責められんのはいい。けど友だちにも申しわけねえのに、彼氏なんかなったらもっと負担かけるだろ。あいつは辛い思いたくさんしてきた奴だから、わざわざ汚点のある俺を背負わせたくねえ。ねえのに、紹介してやったら幸せになれるかもしんない奴を、紹介できない。幸せになってほしいし、告白するつもりもねえくせに独占してたい。……クソ野郎なんだ俺」

カクテルグラスをおいた中西さんが、くっくっ、と喉で笑いやがった。

「そうか……わたしは太陽じゃなくていいんだけどね。いまのきみが愛おしくてたまらない」

「はあ……中西さんは表の顔も裏の顔も持ってる人だもん、俺がクソでも気にしねえよな」

「そう。わたしは表でも裏でも、きみを守ってあげられる。わたしのところへきなさい」

「不倫でなにをどう守ってもらえるってンだよパパ」

「そもそも法的に結婚はできない。ただし、わたしにはきみの一生を支えることができるよ」

得意げに言ってやがるぜ……。たしかにこの人相手なら自分のどんな姿も恐れずに晒せる。今後つきあうなら俺はこういう人を選ぶべきなんだろう。でも恋は、頭でするもんじゃねんだ。

「心が、もうあいつを選んじまったんだよ。楽な恋愛じゃなくていい。ずっとお客さんと店員の関係でかまわない。太陽になって、最期まで傍にいてえのはあいつなんだ。悪《わり》ぃな」

唇を突きだした中西さんが、視線を横へながして「……不満だ」とふてくされた。

「わかったよ。俺が中西さんとつきあうメリットを見つけて提示すれば、あいつにも手をださねーで、俺をつけまわさずにいてくれる？」

「そうだね。……あるかい？」

「うーん……なくもないかな」

両腕を組む。中西さんは正面で瞳を輝かせて俺の言葉を待っている。

「俺は将来、店を持ちたいと思ってる。だからそのアドバイスをしてよ。俺が困ったとき相談にのってくれるだけでいい。そういうビジネスのつきあいならしてもいいぜ」

とたんに破顔して、中西さんがまたくっく、と笑いだした。

「抜け目ないというかなんというか……」

「文句あるなら今日で終わりだ。このデートでプラマイゼロ、借りも義理も未練もなしな」

「いや。……きみの言うとおり、つかえる人間とはつきあっておくべきだ。人脈は武器になる。なかなか商才があるな、ますます好きになった。いいだろう、どんなことでも支援しよう」

「アドバイスだけでいいっての」

どういうわけか俺の周囲には経営力のある人が多い。かーちゃんも、じーちゃんとばーちゃんも、『エデン』の店長も、中西さんもだ。人生に無駄なことなんてないんだろうな。自分に必要な人間とはきちんと出会って、繋がっていくんだろう。中西さんとはビジネス関係がもっともいいんだと思う。そういう縁として、割り切ってつきあっていけるのならば文句はない。

そして穏陽を守りたい。力があるぶん、この人敵にまわしたらなにしてくるかわかんねえし。

食事を終えると、暗い海辺を散歩したあとまた車に乗せてもらって帰った。夜中にアパート前へ黒塗りの車をとめられると近所に不審がられるからと、若干手前の道で停車してもらう。

「数ヶ月間きみを追い続けたご褒美はもらえないのかな」

ドアをあけてでようとしたら、腕を摑まれて情熱的な瞳で切望された。

「食事デートでプラマイゼロって言ったろ」

「セクシーなご褒美も欲しい」

このおっさんは……。

「癖になる。俺だってな、エスカレートしていくのわかっててノるばかじゃねーの」

「最後にするよ。これ以降はビジネスのみのつきあいでかまわない」

断言する表情が淡い初恋をする中坊みたいで呆れる。とはいえ、この想いにつけこんで今後都合よく利用しようとしているのは俺だ。フェアじゃないとも言える……かもしれない。

「しゃーねえな……キスだけだからな」

目をとじて、重なってくる唇を受けとめた。記憶には残さない。頭ンなかを真っ白にして、ただ人形みたいに受けとめて終わらせた。口が離れても、中西さんが間近で見つめてくるから視線を前方へそらす。……と、そこに穏陽がいた。絶句して茫然としている間に、穏陽はうつむいて逃げ去るように薄暗い路地を急ぎ、角を曲がっていなくなってしまった。

「絶妙なタイミングだなあ……」

中西さんがおかしげに苦笑している。

「……。俺も帰る。食事ごちそうさんでした」

「彼ときみでは、住む世界が違うんだよ。さっき自分でそう言ってたじゃないか」

無視して車をおり、冷たい風に吹かれてコートの襟をあわせた。足をどう踏みだすか迷って、結局自分の家へ方向を定め、歩き始める。

恋人でも友人でもない。俺は誰とキスしようと寝ようと、穏陽に弁解しにいける立場にない。自分に言い聞かせて白い息を吐き、鬱々と、苛々としながら足早に地面を踏みしめてすすむ。汚い自分が、まるで輝いてねえ自分が、太陽になれねえ自分が、嫌で嫌でしかたない。

――彼ときみでは、住む世界が違うんだよ。

太陽になれなくても、ただ穏陽のところへ走って謝りにいける人間でいたかった。


いや、違う――誘拐から守ってくれた穏陽には弁解しにいけんだろ！　と我に返った大晦日《おおみそか》、『明日初詣でいこう。わたしの振袖見たいでしょ？』と夏音からメッセージがきて、これだ、とはっとした。『悪《わり》ぃ、明日はいけね』と返信して、じーちゃんとばーちゃんの居酒屋の手伝いから帰宅し、数時間眠ると、風呂へ入って身なりを整えて、荷物を用意してでかけた。

歩きながらスマホをいじって、要とかーちゃん、友だちと大成と夏音から届いていたあけおめメッセージに返信をすませ、目的の家へむかう。

チャイムを押すと、「俺」と言った。ドアがすぐにひらいた。

「い……勇君、」

びっくり眼の穏陽が、寝ぐせ頭で顎髭生やしてかたまっている。……会えた。

「――あのさ。かーちゃんたちの店の商売繁盛祈願してーし……一緒に、初詣でいかね」

「え」

「予定あンなら全然いーけど。お雑煮《ぞうに》とお節《せち》作ったのあまってっからこんだけ食っといてよ」

料理のタッパがつまった紙袋を突きだす。ばーちゃんに教わって数日前から仕込んでいたお節と、さっき作ったお雑煮だ。昆布とスルメのシンプルな松前漬けと、数の子入りひたし豆は、俺がガキのころからばーちゃんに食べさせてもらってきた大好きな料理。とりあえず、料理だけでも受けとってもらいてえんだけど……。

「い、いきますっ、もちろん！　でもあの……支度をしたいので、すこし時間をください」

よっしゃ！

「うん、いーぜ。じゃあ朝メシがわりにちょっと食事もする？　俺準備するよ」

「お願いしますっ」

泣きそうな面持ちで穏陽が喜んでくれる。ほっとしたら、「どうぞ」とうながしてくれた。

「あ、あとな穏陽っ、」

左手で穏陽の腕を摑んで近づき、顔を見あげた刹那、穏陽の瞳が困惑で揺らいだ。

「あとな、えっと……こないだの夜ごめんな。誘拐されそうになったの助けてもらったのに、穏陽にあんなとこ見せて。あの人とは、話しあってビジネスアドバイザーになってもらうことにしたんだよ。そんだけ。まじで穏陽に不義理なことしてねえから。信じてな」

玄関先で唐突に、不自然なぐらいべらべらと言いわけを募る自分がウザくて情けなかった。どうにか太陽っぽくなるよう〝なんでもねーぜ〟というふうに明るく満面の笑顔を演じる。

稳陽は視線をさげてうつむき、左頬にしわを刻んで苦笑いした。

「……勇君が幸せなら、ぼくは、なにも言うことはありません。それより……勇君にこうして気づかって謝ってもらっていることが、申しわけないというか……嬉しい、というか」

あのとき走り去っていったのに……穏陽こそ、ばかな俺を気づかってくれてるじゃねえか。

「穏陽、俺に迷惑もかけろって言ってくれたけどさ、俺も穏陽に喜びとか幸せを感じてもらえんのがいっとう嬉しいんだよ。穏陽を裏切りたくないって想ってることは知っといてほしい」

真剣に訴えて見つめていたら、俺を見返した穏陽は瞼を眇めて表情をなくし、俺の左腕をいきなりひっぱってきた。わ、とたたらを踏んで玄関へ入った拍子に、背後でドアが閉まった。

穏陽の右肩に唇がつきそうなぐらい、傍にいる。

「……ひとつだけ、訊いてもいいですか」

「へ」

「あれは、誘拐犯のビジネスアドバイザーに対する、どういう意味の、キスだったんですか」

……心臓が、皮膚を突き破りそうなほど鼓動している。この程度密着したことは何度もあるのに、穏陽の声が低くて、厳しくて、なんか……怖《こえ》ぇから緊張する。それに痩せてたころより肩幅や胸板に包容力を感じるし、ひさびさに会って匂いとか……恋しい存在感に、殺される。

「た、だの……別れのキスだよ。今後はビジネスづきあいだけにするっていう、決別のさ」

「決別」

「おう。なんなら穏陽も俺にキスしていいぜ。決別じゃなくて、元気になれるキスみたいなさ。太陽にキス〜……なんつって」

背筋に冷や汗を垂らして、内心どぎまぎしながらへらへら笑った。……ばかじゃねえの俺。

右頬のあたりで穏陽がうなだれて、俺の右肩に顔を伏せる。近すぎる距離に呼吸を忘れた。

追いうちをかけるように両腕も腰にまわされる。だ……きしめ、られてる。

「……勇君。自分を、大事にしてください」

ぁ……俺、軽蔑されてンじゃん。

「うん……ごめん」

後頭部も、ばかをなだめるみたいに覆って撫でられた。キンと鼻の奥が痛んでみっともなく
涙がこみあげそうになり、うつむいて洟をすする。

「……ごめんな穏陽」

太陽になれなくて。

「……ぼくより、自分に謝って、自分を大事にしてほしいです」

「してるよ。穏陽に謝ンのが、自分を大事にするってことだから」

ひきつる喉に力をこめてこたえたら、思いきり抱き竦められて全身が痛くなった。心臓まで
抱かれているみたいに痛い。けどこの痛みは、幸せではち切れそうな痛みで、全然辛くない。

「……でもぼくは、勇君がまたわざわざぼくに謝らなければいけないことをしたら、怒ります。

ぼくはあの誘拐犯を信用できないし、勇君に身体も心も、大事にしてほしいので」

「うん……わかった。……ありがとうな。俺があほなことしたら、穏陽が怒ってな」

へへ、と笑ったら、穏陽も俺の顔を覗きこんで微笑んでくれた。「じゃあ……風呂、入って
きます」と言葉とは裏腹にもう一度最後のおまけみたいに抱きしめられて、泣き笑いになる。

そして風呂へいく穏陽を見送ると、俺はキッチンでお雑煮とお節の用意をした。驚いたことに穏陽は調理器具を一式そろえていた。木製ベラとお玉以外に、フライパン類もダイヤモンドコーティングの高価なものでまとめ買いしたのか、キッチンと棚を圧迫している。……やべえ、フライパン一個数万円からするプロ仕様のブランドを教えなくてよかったぜ。

「穏陽あのさ……嬉しいけど、ちょい金銭感覚ぶっ壊れてるぞ」

風呂をでた穏陽とふたりで食事を始めると、いい加減指摘してやった。

「勇君がつかってくれるなら値段以上の幸せを得られるので、関係ありません。……お雑煮もお節も宇宙一おいしい。年明け早々一年ぶんの幸せつかい果たしました……」

本気で涙ぐんで、両手でお雑煮の椀を包み、汁を飲んで「はあ……」と幸せいっぱい微笑む。

そりゃ、この笑顔を見られるのは嬉しいんだけどさ……。

「勇君のお雑煮は具がたくさんですね」

ん？　とお椀に視線を落とした。穏陽の言うとおり、お雑煮には鶏肉、大根、人参、椎茸、ほうれん草、ネギ、紅白かまぼこ、餅、ゆず、が入っている。

「ばーちゃんのを真似てんだ。年末はかーちゃんが店でカウントダウンしてっから、俺が作る係だったのもあって、これがうちの味。穏陽は具の少ないお雑煮のほうがなじみあった？」

「ほうれん草とゆずはなかったかな……でも似た感じです。地域によって違うらしいけど、そもそも作る人にもよるみたいですよね。ぼくはおばあさまから継いだ勇君のお雑煮が好きです。お母さまのために作ってたなんて……勇君の素敵なところもまた知られて幸せすぎます」

……ほんと完璧な褒め言葉しか言わないな穏陽は。

「ありがと。ほら、お節も食って」

すすめると、「はいっ」と笑顔で食べてくれた。お節ってのはお正月のあいだ家事をさぼるための料理だってばーちゃんに教わった。たしかに、しばらく保つ煮物なんかの料理が多い。

穏陽はそれぞれ食べて、丁寧に褒め言葉をくれた。

「嬉しいです……こんなお正月らしいこと、ひとり暮らし始めてからしたことなくて、しかもそれが勇君の手料理なんて……生きててよかった……」

あ。そういえば俺もひとり暮らし始めて最初の正月だ。ここにきたいって思いで頭がいっぱいで忘れてた。

「勇君」と穏陽に呼ばれて、へ、とふりむいた。穏陽がにっこり笑顔をひろげている。

「あけましておめでとうございます。今年もどうぞ、なにとぞ、よろしくお願いいたします」

深々頭をさげられて、俺も思わずかしこまった。

「うん、あけましておめでとう。今年も、こちらこそよろしくお願いします」

明日は実家に顔をだして、夕方からじーちゃんとばーちゃんの店へいく予定だ。夏音とは明後日会う約束をした。今年最初に、声できちんと新年の挨拶をかわしたのは穏陽だった。


食事を終えると近所の神社へ初詣でにでかけた。みんながこぞってでかける大きな神社とは違うので、人はぱらぱらとしか訪れない。穏陽が教えてくれる参拝の作法に従って、ふたりで手水舎《ちょうずや》で手を清めてから二礼二拍手一礼の順番でしっかり神さまへ挨拶をする。

大事な人たちが健康に働いて笑っていられますように。穏陽が幸せでいられますように。

「お守りだけ買ってくよ」と授与所へ移動したら、穏陽に「これがいいよ」と金色のお守りを笑顔ですすめられたので、それを選んだ。なんでも金にするなあ穏陽。

「穏陽はお守りいいの？　おみくじする？」

「うーん……じゃあぼくも金色のお守りだけいただこうかな。昔はおみくじってなにも考えずにひけたけど、いまはちょっと怖い」

穏陽が眉をさげて、後頭部を掻きながら苦笑する。風が吹いて木々がさざめき、白い日ざしに照る穏陽の髪もさらさらながれた。

「おみくじって怖くなるもんなんだな」

「うん……いま幸せすぎるんだよ。だから大吉以外受け容れられない。勇君に会うまでは未来に期待してなかったからなんでもよかったな。凶がでても納得するだけだったし」

「お願いします」と穏陽もお守りをお願いして、巫女《みこ》さんに包んでもらう。

穏陽がごく自然と、あたりまえのように言葉にする感覚に、俺は何度も心を揺さぶられる。俺が言語化できない痛みや喜びを穏陽はしれっと口にできるんだ。それだけ俺なんかより長く孤独や絶望とむきあい、見つめ、懊悩し、闘ってきた証拠なんだと思う。俺が触れたものにさえ感動してくれるのだって、掌が与える影響を知りすぎてるせいもあるのかもしれない。穏陽自身が叩かれたり殴られたりして、他人の手から受ける傷を見つめて泣いてひとりで癒やしてきたから。……これからの未来には、温かいものだけ触っていてほしい。

「帰ろっか」と歩きだすと、「はい」と穏陽も横へきた。俺も温かいもの、触りたいな……。

「あのさ。……穏陽はさ、俺に触りてーとかねえの」

「えっ、どこに、じゃない、いや、いいです、無理です、そんな、……畏れ多い」

質問一個で疲労してうなだれ、猫背になって萎んでくれる。てか畏れ多いってなんだよ。

「正直に言えよ、触りてーんなら」

「ど、どういう拷問ですか……いいです、遠慮しておきます……」

……ンだよ。

「いんならべつにいーけどさ。あーあ、手ぐらい繋いでやってもいーと思ったのに」

「えっ、手、」

ぱ、と光を見たみたいに顔をあげた。

「なに、繋ぎてーの？」

「あ、えっと……お願いできるなら……お年玉ってことで……」

「しゃーねえな」
ン、と右手をだしたら、穏陽が左手を俺の掌の上からか下からか、とロボットよろしくかくかく動かして迷い始めたから、こっちが下から摑んでやった。ふふん。……やったぜ。
砂利道を、ふたりでじゃりじゃり石を踏んですすむ。赤い鳥居を踏まないようにくぐった。

あったかくてでかくて、ぷにっとする穏陽の掌は気持ちいい。

「穏陽、誕生日のプレゼントもありがとうな」

「あ、いえ、とんでもないです」

「とんでもあるよ。俺うっかり値段知っちゃって目玉飛びでた」

「あ、あー……まあ、値段は関係ないんで」

「うん。穏陽の気持ち大事にしてつかうけど、高価なら嬉しいってわけじゃねえからな？」

「はい。……勇君は贈り物を気持ちよく受けとってくれるので、ぼくは嬉しいし尊敬します。他人の心の受けとめかたをちゃんと知ってる神さまなんです。〝いらない〟って遠慮しないでしっかりもらって、相手の気持ちに報いることへ努力しようとする。格好いい……」

「大げさだよ」

ふふ、と穏陽が微笑む。……俺も穏陽になんかいい影響与えられてんなら安心だけど。

「でもさ、お礼言いたかったのに、穏陽『エデン』こなかったしさ」

「ああ……ほんとすみません……忙しくて……」

「いんだけど、べつに。仕事頑張んねー奴嫌いだから。お礼は言いたかったってだけの話」

「はい。これからも、勇君を見習って、仕事頑張ります！」

「……や、くんなとも言ってねんだけど」

穏陽が俺の手をぎゅと握って嬉しそうに笑んでいる。

「ぼく『エデン』へいけなくても、たまに店内にいる勇君を拝んで元気をもらってますよ」

「え。どうゆうこと？」

「『エデン』の営業中に運よく退社できても、弁当食べて寝るので精いっぱいで、映画を観てる時間のない日がほとんどなんです……だから、しかたなく勇君の姿を一瞬だけ眺めてます。会社に泊まることも多いし、帰れても閉店してる時間帯ばかりなんで、それすらほんとたまにですけど……勇君は金色に輝いてるからすぐわかる」

なにそれずりぃ。

「俺が気づくように店の前でなんかしてよ」

「えっ、なんかとは」

「手ぇふったり、踊ったり？」

「勇君の命令にはすべて忠実に従っていく所存ですが……それストーカー超え始めてますね」

ぶはっ、と吹いちまった。

「じゃあ店内にきて、なにも借りないで冷やかしで帰っていく、みたいな」

「うん……それならストーカーの範疇《はんちゅう》かな。いっそ、勇君は店長さんや要君に、ぼくが勇君のストーカーだって認識させておいてください。妙な行動も〝やれやれ〟って許されるほどに」

「えっ、まじで言ってンの？　ストーカーでいいのかよ」

「変質者よりはストーカーのほうが正しいし、ましなので」

どう違うんだ……。稔陽が苦笑していて、俺はその横顔を眺めてほうけてしまう。

……稔陽はすげえな。稔陽を幸せにしたくても俺は真逆の行動ばかりしてるのに、そのあいだにも些細な隙すら逃さず幸せや癒やしをそそいでくれる。俺だけどんどん幸せになっちまう。懐が深くて器が大きくて、格好よくて好きでたまんねえよ。困って淋しくなるぐらい好き。

こっそり息をついて、人けのない路地から大通りの信号の前へきて足をとめた。ここは人目もあるけど、繋いだ手をそのままに稔陽に寄り添ってじっとしていた。

「……勇君、今日は右手の指輪してないね」

「ぇ、気づいた？　そう、新年だからメンテだしてるんだ。あれ大事な人にもらった指輪でさ、数ヶ月に一回必ず店で磨いてもらってるんだよ。ほんとははずすのも嫌なんだけどさ」

青信号になって歩きだしたら、穏陽が一拍遅れた。見返すと、物憂げな横顔をしている。

「……穏陽？」

「いや、えと……勇君はアクセサリーにこだわりを持ってそうなので、贈りたくても難しくて。お気に入りを贈れる人、尊敬します……」

「あー……てか、さっき話したじゃん。贈り物は気持ちだろ？　そのものにこめられた想いが大事なんだよ。どんなものにも心は宿るんだ。それを持っていたいんだよ」

はい、と穏陽がうなずく。

「穏陽がくれた電車のＤＶＤもめっちゃ観てるよ。あれ楽しいね」

「や、恐縮です……楽しんでもらえてよかった」

何度観ても穏陽と旅する光景を想い描く。哀しくも幸福な現実逃避をさせてくれるＤＶＤ。

「勇君は、あの……」

「ん？」

言葉を口内に含んでうつむく穏陽を、覗きこんだ。髪をながす冬風が冷たい。繋いだ穏陽の手がかたくなる。

「……勇君は、恋人とか……ちゃんと、つくらないんですか」

え。

「ちゃんと、って……」

「誰か特定の人ができれば、こう……誘拐犯の、アドバイザーとか……よくわからない人も、おとなしくなるはずで……ぼくも……安心、というか……」

安心。安心か……。恋人ができたら安心、って言われちまったか。

「……そうだな。恋人、できたらいいな。でも俺、いま好きな奴いるよ。誘拐犯なアドバイザーにもそれ言ってるから大丈夫。ありがとうな」

ひひ、と無理矢理口角をあげてひきつる頬を和らげ、笑いかけた。歩みの振動のせいにして掌もきつく握りしめる。俺穏陽に〝神さま〟や〝太陽〟としてしか、求められてねえんだな。

「穏陽は？　恋人つくろうとか考えてんの」

視線をそらして、「ぼく、ですか……」と穏陽は右手で頭を掻く。

「こいびと、とかぼくが望めるものでもないんですけど……とりあえず、いまは、おつきあいしてくれる人がいたとしても、キャパオーバーです……」

ン……仕事忙しそうだもんな。

……いや、穏陽は惚れた相手のためなら睡眠削ってでも時間つくるんじゃね？　会いたい、一緒にいたいって熱情で、どんな苦労も幸せに変換しちまいそうだし、出会ってねえだけだろ。そこはお客さんと店員でしかない俺とは扱い違うんじゃねえかな。……羨ましいな。

「勇君の、その……好きな人って、どんな人なんですか」

「……なんでンなこと訊くんだよ」

「や……どうして恋人じゃないのかとか、おつきあいしていれば、その人がもっと、きちんと誘拐犯から守ってくれるんじゃないかとか、勇君に好かれて、応えないわけないのにとか、」

……うっせえな。俺を崇めてるだけで、おまえなんか恋愛対象にもしてくんねえくせに。

「いいだろ。人の恋愛に口だすなよ、もうやめよーぜこの話」

なるべく苛立ちが面にでないよう照れ隠しを演じて拒否った。おまえの好きな太陽はこんなふうに笑うの？　もっと明るく？　どんな性格だったら俺おまえに神さまじゃなくて人間扱いしてもらえたのかな、本当の俺見てもらえたのかな。あー……まじで俺、最低の汚《きたね》え奴。

「……すみません」

空気を悪くしたのは俺なのに、謝ったのは稳陽だった。いいよ、なんて被害者面した返事はできねえけど、俺のほうこそごめん、と素直に謝るには腹がむかつきすぎて声にならない。

ふたりで冬風に吹かれて、手だけは繫いだまま離さずに、ますます心が腐って太陽から遠のいていく自分への憤りも持てあましながら黙って歩いた。こんな状況で一緒にいてもどんな接しかたをすればいいのかわからないのに帰りたくない。傍にいたい。でもどうにもならない。

アパートまで稳陽が送ってくれて、別れる段になって、稳陽の誕生日はいつなの、と訊いた。すると困った顔で、六月十二日です……、と教えてくれた。今年二十五になる、という。

俺もプレゼント贈るから受けとってな、と綺麗な太陽を意識して懸命に笑いかけると、稳陽はさらに困惑したようすで、……はい、気持ちに報いるために努力します、とこたえてくれた。

だけど六月がきても、稳陽とはほとんど会えなかった。

「――つまり、だ。きみは神で太陽じゃなければ、彼にとって価値がなくなるってことだね」

にこにこ機嫌よさそうな表情をして、中西さんが痛《いて》えところをついてくる。

「……そうだよ。友だちにも恋人にも、人間にもしてもらえねえの。店員の神さま太陽さ」

夜でも賑やかな繁華街をならんで歩きながら、俺は、けっ、と吐き捨てる。

「きみを神や太陽にしておくだけなんてもったいないな。わたしなら恋人扱いするのに」

「フン。愛人の間違いだろ」

『本格的に店始めるまで用事はねーよ』と拒んでも、中西さんは『いずれ経営者になりたいなら社会勉強も必要だ』とか言ってしつこく会いにきては、俺を高級料亭やら有名ホテルのレストランやら流行の居酒屋やらに連れていってくれる。たしかに初めて知る料理や、店ごとのこだわりのおもてなしに触れるのは勉強になるし、デリホスのことからなにから、俺のすべてを受け容れてくれる彼にはどんな事柄も相談できちまうから、正直、一緒にいるのも心地いい。

　この人はデリホスを見下さないうえに俺を神にも太陽にもしない。そして大人扱いも子ども扱いもしてくれる。

「……俺太陽になりてえのにさ、あいつに太陽太陽崇められると太陽が憎くなっちまう。すげえ矛盾だろ？　そんで〝こんなの全然太陽じゃねえ〟って苛ついて、最後は哀しくなんだよ」

うつむく視線の先にアスファルトが続いている。捨てられたたばこ、空のペットボトル。

「可愛くて困るなあ……本当に」

「ばかにすんな」

「愛の告白だろう？」

平然と、家族に対して不実な言葉を言うところは嫌いだ。

「じゃあ、きみはわたしを当て馬にしてみたらどうだい？　ちょうどいい具合に、彼もわたしたちの仲を不愉快に思ってくれているようだから、いい効果を発揮すると思うよ」

「はあ？　なに企《たくら》んでんだよ」

「失礼だな、きみを助けてあげようとしているだけじゃないか。わたしとデートを重ねていることをそれとなく話してみればいい。あるいは、しっかりと既成事実をつくってもいいんだよ。キスだけじゃなく、ベッドの上でも」

「それが狙いか、嫌ンなるぜ……」

心底うんざりしてわざとため息をついてやるのに、中西さんは楽しそうに笑っている。

「……わたしは自分の店が好きでね。店のためにがむしゃらに尽くしていたら、経営者として以外必要とされなくなってしまった。わたし自身がわたしらしくあれる場所が、現在は家にもどこにもない。……デリホスは唯一の息抜きだったんだよ。でもきみに出会ってから、わたしをあっけらかんと、対等に受けとめてくれる場所を得た。いまのきみと似てるだろう……？　だから、どんなかたちであれきみの助けになれるなら本望だよ。こんなわたしの想いも、愛情とは言えないかい？」

顔をあげて見返すと、にっこりとてらいのない笑顔をひろげている中西さんと目があった。どこかつくりものめいた笑顔にもかかわらず、いま自分のなかでも彼がいくつも店を経営している金持ちのおじさまというキャラクターではなく、刺せば血がでる心を持った中西さんというひとりの人間になったのを感じた。

「……中西さん、ありが、」

「あ、もちろんわたしの望みは、当て馬だろうと肉体関係こみの愛を育むことだけどね？」

「っ……ばかっ」

　お礼を言おうとしたのにぶち壊された。中西さんは「ははは っ」と無邪気に爆笑している。こんな笑いかたも、俺の前でしかできない淋しい人だったりすんのかな、と想像すると、責めきれもしない。

「あーあ真剣に聞いて損したぜ。おじさんの弱音にほだされそーになっちまった、危ねえ危ねえ。甘いもん食って忘れてー。そうだ、そこのコンビニでソフトクリーム買ってきてよ」

「え」

「ふたつ頼むな、ほらはやく！」

　はいはい、と文句も言わずに中西さんがコンビニへ入っていって、カウンターでソフトクリームを注文してくれている姿を見守った。

　さっきおごってもらったステーキの風味も、まだ若干口もとに残って香っている。道の端にはちょうど呑み屋からでてきた大人たちが騒いでいたり、明らかに未成年っぽい奴らが酒缶片手にたまっていたりして、それぞれに夜を満喫している。

　神さまとか太陽とか、経営者とか……会社員とか学生とか、夫とか妻とか、男とか女とか、もしかしたらみんないろんな顔を演じながら、他人の求める理想と、素の自分との折りあいをつけて生きてるのかな。だとしたら教えてほしい。好きな人の理想っていつまで演じてられるんだ。理想を演じながら永遠に一緒にいることってできるのか？　本当の自分を好きになってもらえないなら、その恋は始まる前から終わってるってことじゃないのか……？

　俺が知ってる稔陽も、本当の稔陽じゃないのかな。太陽の前で嘘を演じてたりすんのかな。無理させてる？　俺らそんな上っ面な関係だった？　だったらそれがいちばん辛《つれ》えじゃん。

本当の自分を好きになってくれる相手が自分の好きな人、って、とんでもない奇跡なんだな。そんな奇跡、俺に起きるかな。起きるならその奇跡、いま、穏陽とのあいだにつかいたい。

「勇君」

顔をあげると、中西さんが両手にソフトクリームをひとつずつ持って戻ってくるところだった。その姿が絶妙に可愛くて笑っちまった。この絵面……すげえいいパパじゃんか。

「ひとつはあんたのな」

「わたしのか」

白い牛乳ソフトを分けあって、高校生のデートみてえ、と笑いあって車へ戻った。

一時間ほどでうちの前に着いた。別れるときは、いつも〝また会ってくれるかい〟と訊いていた中西さんが、今夜は「また一緒にアイスを食べよう」と微笑んだ。毎回〝考えとく〟と返していた俺も、初めて「いいぜ」と応えて、走り去る車を見送った。夜空に雲が浮いている。

みんなどうして唯一なんて見つけてしまうんだろう。世界には一方通行の不毛な想いばかり飛びかっているような気すらしてくる。唯一の相手の唯一に誰もがみんななれるなら、世界はもっと温かいはずだったのに。

なにかを失うと、その穴を埋めるみたいにしてべつのなにかを得るもんだ。

そろそろ梅雨《つゆ》が終わってまた夏がきそうだ……、とうんざりしていたころ、俺はじーちゃんとばーちゃんの店でおネエさんと再会した。

「ネエさん！」

「え？　――……あらうそ、やだっ、もしかして勇ちゃん⁉」

「そうだよ俺！　小坊のころよりでっかくなったろ？」

「やあねこの子ったらいきなりナニ自慢⁉　どれ見せてみなさいよっ」

「ひゃはっ……やめ、触ンなってっ」

店に一歩入ってくれたところで大爆笑の大騒ぎ。十年ぶりの邂逅《かいこう》とは思えない気安さでまたたく間にうち解け、カウンター席へついてもらっておたがいの空白を埋めあった。

ネエさんは艶やかなロングヘアーの上品で美人な女で、モデルばりに長身。ネイルが邪魔そうな手はでかいものの、やや低めな声も色っぽい。一緒にきていたスーツ姿のおじさまは寡黙《かもく》でクールな紳士で、店内の誰もが視線を奪われる美男美女カップルだった。

「この人が、あのときわたしをふった男なのよ」とネエさんはくすくす笑った。

「え、まじで？　いまは幸せそうに見えるけど……俺の勘違いじゃねえ？」

「ええ。わたしがいないとやっぱり駄目だって言って、あれから二年経ったころ追いかけてきてくれたの」

「そっか……よかったなネエさん。おじさんも、もうぜってーネエさんのこと泣かすなよな」

彼も「ああ」と苦笑する。なんでも、彼もネエさんからこの居酒屋と俺の話を聞いていたそうで、「噂の勇ちゃんに会えるとは思わなかったよ」と素敵に笑った。

ネエさんはいま自分の店を持っているという。彼にふられたあと、もともと夢だった店のオープンに専念していたら、彼まで戻ってきて、ふたつの幸せを手に入れたってことらしい。

「仕事も恋も嘘みたいに順調なの」と笑顔を見せてくれて、自分の記憶のなかにいた涙のネエさんの顔も更新され、その晴れ渡った表情に俺も喜びを噛みしめた。

俺はネエさんに喜田さんの話をした。あの人は自分をネエさんに投影していた、俺は気づいてやれなかった。だからネエさんに会えて、幸せでいてくれて、本当に嬉しい、と。

「そうなのね……わたしも何人かそういう子たちを見てきたわ。でもね、みんな自分で決めちゃってるの。まわりの声が聞こえない心の闇の奥底のほうにいて、決断しちゃってるのよ」

「……ネエさんも〝なにもできなかった〟って悔やんだ経験あるの」

「うん、ある。でもわたしは、その先輩が勇ちゃんを太陽だって言ったのは真実だと思うよ。思うし、いま勇ちゃんが、先輩のためにも太陽でいたい、って志して生きている姿は、先輩も安心して見守ってるんじゃないかなって思う」

「ン……ありがとうな、ネエさん」

喜田さんともっと話をしたかった、もっと話をしてほしかった――そう想ってすこし泣けた。綺麗事のような代弁でも、ネエさんの言葉だと心に沁みた。喜田さんが俺に〝ネエさんは天国にいなかったよ〟と苦笑しながらめぐりあわせてくれたような、そんな不思議な予感が、胸の奥にずっと燻っていたからかもしれない。

「勇ちゃん、太陽になる方法教えてあげるわ」

「え、まじで？」

「簡単よ、勇ちゃん自身が幸せでいること。――いつでもおいで、癒やしてあげるから」

ネエさんは自分の店の名刺をさしだしてウインクした。満天の星みたいな美しい笑顔で。

でもって、なにかを得ると、またなにかを失う。

忙しい夏を乗りこえて秋がくるころには、じーちゃんとばーちゃんの居酒屋が移転することになった、と告げられた。息子さんがいきなり継ぐと言いだして、来年の春には息子さんが住む町にリニューアルオープンするというのだ。

「これからは、勇も手伝いにこなくていいよ」

仕事終わりにばーちゃんにひきとめられて、決定的な言葉を告げられた。

故郷を息子さんにとられちまった気分だった。でもしかたない。俺はこの家の家族でもない、赤の他人なんだから。息子さんにとっては俺が目のうえのたんこぶだったに違いない。

「勇もこれからしずるさんの店を手伝っていくんでしょう？　ちょうどいいタイミングだったんだよ、きっと。あっちもこっちも手伝って、バイトもしてたら、勇の体力が保たないもの」

悔しいことに、ばあちゃんの言うとおりでもあった。二十歳になるこの夏以降、本格的にかーちゃんの店で仕事する許可ももらっていたんだ。どっちの店も繁忙期はほぼ重なる。どちらを優先すべきか迷ってもいた。

人一倍頑固で淋しがりやなじーちゃんが今夜さっさと奥にひっこんじまったのは、これが理由か。ばーちゃんもおどけて明るく笑うけど、目を赤くさせて、泣きてえぐらい淋しがってくれているのが嫌でもわかった。

赤の他人でも、ばーちゃんたちが俺を孫のように想ってくれているのは知っている。そして俺にとっても、ふたりは本物の祖父ちゃんと祖母ちゃんだった。

「……うん。わかった。でもまた会いにきてもいいでしょ？」

「うん、もちろん。ばーちゃんたちも死ぬまで働くから、お料理食べにおいで。じーちゃんはあの子がいまからいきなり継ぐなんて言いだしたもんだから、〝できるもんか〟ってぷりぷり怒ってばっかりいるけど……ほんとは嬉しくて、はりきってるんだから」

「そうだね。じーちゃん、嬉しいよな」

それでもこの店はなくなってしまう。ガキのころから実家のように通い続けた店。

あのガラガラ鳴る出入り口の戸を俺がまたあけることも、カウンターへ入って、そこの奥の部屋のこたつで勉強をすることも、この店内を歩きまわって酔っ払ったお客さんの注文を聞き、ビールジョッキを片手にみっつずつ持って運ぶことも、お客さんたちと他愛ない話をして笑いあうことも、なにもかも、もうできなくなってしまうんだ。

「俺……ずっと、じーちゃんとばーちゃんのこと、ほんとのじーちゃんとばーちゃんだって、思っててていい？」

訊ねたら涙がでた。ばーちゃんも泣いて、俺の頭を細い痩せ枯れた腕で抱いてくれた。

「もちろんだよっ……もちろんだよ、」

人間だっていつか死んでしまうように、ずっと在《あ》り続けるものなんかないのかもしれない。あるとしたら想いだ。想いだけだ。

「ばーちゃんたちに辛いことあったときはまたすぐ会いにいく。ずっと、大好きだよっ……」

この心だけは、俺が死んでもここに遺る。

俺の世界には大勢の人がいるのに、穏陽もいないと大きな喪失感が埋まらない。

――勇君、十九歳の誕生日おめでとうございます。残念ながら来週の誕生日当日には『エデン』へこられないので、先にプレゼントを贈らせてください。勇君が生まれてきてくれて幸せです。きみはぼくの神さまで、太陽です。

穏陽が去年くれたメモは、何度も読みすぎてもう諳《そら》んじてしまった。今年のも。

――勇君、二十歳の誕生日おめでとうございます。『エデン』へいけないので、先にメッセージだけ贈らせてください。気持ち悪くてすみません。プレゼントは次会えたとき渡します。会えない日も、勇君はぼくをたくさんの笑顔で支えてくれています。きみの尊い人生の隅に、居させてくれてありがとう。遠くでも輝いているきみが、ぼくの太陽です。

誕生日の夜、『エデン』から帰ったら部屋のドアにこのメモがくっついていた。すぐに穏陽の家へいったけど不在で、もしかして仕事から抜けだしてメモだけ貼りつけにきたのか……？と疑問に思っている。

話せない距離でなら、数回姿を見た。穏陽が店の外を通りがかる瞬間だ。

俺はたいてい店長や要と働いているので、視線を軽くかわす数秒で終わるんだけど、初夏に俺ひとりでカウンターにいたとき、穏陽は出入り口からずれた、奥の外灯のそばで立ちどまって姿勢を正し、ぴしりと九十度にお辞儀をして笑った。俺も手もとにあったソフトで傘をつくって顔を隠し、穏陽と目だけをあわせて笑顔を返した。声も聞こえない、笑顔と健康な姿のみを確認しあう一分ほどの逢瀬。それでも手をふって穏陽が去ったあとはひどく淋しかった。

ときどき俺も穏陽の家へいった。でも会えなかった。俺も渡せない誕生日プレゼントをクローゼットにしまったままだ。

メッセージだけでも穏陽みたいに残したいのに言葉が浮かばない。〝こいよ〟とか〝俺とゲームする時間くれよ〟とか、そんな我が儘じみた甘え、おまえの太陽は言っていいのか……？

いや、駄目だ。俺は輝いていなくちゃいけない。穏陽だけじゃない、喜田さんのためにも、常に燦々《さんさん》としていてえんだ。だから真夜中の暗い道を、今日もまたとぼとぼ歩いて帰る。

「イサムってモテるよね」

要がそう言いだしたのは、九月最後の週末の、ものすごい台風の夜だった。

がらんとした店内で、外の雨風と店長の好きな洋楽をＢＧＭにふたりでぼうっとしていたら、突然〝恋人いるでしょ〟みたいな顔をされた。

「バイト終わりに待ってる人がいるし、女子高生にも告白されてたし、前山さんもいるし」

泣ける勘違いをしてやがるぜ……一時期『エデン』のお客さんだった女子高生に告白されて断ったのは事実だけど、バイト終わりにきたのは夏音と中西さんだ。

「要はどうなんだよ。まだ踏みだせねえの？　彼氏欲しいんだろ？」

「んー……自分がそういうの望むのはおこがましいかなって思うんだけど、来月あたりからクリスマスで賑やかになってくると、人恋しくなるかも」

穏陽に似た消極的なことを言う。たしかに『エデン』も十月に入ればガラス張りの壁に雪をイメージした綿や〝Merry Christmas〟の文字シールを貼りつけて〝クリスマス作品コーナー〟も完璧につくりあげ、盛りあげる。独り身の虚しさが沁みるってのはよくわかる。

「要はもっと自分に自信持てよ」

「持ちたくても、自分で〝持つぞ！〟って決めてどうこうできるものじゃないからな……」

「可愛いぜ要。ちっこくって、髪もさらさらで手足も華奢で、カッシー好みじゃん」

肘でつかれた。

「柏樹さんの好みなんて知らないでしょ」

「要に似た美少年のゲイビ借りてくからさ」

また肘でつかれる。いたいな。

「……俺はイサムみたいになりたいよ。美人で格好よくて社交的で、魅力的だからまわりの人もイサムを放っておかない。素敵だなって思う」

珍しく要が切々と気持ちを披瀝して照れながら笑った。

「要も俺を太陽だと思うの？　最初髪の色褒めてくれたよな」

「うん、思うよ。イサムがいると店もぱあって明るくなるし。でも、明るいだけじゃないっていうか……太陽も大変だなとも思う。ストーカーとかさ」

ふっ、と笑っちまった。

「そーなんだよ、大変なんだ、太陽さまは」

要の頭に頭をこすりつけて、「大好きだぜ要、癒やされる～」とじゃれたら要も笑った。

「要も辛いときは言えよ？　癒やしてやっからな。どんな相談もどんとこいだぜ」

「はい先生」

ふふふ、とふたりで笑いあう。

するとふいに自動ドアがひらいて台風の轟音《ごうおん》とともに穏陽がやってきた。水だらけの傘をとじて傘立てにしまい、びしょ濡れの前髪を掻きあげて店内へ入ってくる。

すぐ目があって、穏陽がはにかんだ。……会えた。「俺いってくるわ」と要に声をかけて、意識を奪われたまま穏陽のもとへむかい、腕を掴んで棚のあいだの死角へ誘導する。

「……ひさしぶりです、勇君」

「うん……ひさしぶりだな穏陽」

むかいあって見あげた。……髪も顔も、服も濡れているのに、嬉しそうに微苦笑している。俺も嬉しすぎて、穏陽のすこしのびた髪や疲れた目もとや、リアルな全部を幻みたいに感じた。

「身体拭きなよ、タオルある？　俺の貸そうか」

「あ、ええと……持ってるんですけど……なら、勇君のを借りてもいいですか」

吹いちまった。「ぶれねえな」と笑って、急いでスタッフルームのロッカーからタオルをとって戻って貸してやる。穏陽はその黄緑色のタオルをうっとり眺めて、顔を拭いてから埋め、停止した。「吸うな」と腕を叩くと、穏陽も吹く。

話したいことがたくさんあったはずなのに、間近で姿を見て声を聞いたら、すべてがとるに足らない事柄だったような気がしてきた。黙っていてもかまわない。胸にあふれて痛いぐらい心を圧迫する至福感が、全身を満たしていくこのひとときを味わっていたい。

「あの……誕生日プレゼントを、持ってきました。遅れてすみません。不甲斐ない……」

「不甲斐ないってなんだよ」

持っていた鞄から、穏陽が小さな袋をだしてきて俺にくれる。

「プレゼントは気持ちだって、勇君が言ってくれたので、今年はぼくもアクセサリーを選んでみました。フェザーのペンダントのお礼もこめて、幸せになれるコインのペンダントです」

６ペンスコインか、と瞬時にわかった。有名すぎるモチーフのアクセサリーで、家には自分で買ったものもある。だけど穏陽の手から受けとった瞬間、まだ見てもいないこのペンダントがいちばんの宝物になった。

「ありがとうな。すごく嬉しいよ、大事にする」

「とんでもないです……」

穏陽が照れて笑う。ふにゃりとほころぶ頬、唇……なんか懐かしくて切ねえな。

「あのな、俺も穏陽に誕生日プレゼント用意してるんだ。渡してえんだけどいつならいい」

「あ、えっと……この週末は家にいられるんですけど、来週以降はまたわからなくて……、」

「じゃあ今日いくよ。『エデン』終わったらいくから、またゲームしようぜ」

「わ、かりました。じゃあ、迎えにきますっ……」

へへ、と笑いあって、穏陽がまたさりげなくすんとタオルを吸ったから鳩尾《みぞおち》を殴ってやった。

「うっ」と痛がる穏陽とふたりで笑いを噛み殺す。そのとき、また出入り口のドアがひらいて雨音が大きく響いた。

「すみません、ちょっといいですか」

視線をむけると、濡れそぼったカッシーがよれたポスターを持って店内へ入ってくるところだった。カウンターには要がいる。

「風が強いらしくて、外のポスターが剝がれていました。これ」

「あ、すみません。ありがとうございます。落ちついたら、貼りなおしておきますね」

カッシーと要が接客以外で話しているのを初めて見た。遠目でよくわかんなかったけど……要、ぽうっとしてたんじゃね？　ふたりして見惚れてたんじゃね？

「台風、大変ですね……」

穏陽はカッシーの濡れた眼鏡やスーツを心配しているっぽい。

「……恵みの雨になったらいいのにな」

穏陽が「ん？」と首を傾げている。


仕事後、弱くなった雨のなかで穏陽が待っていてくれた。ふたりで一度俺の家へ寄って誕プレと着替えを持ち、穏陽のうちへいって風呂を借りたあと、夜食も用意してゲーム開始。

最初ここにきてから続けていたRPGゲームがとうとうエンディングをむかえる。忘れていた物語を穏陽が教えてくれる声を聞きつつ、最後のダンジョンをすすんでラスボスのもとへ。

「……じつは会社を辞めようと思ってるんです」

エンドロールを眺めて感動していた深夜三時、薄暗い部屋で穏陽が呟いた。真っ先に喜びが湧きあがってきて、自戒する間もなくすぐに罰が当たった。

「慕ってくれている先輩が来年新しい会社を立ちあげようとしていて、誘ってもらいました。ゼロからの会社は不安だけど……思い切ったことができるのも最後かもって感じて。なんか、全然自分らしくないいんですけど……いまは、頑張ってみたいんです。でもそうなるとまたしばらく忙しいから、『エデン』へいけるかどうか……」

　穏陽が申しわけなさそうにうつむいて苦い顔をしている。人生の先に輝く夢を見いだして、おそらく初めて勇気を持って歩みだそうしているってのに、俺と会うことが枷《かせ》になっている。それこそ負担のかかる仕事みたいに、穏陽にとって厄介な義務になってしまっている。

「ばかだな穏陽。人生になにが必要か、自分の口でちゃんと言ってるじゃないか。わかってるんだろ？　仕事頑張れよ。『エデン』にくるのはうっかり暇ができたときだけでいーんだよ」

「悩む必要ねーじゃん！」と背中を叩いてやって、頬に力をこめて無理矢理笑顔をつくった。

　ゲームのコントローラーを持ったまま、穏陽は視線をさげて黙考している。笑んでいるのか泣きそうなのか、横顔からじゃ読みとれない。

「……はい。この転機に、ぼくはわくわくしていて、仕事を楽しいと心底思えていることを……こんな奇跡みたいな変化と、チャンスを、大事にしたい。大事に、します」

「……うん」

「だけど職場が新しくなれば、最初の数年も忙しい毎日が続くんです。……勇君が『エデン』にいてくれる残り二年の時間を、無駄にしてしまうかもしれない」

　これからの一年は退職の準備と会社の立ちあげ、次の一年は新しい職場での環境づくり、的な感じだろうか。たしかに大きな転機だ。二年なんかあっという間に過ぎるだろうな。

　俺は現状のまま順調にいけば、卒業後にかーちゃんの店でしばらく働くことになる。だけど、今度はそっちへ会いにこいよ、と誘っていいのかわからない。こんな奇妙な店員とお客さんの関係を、俺たちは続けていっていいのか？　それが穏陽にとって幸せなのか……？

「……穏陽は俺に会いたいって思ってくれるんだよな」

「もちろんです」

「なら大丈夫だよ。縁ってのは自然に降ってくるものだけじゃない、自分で繋いでいくもんもあるんだ。仕事に前むきになれたんなら俺にも全力でこいよ、そこでネガ発動すんの変だろ。一緒に縁繋いでこうぜ。俺は逃げも隠れもしねえし、俺だって、稔陽に会いてえよ」

ぱん、と稔陽の胸に小袋を叩きつけた。「な、」と稔陽が驚いて手にとる。

「これ……」

「今年の稔陽の誕生日プレゼント。カフリンクスだよ。ちょうどよかった、これからスーツ着る機会もあるだろ、そのときつけろよな」

「は、はいっ、ありがとうございますっ」

「あけますね」と稔陽が断りを入れてから嬉しそうに包装を解いていく。リボンやテープをものすごく丁寧にとるから「破っていいよ」と言ったら、「やっ、全部大事に保管しておくのでっ」と怒鳴るように返された。嬉しくて苦しくて笑えた。なかからでてきたのは、太陽を象《かたど》ったまるいゴールドのカフリンクスだ。太陽大好きな稔陽のために選んだ。

「うわ、太陽だ……ふたつの太陽、勇君からのプレゼント……夢でも見てるんだろうか、恵まれすぎてる、幸せで怖い……」

ひとつだけ遠慮がちにつまんで、そっと回転させながらうっとり眺める。

「ああ、綺麗だ……傷つけたくない……傷つけられないっ……やっぱり、ここぞって日にだけつかいます……！」

「気に入ってもらえたならよかったよ」

……一応太陽らしい言葉は言えたと思う。我が儘は言わねえよ。今後いつまで会い続けるか、この関係をどうするかは、おまえの気持ちに委ねる。……委ねるよ。

「正月くらいは休みあるんだろ。……また初詣でいこうぜ」

それまで会えねえのかな、と思ったら覚悟が揺らいで情けなく声が掠れた。

「はい、ぜひ！　誘ってくれてありがとうございます。……誘わせてしまって、すみません。勇君の言うとおり、ここで落ちこむのは間違ってました。勇君と過ごす時間も精いっぱい全力で大事にします！」

満面の笑顔で元気をとり戻した穏陽が、テレビ画面の光だけ煌々《こうこう》と照るほの暗い部屋で眩しい。無理して体調崩すなよ、でも俺にもちゃんと時間割けよ、とうぜえ奴みたいなたわごとを言いたくなっちまう自分がイタくて嫌だ。

穏陽の肩に寄りかかる。こんぐらいは甘えさせろ。……ばかぶにはる。大好きぶにはる。

「……勇君。あの……もうひとつ、ぼくのおすすめのＲＰＧがあるんですけど……また一緒に、冒険していきませんか」

穏陽がなんと言おうと、一年三百六十五日ぜってー俺のほうが長く穏陽のことを想ってる。


大学の勉強と『エデン』のバイトに精をだしながら、師走に入るとかーちゃんの店の手伝いにもいくようになった。姉さんたちが接客するのをサポートしつつ、酒の名前やつくりかた、味を憶えていく。テーブルへの案内や電話対応などのほかに、かーちゃんの店は過度なおさわりが厳禁なので、しつこいお客さんから姉さんたちを守るのも仕事だ。かーちゃんの息子ってのもあって、そうやって守っているうちに『勇ちゃん格好いい～』『大好きっ』と姉さんたちにも可愛がってもらえるようになり、わりとすんなりなじんでいけた。

──勇ちゃん、太陽になる方法教えてあげるわ。簡単よ、勇ちゃん自身が幸せでいること。

ネエさんの言葉が、勉強中も、夏音や大成と遊んでいるあいだも、店長や要やかーちゃんたちと働いているときも、脳裏にこびりついて離れなかった。俺はいま幸せなのか……？

「──少なくとも、きみは今夜もわたしを幸せにしてくれたよ」

クリスマス翌日の二十六日夜『今夜はわたしの日だろう？』と笑顔で現れた中西さんとまた食事をして過ごし、アパートのそばまで送ってもらった。

「ン……ありがとーな、パパ」

なんだか甘えてしまって、クリスマスの虚しさまでちょい忘れさせてもらっちまった。夜景の綺麗なホテルのバーで食事と酒をごちそうになったあとは、彼が買ってきてくれたコンビニソフトクリームを一緒に食べるいつものコース。あの無邪気な顔ったらなかった。おじさまはすっかりコンビニアイスにハマっている。

「きみの大事なクリスマスも毎年知らん顔で放置している非道な男より、わたしのほうがよっぽどきみを想ってるはずなんだけどな……きみも痛感してるだろ、愛されていないことは」

「……フン。恋愛ってのは自分を幸せにするためのもんじゃねンだよ。傷つこうと辛かろうと、あいつを幸せにできるならそれでいいんだ。それが幸せなんじゃねえか」

淋しさも苦しさも穏陽にもらえるなら幸せ。ふたりでいる証し。穏陽が教えてくれたことだ。

「わたしはきみとふたりで傷つくことなく、温かな幸せにだけ浸りたいなあ……」

「……クリスマスの奇跡をちょうだい」と囁いて中西さんが唇を寄せてきた。「ンだよそれ」と半分笑っちまいつつ、肩を押して抵抗する。押し返せば簡単に観念する彼の笑顔を見ていて、本気じゃねえんだと察した。淋しい人だな、とぽつんと同情したら、そのときいきなりバン！と、車に衝撃音が響いて飛びあがった。なんだ⁉ え、車殴られた⁉

「なにいまのっ」と動揺する俺をよそに、中西さんは運転席側のサイドウィンドウから外を眺め、「ああ……」とため息のような納得をこぼしてウィンドウをさげる。

「あけて平気なのかよっ」と制止したのと同時に、すっと人影も現れた。

「勇君に暴行を働くのはやめてください」

穏陽の声っ？ 身を乗りだして外を見やると、憤怒を顔面にはりつけた穏陽がいる。

「暴行とは失礼だな。わたしたちはじゃれあっていただけだよ、そうだろ勇？」

中西さんが初めて俺を本名で呼び捨てにした。肩を竦めてウインクしてくる。

「いや……まあ、本気じゃなかったっていうか、」

「ぼくはこの誘拐犯を信用してないと言いました。次にきみがばかなことをしたら叱るとも」

……腹のあたりがもやっとむかついた。穏陽の言うとおりだけど、中西さんがいくら誘拐未遂犯だからって、そこまでおまえに保護者面？ 彼氏面？ する権利もなくね？

「べつにばかなことなんかしてねえよ」

「しました」

「あのな、」と怒鳴りかけたところで、中西さんが自分の唇に人差し指を立ててとめてきた。

「やれやれだなあ。こんな厄介なストーカーにつきまとわれているきみとつきあっていくのはどうにも面倒だ。しかたない、これで終わりにしよう」

そして俺の耳に口を寄せて小声になる。

「……彼は頭がいい。車内につけている防犯カメラからも死角の、車体横に立って動かない。車をおりてふたりで心おきなく話しなさい。以前言ったようにわたしを当て馬にするといい」

「中西さ、」

「うん……きみが言う〝幸せ〟も悪くない」

ドアをあけた中西さんに強引に押しだされた。「わ」と転げ落ちるようにして外へでると、「じゃあね」と笑顔で走り去ってしまう。「大丈夫ですか」とすぐさま駆け寄ってきた穏陽に身体を支えられて、つい腕を払ってしまった。

「俺ばかなことなんかしてねえから。ほんとに冗談でじゃれてただけで、暴行でもねえよ」

「だとしたら、それも許せない。誘拐なんて法外な口説きかたも、妻子があるにもかかわらずホストを辞めた勇君と関係を持ちたがる卑しさも反吐《へど》がでるし、好きな人がいるのにあんな男にほだされる勇君も、まったくきみらしくなくて腹立たしい」

カチンときた。

「俺らしくない？　は？　俺らしさってなんだよ、言ってみろよ」

「勇君は常に気高くて正しい。他人を導く強さと正義感があって、思慮深い。いつも自分より他人のことを癒やそうと努力してる。ひとつの家庭を崩壊させて大勢の人間を哀しませる不倫になど溺《おぼ》れない、きみはそういう、太陽です」

穏陽が鋭利な瞳で俺を見つめて断言する。心臓が裂けて破れて、いますぐ泣きたくなった。

「……そうだな。穏陽の理想の俺じゃなかったな。悪かったよ」

もう消えてえよ。中西さんは俺のクリスマスを大事にしてくれた。忙しくても何度も会いにきてくれた。デリホスしてた俺も、太陽になりてえのに、太陽を憎んだり、妬《ねた》んで自己嫌悪したりする俺すらも全部笑って受けとめてくれた。おまえがいないあいだ俺を癒やしてくれた人だったんだ。俺は癒やされちゃ駄目なのかよ。俺は誰かに縋ることもできねえで、ずっと穏陽の前でへらへら笑ってる太陽でいなきゃなんねえの……？

「理想ってなんですか。たしかにまたあの人とふざけたことをしようと思っているなら理想的じゃないからやめてほしいですけど」

「なんで穏陽に縛られなくちゃなんねんだよ。ンな権利おまえにないだろっ」

「あります、ぼくは勇君の、信者だから！」

しんとした深夜の路地に響き渡る大声で宣された。

「……あ……そうかよ。大変だな、信者さんは」

涙があふれそうになって身を翻す。太陽になりたくても、おまえに太陽を押しつけられんのはいい加減疲れた。俺はそんなに偉くねえよ。ゲームもなんも知らねえつまんねえ男で、初恋の相手も尊敬してた先輩も傷つけて失って、好きな男にビビって一生懸命理想を演じてるくだらねえガキだよ。俺はこんなちっぽけな俺を知って、おまえにただ好きになってほしかった。

「勇君に好きな人がいるのは知ってる。でもぼくは……ぼくもっ、勇君のことが好、」

「よせよ！」

怒鳴り返した声が涙に震えていてダサかった。穏陽を見返すこともできそうにない。

ごめんな、と心のなかで謝って、しかたないから逃げるように家へ帰った。


年が明けても、穏陽と初詣でにはいけなかった。ケー番を知らねえから俺たちはどちらかが相手の居場所へいかない限り会うことはできない。つまりはそういうことだ。

最悪だったのは成人式へ出席して、中学の友だちとクラスメイトに再会したこと。

「おまえの大学にさあ、俺の知りあいがいるんだけど、おまえウリしてたってほんと？」

「えっ、まじか、ウリ⁉　おまえ居酒屋の手伝いとかやってるいい子ちゃんじゃなかったっけ？　いつからそんなふーに変わっちゃったんだよ！　なにがあったんだ、聞かせろっ」

華やかな振袖姿の女子や、スーツや羽織袴姿の男子たちにまたたく間に囲まれていく。さして親しくなかった奴らまで加わって囃《はや》したてられ、「俺は受け容れるぜ！」と嗤う奴、「サイテーなんだけど」と嘲笑する奴、「身体は大事にしろよ」と説教する奴、「事情があるかもしんねーだろ」と偽善ぶる奴と、一気にさまざまな毒を浴びせられて吐きそうになった。

ああ、また地獄が増えた、と思った。やべえな、俺がいくとこ全部容易く地獄になっちまう。

太陽になりたいってのに相変わらず駄目みたいだ。やっぱり穏陽とは二度と会わないほうが、太陽でいられるんじゃねえかな。人生って、誰かと出会って、誰かが去っていくくり返しだ。その一個にすぎねえよ。おまえを想うと俺の心には光が咲く。それで充分だ。太陽だったのは最初からおまえだ穏陽。ここでずっと俺は、おまえを愛してるよ。……本当にごめんな。

# 4

「前山先輩、本当に、ありがとうござい、ましたっ……次の職場でも、頑張ってくださいっ」

「うん、ありがとう小池《こいけ》君。小池君も頑張るんだよ」

「はい、頑張りますっ……先輩、絶対また呑みいってくださいね、絶対っ……」

八月末づけで、ようやく退職できた。最終日である金曜の夜、職場の人たちが送別会を催してくれて、それもおひらき。夜十時半の居酒屋前で後輩の小池君を中心に、ずっとスイーツ友だちとして親しくしてくれていた三重さんとちえさんも涙ぐんでくれている。

「前ちゃん、わたしたちともまたスイーツ食べにいってね」

「先輩、楽しみにしてますぅっ……」

「はい、ありがとうございます」とうなずいてこたえる。右腕に抱えている花束の香りがふわりと掠めて、俺も鼻腔がツンと痛み、涙をこらえて笑った。ほかの先輩や同期、後輩も、それぞれ「頑張れよ」とか「身体壊すなよ」と最後の言葉をくれる。その嘘のない笑顔や労いを受けとめていると、自分は必要とされていたんだ、と初めて知って胸が熱くなった。

この会社を辞めるとき、自分がここまで温かく見送られるとは思いも寄らなかった。あの日勇君に会うことを選択せず死へむかっていたなら、こんな幸福な未来も知らないままだった。

生きていれば必ず幸福になれるとは思わないが、幸福になれる道は誰にでも平等に絶対ある。俺は勇君にここへ導いてもらった。死ななくてよかった。いまを、幸福に思う。

「――では、みなさん本当にお世話になりました。ありがとうございました」

頭をさげて拍手で締めてもらったあとは、タクシーで帰る上司、駅へむかう先輩と同僚、後輩など、全員を見送ってから自分も帰路へついた。

しかし、幸福を得るには自分がその物事を〝幸福〟として受けとめる必要があるとも思う。幸せだった反面、正直疲れた……『退職するならかわりの新人を育てろ』とお達しがくだり、最後の最後、今日の定時までほとんどふたりぶんの仕事をするはめになったせいだ。

なんとか四ヶ月で育ててあげた小池君は、俺がいると〝教えてもらえるから〟と甘えるたちでいつまでも自立しないし……まあ、だからひとりになった今後は心配ないけれど。

充実とは疲労を伴うことで、疲労を感じられることは即《すなわ》ち幸福である、と自分を納得させる。

花束を抱えなおして、自分でも自覚できる弾んだ足どりで電車へ乗った。次はもうひとつの幸福を得るために、やりたいことがある。深山さんの会社で働き始めるまで、二週間の休暇をもらっているんだ。無駄にはしない。

最寄り駅へ着くと、焦れて足早に電車をおり、改札を抜けた。はやくいきたい『エデン』へ。

「いらっしゃっせ～」

懐かしい快活な声が迎えてくれた。勇君を視線の先に捉えながら入店すると、勇君も俺だと気づいて唇で笑みを返してくれる。……よかった、一応嫌悪や拒絶は感じない。

ひとまず棚へ移動した。これから二週間通い続けるためになにを借りるかはもう決めている。ドラマだ。海外ドラマは長いから日本のドラマでいいかなとタイトルを選ぶ。うーん……普段まったく観ないのでどれが面白いのか見当がつかない。ジャケットを眺めて、勇君に似た格好よくて可愛い男の子が脇役にいる恋愛もの？　にしてみた。

「お願いします」

カウンターには勇君だけがいた。レジにソフトをおくと、対応してくれる。

「こちら新作なのですが、レンタル期間はどうなさいますか？」

声も聞くことができた。……嬉しい。『エデン』は一週間レンタルが基本でレンタル料金も一律だが、新作だとはやく返却すればするほど安くなるんだ。

「明日返却でお願いします」

「明日、ですね。かしこまりました」

勇君が〝時間できたのか？〟という不思議そうな表情をしたのを見逃さなかった。ソフトをしまってくれているようすを尻目に、俺も花束をよけつつカードとお金をおく。

「……勇君。今日、会社を退職してきました」

勇君の瞳が一瞬まるくなった。

「……そうか、だから花束持ってんだな。おめでとう、お疲れさま」

笑顔にも曇りはないように感じられる。

「はい、ありがとうございます。……今年の初詣では本当にすみませんでした。いきたかったのに、ぼくは、いけなかった。あのときはいけませんでした」

言葉を切って、胸にこみあげる激情をいったん深呼吸して吐きだした。

「……理由は、腹を立てていたからです。正直な想いを言うといまも複雑な気持ちでいます。あの誘拐犯とつきあい続けているのかと思うと、不快でしかたない。でもぼくも勇君を諦めきれない。だから今日から二週間、ぼくと一緒にいてくれませんか」

ずっと怒り狂っていたし哀しんでもいた。初詣での約束を反故《ほご》にしたくなかったのも改めて冷静に話しあいたかったのも、単純に勇君とふたりで正月を過ごしたかったのも本当だ。けどあの誘拐犯不倫男を刺し殺してやりたい衝動と、あいつに触れた勇君の手を切り落としてやりたい苛立ちが消えず、俺自身が狂気に支配されていたから自ら距離をおいた。

そうして落ちついてくると、仲なおりするために『エデン』で働く勇君とアイコンタクトから始めようと努めた。帰宅できそうな日は電車へ飛び乗り、会社泊が続く時期はいったん抜けだして、二週間に一度は必ず『エデン』の営業時間内に店の外へ立って、勇君に合図を送った。

俺が手をふっても頭をさげても、最初は居心地悪そうにしていた勇君も、次第と以前のようにうなずいたり、小さく手をふり返したりしてくれるようになり、梅雨が終わるころ俺が傘をまわして腰をふって踊ったら、やっと吹きだして笑ってくれた。

勇君が誰を好きでも幾度愚かなことをしても、俺は俺なりにきみを想って傍にいたい。

「い……っしょにって、どんなふうに」と勇君の目がまたまるく見ひらいた。

「どんなふうでもいいです。勇君の時間をもらえるならそれでいい」

勇君の視線がさがり、当惑して横へそれる。

「悪《わり》ぃな。俺は夏休みでかーちゃんの店の仕事もしてるんだよ。『エデン』が終わったらそっちいって朝まで働いてる。で、昼間眠って夕方からまた『エデン』。遊んでる暇はねんだ」

「じゃあ『エデン』からお母さまのお店まで送ります、毎日。朝も迎えにいく」

「は？　な、毎日って、なに言ってンだよ」

「あの男が勇君に寄りつかないように、ぼくが監視して守ります」

ソフトの入った袋を、花束を抱えている右手に押しつけられた。

「……うっせえ、帰れ」

右腕で顔をこすって、勇君が身体ごと横をむいてしまう。

「はい、一度帰ります。あとで迎えにきますね」

そう告げて出入り口へむかい、再びふりむいて勇君の背中に頭をさげてから店をでた。

帰宅すると荷物を全部おいて花束をキッチンで水につけ、風呂へ入った。現在十一時過ぎで『エデン』は十二時閉店。髪も乾かして服を着たら、水を一杯飲んだあとすぐにでかけた。

夏は終わったはずなのにとんでもなく蒸し暑い。途中でコンビニへ寄ってコーラを購入し、『エデン』の横へ立って勇君がでてくるのを待つ。

勝手な欲を押しつけたので、きてくれないことも覚悟していたが、勇君は閉店して一分後に裏口からでてきて、唇を尖らせた顔をそっぽにむけたまま俺のところへきてくれた。

「……べつにおまえのためにはやくきたわけじゃねーからな」

「うん」

「かーちゃんの店にいくためだ」

「うん」

「きてほしいとも頼んでねーから、勘違いすんじゃねえぞ」

「うん、いこう。お母さまのお店はどこなの？」

フン、と鼻を鳴らして勇君がパンツのポケットに両手をつっこみ、歩きだす。俺も車道側に立ってついていく。外灯だけが数メートル間隔で照る暗い夜道でも、勇君は輝かしく眩しい。

勇君はずっとしゃべっていた。

「てか、去年の話いまさら持ちだしてきて〝守る〟とか意味わかんねーし。八ヶ月経ってんだからな」とか「二週間俺を監視してなにがどう変わるんだよ」とか「だいたい突然二週間よこせったって、俺にだって予定ってもんがあんだし」とか「……本気で送り迎えするつもりなわけ？」とか「暇人だなぶにはるは」とか「コーラあんがと、うめえ」とか「……穏陽は八ヶ月なにしてたんだよ」とか。

勇君は昔からしゃべるのが好きな子だった。会話でコミュニケーションするのが得意だし、話題にも事欠かない。聞くのも好きだけど、聞いてもらうのはもっと好きなんだろうと感じる。それは、母子家庭で育ち、孤独を感じる時間も少なからずあったせいじゃないだろうか。

俺も歩きながら相づちをうったり、質問にこたえたりして、伝えたかった事柄を話した。この八ヶ月のあいだで自分が小池君という後輩を育てていたこと、だから通常の二倍働いていて『エデン』を利用することができなかったこと、それでも勇君を忘れた日はなかったこと。

勇君のお母さまのお店は『エデン』から徒歩三十分の街にあるという。

「結構歩くね。夜道は危険だし自転車をつかいなよ」と提案したら、すっと顔を見あげられて、「でも二週間穏陽は俺を送り迎えすんだろ」と澄んだまっすぐな瞳で撃ち殺された。

徒歩なら往復で一時間会話できるが、自転車だったらおそらくその半分に減ってしまう。

「……そうだね。一緒に歩いて、勇君とたくさんおしゃべりがしたい」

そう返したら、ふふん、と機嫌よさげに微笑んでくれた。

「ここだよ」とレンガ造りのお洒落な一軒家っぽいお店の前へ着くと、看板を見て驚いた。

「そうそう、『えでん』っていうんだよ、うちの店」

勇君がいたずらっぽく笑む。たしかに、可愛らしい書体で『スナックえでん』とある。

「デリホスも、いまのレンタルショップも、うちの店の名前とおんなじとこ選んだの。なんか親近感湧いてさ」

「そうだったんだ……ぼくはレンタルショップの『エデン』が先で、デリホスを選んだよ」

勇君が「面白く繋がってンだな」と笑った。この笑顔も可愛くて、目が痛いほど目映《まばゆ》く尊い。

「……すごく、勇君にぴったりだよ。神さまが住む楽園だ」

感嘆すると、とたんに唇を尖らせる。

「……ばか。エデンつくったのが神さまだろ、住んでたのはアダムとイブだっつの」

「そうか。じゃあ、やっぱり太陽だね。楽園を照らす太陽だ、勇君は」

物憂げに瞳を横へながされて、ん？　と疑問に思ったら、右拳で肩をぶたれた。いた。

「早朝四時半閉店だ。じゃあな」

にかっと晴れやかな笑顔に戻って、建物の横へまわり、裏口のドアをあけて入っていく。

可愛い。逞しくも細い身体で、夕方から朝まで働き通し……勇君は夏休みもお客さんを癒やすことに魂を削っている。憧憬《しょうけい》に暮れて、尊敬して、愛おしくなって、まったく心が忙しい。

俺の太陽はなんて格好いいんだろう。

ひさびさに勇君と過ごせたのも幸せで、しばらく心が震えて立ち尽くしていた。ほ、と息をついて身を翻す。閉店まで約四時間か。移動時間を含めると、帰宅して『エデン』で借りたドラマを観て再び出発すればちょうどいいぐらいになる。この二週間は俺も夜型になろう。

ひとりだと退屈な道のりを戻って、あくびしつつドラマを観終え、また勇君のもとへ。

眠たかったが、白々と夜が明け始めた空の水色と桃色のグラデーションは美しくて、昇っていく太陽を眺めながら勇君に会いにいくのは神聖な儀式のようにすら感じた。身を粉にして、自分の足で神さまのもとへむかう儀式……うん、勇君にふさわしい。

「お疲れさまです、勇君」

仕事を終えて裏口からでてきた勇君は髪もよれて弾力を失い、瞼も半分落ちて疲れているようすだった。無理もない。右手に、俺がさっきあげたコーラを持っている。ほとんどない。

「……お疲れ。まじで待ってるし。ふふ」

帰り道の勇君は口数も少なかったが、今夜来店したお客さんのことや、従業員の〝姉さん〟たちとの仲について聞かせてくれた。金持ちのお客さんの紳士さ、ひとりのお姉さんに入れこんで通い続けているサラリーマンへの関心、お姉さんたちの苦労や私生活など。お店へ入った経験もないのに、内部事情を知ると頭のなかで登場人物たちが映像として動きだす。

俺たちが住む町へ戻ってくると、コンビニへ寄って勇君に新しいコーラを渡し、古いほうをゴミ箱に捨てた。「ふふ、やったぜ、あんがと」と嬉しそうにしてくれて、「ほんじゃな」とアパートの部屋へきちんと入っていくまで見守った。

翌日からも宣言どおり、送り迎えをし続けた。仕事でもずっと不規則な生活をしていたので、身体が夜型になじむまでもそう苦労はしなかった。

早朝家へ戻ったら眠り、午後に起きて、いままで満足にできなかった部屋の掃除や服の洗濯などの家事をこなし、次の職場で働く準備にも手をつける。

たまに小池君から『先輩～……どうしてもできません～……』と泣き言の電話がくるから、絶対に折れず、『きみならできる』と根気強く励ますのにとどめて突き放したりもした。

勇君はそんな小池君を気に入ったようだった。

「穏陽に甘えまくってンの、可愛い後輩だね。しかも穏陽、めっちゃ上手に転がしてるし」

「いや……一度ぼくが体調崩して早退したとき、心配で翌日も無理して出社したのに、彼ひとりで完璧に仕事をこなしてたってことがあったんだ。休めばよかったってげんなりしたのも事実だけど、あのとき学んだ。放置したほうがこの子はいいって。それだけだよ」

「ふうん……穏陽カッケーね。後輩できて、もっと格好よくなったね。〝子どもが親を親にする〟って聞いたことあるけど、そんな感じかも。おどはるが懐かしいぜ」

歩きながらコーラをぐいっと飲んで、勇君が「ふふ」と微笑む。「えふ」とゲップする。

勇君の言うように、俺は小池君といてかなり変われた。入社して二年目から〝先輩〟の自覚は芽生えていたけれど、業務内容をひき継ぐために二人三脚で仕事に挑んだことで、責任感がより強くなり、意識や姿勢という精神的な部分での成長を実感できた。

「でもいまのぼくがいるのは勇君のおかげだよ。昔は〝みんな成長できる〟とか〝幸せは努力次第で摑める〟とか、そんなのは全部自分に関係ないおとぎ話に聞こえた。綺麗事だ、って。なのに気づいたらここにいて、全部を手に入れてたんだ。変化って、途中では気づかないものなんだね。勇君に惹かれて焦がれて、我に返ったらこうなってたから」

「……穏陽はすぐ俺を褒めるな」

ふ、と苦笑する勇君に、こつんと軽く腕を叩かれる。

「つうか、体調崩して早退したって、それは平気だったの？」

「うん。原因は寝不足と脱水症状だった。あれ以来、水をよく飲むようにしてる」

勇君が「あ、冬でも脱水症状ってあるらしいよな。大事なくてよかったよ」と細かな知識を口にし、「みたいだね、そのとき知ったよ、ありがとう」とこたえる。

『えでん』もそうだが、勇君は歳上の人間と接する機会が多いせいか、たまに変わった知識もぽろんとこぼした。疲労で腰を痛めたら果物を食べろ、とか、よく眠りたいときは納豆食え、とか。食べ物系はだいたいおばあさまから得た知識っぽい。

一方で、不思議なことを知らない。

「なあ穏陽、楽しく移動するためにグラマラスじゃんけんしよーぜ」

「〝グラマラスじゃんけん〟……？」

「知んねーの？　じゃんけんして、パーで勝ったら〝パイナップル〟チョキで勝ったら〝チョコレート〟グーで勝ったら〝グラマラス〟で歩いていって、先に着いたほうが勝ちってゲームだよ」

……俺が知っているのと違う。

「勇君、それ誰に教わったの？」

「ん？　かーちゃん。子どもンときよく一緒にやったんだ」

おかあさま……変な言葉を教えて歩数を稼がないでください……。

「やりたくねえ……？」

小首を傾げて可愛く上目づかいで訊かれ、もちろん「やるよ」とこたえてじゃんけんした。

深夜なので、距離ができてくると右手を頭上にあげ、口をぱくぱくさせて小声でじゃんけんしながらすすんだ。勇君は強くて、どんどん先へいってしまう。遠くでくすくす笑っている。

こっちはグラマラス、ですすむたび笑ってしまう。ただし、俺のほうが一歩の幅が大きいので、グラマラスの文字数も、勇君に追いつくためにはありがたい。

信号に苦戦しつつ、追いついて追い越して、をくり返しながら『えでん』へむかったら、着いたころにはいつもよりだいぶ遅刻していた。

「まあ、べつに出勤時間は決まってねーから平気だよ。ははっ、めっちゃ楽しかったっ……」

勝ったのは勇君だ。夜空を仰いで口を大きくひらいてあはあは笑ってくれる。

「俺、子どものころあんま友だちと遊んだことなくてさ、グラマラスじゃんけんもひさびさ。稔陽はゲームも見せてくれるし、ありがとうな、すげえ嬉しい」

はたと気づいた。そうか、おかあさま以外の人と遊んでいたなら誤った知識に気づけたはずなのに、いまのいままでグラマラスだと信じてきた理由は……つまり、そういうことだ。

ちなみに俺も漫画やアニメで知っただけで、こうして実際遊んだのは勇君が初めてだった。

「勇君。これからもグラマラスじゃんけんはおかあさまか、ぼくとだけしてくれないかな」

「え、なんで？　……まあこんな子どもの遊び、する機会ねーからべつにいいけど」

「約束だよ」

小指をだしたら、不思議そうにしながら勇君も小指を絡めてくれた。揺らしてうたう。

「ゆ〜びき〜りげんまん、嘘ついたら酒千杯呑〜ます、指切った」

ぶっ、ととたんに吹いてしまった。

「なんだよ穏陽、笑うなよ」

「いや……この約束のしかたも、ぼくとだけしてください。絶対ほかの人としないで」

「ンだよ、変な奴だな……いいけど」

　ほんじゃな、とにっかり笑って手をふり、『えでん』の裏口へ走っていく。この日の勇君は神さまで太陽で、天使だった。言葉や仕草から垣間見える人生、おかあさまたちからもらった愛情と積み重ねてきた触れあい、孤独、強《した》かさと勇ましさ、なにもかもに惹かれてやまない。

八ヶ月の距離も、難なく埋まっていったのは勇君の人柄のおかげだったと思う。

　しかし例の中西という男への不信感だけは拭えない。「あの男は終わりにすると言っていたけど、結局どうなったんですか」と改めて問いただしたら、「会ってねえよ」と返された。

「でも、俺は将来かーちゃんの店関係も、こう……いろいろ考えなきゃなんねーから、相談にのってもらいてえときは世話になりたいと思ってる。連絡先知らねえから、今後どうなるかはあの人次第だけどな」

　悔しいことに、俺は経営者として勇君を支えられはしない。奴は奴の経営力と鬱陶しい執着心で、勇君のなかに強引に己の居場所をこじあけさせ、まんまと居座る権利を勝ち得たんだ。

「だからって、ビジネスとしてまた身体を許したら、それは枕営業っていうんだよ」

「は？　見損なうな、枕なんかしねーよ」

「枕みたいなことはすぐするじゃないか」

「してねえって言ったろ。最初のだって別れのだし、キスぐらい挨拶だ、がたがた言うなよ」

「あっちに欲望がある限り挨拶ではすまされない。勇君はあんな男と一緒に穢れないでくれ」

またつい声を荒げると、勇君も唇をまげて俺の左腕を殴ってきた。

「おまえにそんなこと言う権利ないって言ってンだろっ」

「ある！　二度としないでください。純粋で高潔なまま、彼を利用するだけにしてください、神らしく」

「神だ太陽だって、それもおまえがひとりで言ってるだけじゃねーか！」

「そうです。俺の神さまで太陽だから、あんな奴には絶対に穢されたくないんです」

きっぱり言い放ったら、勇君は俺を見あげて瞳を揺らし、歯を食いしばって言葉をなくした。そして俺の腕を殴って、続けて脚も蹴り、「うっせえ！」と言い残して仕事へいってしまった。

不愉快にさせたとしても、この件ではどうしても従う気にはなれない。大事な勇君に対して腹を立てる自分も大人じゃないと思うが、頭と心は一致せず、苛立ちは腹の底から湧き続ける。きみにだけは心が毀れる。恋しいときも愛しいときも、哀しいときも、腹立たしいときも、喜怒哀楽どれもメーターが満杯までふりきれて狂って平静でいられなくなる。

迎えにいく時間になってもまだ不快感が抑えきれず、どうにか勇君の口から〝二度としない〟と言わせたくてしかたなかった。神さまをねじ伏せるためにはどうすればいいのか、アスファルトを踏みしめて早朝の町を歩きながら思案した。

ところが、いつものようにコーラを持って待っていたら、仏頂面して店をでてきた勇君は、薄明るい朝の世界のなかで、両腕を組んで仁王立《におうだ》ちし、

「おぶれ」

そう命令してきた。

「疲れたから俺をおぶって帰れよ。家までちゃんとおぶって送れたらキスしてやる」

後半部分にカチンときた。

「喜んでおぶります。けど俺は勇君の唇をそんなふうにもらう気はありません。あいつと一緒にしないでもらいたい」

勇君の手から空のペットボトルをとり、かわりに新しいほうを持たせる。それから、背中をむけて「どうぞ」と軽くしゃがんだ。背後から首に勇君の両腕がまわってきて、絞められる。苦しい。無視しておぶる。

「あーあ、なんもくれてやってねーのにほいほい従う奴隷ができてありがてーな」

「そうです。勇君はそれでいい。なにもせずぼくらを従わせればいいんです」

ちゅんちゅん、と道の上を跳ねていたスズメが飛び立つ。背中に勇君の身体の体温と、腕に細い脚の感触がある。

「……あほが。信者は奴隷なのかよ」

「なんだろうと勇君の望む者になりますとも。だから身体はつかわないでくださいね、約束」

「……うっせ」

「勇君、酒千杯だよ」

「指切りしてねーだろっ」

信者信者ってむかつくぜ、ぶにはる、信者はる、と右肩のあたりでぶつくさ言っていた勇君が、そのうちしずかになった。俺は毎日借りているドラマが不倫作品だったことを話しながら歩いた。主婦と大学生の不倫で、周囲に非難されようともふたりでいることを選択し、結果、同棲までした挙げ句別れる。愚かなふたりがばかを見ただけの話だ。あれのなにが面白いのか意味がわからない、調べてみたら人気アイドルグループのメンバーが大学生役を演《や》っていたこともあってかなりヒットしたらしいが、ますますわけがわからなくなった、と単なる愚痴だ。

「……おまえ完全に私情で観てンじゃねえかよ」

「タイムリーすぎて客観視できなかった」

「ばか、俺は不倫なんかしねえ。……塾講師を好きになったことならあるけどな。俺の初恋」

はつこい、というひとことが脳にガンと響いた。恋人はいて当然だと思っていたが、実際に本人の口から〝心が狂った経験がある〟と聞かされると明確に嫉妬を覚えた。

「……素敵な恋でしたか」

「俺にはね。先生には辛い思いしかさせられなかった。……もう昔の恋だ」

「いまも……ひきずってるんですか」

「ン……後悔みたいな気持ちはずっとあったな。傷つけて、謝ることもできなかったからさ。でもその償いのためにもいま自分の周囲にいる人を大事にしようって思う。こうなれたのも、デリホス関係の人とか『エデン』の店長と要とか、夏音とかネエさんとか、かーちゃんの店の人たちとか、じーちゃんとばーちゃんとか……みんなに人生勉強させてもらったおかげだよ」

「はい。……その……ぼくも、そのなかに、まぜてもらえたり、してますか」

勇君が俺の右肩に頭を乗せて、ぶーっ、と吹いた。

「てか穏陽さ、さっき〝俺〟って言ったろ。ほんとは〝俺〟って言うの?」

「や、あの、話を変えないでください」

「おまえも変えんなよ、神さまが訊いてんだろ」

「いや、狡い、」

ひひひ、と勇君がおかしそうに笑っている。朝の澄みきった空気が頬を掠める。まだ夏の匂いもする。疲れた勇君が俺の背中でぐったり揺られている。

「――見ろよ、穏陽。すげえ綺麗な朝焼け」

勇君の左手がすっとのびて空を指した。

太陽が半分昇った空には朝日がさしていて、上空に残る藍色を溶かしている。まるで太陽の黄金色が世界に大きく腕をひろげて、夜を剝がすように覆っていくような光景。雲も赤く燃え、夜から朝への美しいグラデーションを描いている。

「な、あの歩道橋の上にいって」と勇君が四車線道路に跨がる、目の前の歩道橋を指す。うん、とうなずいて、俺は笑う勇君をおぶったまま息をきらして歩道橋をのぼり、中央までいった。空が近い。真正面に太陽と、壮大な朝焼けが巨大パノラマで視界の端まで満ちている。

勇君と出会わなければ俺は、世界を彩るこんな美しい太陽も〝美しい〟と感じられない心で生き続けていたかもしれない。生きながら、俺はずっと死んでいた。勇君が俺を生き返らせてくれたんだ。

「――穏陽」

俺の背中から勇君がゆっくりおりて、左胸に寄り添った。勇君の綺麗な瞳にも朝焼けの光が入っていて、吸いこまれるほどきらめいている。

「俺の唯一の信者に褒美をくれてやるよ」

褒美、と復唱しようとした刹那に、勇君のとじた瞳と金色に輝く前髪が近づいてきて意識が飛んだ。唇をやわらかく食《は》まれて吸われ、上唇と下唇を弄ぶように甘くねぶられる。昔みたいにキスにこたえていい理由が、いまの俺にはない。世界は途方もなく美しいのに、このキスはあのころ以上に遠くしずかで淋しかった。褒美なのだからと、ただ口をとじて勇君がくれる抱擁に身を委ね、受けとめていたら、やがて勇君の口がそっと離れて口先が微風に冷えた。

「……はは。しちまったぜ、キス」

勇君がうつむいてどこか力なく笑っている。

「……まさかぼくとのこれも、決別のキスじゃないですよね」

顔をあげた勇君の目がきらきら光って、揺らいでいる。

「こんな下手クソなキスで終わりにすんの……？」

理性が切れた。

細い腰をひき寄せて今度は自分から唇を奪う。別れたクリスマスの夜以来だ。二年数ヶ月ぶりのキス。勇君の手も俺の首のうしろにまわって、両腕で頭をひき寄せられる。求められると理性はさらに粉々に砕け散って、たまらなく愛おしさに暮れてむさぼった。さっきのお返しに上唇も下唇もコーラ味の舌も吸いあげる。勇君も角度を変えて俺の舌を嬲ってくれる。きみがきみの人生を生きていくなかで、これから誰とキスをするかは知らないが、叶うならば、このあと数時間……数日は、俺とキスをしたこの唇でいてほしい。こんな大胆で贅沢で、大それた想いに駆られる人間に俺を変えたのもきみだ。

「……勇君、」

唇を離して勇君の右頬も甘く噛んで、もう一度唇を重ねて掻き抱いていたら、いきなり背後で「ゴホッ」と咳払いをされて我に返った。がち、と身体が硬直して冷や汗まででる。そっと口を離して勇君の後頭部を胸に抱き、顔を伏せて隠してふりむいたら、これから会社へむかうのであろうスーツ姿のおじさんが俺たちを睨めつけながら苛々した足どりで歩き去っていく。へら、と笑って軽い会釈で見送ると、勇君が胸のなかで「……ぶーっ」と吹きだした。

「信者〜、キスに超夢中になっちゃって睨まれてやんの信者〜」

……間近にある長い睫毛ときらめく瞳の笑顔が、悔し可愛い。

「いまから出勤の人もいるんだな。お仕事バトンタッチだな」

ほわ〜、と勇君があくびをして、目尻に光る涙をにじませながらにっこり微笑んだ。

そのすべてても神々しかった。

「帰るか穏陽。俺たちは夜の住人だ」

「いや、勇君は朝の住人だよ、太陽だから」「夜に働いてンだろ」「でも太陽だよ」「……面倒い信者だな」と言いあいながら、また背中におぶさってきた勇君を背負って帰路へつく。


一週間経過して、勇君が「明日は昼間から『エデン』だぜ」と教えてくれた土曜日、湿気でぼさつく髪を撫でつけつつ俺もはやめに『エデン』へむかった。洋楽がながれるしずかな店内へ入るも、珍しく誰の姿もなく、勇君の〝いらっしゃっせ〟の声もない。

不思議に思って棚のあいだを確認しながら歩いたら、勇君と要君がならんで作業していた。

かすかに会話が聞こえてくる。

「――それとも俺が抱いてやろうか？　ふっふふ」

抱く……？

「ごめん、イサムをそーゆー目で見たことないや」

「ンだと。俺超モテんだからなっ」

勇君が要君の脚を蹴って、ふたりで声を殺して笑っている。その背中に近づいた。

「すみません……勇君」

勇君の肩に手をおくと、ふたりとも、はっとしてふりむく。警戒させた？　と焦って、要君の視線も痛くて思わず動揺してしまう。

「勇君……その、きみが持ってる新作のBlu-ray、いいかな」

ドラマは懲りたからちょうどいい。勇君が棚におこうとしていたBlu-rayを指さした。

「あー……はい。これっすね。ほかに借りるのなければ、レジへどうぞ」

「はい……はい、お願いします」

カウンターへつくと、勇君が小さくくすくす笑う。

「ばか、要がめっちゃビビってたじゃんか、キョドるなよっ……」

「勇君こそ要君にまで〝抱いてやろうか〟ってなんですか、身体つかわないって約束したでしょう、酒千杯だよっ」

「約束なんかしてねーよ」

「じゃあする、いまっ」

小声で口論して、おつりを受けとるときに勇君の小指を摑もうとしたら、「やめっ」と逃げられそうになったからしっかり掌を握ってひいた。無理矢理小指を絡めてうたう。

「嘘ついたら酒千杯呑〜ますっ」

「こんなのズルだっ」

勇君も左腕で口を押さえて笑いを我慢する。指を離すと「ばか。ばかはる」と文句を言われて、「なんとでもどうぞ」と澄まして帰った。

その夜は『えでん』までの道中、要君の話を聞いて歩いた。

「要が恋愛に踏みだすの怖がってっから、背中押してやってたんだよ。要はたぶんカッシーが好きなのに、店員と客ってあんま会話できねえし、きっかけ摑めなくて可哀想なんだよな」

この〝カッシーさん〟が、去年の嵐の日に見かけたスーツ姿のサラリーマンだという。

「ああ、あの格好いい眼鏡の人……」

「そう。俺が見てる限り、両想いなんじゃねって感じ。要は好きって認めないんだけどさ」

「ノンケのお客さん相手じゃ無理もないかもね……認めたら淋しくなる一方だから」

「……。やっぱ穏陽は要の気持ちがわかるんだな」

勇君が唇をまげてうつむく。勇君は心から要君の幸せを願っているんだな、と感じ入った。

ところが週が明けて火曜の雨の夜、『エデン』の外で勇君を待っていたら要君が先に傘をさして飛びだしてきて、俺にも気づかず走っていったその先に……カッシーさんがいた。

「要っ」と勇君も遅れて店をでてきたものだから、俺は反射的に「しっ」と物陰にひき寄せる。

「え、どうした？　要見なかった？　あいつ傘持ってなかった気がし……」

俺が口にあてていた人差し指をふたりにむけると、勇君も気づいた。カッシーさんと要君が、雨のなか寄り添って帰っていくうしろ姿。もうすでに恋人同士に近い距離感。

「──え……なんで？　なんでだよ」

「ふたりでちゃんと、仲を深めてたみたいだね」

俺は幸せを分けてもらったような和やかな気分だったが、勇君は違った。

「俺要に聞いてねえよ、ずっとあいつの恋愛応援してたのにどうして？　……どうしてだよ」

勇君が唇を嚙んで、震える手で傘を握りしめている。……おそらくそれは、要君に貸してあげようとして持ちだした傘だった。

俺は勇君が友人に憤って傷つく姿を初めて見た。『えでん』へ出勤するときも帰るときも、悔しげに黙《もく》していた勇君が、その重い口をひらいて心の深淵《しんえん》に触れる話を聞かせてくれたのは一日後。ひととき嵐が過ぎ去って、雨がやんでいた早朝の『えでん』からの帰り道だった。

「……今日、要に訊いたらごまかされたよ。俺もさ、穏陽とのこと言えてないから自分棚あげなのはわかってるけど、でもできれば話してほしかった。──俺、デリホスしてたころ尊敬してた喜田さんって先輩がいたんだ。でももう会えない。会いたくても会えねえとこにひとりで逝っちまった。俺に〝自分のぶんまで幸せになれ〟って〝託すから〟って……辛い気持ちをなんにも教えてくれねえで、黙っていなくなっちまったんだ。だから嫌なんだよ、大事な奴ほど距離おかれんの嫌なんだ。幸せなときもどん底のときも、支えになりたい。要みたいに二年も一緒に見守ってたカッシーとの恋愛ならなおさら教えてほしかった。それともやっぱ俺ウザがられてんのかな。喜田さんにもウザがられてて、だから縋ってもらえなかったのかな……？」

幸福を託す、と優しさだけを遺して逝かれた勇君の、胸の底にこびりついた強い哀惜《あいせき》と悲嘆が俺の心も息苦しく苛んだ。

——なんでも相談してほしいんだけど、たぶんそのトラウマが原因なんだよなー……口下手っつうか、消極的っつうか。もっと心ひらいてくれよって思っちゃって、淋しいとこある。

——いつか親友になれるように頑張るよ。

あのとき勇君がどんな思いで要君との友情を語っていたのかも理解した。

「前にも言ったけど、要君は勇君の気持ちを蔑《ないがし》ろにする子じゃないと思う。いつもぼくのことを警戒してじっと睨んで、勇君を守ろうとしてるから」

「……うん」

あとね、と深呼吸して正面の空を見た。雨雲を照らす太陽が、今朝もたしかに美しかった。

「……あとね、ぼくは勇君に初めて会った日、死のうとしてた。せめてゲイとして、男の人と最後にセックスをして、ささやかな幸せを知ってから死のうって考えてたんだ」

「は……？」

「だけど勇君に……太陽に、ぼくは会えた。生きる希望を得たんだ。ぼくは喜田さんじゃないけれど、勇君への感謝や想いは、真実だったと思う。ただきみを傷つけたくなかったんだよ、きっと」

「ふざけんな!!」と大声で怒鳴って左肩を殴られた。

「死ぬとかふざけたこと言ってんじゃねえよばか野郎!!」

シャツの胸ぐらも摑まれて、血走った赤い目で睨まれる。

「……うん。二度と言わない。二度と言うことはない、と思わせてくれたのが勇君なんだよ。ぼくの神さまで、太陽だ」

勇君の瞳が俺の左右の目を交互に確認して震えている。だんだんと表面が潤んでくるのが、まばたきをしていないせいなのか、腹を立てているせいなのかは判然としなかった。

俺から手を離した勇君が身を翻して帰っていく。そのうしろ姿の金色の髪も神々しく眩しい。おたがい黙したまま、毎日そうしているように、勇君が部屋へ入っていくまで見送って自分も帰宅した。地獄の過去や勇君に救われた事実は変えられないが、勇君を不快にさせない物言いはできたのかもしれない、しかしそれがわからない。眠ろうとしても眠れず、ベッドの上で寝返りをうっているうちに再び雨が降りだしてどんどん激しさを増し、世界も嵐に包まれた。

九月は台風の季節だ。ベッド横のガラス窓が割れんばかりの騒音を立てて風も唸り、どこかで空き缶がからんからん転がっていくのも聞こえる。テレビをつけたら電車と飛行機の遅延情報に加え、会社や店も早々に業務終了するよう注意喚起までながれていた。……もしかしたら今夜は『エデン』や『えでん』も休みになるんじゃないだろうか。しかし俺は勇君に連絡する術がない。出勤するか否か、訊くことができない。

台風には波がある。夜になれば落ちつく可能性もあると踏んで、でかける用意だけしてようすをうかがっていると、案の定勇君が出勤しているはずの夕方ごろから雨風が弱まってきた。この程度の空模様で勇君が仕事を休むとは思えない。会いたくて迷ったが、今朝のこともあるので、今夜は客として来店するのはよそうと決めた。改めてきちんと会話する時間を確保するために、閉店後迎えにいくだけにとどめる。そして勇君の気持ちにいま一度むきあう。

はやく、はやく、と焦れて閉店十五分前にようやく家をでた。すると思いがけずまた台風が強まっていて傘が飛ばされそうになり、必死に押さえて耐え忍んだ。……これはまずい。

着ていたパーカーの帽子を被って首もとの紐も締め、ともかく懸命にすすむ。幸いうちから『エデン』は近い。強風に煽《あお》られながらも水たまりを蹴って走って急いだ。

やがて目の前に現れた『エデン』は……すでにライトが落ちて閉店していた。

臨時休業日だったのか、はやめに閉店したのか……じゃあ『えでん』は？　勇君はどこに？

「──穏陽っ！」

はっとしてふりむくと、にぶく明滅する外灯のそばに傘を両手で握る勇君が立っていた。

「勇君っ、なんで、」

慌てて駆け寄ったら、「うわっ」という驚き声と同時に勇君の傘がひっくり返り、勇君の顔や髪を雨と風が猛烈な勢いで打ち始めた。俺は自分が着ていたパーカーを脱いで勇君の背中へかけ、左右の腕を通すと帽子も被して紐を締めた。

「てるてる坊主みてー」

勇君は笑っている。その両肩を押さえて、至近距離で話す。

「笑ってる場合じゃないよ勇君っ、今夜お母さまの店はっ？　休み⁉」

風が吹き荒れて騒がしいので、大声で訊ねた。勇君は雨に目を刺されながらうなずく。

「休みだよっ。てか俺今夜はもともと『エデン』だけで、中学の友だちンち泊まる予定だったんだ、それ穏陽に伝え忘れてた、ごめん！」

「なんだ、よかった。じゃあ友だちの家まで送るよ！」

「違うんだ。『エデン』ははやめに閉店して、友だちンちいって……いま、帰ってきた」

「え？　どうしてっ？」

　ふたりで怒鳴るようにかわしていた会話を勇君がふととめた。勇君は鼻先と睫毛にまで雫をつけて、目をしばたたかせて俺を見あげている。辛く泣きそうに見えるのは気のせい……？

「……穏陽、俺今日、要と仲なおりできたよ、ちゃんと親友になれた。あいつ泣きながら俺と親友でいたいって言ってくれた。俺もデリホスのこと受け容れるどころか、喜んでくれたのはおまえだけだったって、だから親友になりたかったって言った。キスもしたんだぜ」

「えっ、キスっ？」

　勇君が「ははっ」と眉をゆがめて苦しげに笑う。

「……要も、夏音も、中西さんだって、みんな俺にぶつかってきてくれた。黙って逝った喜田さんのことは、気づいてやれなかった自分の不甲斐なさが悔しくて辛くてしかたなかったけど、ほんとは心のどっかで責めてた部分もある。なんで縋ってくんなかったんだって……なのに、俺はっ……自分は、逃げてたっ」

　勇君の左目から雨ではない水粒があふれてきて風に飛ばされていく。胸が不穏にざわつく。

「穏陽……ごめんな、俺神さまじゃねえんだよ、太陽でもねえんだっ……」

「勇君、」

「みんなと、おまえの太陽になりたくて、頑張ったけど……デリホスしてた俺はどうしたって汚《きたね》えンだよ。大学でも嗤われてた、中学の友だちもさっき喧嘩して失った……駄目だったっ」

「勇君、そんなこと、」

「それに俺……俺はずっと、おまえに会いたかった。仕事頑張って格好よくなっていく穏陽が誇らしかったのに、それでも俺ンとここいよって、くるって言ったじゃん嘘つきって、腹立ててた。そんで要にまで嫉妬してた。俺太陽じゃねえんだ、おまえが理想としてる太陽に俺なれねんだよっ、ほんとは我が儘で汚くてウゼえことばっか願ってる腐った野郎なんだっ！」

叫ぶと、勇君は目をかたく瞑って唇をひき結び、うぅぅ、と喉から呻き声だけを洩らして慟哭した。「こんな日に限って……喜田さんの指輪もないっ……」と歯を食いしばる。とじた瞼の隙間から、押しとどめきれない涙の粒が無理矢理に外へふくれあがって、こぼれてくる。俺はこれまでの短い人生で、こんなに苦しい泣きかたをする人を初めて見た。

——神だ太陽だって、それもおまえがひとりで言ってるだけじゃねーか！

——そうだな。穏陽の理想の俺じゃなかったな。悪かったよ。

——……なあ、俺は穏陽の太陽になれてる？

こんな泣きかたをさせるほど、俺が勇君を追いつめ続けていた……？　俺が勇君から、勇君の弱さや欲求を排除させて、我慢を強いていたのか？

「ごめん……ごめん、勇君っ、」

細く弱々しい背中を抱いて両腕で縛りつけた。慈しみたくて申しわけなくて苦しかった。

「勇君は、誰がなんと言おうと、ぼくの神さまで太陽です。それはきみの心が、出会ったときから光り輝いていたからです。まわりの人間たちが、デリホスをどう差別しようと関係ない。勇君がどんな信念を持って働いていたか、なにも知らない奴らに傷つけられないでください。ばかな奴らだ、って蔑んでいればいい。ホストのきみに救われたぼくはそうあってほしい」

「わかるよ、くだらねえ奴らだって、思ってる……でもそれが世間の目なんだ。俺といたら、みんな……穏陽まで軽蔑されちまうだろっ……」

世間を切り離せずにいたのも、結局はまわりの大事な人間を想ってか。勇君を傷つけた奴らが憎らしいやら、自分が腹立たしいやら、心臓がひき千切れそうな激情に襲われてさらに強く勇君を掻き抱いた。

「勇君が大事に想う人たちは、おなじように勇君のことを大事に想ってるんだよ！　昔、俺も勇君に言ったでしょう？　俺をふりまわしてほしいって。傷つけて、我が儘を言って、迷惑をかけて、困らせて悩ませて、心配させて、勇君のために泣かせてくれって！　どんな感情でもぶつけてほしい、それが幸せだって、俺言ったじゃないか！　きみを汚いって嗤う奴らがいるなら俺に言え、俺がどんなことをしてでもそいつらを捻《ひね》り潰してきみを守るから‼」

うぅ、う、と呻いて、勇君も俺の腰のシャツを摑む。

「それにね、勇君に会いたいって頼まれて、嫉妬してもらって、どうして俺が勇君をウザがると思えたの……？　その主張に関してはまったく理解しきれない。いままで気持ちの伝えかたを間違えてたかな？　嬉しさしかないよ。ウザいどころか俺の太陽はどこまで可愛いんだって舞いあがるしかない。そんなこと言ってもらえてたら、仕事だって何倍も、一億五千三百万倍ぐらい頑張れてたっ。『エデン』にも外から踊って挨拶するだけじゃなくて、要君の目を気にせず、用事もないのに毎日ふらふら出入りしてたよっ」

なんでいまなんだ、と嘆きたい衝動にも駆られて、勇君を抱きしめながら帽子の耳あたりになりふりかまわずキスをした。愛《め》でたくて温めたくて、抱き殺したいほど愛おしかった。

ず、ず、と勇君が洟をすすってしゃくりあげている。

「迷惑じゃ……ねえの？　そんなこと言っても、ウゼえって思わねえ……？」

「だからウザくないんだよ。心が輝いている勇君が汚くなることは一生ない！」

半ば苛ついて返したら、勇君は洟をすんと鳴らしつつゆっくり上半身を離した。いつの間にか真っ赤に染まっていた目で、また俺を見あげてくる。金色の前髪が目もとを邪魔している。

「……でもガキんとき、俺がいい子で待ってっと、かーちゃん仕事頑張れるって喜んでたぜ」

このいじらしい思考の全容にさらなる合点がいくと、もう限界がきて辛抱できず、神も無視して唇をむさぼった。雨と涙がまざる濡れた唇をこじあけて舌まで吸いあげる。

無理だった。世界のなにもかもを敵にまわそうとも、いまこのひとときだけでかまわない、勇君を自分のものにしたかった。

「やすは……ン、」と困惑したようすで勇君が不器用に舌を動かすさまも全部可愛い。全部欲しい。俺のものでいてほしい。俺の感情に呼応するように世界を掻きまわす風音も猛《たけ》り狂う。

満足など一生感じられることはないけれど、やや冷静になってくると唇を名残惜しく離した。

勇君が俺の首に両腕をまわして寄り添ってくれる。

「〝我慢は迷惑〟って前に話したこと、信じてください。……落ちついたら家まで送るよ」

「うん……わかった。信じる。ありがとな、穏陽……愛してるぜ」

え、とほうけた唇に、勇君もまたキスをくれた。

「……愛してる。大好きだよ穏陽」

俺を見あげて、勇君が涙で潤んだ真剣な眼ざしでくり返す。

「い、勇君……ごめんね、それはいまの状況だと、ちょっと……勘違いしそうになるよ」

疑似恋人だった昔とはわけが違う。勝手にキスをさせてもらった直後に、愛なんて。

「は……？」と勇君が濡れてふやけた瞼を尖らせた。

「おまえなに言ってんの穏陽」

「なにって、」

「嘘だろ。は？　いま言った俺の告白の意味わかってねえの⁉」

「え、告白……——え、だって勇君には好きな人が、」

「信じらんねっ！」

目の前で叫ばれた。声が顔面にぶつかってキンとした。ともかく深呼吸して、勇君の腕を首から丁寧に剝がし、むかいあって立ってもらって、もう一回深呼吸する。

「……整理させてください」

「なにを！　なんなんだよ、こんだけ俺を守るって言っといてどうしたいんだよおまえは！」

台風より勇君の声で耳が痛い。

「あの、たとえばぼくが……勇君と恋人に、なりたい……と、望んだとしたら……叶うのは、何パーセントぐらいですか」

勇君が唇をへの字にまげながら顎をあげて俺を見おろし、ゆっくりとさげて……うつむいた。

パーカーの帽子のてっぺんが俺の目の前にくるぐらい真下をむいている。黙っている。

「……一億五千三百二十二万六千三百五十二……パーセントだ」

いちおくごせんさんびゃくにじゅうにまんろくせんさんびゃくごじゅうにパーセント。

「……わかった」

秋の雨の匂いがする空気を吸いこんでまた深呼吸した。この味は生涯忘れない、と思った。

「ほんとにわかったンかよっ」

ふてくされたような声で、勇君がそう言ってまた洟をずっとすする。

「わかったよ」と俺はタオルをだして勇君の顔を拭いた。目をとじて勇君も委ねてくれる。

「わかったらどうすんだよっ」

首もとの紐も結びなおして、しっかり雨風からガードした。調子にのって、最後にもう一度ぶつけるだけのキスもさせてもらった。

「は？」

「ちょっと、また数ヶ月時間をもらうね」

「神さまにはこんな台風の夜の道ばたで求愛するわけにいかない。きちんとふさわしい場所で、ふさわしい相手に愛されないといけない。だから準備します」

「え、な……なに言ってんの？」

「準備が整ったら改めて会いにいくよ。そうだ、来年の初詣でにしよう」

「え、まじ意味わかんねんだけどっ、てかまた長《なげ》え！」

「今週もまだあと三日送り迎えするし、会えないあいだ連絡はする、携帯番号交換しよう」

「いまかよ‼」

つい苦笑してしまったら、勇君に右肩を殴られた。「あほはる、ばかはる、うんこはるっ」と文句をもらいながら、ならんで台風のなかを歩き始めた。勇君の家へむかって。

# 5

翌日、カウンターのなかでカッシーへの片想いに哀しむ要を抱きしめていたら穏陽がきた。悪いものを見てしまった、みたいな表情でそそくさ奥の棚へいく。

「俺いくわ」と要の肩を叩いて穏陽のもとへ「いらっしゃっせー」とむかった。

「あほはる」

小声で呼んだら、「はい」とソフトを眺めつつ他人のふりしてこたえる。はい、かよ。

「俺決めたから。日曜の朝までおまえンちに住む」

「えっ」

そして俺は最後の土曜の一日、穏陽の家で過ごした。夜から朝まで働いているからゆっくり過ごせるのは日中のみだったけど、早朝『えでん』から一緒に穏陽の家へ帰宅して、夜にまた出勤するまで穏陽から離れなかった。短い時間でも、これからまた正月まで放置されるなら、貴重なひとときを大事にする。

「……なあ、なんで会っちゃいけねんだよ。仕事始まったら忙しいのはわかるけどさ」

ベッドの上で脚を絡めて穏陽にくっつく。悪《わり》ぃけど床では寝かせねえ、と添い寝できたのはいいが、『正月までごめんね』とセックスは拒否られた。不満は絶えない。

「ぼくのケジメです。正月以降はずっと一緒にいられるようにするから待っててください」

穏陽のケジメとやらはまるで想像がつかない。ンなこと言うわりにキスしてくる回数は穏陽のほうが断然多いし、一度したら長《なげ》えし。……べつにいいんだけど。

ずっと一緒というのも、これまでの数年を思うとどこまで信じていいのかわからない。でも俺たちの関係ははっきり変わった。不満や淋しさはあっても、不安はない。

「わかった。じゃー穏陽のケジメ楽しみにしてンな。俺も秋以降は忙しいから勉強と仕事してりゃどうせすぐだ。スマホも繋がったし、メッセージもすっから」

「はい、ありがとうございます。ぼくも電話します」

顔をあげると、穏陽も俺の額に額をつけて微笑みながらまたキスしてきた。

「……なあ、メッセージとか電話で〝会いてえ〟って言うのもいいの？　それは困るよな？」

遠距離恋愛でも〝会いたい〟は御法度《ごはっと》だって聞く。困らせてこじれていくって。とはいえ、穏陽には常識が通用しないので、訊いてみないとわからない。ほら、鼻の下がのびてきた。

「いくらでも困らせてください、すごく嬉しい……」

「ンだよ、嬉しくても会いにはこねえくせに」

「淋しがらせたら、そのぶん勇君の部屋のドアにまたメモの手紙を貼りにいくよ」

「なんそれ、まじ意味わかんねーな」

入ってきてくれりゃ万事解決なのに、と落胆したら、思いきり強引に抱きしめられて今度は深めのキスをされた。キスだけうまくなっていく穏陽は、舌を甘く吸うのも巧みで気持ちいい。昂奮してきて穏陽のTシャツのなかに手を入れると、咄嗟にひっこ抜かれた。

「シてえ！」

「我慢してください、頼むからっ」

なんなんだこの拷問……。穏陽も赤くなってる。おまえもシてーくせに。

むかつくから上に乗っかって口、頬、顎、と嚙んでやった。穏陽も「いたい」と笑いながら逃げようとするから、俺も笑って押さえつけて嚙んではしゃぐ。

疲れると、穏陽の胸に右耳を寄せてぐったり寝そべった。

「……あー……でも要にいつ謝るかな」

「要君?」

「俺『なんでも言え』って叱って親友になったのに、穏陽のことストーカーのままにしてる。タイミング悪《わり》ぃんだよ。こないだまでは要と穏陽がつきあったら嫌だ、って嫉妬してたけど、カッシーに片想いしてる要には〝穏陽と幸せです〟とか脳天気に報告できねえし、困った」

「要君とぼく、って勇君は妙なこと考えるよね……ぼくは勇君にその、ずっとアレなのに」

言い淀む穏陽の鎖骨に顎をのせて「アレってなんだよ」と睨んだら、目をそらされた。

「アレは……ソレだよ」

「ソレ? ……フン。おまえは俺のこと信者目線でしか見てなかったろ。〝恋人欲しくねえの〟って訊いたときも〝キャバオーバーです〟って言ったしな」

「あ、あれは〝勇君のことで頭がいっぱいです〟って意味だよ。そもそも勇君が〝好きな人いる〟って言うから、あなたが欲しいですとは言えなかったし……」

「俺の好きな人っつったら穏陽だろっ」

「そんなのわかるわけないよっ」

「ちっ、まいっちまうぜ……」

要は長期転勤を終えて京都《きょうと》に帰るカッシーと一ヶ月限定の恋人になったという。

応援している親友として思うところはあるけれど、要もカッシーへの想いに悩んでひとつずつ行動を選択しながら、自分の将来の夢も探せるような前むきな人間に変化している。

――ほんとは、ひとりじゃ辛い。柏樹さん優しすぎて、恋愛かもって勘違いしそうになって、淋しい。苦しい。……イサムに一緒にいてほしい。柏樹さんとの楽しいことも、嬉しいことも、聞いてほしい。別れたあとの、辛い気持ちも、聞いてほしい。それでも、面倒くさがんないで、親友でいてほしい。

　要の成長は穏陽みたいだと感じたし、縋ってくれなかった喜田さんの真実の姿にも見えた。

〝ひとりじゃ辛い、一緒にいてほしい〟と頼ってもらえて安心した。だから今度こそ応えたい。

　喜田さん。要も俺を〝燃える太陽〟って言ってくれたんだよ。みんなの元気の源だってさ。俺、いままで独りよがりの太陽になろうとしてたのかもしんねえ。相手が求める本当の太陽をわかってなかった。まだ成長途中のガキだけど、今後は本物の太陽目指して生きてくよ。

「……あのさ。穏陽は、ちゃんと素の自分を俺に見せてくれてる？　俺、無理させてねえ？」

「え」と穏陽がきょとんとしてから、「ああ……」と考える。

「……たしかに最初のころは勇君に情けない自分を知られるのが怖かったけど……結局、勇君にしか自分を晒してないなっていまは思います。おどはるからずっと全部見せちゃってる」

「ふふ……ならよかった。これからもどんな穏陽も見せてな。その穏陽を好きでいてえから」

　穏陽のやわらかい右手を恋人繋ぎにして握りしめた。昼間の太陽の日ざしが俺らの繋がる手を真っ白く照らしている。

「はい、もちろんそうします」

その日は『エデン』が休みだったから、俺は夕飯を作って穏陽と食い、日づけが変わるまで一緒にゲームをして過ごした。そして『えでん』へは、こないだみたいにグラマラスじゃんけんをして大笑いしながら出勤した。

朝もまた家まで穏陽におぶってもらった。「朝焼け見ようぜ」と頼むと穏陽があの歩道橋にのぼってくれたので、橋の真んなかで最後の朝の始まりを眺めた。

「……ごめんな。もう淋しいよ穏陽」

素直な気持ちを口にしていいっていうのは幸せな反面、自分も覚悟が必要なことだと知った。だって声にすると、感情は倍になる。淋しさも哀しさも、恋しさも。

「もう会いてえよ、穏陽」

穏陽の肩に目を押しつけてすこし泣いた。

「ぼくも会いたいよ。……すぐ戻ってくるね。約束破ったら酒千杯呑むよ、大丈夫」

「……わかった。破ったらかーちゃんに酒千杯用意させっかんな。絶対呑ますかんな」

「うん」

太陽は、昇りきらない時間のほうが世界は綺麗だ。炎に似た赤色と橙《だいだい》色《いろ》の雲が、上空に伸びやかにひろがっている。夜が薄くなっていく。

「仕事、頑張れな。身体に気をつけて、無理すんなよな」

「うん。……勇君も身体を大事にね。離れていても、我が儘も迷惑も心配もいっぱいください。きみはきみのままで、ぼくの大事な太陽だから」

　自分でも言ったようにやっぱり秋以降は忙しかった。要とカッシーの恋を見守りながら、『エデン』と『えでん』の仕事に明け暮れる。たまに『えでん』が休みの日は、ネエさんの店にも顔をだした。ネエさんが穏陽の話を聞いてくれて、「男ってなに考えてるかわかんないときあるわよねえ……」と一緒に呑んでくれたから、淋しさもだいぶまぎれた。

　じーちゃんとばーちゃんの居酒屋は移転して半年経っていたので、ネエさんと一緒に客として訪れたりもした。「うちの子はまだ全然料理駄目なの」とばーちゃんが苦笑して、いたたまれなさげな息子さんの隣でじーちゃんも「教えがいがあるぜ」と笑う。俺の居場所はもうない。本当の身内でもないのに、孤立と責任が一緒くたの自立の感覚を、このとき初めて味わった。「素敵な店だよ」と笑顔を返す俺の痩せ我慢を、ネエさんが隣でそっと慰めてくれた。

　嬉しかったこともある。大学が学園祭で沸くなか、俺がまた尾畠たちに「あいつが男に掘られるのダイスキな秋谷君で〜す」といじられていたら、夏音が現れて「いい加減にしやがれ尾畠!!」と尾畠の顔面と股間に芸人御用達《ごようたし》のパイを投げつけたんだ。手をパンパン払いながら笑顔で俺のところへくる夏音と一緒に、爆笑した。夏音は相変わらずカッケーヒーローだ。

　十二月には大成と長野へいった。毎年恒例のお墓参り。最近はたまに大成とも遊んでいる。大成にもゲーセンや、バッティングセンター、ライブの楽しさを教えてもらった。友だちのおかげで俺も好きなものが増える。そんな報告を、喜田さんにしまくった。

　あの嵐の夜、仲違いした中学の友だちから謝罪の電話もきた。『AV女優とはつきあいたくねえよな、あ、おまえもデリホスしてたんだっけ？』と嗤われて喧嘩して帰ったんだけど、

『悪かった反省してる』とわざわざ関係を繋ごうとしてくれたものだから一回だけ信じることにした。で、そいつらともまた遊んだ。そのなかにおなじ塾に通っていた奴がいて、先生がいま故郷で塾講師をしているらしいって噂も思いがけず耳にした。ああよかった……と安堵した。変態って非難に怯えた先生。俺に想い出をくれた先生。どうか元気で、幸せでいてほしい。

　穏陽とも約束どおり電話やメッセージで連絡をとっていたから猛烈に辛いことはなかった。でも一度だけ、要が号泣する声を聞いたあといろんな記憶が蘇ってきてひどい孤独感に襲われ、落ちて沈んで、『会いてえよ、すげえ淋しい』とメッセージを飛ばしてしまった。

　そうしたら、翌朝帰宅した部屋のドアに、小さいメモ紙がでかいハート型をかたちづくって何枚も貼ってあった。【もうすぐ会いにいくよ】【淋しがらせてごめんね】【ぼくも淋しい】【勇君】【また朝焼けを一緒に見よう】【きみはぼくの神さままで太陽です】――一枚ずつ剝がしながら、なにしてんだ穏陽、ってだんだん泣き笑いになった。本当にきてくれたんだな。

『俺は毎朝、穏陽のこと想い出しながら朝焼け見てるよ。大好きだぜ』

　そうメッセージを返して、早朝の空を仰いだ。


『いまからいきます』とメッセージが届いて、穏陽に指示されたとおりニット帽と手袋を身につけ、ドアの前でチャイムが鳴るのを待った。ほんの数分の距離に焦れて、外にいよう！　とドアをあけたら、そこにちょうどスーツとコート姿の穏陽が立っていた。……穏陽が。

　痩せて、髪も切って、めっちゃ格好よくなった穏陽が。

「いた、いたっ」

思わず頭、頬、肩、胸、腹、頬、頬、頬、と手袋の手でぱふんぱふん殴ってやった。

「おまえふざけんなよ‼　三ヶ月……痩せるために三ヶ月必要だったってことかよっ‼」

最後の締めに、脚も蹴ってやる。おまけにもう一回頬も叩いた。

「それだけじゃないけど……そうです、死ぬ気で頑張りましたっ」

「うるせえクソ！　いますぐ殺してやる！」

穏陽の首に両腕をまわして飛びつき、唇をむさぼった。容赦なく舌をつっこんで吸いあげ、吸い返されて、とたんに強烈な至福感に襲われて全身がうち震えた。……クソ。

「今日まで会ってくんなかったのも驚かせるためとかだったらまじ殺す」

「や、あの……大丈夫です、仕事もしてました」

「ダイジョブですじゃねえよ！　無駄におセンチに過ごした俺の三ヶ月を返せ！　会いたいなんて言うんじゃなかった、会いたい損だ！　ぶにはるでいいのに！　かまわなかったのに！　クソっ、俺の彼氏クソばか野郎じゃねえかっ……！」

「……。へへ」

「喜んでンじゃねえよ！」と後頭部をぶってやった。「いた」と穏陽が嬉しそうに笑う。

笑いやがってまじむかつく……ミトン手袋なのをありがたく思えっつんだ。五つ指のショーティだったら摑みかかって笑えないとこまでボカスカにしてたかンな。

「いこう。まずは初詣でに」

穏陽が目の前でにっこり微笑んでいる。……フン。

身体を離してひとまず部屋の鍵を閉め、アパートの階段をおりた。「ン」と右手をだすと、稔陽が「はい」と上から手を重ねて繋いでくれる。〝まず〟ってのはなんだろうな、と疑問に思いつつ、ふたりでこの三ヶ月の出来事を教えあいながら、以前も一緒にいった地元の神社へむかった。人は相変わらず少ない。手水舎で手を清め、二礼二拍手一礼で神さまへご挨拶。

「ばかはるのばかが治りますよーに」

きちんと大声で頼んだら、「ははっ」と稔陽が楽しそうに笑った。ダメージ受けやがれ。

「勇君がぼくを好きなんて言ってくれる、ばかな人のままでいてくれますように」

腕を殴ってやった。

「俺はばかじゃねーよ」

「ばかだよ。痩せただけじゃ全然勇君にふさわしい男とは言えない。これからも頑張るよ」

涼やかで清潔な眼ざしを、神さまにむけながら稔陽が誓う。

「稔陽のばかは治りそーにねえな」

コートのポケットに入れていた手袋を左手だけつけて、また「ん」と右手をだした。掌をあわせて繋ぐと、稔陽は俺の手ごと自分のコートのポケットへしまい、再び歩き始める。

「稔陽はなんで手袋と帽子してねーの？　それに、このあとどこいくの？」

「ちょっと寒いとこにいくよ。帽子はともかく、ぼくは手袋ないほうが都合いいから」

ふうん？　とついて歩いて電車に乗った。破魔矢《はまや》を持った人や、晴着姿の人が駅にあふれていて、稔陽と眺めながら移動し、港町《みなとまち》方面へすすむ。「港のレストランとか？」と当てにいっても、稔陽は「どうでしょう」と口角をあげて微笑むだけ。……わくわくしてきた。

「やべえ楽しみ。サプライズとか初めてだよ。またクソみたいのだったら海に捨てるけどな」

「あははは」と穏陽が長めの前髪を掻きあげておかしそうに笑っている。……なんか、まじで格好よくなったな。おどはるも好きだったけど、いまは大人の男っぽい余裕と風格がすげえ。俺のほうが追いつくの大変そうじゃね？　対等でいたくなる彼氏か……たまんねえな。

「もうすぐだよ」

おりた駅からすこし歩いて、近づいてきた場所に驚愕した。……え。

「船っ？」

正面に白くてでっかい三階建てっぽい船が一隻とまっている。まさかこれに乗るのか⁉

「勇君とふたりで船上パーティをしたくて貸し切ったんだ」

「貸し切り？　パーティ？　え、こんなでかいのに俺たちふたりだけっ？」

「そうだよ」とうながされて船乗り場へすすむと、スタッフの人たちに丁寧にお辞儀されて「いらっしゃいませ」と迎えられ、なかまで誘導された。一歩船へ乗っても、揺れがわかんないぐらいでけえ。しかも本当にスタッフ以外誰もいねえ。穏陽と手を繋いだまま階段をあがって、二階のレストランへ入った。あけ放された扉の正面にピアノ、奥の窓際に沿うようにテーブル。そして窓のむこうは綺麗な水色の空と青い海、飛びかうカモメ。

「どうぞこちらへ」と席まで案内されて上着を脱ぎ、穏陽とむかいあって座った。穏陽のスーツの袖に、金色に光るカフリンクスがついているのを、このとき知った。

白シャツに黒ベスト、ソムリエエプロンでぴしりときめたウエイターさんがやってきて、一礼して白ワインをグラスについでくれる。

「乾杯しようか」

穏陽に微笑まれて、呆気にとられたまんま「はい……」と乾杯した。甘くて呑みやすいワインが喉を通っていく。おいしい、と感想を言いあっていたら、スープから順に料理も運ばれてきて、いつの間にか船も動き始めていた。景色がながれていく。

「信じらんねえ……穏陽すごいね。こんな素敵すぎるサプライズねーよっ」

料理も美味い。ウエイターさんが言ってくれる料理名は全然憶えらんねえけど、サーモンの美味いマリネや、ゼリー仕立ての野菜のなんか美味いのや、赤ワインソースがかかった美味い国産牛、と続けていただいてどれも感激し通しだった。穏陽も俺が喜ぶのを笑顔で見ている。

「美味い、美味いよっ……すげえ嬉しいっ。神さままでよかった〜……」

「はは。神さまにふさわしいおもてなしができたうえに喜んでいただけて、ぼくも光栄です」

腹が満たされてくると、ピアノの演奏も始まった。カモメがついてくる景色を眺めて、心が透き通っていくような錯覚をしながら穏陽と聴き入り、最後のデザートのアイスも食べる。

「……穏陽、カフリンクス似合ってるね」

そっと指摘して微笑みかけると、穏陽も照れ笑いになった。

「ありがとう。……大事な日につけるって、あのとき決めたから」

デザートのあとの紅茶も飲んでピアノを数曲堪能したあとは、穏陽が「そろそろデッキにでようか」と提案してくれたのに従って席を立った。客は俺たちしかいないもんだから、演奏してくれたお姉さんに「ありがとうございます！」と拍手してお礼を言ったら、お姉さんも笑って喜んでくれた。で、穏陽に「勇君先にいってて」と外へうながされて、扉から表へでた。

「さみ〜っ」

腕をさすって、オープンデッキの先へ歩いていく。穏陽が帽子と手袋をしろって言ったのはこのせいだったんだ。でも風も、潮の香りも気持ちいい。腹も満腹幸せぱんぱん。

柵の前へついていて、真正面にきていた大橋を見あげた。カモメがずっとついてきている。頬が冷える。橋の上を車が走っているのもわかる。ひゃっほ〜、俺は船の上だぜー！

「勇君」

背後から呼ばれてふりむいたら、穏陽が真っ白い花束を抱えて立っていた。

「あはは。穏陽、超格好よくなったのに、花まで持って格好つける必要ねーぜ」

「いえ。数年前のクリスマス、ぼくがストーカーしたばっかりにきちんと渡せなかったから」

「……あれは突っ返した俺がばかだったんだよ」

改めて受けとって香りを嗅いだ。白いバラの周囲にかすみ草やガーベラが添えられたブーケ。

「ありがとう、すっごく綺麗だよ」と喜んだら、穏陽は小さなケースもだしてきた。

「去年ぼくはみっともなく嫉妬をして、勇君に誕生日プレゼントを渡せなかった。それもまた改めて用意させてほしいんだけど、ひとまず先にこれを受けとってくれませんか」

穏陽がひらいたケースにはシンプルなシルバーのリングが入っている。

「結婚すんの？　告白だけだと思ってたのに、穏陽だいぶ飛び越えてきたな」

「どんな意味でもかまわないよ。結婚が重たければ、いつか時期がきたとき改めて贈ります。どちらにせよ、ぼくの勇君への一生揺るがない想いです」

「うん、重たくなんかねーよ。嬉しい。結婚しよーぜ」

左手を「ん」とだしたら、穏陽が「はは」と笑ってリングを薬指に通してくれた。

「穏陽キモい、すげえぴったりだよっ、なんでサイズ知ってんのっ？」

「勘だったんだけど、最高のお褒めの言葉いただいちゃったな」

ふたりで爆笑した。

「勇君、愛してます」

穏陽が寒さで潤んだ愛おしげな瞳で温かい想いを訴えながら、告白をくれる。

「うん、俺も穏陽のこと愛してるよ」

笑いあって、ふたりで唇を寄せてキスをした。ブーケが近くて、バラと海の潮の香りがする清らかでかぐわしいキスになった。こんな綺麗なキス、きっと一生に一度だ。

離れると見つめあって、もう一回笑いあった。穏陽が手袋と帽子をつけなおしてくれたから、ぴったり身体を寄せあって、そのあとしばらく船上からの海と空の眺めを堪能した。

「……なあ、無粋だけど、これ値段やばくね？　元日に船貸し切りって、とんでもねえだろ」

小声で遠慮がちに訊ねると、穏陽はにこりと微笑む。

「コネをつかったから、値段はたいしてかかってないよ」

「コネ？」

「勇君は知らないんだね。これ、中西が経営してるクルーズなんだ」

「は⁉　どういうこと、あの人に連絡とったのっ？」

「うん。あっちはオーナーで、顔も知ってたから簡単に見つけられた。〝勇君とおつきあいを始めるので船を貸してほしい〟って直でお願いしたんだ」

笑う横顔を見ていてぞっとした。こいつ怖《こえ》ぇな……とんでもない方法で当て馬作戦の報告をしちまった。『きみが言う〝幸せ〟も悪くない』と別れ際にくれた彼の声と笑顔が蘇る。

「……ン。中西さんにも感謝だな」

すっと腕をあげて左手の薬指を空にかかげたら、ミトン手袋の手だった。ありゃ。

「綺麗に輝いてる」と穏陽は俺の頭に頭を寄せて、一緒に手袋を眺めながら笑う。

「輝いてんの見えるの？」

「見えるよ。太陽の光はどんな場所にも届くんだから」

「穏陽の心に届いてるだけじゃん。信者の目にだけ見える光だな、そりゃ」

「ぼくは勇君の旦那さんに昇格したんだよ。だから見える」

「旦那ってジョブ的に弱そうじゃね？　信者のンが腕力も魔法も万能の最強ジョブっぽいよ」

「ああ……たしかに旦那さんは賢者的かな？　じゃあぼくは旦那さんでありつつ信者でもあり続けるよ。うん、最強だ。勇君の光は、どんなところにあってもこの目に完璧にうつる」

ははは、とまたふたりで爆笑した。……穏陽も右手をあげて、俺の左手を手袋ごと繋ぐ。

船に乗って動いているのに太陽はずっと真上にある。

「……穏陽とまたゲームしてえな」

「もちろん、これからいくらでもしよう。ゲーム以外のこともなんでも」

「うん。……酒千杯のやつな」

「いいよ。こんな幸せな約束、絶対に破らない」

ふたりでいつまでも笑いあって、東京湾をまわり続けた。贅沢なふたりきりの結婚披露宴。

幸せすぎる海の旅。ずっと夢見ていた穏陽と過ごす時間。

「またこような」

そう約束して、日が傾き始めると惜しみつつ下船した。手を繋いで一緒に帰る。穏陽の家へ。

「……なあ穏陽、おまえ俺と〝つきあう準備〟とか〝ふさわしい相手〟とか言ってたけどさ、まさかどっかでセックスの練習までしてきてねーよな？」

風呂あがりの濡れた髪をバスタオルで拭きながら訊ねると、水を飲んでいた穏陽が、ぶっと噴きかけた。先に風呂をすませた穏陽は、長袖シャツと下着姿でベッドに座っている。

「……してないよ。すみません、そこはまったくノータッチのままです」

「ン、エラいエラい。おまえの童貞食うの俺だからな。このまま裸で始める？　服脱がすとこからのほうが昂奮すンなら着るぜ？」

「あの……勇君もその、ちょっと営業っぽいのをやめていただけると……」

そっぽをむいて、穏陽はさっきから俺を見ない。一応下着だけ穿《は》いて、俺も部屋へ戻った。

「なんだよ、営業のつもりなんかねーよ。穏陽がどういうの昂奮するか教えろって話じゃん」

「勇君相手なら、なんでも昂奮するよ……」

「ほんとかよ。むっつりスケベっぽいのに」

穏陽の右隣に座ったらやっとこっちを見た。睨んでくる。

「……ひとつ頼めるなら、雰囲気づくりに協力してもらえませんか」

ふっ、と小さく吹いてしまった。

「オッケ、緊張してんだな？　可愛い～……童貞っぽ～いっ」

へらへら笑ったらむっとされた。でもドライヤーをとって俺の髪を梳《す》き、乾かしてくれる。

「勇君はなにもかも完璧で素敵な神さまで太陽だよ。だけどぼくはいまは茶化されたくないな。

勇君のことを大事にしたいのに、デリカシーがないっつていうか……そこは好きじゃない」

む、と俺も自分の唇がまがったのを自覚した。……ンだよ。

「……しかたねーじゃん。俺だってまじの恋人になった相手とスんの初めてだもんさ」

薬指にリングをした左手が、本当はずっと震えてる。ぶっちゃけセックスも数年ぶりだし、
先生とは恋人だと確信できないまま寝た。だけど穏陽は違う。愛しあってる、って理解してい
る穏陽と寝たら自分も、穏陽も、どうなるんだろう。うまく予想できなくてどぎまぎする。

「……勇君も緊張してるの」

穏陽がドライヤーをとめて俺の顔を覗きこんでくるから横にそらした。

「……悪《わり》ぃかよ」

俺だって童貞と一緒だ、と左手の甲で顔をこすったら、いきなり抱き竦められた。

「勇君の……そういうの、狡いです。本当に可愛い」

「ばかにしてんのか」と腹を立てたら、「違います」と唇を塞がれた。なんかもう……穏陽の
ほうがすっかり達人っぽいの狡くね。

「……穏陽の旦那レベルが知んねーうちにあがってる。どこで経験値増やしてンだよ」

穏陽が眉をさげて笑う。

「レベルゼロのおどはるのころからぼくの先生は勇君だけだよ」

腰をひかれてベッドへ仰むけに寝かされた。「うわっ」と笑うと、穏陽も笑って上にくる。ゆっくり上半身をおろして近づいてくる穏陽が、また唇を重ねてきた。受けとめてこたえて、俺も穏陽の首に両腕をまわす。……ずっと待ち望んでいた抱擁に胸が熱くなって、喜びが身体の奥いっぱいにふくれあがっていく。どうしよう……やべえすげえ嬉しい。

まだ夕方だから、キスをしていると外から子どもの声が聞こえてくる。「あ〜け〜まして〜おめでと〜ございま〜す」と楽しげな声に、思わずふたりして吹きだした。はは、と俺の上で笑っている穏陽の顔に、橙色の夕日がさしている。太陽の余韻に染まる、俺の恋人。

「……子どもの声って、男か女かわかんないね。穏陽が言ってたみたいに、もともとどっちの性も持ってるってのまじな気がしてくる」

「……うん。あの子もきっと誰かの太陽や、優しい月になっていったりするんだよ」

微笑む穏陽の頰を左手で包んだ。俺がこの男に惚れたのは正しかった、と、いま確信した。

「……あけましておめでとうな穏陽。俺言ってなかった」

「うん……あけましておめでとう勇君。今年も、これからも永遠に、よろしくお願いします」

ふふっ、と笑いあってキスをくり返した。穏陽の唇が口端、頰、耳、耳たぶ、とすこしずつ移動しながら丁寧に俺の皮膚を濡らしていく。顔も、鼻先や瞼、額と、唇のついた範囲ぶん、横にちまちまずらして空白を残さず跡をつけていく。顔が終わると首へ、鎖骨から胸へ。隅から隅までキスしていくから、乳首に到達するまでも焦れた。

「ンっ……穏陽、すげえ焦らす……」

「焦らしてるわけじゃないよ」

乳首はさらに執拗に、舌で大事そうに舐めて吸われた。それでまた唇をゆっくり移動させて心臓の上を存分にキスしたあと、左側の乳首を咥えてくる。

「ふっ、ぅ……気持ち、ぃっ……」

ひとときの快感に身悶えすると、再びキスタイム。ぷち、ぷち、と俺の身体の端から端までキスをして、時間をかけておろしていく。

「……穏陽の、愛撫って……なにかの儀式みたいだな。ンっ……へそンとこ、くすぐったい」

「うん……勇君の身体、全部にくちづけたい。我慢してください」

俺も自分の腹に唇をつけていく穏陽の髪に指を絡めたり、肩や背中や、頬を撫でたりして、笑いながら受けとめた。腹が終わると右脚をそっと立てられて、つけ根から指先までそこも全部舐められた。くすぐったくて笑って抗って、ふたりではしゃいだ。俺がデリホスでほかの男と寝てたから、自分の唇で上書きしたいのかな、とも考えたけど、嫉妬心や意地は見えない。穏陽はただ幸せそうに、嬉しそうに俺の身体の全体にひんやり唾液をつけていく。左脚も終わると、俺の上に戻ってきて、今度は腕に唇をつけようとするから「いや」とよけた。

「我慢限界、もうシてーよ」

下着を脱ごうとすると、「あ、待って」ととめられた。

「ンだよ、まだビビってんの？」

「ううん……ぼくにさせて」

「やっぱ脱がしてーんじゃんっ」

ははっ、と笑う俺の顔の横に穏陽が右手をついて、左手で下着をおろしてくれる。穏陽は

「違うよ、ぼくが全部なんでもしたいだけだよ」とか格好よさげに言いわけしている。はいはい、と俺も腰を浮かして手伝う。

のんびりと、キスの雨を受けとめて笑いあいながらする優しいセックス。裸になったころには日も落ちて暗くなっていた。それでも穏陽は俺の身体を見つめて「……綺麗だね、勇君」とうっとりする。たぶん俺の身体にこんな褒め言葉を言う奴も、この世界には穏陽しかいない。

穏陽も着ていた長袖シャツを脱いだ。その首に俺があげたフェザーのペンダントがあって、しかも腹が綺麗に割れてて、穏陽のンが綺麗じゃん……と目眩がした。三ヶ月の成果やべえ。

俺の腹の下に顔をおろして、性器を咥えてくる。さっきまでもらっていた、どの愛撫よりも烈しく甘く丹念に、愛おしげに、大事に舐めて吸われて、意識が眩んだ。

「やすはっ……る、」

そうしながら、奥にもローションを撫でつけてくれる。丁寧さが焦れったくてもどかしくて、ある意味すげえ鬼畜プレイじゃね……って、悶えて腰を捩《よじ》るのに、穏陽は先をしゃぶりつつ、ゆっくり中指で内壁をなぞり続ける。刺激されるたびに劣情を煽られて、辛くて息苦しくて、破裂寸前の痺れる快感がもう耐えきれなくて、枕を摑んで脚をこすった。

「指、二本……くれよっ、てか、穏陽の、挿入《い》れてっ……」

「……もうすこし、勇君に触っていたい」

「無理っ」

昂奮して狂いそうな頭をうちふり、腕をついて身体を起こした。穏陽の口と手から腰をひいて、困惑している穏陽にかまわず、肩を摑んで膝の上に跨がる。

「い……勇君、」

「ちょうだい、穏陽、」

穏陽の下着をずらして性器をだし、自分のうしろに押しあてる。穏陽も観念したのか俺の腰を抱いて支えてくれたから、そのまますこしずつおろしていった。

「ンっ、ぁっ……やべっ、気持ちぃぃ……」

自分の身体がひらいて穏陽を受け容れていくのがわかる。愛しさの熱が底から湧きあがってきて、信じられないぐらいの至福感に包まれていく感覚……こんなの、初めて味わった。

背中も肩も、胸も、腕も猛烈な充足感に覆われて、痺れてしばらく動けなかった。穏陽の頭を抱きしめて懸命に息を吸って、目の前の髪を食む。穏陽の背中を撫でる。顔をあげた穏陽も眉をゆがめて、快感と至福に翻弄されてくれているのがわかったら、可愛くてすこし笑えた。

キスをする。汗ばんだ穏陽の背中を抱いて、後頭部の髪を掻きまわして、キスをしておたがいの舌を吸いあって、腰をそっと上下に揺すっていく。穏陽も感じてくれているのか、時折唇を震わせて、う、と喉をつまらせる。それが嬉しくてまた唇を奪い、さらに烈しく腰を捩って一緒に快感に溺れていく。

イきそう、と思った瞬間、繋がったまま穏陽に押し倒されて主導権を奪《と》られた。もうすぐだったのに、と抗議する間もなく、今度は穏陽に突かれてさらに劣情が膨張していった。

さっきまでの焦れったい穏陽はもういなくて、獣めいた腰つきで抽挿《ちゅうそう》をくり返され、脳が蕩けそうなほど昂奮する。汗ではりついた前髪を指でよけられて唇もむさぼられる。その直後、多幸感と快楽が絡みあって昇りつめ、容易く達してしまった。穏陽も俺のあとを追って達する。

　はあ、はあ……とふたりで呼吸をくり返して整えながら、穏陽は俺の胸の上に伏せて、俺の呼吸の動きと一緒に上下している。揺れる髪と肩。……この姿も、すげえ好き。

「……穏陽のこと、イかしてやろうと思ったのに」

　左手で穏陽の髪に指を通したら、穏陽も顔をあげて疲労をにじませながら微笑んだ。

「勇君とイきたかったんだけど……一緒にイくって、難しいんだね」

「うっせ」

　額にキスしてやった。穏陽も笑って、俺の顔の位置に戻ってくると唇にキスをくれる。

「……こんな幸せが、この世の中にあるなんて知らなかった」

　額と額をつけて、穏陽が身体の底から抱えきれない幸福をこぼすように吐息を洩らす。

「うん……俺もだよ」とその吐息を唇で受けとめながら、微笑んで軽くちゅとキスを返した。

「……あの日、勇君とセックスしなくてよかったな」

「〝あの日〟って……あ、最初の？」

「うん……あのときしてたら、きっとこんなに幸せなセックスにはならなかった」

　デリホスのホストとお客さんになった日か。

　――ど……童て、い……で。セックス……を、け、経験……して、みたかったんです。でも……ゆう君が綺麗で、綺麗すぎて……優しくて、他人に、こんなふうに、は、話しかけてもらえるのも……初めてで。いま、自分は、ここに生きてるんだと……思って、困惑して、ます。

「あみだの賞品だったもんな、セックス」

　想い出してふたりで吹いた。穏陽が左横にきて、俺の腰を抱いてくれる。

「あみだで話そうって勇君が提案してくれたのも、もちろん幸せだったよ。一生忘れない」

「うん」と俺も穏陽の背中に右手をまわす。

「俺も穏陽のセックス好き。焦らすの苦しいけどめっちゃキスされて愛されてんの感じたよ。穏陽、じつは童貞じゃないんじゃね？　やっぱケンとシてた？」

じっと目を眇めてふざけたら、穏陽は「ケンさんとシても、ぼくは童貞のままだったよ……」とげんなりするからまた笑えた。短髪マッチョのタチなケン、だったっけ。懐かしいな。

「そうだ。——なあ穏陽。俺さ、穏陽に訊きてーことあんだ」

顔をあげて、ひひっと笑った。穏陽は「ん、なに？」と不思議そうに目をまるめる。

「ほら、俺デリホス辞めるときひとりのお客さんにだけそのこと教えたって言ったじゃん？　そんときその人とずっと、まじでず〜っとキスしまくって別れたの。セックスはしなかった。キスだけ」

「……うん」

「未来で恋人ができても、そのお客さんよりたくさんキスすることはねーだろうなって思った。俺の一生のうちで、いちばんたくさんキスした男が、きっと死ぬまでその人なんだよ。穏陽、どうする？　妬く……？」

——俺さ、もしこれから恋人ができたとしても、その人にも敵わないぐらいの回数キスしたと思うよ。俺の人生でいちばん多くキスしたのが穏陽ってわけ。教えたら、未来の恋人なんて言うかな〜？

「勇君……」

笑っていたら、後頭部をぐっと、穏陽の左手にひき寄せられた。胸のなかにきつく抱き竦められて、苦しいぐらい縛りつけられる。苦しいのに、「ははは っ」と笑いがとまらない。

「妬いたから……最後のサプライズ、聞いてくれませんか」

「え、まだ嬉しいことあんの？　聞くこと？」

穏陽の脚に脚を絡めたら、穏陽は俺のうしろにまるまっていたかけ布団をひっぱって背中にかけてくれながら「うん」とうなずいた。

「じつは……今年から、仕事が在宅メインになるんだ」

「在宅っ？　家で仕事するのか」

「そう。ぼくはすこし責任のあるポジションにつかせてもらっているから、事務所にいくこともあるんだけど、基本は在宅になる。もともとうちの社長が、以前の会社で不当なパワハラを受けていた人で、会社っていう場所に出勤して集団で働くのがナンセンスだ、って考えを持っていたんだよ。いまってパソコンひとつで会議もできるし、データのやりとりもできてしまう。だから実験的だけど、そういう会社を目指してるんだ」

「す……すげえな、会社いらないって、近未来だな」

「まあ在宅の仕事は多いしね。ぼくの仕事も昔から在宅でやってる人はいるから」

そうか……でも、それなら穏陽がゲイだと公言したところで、いじめられる環境ってのもなくていいな。社員同士の交流がなさすぎんのは淋しい気もするけど、そういうの煩わしい人にもめっちゃいい会社なのかも。つうかパワハラとかまじ滅びろ。社長頑張ったな。

「穏陽もストレスフリーで楽しく仕事できんなら、俺も嬉しいよ。応援する」

笑いかけたら、キスをされた。

「うん、ありがとう。そんなわけだから……勇君の生活にあわせて仕事を調整して、また送り迎えを再開したいなって思っています」

「まじで！　嬉しいぜ、やりぃっ」

まぐ、とまたキスされる。

「あと、家で仕事をするにあたって、環境も整える必要がありまして……すこしひろい部屋に引っ越そうと思ってるんだよ。なので……勇君もそこで、一緒に暮らしませんか」

「え、同棲⁉　嬉しい、する！」

「そ、即答っ？」

穏陽がビビってる。おかしくて笑えた。そんで俺もキスを返してやった。

「即答に決まってんじゃん、迷う理由なんかねえよ。俺穏陽とずっと一緒にいてえもん」

「ありがとう」と穏陽もふんにゃり頬をほころばせてだらしないぐらい嬉しそうな顔になる。

ふたりでにやにやキスをくり返した。

「ただ、住む場所がな……穏陽は希望の町ってあるの？」

「ぼくはこだわらないよ。勇君の好きなところでいい」

「そっか……俺、大学卒業したらかーちゃんの店でしばらく働くんだよ。でもレンタルショップの『エデン』のバイトも卒業まで続けてーし……」

「なら、お母さまのお店のそばに新居を決めよう。『エデン』は遠くなるけど、勇君と一緒に歩く時間なら、ぼくはいくら長くてもかまわない。しかもそれも卒業までの一年足らずだ」

「そうだな……一年だけ『エデン』までえっちらおっちら歩こうかな。ありがとうな稔陽」

稔陽のことつきあわせちまうけど、同棲もできて通勤、帰宅も一緒にしてもらえるなんて、幸せでしかない。やっぱり、あの時間を稔陽も楽しいって想ってくれてたのかな。グラマラスじゃんけん、俺もまたしてーよ。朝焼けも一緒に見たい。

稔陽の左手が頭にふわと乗る。耳上の髪と前髪を梳いて撫でられた。部屋は暗いのに稔陽の瞳が光っていて俺も見惚れる。その瞳のむこうに、稔陽とお客さんとホストとして出会った日から今日までの出来事が、ひとつひとつすべて愛おしく、きらきら輝いて見えた。

「……稔陽も、俺の太陽だぜ」

これまでずっと理不尽な痛みに耐えて生きてきてくれてありがとう。稔陽は自分が無価値な人間だと信じていたみたいだけど、俺は自分の空っぽな部分……感情とか経験とか知識なんかの足りない部分で、稔陽にしか埋められないところがたくさんあるよ。

「途方もない苦しみを越えていまここにいてくれる稔陽が、俺には太陽より輝いて見える」

見つめていた瞳が涙に覆われていく。微笑んで返したとたん、再びきつく抱き竦められた。

「ありがとう勇君……もしかしたら、エデンには太陽がたくさんあるのかもしれないね」

「太陽がたくさん？　そっか、そうだよ！　それこそ楽園だぜ、さすが稔陽だなっ」

ははは、と笑ったら稔陽も笑った。じゃあすこし眠ってまた朝焼けを見にいこう、と約束する。破ったら酒千杯のやつだ。小指を絡めて、明日も明後日もずっと、とおまけで誓う。そのまま一緒に目をとじた。……次に目覚めたときも稔陽がここにいる。明るい夜明けが待っている。世界は永遠に、太陽に照らされて目映く白く輝いている――。

その後のエデン

「――ていうか、前山さんと俺に嫉妬するとか、勇ってめちゃ可愛いよねえ……」

「っ〜……もういいだろ、その話は」

「よくないよ、このネタはいちばんのお酒の肴だもん。ね、前山さん」

ふふ、と右横にいる要君が赤い頬をふくふく揺らして小首を傾げる。「うん……そうだね」と俺は遠慮がちに小声でこたえて、はちみつ梅酒に口をつけた。勇には申しわけないけれど、この件に関しては俺も可愛いとしか言いようがない。

「穏陽までひでえ……」

「ひどいのは勇でしょ、こんなに大事にしてくれる前山さんの気持ち疑ってさ」

「疑ったンじゃねえよ、穏陽はただの信者だって思ってたんだよっ」

「だとしたって隠すことないじゃん。〝我慢するな、なんでも言え〟って怒って俺の恋愛相談ばっかのってくれて、自分はひとりで前山さんの片想いに悩んでたとか腹立つったらないよ」

つんとする要君の前で勇は唇をもごもごすらせて言い淀む。〝会うたびカッシーさんへの想いを吐露する要君が、きちんと幸せを摑むまでは支えに徹する〟と決めた勇が、俺らの仲をうち明けられたのは、ふたりが結ばれたあと。要君は勇に嫉妬をむけられたことよりも、勇がひとりで何年も苦しんでいたことをやんわり責め続けている。要君の気持ちが嬉しいから、勇はいつまで経っても要君に敵わないのだった。たぶん、おたがいがおたがいに対する感謝と、自己への嫌悪を、忘れられない出来事なんだろうな。

「わたしは親友ごっこにまぜてもらえないわけ？」

要君の隣にいる夏音さんも酒で据わった目で勇と要君を睨めつけた。

「夏音も親友だけど、俺にとっちゃヒーロー感のンが強《つえ》ぇんだよな。あと同志。要はつるんつるんの無知のウブだったのに俺らを軽蔑しねえだろ？　こいつはちょっと変わってンだよ」

「まあ、そうだね、たしかに要はびっくりした。逆に変な子、って思ったもん」

「なんで俺がディスられてるのっ」と要君が抗議すると、勇と夏音さんが笑った。

「ばーか。要は俺らの太陽だって話だろ」

同い歳の三人が、おたがいをつつきながら楽しそうにじゃれあっている。彼らも、いまでは勇の店でしょっちゅう呑む親友で、常連客だ。

「でもよかったね勇と穏陽さん、来週旅行決まって。休みあわせるの大変だったでしょう？」

同棲を始めてそろそろ四年。たしかに勇は大学卒業やお母さまの店の仕事で多忙だったし、俺は深山さんの新しい会社を軌道にのせるため奔走していたので、暮らしは幸せだったものの一緒に遠出するような余裕はまるでなかった。しかしやっとおたがいの口から具体的に旅行の話がでるようになり、来週二泊三日で長野へいくことになったのだ。

「ふふん。……穏陽が喜田さんに会いたいって言ってくれてさ。俺も毎年いっても観光ってしてねーから楽しみなんだ。ンまい蕎麦《そば》も食いてーし」

カウンターに立つ勇と顔を見あわせて、ふふ、と微笑みあった。

「大成とは観光してないって言ってたもんね。ふたりでお兄さんに会って終わりって」

「うん」と勇がうなずく。大成君と勇のお墓参りはふたりにとって大事な時間に感じられて、俺は同行したことがない。夏音さんも現在大成君の恋人だが、俺と同様に遠慮しているようだ。

勇にとって大事な先輩。もうひとりの太陽。死を見つめて生き抜いた人――俺にも他人とは思えない存在だから、ご挨拶できるのが嬉しい。

「要もカッシーと旅行したことあんじゃん？　どんな感じだったかもっかい聞かせてよ」

「え、どんなって……楽しいよ。自分たちの知らない土地だし、現実を忘れていられるから夢の世界って感じかな。帰りたくなくなるんだよね……」

「あ～……なるほどな、ちょい非現実感があんだな。そういう癒やしもあるわけだな」

勇もコーラ割りを呑んで、ふむふむとうなずく。

――旅行って俺、初めてなんだ。

勇が満面の笑みで、淋しい言葉を言った夜の情景が過る。

――修学旅行とかはいったけど、かーちゃん夜型だしガキの俺連れて旅行なんて無理でさ。中学以降もじーちゃんとばーちゃんの店に入り浸ってて忙しかったから、経験ないんだよな。

そのせいか、旅行の日程を決めて予約をとって、二泊をどう過ごすか計画しているあいだも、すべて決まってこうして出発を待つのみになった毎日も、勇はずっとそわそわしてくれている。

『服は何着いるかな』とか『旅行用のシャンプーセットがあるんだって、買おうぜっ』とか『お菓子の値段制限ねーの嬉しーな！』とか……いちいち可愛くてしかたない。

「たくさん想い出つくってこようね。みんなにもおみやげ買ってきます」

要君と夏音さんが「やった～」と笑顔で喜んで、「楽しんできなね」と心を寄せてくれる。

勇も俺も嬉しくなって、にやにや頬がゆるんだ。そのとき店のドアがまたひらいた。

「お、やっとカッシーと大成がきたな。――いらっしゃっせ～！」

# あとがき

中学のころ担任だった先生が、卒業前に教えてくれた言葉がずっと記憶に残っています。

いつも心に太陽を――先生はこの言葉を常に心に抱いて生きている、と笑顔で涙をこぼしながら語ってわたしたちを送りだしてくださったのですが、わたしはそのとき、なんて恐ろしい言葉だろう、と戦慄したのを、折に触れて思い出します。

太陽をテーマにこれまでも『窓辺のヒナタ』など書かせていただいてきましたが、今作の勇は〝太陽になりたい人〟でした。誰かの輝きであろうとするのはときに〝自分らしさ〟をおさえる責任を背負うことで、とても苦しい。ただ、大事な人を幸せにしたい、笑顔にしたい、と志した心そのものが間違いなく太陽だと、勇と、そして彼らと過ごしながら感じていました。

今作『エデンの太陽』は『エデンの初恋』という柏樹と要のお話と繋がりを持っています。もちろんイラストもひき続きカズアキ先生にお願いいたしました。カズアキ先生はいつもわたしの心を直接覗いているかのような彼らの姿と、景色と、世界をかたちにしてくださいます。表情に仕草、そこにあるすべてに彼ららしさが生きています。途中から勇の腕に描いてくださっているミサンガと、あとがきには夏音と大成まで本当に幸せです、ありがとうございます。

今作もお力を貸してくださいました校正者さん、デザイナーさん、印刷所さま、書店さま、ダリア編集部と担当さんほか、皆さまにも心から感謝いたします。

そして、こうして大事につくりあげた作品を手にしてくださいました読者さまへ、深くお礼申しあげます。彼らと出会い、作品を完成させてくださる皆さまもわたしにとって太陽です。

余談ですが、中西さんは『エデンの初恋』の葛西《かさい》さんと未来で結ばれます。

朝丘　戻

前作『エデンの初恋』で明るくて何でもそつなく
こなせそうな勇くんが、今回意外にも不器用に
真っ直ぐ生きている事を知って胸を締めつけられました。

本当に前山さんがいて良かった…！
これからも色々苦難はあるでしょうけど
ふたりがお互いをずっと
ぎゅうぎゅうに捕まえていてほしいです。

素敵な物語を２作続けて担当させていただいて
本当にありがとうございました！

初出一覧



ダリア文庫をお買い上げいただきましてありがとうございます。
この本を読んでのご意見・ご感想・ファンレターをお待ちしております。


〒170-0013 東京都豊島区東池袋3-22-17　東池袋セントラルプレイス5F
(株)フロンティアワークス　ダリア編集部
感想係、または「朝丘 戻先生」「カズアキ先生」係


この本のアンケートはコチラ!

http://www.fwinc.jp/daria/enq/
※アクセスの際にはパケット通信料が発生致します。

# エデンの太陽


2019年7月20日　第一刷発行

著　者

朝丘 戻





発行者

辻 政英

発行所

株式会社フロンティアワークス
〒170-0013 東京都豊島区東池袋3-22-17
東池袋セントラルプレイス5F
営業　TEL 03-5957-1030
編集　TEL 03-5957-1044
http://www.fwinc.jp/daria/

印刷所

図書印刷株式会社